U0937592

聚光灯与闪光灯

张佩奇 著
ZHANGPEIQI WORKS

江苏凤凰文艺出版社
JIANGSU PHOENIX LITERATURE AND ART PUBLISHING

图书在版编目（CIP）数据

聚光灯与闪光灯 / 张佩奇著 . -- 南京 : 江苏凤凰文艺出版社，2021.1
ISBN 978-7-5594-5172-9

Ⅰ . ①聚… Ⅱ . ①张… Ⅲ . ①长篇小说 – 中国 – 当代
Ⅳ . ① I247.5

中国版本图书馆 CIP 数据核字 (2020) 第 265465号

聚光灯与闪光灯

张佩奇 著

责任编辑 白 涵
策划编辑 罗 盛
特约编辑 连 慧
装帧设计 安柒然设计工作室
责任印制 刘 巍
出版发行 江苏凤凰文艺出版社
南京市中央路 165号，邮编：210009
网 址 http://www.jswenyi.com
印 刷 河北照利印刷有限公司
开 本 700毫米 ×990毫米 1/16
印 张 18.5
字 数 310千字
版 次 2021年 1月第 1版 2021年 1月第 1次印刷
书 号 ISBN 978-7-5594-5172-9
定 价 49.80元

你总说我是你黑夜里的光，
可是你不知道的是，
在属于我的漫漫长夜里，
你一样是我的星星。

目录
contents

聚光灯与闪光灯

Chapter 01　代拍生意

“《吾辈之名》官宣啦！”

日上三竿，秦楮杉从睡梦中悠悠转醒，刚一打开手机，就被十几个微信群里的同一条新闻刷屏了。

他猛地从床上坐了起来，一时间困意全无。

《吾辈之名》是全民偶像热潮下应运而生的产物——一档男团竞演生存真人秀节目。

节目召集了一百位来自不同公司的练习生，通过几个月的训练与考核，最终由观众投票选出七位最受欢迎的练习生，以男团组合的形式出道。

《吾辈之名》作为国内首次引入这种类型的节目，由于在原有节目的基础上做出了很大程度的创新和改变，这档节目还未开播就引发了不小的关注。

这档节目不论成功与否，它的一举一动，或许都会关系到娱乐圈资源的重新洗牌，甚至是整个娱乐圈的变革。

同时，在“饭圈”这样一个依托于互联网而存在，甚至在现实中找不到具象的圈层中，这档节目的开播掀起了无形的惊涛骇浪。

谁都知道娱乐圈是个可以赚钱的地方，却鲜有人知道，饭圈也是一样。

在粉丝经济日益兴盛的时代，粉丝圈内的各种职业层出不穷——负责粉丝运营的后援会，专门在网上“带节奏”的职业粉丝，拍美图、管理应援站的“站哥”“站姐”……只要你想，总能在这里找到属于自己的位置。

而秦楮杉，正是这条生产链上微不足道又不可或缺的一环。

他是一名代拍。

这个圈子里有一种人，他们举着单反相机和各种镜头，或蹲守在国内的各大机场，或活跃在众星云集的活动现场，第一时间拍下明星的“前线图”，再把图片卖给自己无法去往现场，又需要及时在网上出图的“站姐”。

代拍或许对明星没有丝毫爱意！也许因为屡屡有代拍做出过分的行径，所以这个群体的名声一向不大好。

但无所谓，能赚到钱就行。

对代拍来说，《吾辈之名》的开播，无疑是一个巨大的商机。

几个月后，就会有曾经默默无闻的娱乐圈“小透明”走上神坛，当然，更多的人则会在一轮轮的竞演中被淘汰，最终依旧寂寂无闻。

在这档节目中，无论是选手，还是观众，都像是在参与一场游戏。练习生的命运一定程度上由粉丝决定，而对于粉丝来说，节目的成就感也正在于此。

整个饭圈都蠢蠢欲动，在这种造星伊始的阶段，谁最先开始行动，谁就将拥有更多的追随者，也就会在日后拥有赚钱更多、掌握话语权、成为“粉头”呼风唤雨的可能性。

秦楮杉的手机震了震，他定睛一看，是一个没见过的微信群聊：“及时搞‘吾’，发财致富！”

简单粗暴。

他扫了一眼，原来是之前在一起开过粉丝站的同僚们建的群。

在成为一个没感情的职业代拍之前，秦楮杉也曾真情实感地追过一个偶像，还一度光荣地成为“站子”的一线摄影师。

后来因为那个明星出事，站子解散，曾经的管理者有的退了圈，有的喜欢了别家偶像，还有的像他一样——做起了职业代拍。

很快，群里冒出了一张密密麻麻印着一百多名练习生公式照的高清大图。

可可酱：“新鲜出炉的选手图！快看看，第一眼选哪个？”

秦楮杉随手打开图片，点击“查看原图”，漫不经心地扫了两行。

都是清一色的大眼睛、高鼻梁、唇红齿白的少年郎。

美则美矣，就是让人有点脸盲。

他正打算关掉图片，就忽然被角落里一张极其熟悉的面孔吸引住了。

他以为是图片上的人太多，一时看花了眼，赶紧放大一看，立时目瞪口呆。

这？

长得也太像了吧……

时隔这么久，秦楮杉以为自己已经走出来了，没想到再次看到这样一张脸，他的心脏还是不受控制地狂跳起来。

他看了一眼图片下方的名字：陶熠。

秦楮杉飞速地打开微博，切到热搜，刚要输入这个名字，就发现已经有不少人先他一步注意到了这个练习生。

x组吃瓜：你组热议，《吾辈之名》官宣的新选手，花桔娱乐的陶熠，撞脸前“国民爱豆”余夏，重点是还买了全网通稿自称“小余夏”……有事吗？

下面配着各大门户网站推送的截图九宫格，但秦楮杉已经无心去一一点开了。

光是看到那两个字，就让他不由得一阵心惊肉跳。

余夏，余夏。

自己已经多久没有在这样的公开场合看到他的名字了呢？

他的名字，无论何时都仿佛一个惊叹号，只需放在那里，就足以让鼎沸的人声戛然而止。

他是当年在外国男团竞演节目中轰动一时——最终以C（主）位出道的中国面孔。回国后又因为一部偶像剧红遍大街小巷，那年他获得的各种奖项横跨多个领域，被冠名为“全能偶像”。

可就是那样一个人，却在巅峰时期因严重的违规被举报，随后因为抑郁症自杀，为自己短暂而辉煌的生命画上了一个极其不完美的句号。

他是秦楮杉曾经用整个青春岁月崇拜与追随的人。

秦楮杉点开微博评论的手指带着一丝不易察觉的颤抖。

“捆绑就算了，居然捆绑一个已故的‘污点咖’，真是一言难尽……”

“笑死我了，想靠捆绑‘污点咖’出位吗？还自称小余夏？”

“你们骂归骂，可是长得真的好像啊……”

“怕是为了方便捆绑，故意找角度拍的吧？”

“本人前余夏粉，现已脱粉，还是忍不住说一句，人都已经不在了，能不能积点德……”

“抬头看了一眼，花桔娱乐的人，那真是不奇怪了。”

“余夏一生黑，捆绑他的也免费一生黑。”

……

秦楮杉退出了评论区。

他深吸一口气，接着往下翻，只见陶熠的广场已经被“屠”得不能看了，充斥着各种各样的恶毒诅咒和激情辱骂，其中还穿插着余夏的各种话题。

秦楮杉身为余夏曾经的铁杆粉丝，他深刻地体会过这种心情，心痛、惋惜、怒其不争。但是事情都已经过去了那么久，他不想再回忆起来。

秦楮杉和广场上那些随口诅咒别人全家的人不同，他对这个名叫陶熠的小孩，还是不由自主地生出一种难以言状的同情。

花桔娱乐是赫赫有名的偶像经纪公司，“爱豆”质量高，公司的营销能力比“爱豆”的业务水平还要高。

这样的通稿，花桔不可能不知道会产生怎样的影响，但他们还是义无反顾地这样做了。公司当然不怕被骂，可一个十多岁的小孩，以这样的方式被大众认识，会是他自己的本意吗?

群聊里有人说话了。

考拉：“这个叫陶熠的……”

一时间竟无人应答。

这个群里的小伙伴们，就是当年一起为余夏开粉丝站的那一批人，余夏出事以后，他的名字就几乎成了群里的禁语，大家默契地再也没有提起过。

如今突然冒出了这样一个人，大家更不知道该说些什么。

群主可可酱发话了：“八成是花桔娱乐和棕熊视频的联合炒作吧，热搜第一挂了这么久，好多路人在‘吃瓜’，这一波无论是对选手还是节目，宣传效果应该都不错。”

考拉：“借着已逝之人炒作，也不怕半夜做噩梦。”

可可酱：“话是这么说，但其实这个陶熠也挺惨的。”

考拉：“他还惨？捆绑别人他还有脸说惨？”

可可酱：“花桔一向是这个德性，这也不是他能决定的吧。”

考拉：“你怎么回事？见一个长得像的就开始对他移情了？怪不得人家要出这个通稿呢，敢情就是为了让余夏粉都重温旧日呗。”

可可酱：“我不是这个意思，你这么暴躁干吗？”

眼看着群里快吵起来了，别的人又都不吭声，秦楮杉只好站出来转移话题："别说这个了，所以你们都看好谁？"

秦楮杉在圈内人称"闪哥"，是个难得的男粉，长得帅，拍图又好看，群里的小姐妹对他态度都很好，他这边一拉架，大家也就不好意思再吵了。

考拉："这个傅奕茗不错，颜值高，业务能力佳，之前在组合里出过道，虽然不温不火，但是和其他人比还是有一定粉丝基础的优势。"

可可酱："这些都不重要，关键要看公司好不好，背靠大树才好乘凉。"

考拉："得，刚看了一眼，又是花桔的艺人。"

可可酱："花桔怎么不拿他炒作，偏偏拿陶熠啊。看来这个才是真正的花桔'太子'，C 位预定。"

考拉："陶熠怎么了？这波炒作下来他热度可不小。"

可可酱："要这种黑热度有什么用啊……"

考拉："'黑红'也是红，等到时候火了，谁还记得当初这些事？"

可可酱："也是，你要这么说，这两个说不定都是重点对象。"

秦楮杉无意参与她们的"扯头花"活动，直截了当地问："所以蹲谁？"

考拉："你最近要是有时间，先都蹲着呗，反正又不冲突，两个不比一个赚得多？"

可可酱："我有一个大胆的想法……"

考拉："什么？"

可可酱："花桔那么能炒作，同公司的艺人肯定会组对，我们多拍点同框图，到时候开个组合站子？"

闪哥："开站子？那能赚多少？肯定没有代拍赚得多。"

可可酱："你不懂了吧，你是不知道，最近大火的一对艺人，他家站姐活动都没跟过几次，就靠找代拍买图，最后卖了一波写真，你猜赚了多少？"

秦楮杉大概算了算，虽然自己都不太相信，但还是猜了个天文数字："十万？"

可可酱："一百万！"

闪哥："这么多！"

闪哥："开！"

尽管群内刚刚就陶熠捆绑炒作的问题产生了一点小摩擦，但身为一群职业代拍，没有永远的敌人，只有永远的票子。

在一百万面前，谁也没法轻易说不。

经过一番商讨，“发财致富”小分队确定了初步计划。《吾辈之名》的录制即将在申城展开，而秦楮杉就在申城上大学，无论是接送机还是蹲现场都很方便，再加上他丰富的前线经验和极高的拍图水准，这个重担自然就落在了他的身上。

秦楮杉虽然混过饭圈，但绝对不是文能吹上天，武可上阵“撕”的那种，事实上他对于烦琐的饭圈规则极其头大。于是文案和站子的运营管理理所当然地由其他两个小姑娘负责。

一百万他是不太敢想，但这几个月下来，就算只赚个零头，数目也非常可观了。

毕竟做代拍的时候，一次活动跟下来，能赚四位数的机会极其稀少，大多时候辛苦一天，累死累活，除去交通费和入场费，能赚个几百块算不错了。

节目《吾辈之名》即将开录，选手们陆陆续续地从全国乃至世界各地赶往申城，接机的机会很多。但一百个练习生，除了已经出过道的那几个，几乎全员透明，大多也都是跟着公司一起走，大家都懒得整理他们的信息，秦楮杉留意了好几天，也没看到熟悉的名字。

虽然未来的新星们暂时拍不到，但很快就来了一单更大的生意。

《吾辈之名》节目中的导师代表、流量与实力兼备的唱作歌手——关熙。

关熙是大明星，而且是那种出了名不爱营业的大明星，他本人在机场从来都是以一张冷脸示人，摆明了不欢迎接机，走位还极其难猜，搞不好就要走 VIP 通道，粉丝兴高采烈地蹲半天最后还见不到人，是常有的事。

然而他的粉丝大约都有点“受虐”体质，越挫越勇，屡败屡战，机场每次都是人山人海。

但物以稀为贵，正因为他不好接，他的机场图价格往往卖得更高。秦楮杉准备冒着空手而归的风险到机场，祈祷着“关老爷”这回能给点面子。

秦楮杉把单反相机和镜头背在身上，犹豫了一下，又背上了笔记本电脑。

大明星的机场图竞争激烈，出图越快越好，等他回了寝室再导出来，其他代拍的图早已经抢占市场了。

他背着几个大包小包，还没迈出几步路，就深感生活不易。

他刚走到门口，一直窝在床上打游戏的室友李勒就忽然拉开床帘，探出了一颗“鸡窝”脑袋，“男神，干什么去？”

秦楮杉抖了一下浑身的装备，“你说呢？”

李勒了然，“又忙着赚钱啊。”

说着，他对着秦楮杉好生打量了一番，“怎么回事儿，别人背这么多包就像进城务工，你背着就贼潮。”

秦楮杉骂道：“去你的，别好不容易学个新词儿就乱用。”

李勒说：“哎我说真的，你说你成天拍的那些小明星，长得还没你帅呢，你怎么不收拾收拾，去参加个那啥之名？”

秦楮杉笑了一声，“你懂个屁。”

李勒跟着笑起来，又忽然想起了什么，“对了，一会儿不是周老爷子的课吗，你不去了？”

秦楮杉摆摆手，“他又不点名，翘了。”

李勒往床上一躺，哀号道：“天天翘课还年级第一，不公平啊不公平。”

秦楮杉冷漠无情地和他告别，“拜拜。”

刚打开寝室门，秦楮杉忽然看到自己的电脑包上摇晃着两团粉色的东西，他又重新退回门里，借着灯光才发现，那是两个小小的毛绒挂饰，上面还各自拴着两枚小小的标签，写着一行他看不懂的日文。

秦楮杉想起来电脑才借给过李勒，问：“这什么玩意儿？”

李勒探出头来看了一眼，“那个啊，学妹拜托我送给你的，我就顺手绑你电脑包上了。”

“什么学妹？”秦楮杉充满嫌弃地看了一眼那两只粉红色的屁桃君，“真丑。”

李勒说：“那也是学妹的一番心意嘛。”

“你能不能别老替我收什么礼物，一会儿给我还回去。”说着，秦楮杉想要把两个屁桃君的挂饰取下来，然而他只有一只手空着，费了半天劲也没解开那个复杂的挂绳，他索性放弃了，“算了算了，晚上回来再给你。”

他背着一身装备，带着两个看起来神经兮兮的屁桃君，一路走到了申城大学地铁站。

地铁 10 号线连接着申城大学和申西机场，三年不到的大学时光里，他不知道多少次来往在这条路上，拍过几十个明星，上万张照片。

地铁开了将近一个小时，终于到达了机场，他看了一眼表，距离关熙的航班到达时间还有半个多小时。

他熟练地从地铁站摸到T2航站楼的到达处，只见里面已经围得里三层外三层，满满都是人，手上都拿着写着“关熙”的灯牌、手幅。

他倒也不往里挤，慢悠悠地观察起周遭的环境，琢磨一会儿的拍摄角度。接机的时候，往前冲的往往都是真爱粉，要么想送信送礼物，要么想体验一把跟偶像近距离接触的感觉。像他这种代拍，用的都是长焦镜头，隔着很远就能拍得很清楚，自然犯不着冲到最前面去挨挤。

然而他刚转悠没一会儿，就听到人群中爆发出一阵尖叫：“来了来了！”

忽然间，人群一阵骚动，他往窗外看了一眼，飞机明明还没落稳呢，这边就已经声势浩大地喊起了应援口号，引得路人频频侧目。

他忽然想起了什么，抬头看了一眼电子屏，距离预计到达时间分明还有半个小时，这趟航班也提前太多了吧？

果然，他还没来得及再次仔细检查航班号，就听到有人尖声喊道：“不对！不是这个！熙熙改签了！改到T1了！”

话音刚落，人群又是一阵疯狂的骚乱，有人质疑消息的准确性，还没有挪动步子，但有人已经迫不及待地往门口走，一时间拥堵的大厅内整个乱了套，成百上千的人挤在一起，有人被撞倒在地，有人惊声尖叫，有人破口大骂。

虽然不是没见过这样的阵势，但这边几个保安大叔吼得声嘶力竭，人群依然骚乱无比，秦楮杉正犹豫该不该跟着人群往外挤，就忽然感到背后背着的电脑包被扯了一下，随即响起一声尖叫。

他转过身去，只见是一个女孩子摔倒在地，手里攥着那只原本挂在他电脑包上的屁桃君。

他赶紧蹲下身去，“你没事吧？”

另一个女孩子向这边跑过来，看样子是她的同伴，一脸惊吓地蹲下身去扶她。

倒在地上的女生艰难道：“没事，就是脚扭了。”

说着，她把手中的屁桃君还给秦楮杉，像是不小心弄坏了什么稀世珍宝一般，满脸愧疚道：“对不起……”

“不要紧。”秦楮杉随手接过，立刻伸出手扶她，“要不要送你去医院？”

女生忽然拼命摇了摇头，“不用！”

秦楮杉抬眼看她，就见她看向他手中的屁桃君挂饰，问：“你也是陶熠的粉丝吧？”

秦楮杉愣了愣，不知道她是从哪里看出这一点的，刚想反驳，就听她又说："太难得了，整个机场居然不止我一个……而且还是个男粉……"

她的话让秦楮杉不由得感到有些心酸，于是没有再急着否认。

女生掏出了怀里抱着的灯牌，郑重地交给他，"请你一定要对小陶说，这个世界上还有很多支持他的人！无论外面有多少坏人想要伤害他，'妈妈'都会永远保护他！"

秦楮杉原本是奔着关熙来的，并不打算因为中途发生了一些乌龙，就莫名其妙地放弃赚钱的机会，帮一个不认识的小粉丝传话。

但她说的话，还有她坚定的语气和神情，让秦楮杉不由得觉得又好笑又心酸。

他鬼使神差地从她手中接过了灯牌，"那你……怎么办？"

她身旁的另一个女孩子说："我陪她去医院就行。"

扭了脚的小粉丝像是为了证明自己并无大碍一样，挣扎着站了起来。

秦楮杉有些担忧地看了她一眼，小粉丝赶紧说："就是刚刚那架飞机，他马上就到了，拜托你了！"

秦楮杉只好点了点头，小粉丝又往他手里塞了什么东西，他没来得及看，她就跟他挥手告别了。

看着小粉丝一瘸一拐远去的身影，不远处传来女同伴数落她的声音："看陶熠看陶熠，一个透明人有什么好看的，追星没追成，还把脚给扭了……"

小粉丝的声音瞬间提高了八度，"你懂个啥！"

秦楮杉一哽，真是个无怨无悔的好姑娘。

四周的人潮已经完全散去，几分钟前还挤得水泄不通的大厅，此刻却变得冷冷清清。

秦楮杉叹了口气，他之前不知道陶熠是今天到达，不过就算知道了，他也不可能为了陶熠放弃关熙的。

谁知道今天在机场遇到了这码事，这回是注定要空手而归了。

陶熠啊陶熠，还没从你身上赚到钱呢，你倒先耽误起咱的生意了。

不过来都来了，怎么说也得拍上两张，万一以后火了呢。

这样想着，秦楮杉举起相机，想要调整一下焦距，然而没调两下，一个身材颀长的身影就出现在了镜头里。

那人穿着一身黑色衣服，留着亚麻色的头发，一只粉红色的口罩遮住了下半张脸。

只露出那双令秦楮杉印象深刻的眼睛。

等等……粉红色?

秦楮杉的手不由自主地抖了抖，还真是够少女。

他连着抓拍了数十张，拍着拍着就发觉，陶熠不知道是没睡好还是心情不好，似乎整个人都没精打采的，一双眸子一直都垂着，根本拍不出那种“眼睛里有星星”的感觉。

秦楮杉想了想，这也可以理解，任何一个大明星被全网骂的时候必然都是糟心的，更何况他还是个没出道就先出黑名的小朋友。

秦楮杉只好放弃拍他的俊脸，打算拍一下他高挑优越的身材和那双逆天的大长腿，没想到还没来得及调整焦距，陶熠就已经走到了大厅口，忽然看向了他的镜头。

秦楮杉不得不承认，陶熠那双灿若星辰的眼睛完完全全地落入镜头里的时候，他有一点点被惊艳的感觉。

真的只有一点点而已。

秦楮杉平复心情，淡定地连按快门键。

然而陶熠一直盯着他这边看，忽然间，像是发现了什么一样，瞪大了眼睛，紧接着一双眼睛微微地弯了弯，成了一双半阖着的月牙。

秦楮杉被这不经意流露出的惊喜神色弄得脑袋空空，机械性地按下快门，刚好捕捉到了那转瞬即逝的笑意。

然而很快他就元神归位，然后迅速地明白了什么。

隔了这么大老远，陶熠居然看到他了。

他放下相机，这才低头去看手里的灯牌，那是一个硕大的粉红色“熠”字，大约是刚刚被撞到了地上的缘故，整个字的右半边都被摔得没了光亮，剩下左半边一个孤独的火字旁，幽幽地闪烁着粉红色的光芒。

天啊，陶熠就是靠这么个破败的灯牌发现他的吗?

这也太心酸了。

他想要把灯牌的灯关了，然而他根本腾不出手来。

不过也来不及了，因为陶熠已经在向他这边走了。

秦楮杉也没心思拍照了，破罐子破摔地把相机挂在了脖子上。

他看了看手里这一堆乱七八糟的东西，寻思着能不能给陶熠送点什么。

然而……

一块坏了半个的灯牌，一只被扯断了挂绳的屁桃君，一张陶熠的公式照，一支金色签字笔。

他再次抬起头，陶熠距他就只有一米多的距离了。

他不由得感慨这小孩的大长腿迈得挺快。

这样凑近了看，陶熠的个子也不是一般的高，比他这个一米八出头的汉子好像还高一点。

就是压迫感有点强，又因为长得太好看，看起来有点不太容易接触。

秦楮杉瞬间有点犹豫该怎么开口，万一他不理自己，岂不是很尴尬。

他还没想好第一句话该说什么，陶熠就指了指他手里的灯牌，不确定地问："你……是来接我的？"

没想到小朋友居然会主动跟他说话，好在秦楮杉也是个见过世面的人，不至于在这种场合表现得太夙。

就是这个灯牌实在有一点掉链子。

他点了点头，瞥了一眼手上的"熠"字，"就是中途出了点差错。"

陶熠的眼睛再次弯了弯，"没事，谢谢你。"

秦楮杉抬眸看他，就见陶熠的视线落在了他手里的那只屁桃君身上。他的眸子里闪过一丝孩子般的欣喜，"这个是送给我的吗？"然后十分善解人意地主动拿走了它。

陶熠不经意地瞥了一眼屁桃君身上的日文小标签，忽然抬眸看向秦楮杉，眸子里闪过一丝别样的情绪。

秦楮杉以为他是在看屁桃君那断了的挂绳，有些艰难地解释道："这个……也出了点差错。"

陶熠点点头，没有再说什么，再次善解人意地从他手上拿走了公式照和签字笔，问："To 谁？"

秦楮杉愣了愣，小朋友的一条龙服务可真周到。

然而他想起自己刚刚甚至忘了问那个小粉丝的名字。

见那边陶熠已经打开笔准备写了，秦楮杉只好说："就 To 闪哥吧。"

怕他不知道是哪两个字，他又补充道："闪闪的闪，哥哥的哥。"

说完才发觉这句话听起来很傻。

陶熠抬眸看了他一眼，乖乖写下了“To 闪哥”。

他显然不怎么熟练，字写得很慢，但一笔一画写字的认真样子，有点可爱。

写完“To”，他画了一颗胖胖的桃心，然后签下了自己的名字。

秦楮杉不由得一笑，伸手接过，“谢谢。”

他收起签名照，说：“还有一个小姑娘，托我告诉你一句话。”

陶熠问：“什么话？”

秦楮杉犹豫了一秒，还是觉得原汁原味地说出来更加感人，于是他一字不落地转述道：“小陶，这个世界上还有很多支持你的人，无论外面有多少坏人想要伤害你，‘妈妈’都会永远保护你。”

Chapter 02　闪哥

果然，陶熠听完，扑哧一声笑了出来。

笑完，他的眼神又很快变得认真起来，“谢谢你们，我一定会努力的。”

说话间，两个人已经走到了大厅门口，秦楮杉这才反应过来，“你怎么就一个人？助理呢？”

又想起来陶熠现在还是没出道的练习生，公司应该没给他配助理，他又问：“节目组也没给选管？”

陶熠的脚步顿了顿，解释道：“和公司出了点问题，就没跟他们一起。”

联想到前几天的通稿，秦楮杉立马明白是什么问题了。

果然是公司不做人。

出了这样的事，小朋友承担着全网的骂名，如今还要看公司的脸色。现在他一个人被扔在机场里，却还解释得如此轻描淡写，秦楮杉不由得感觉有点心疼。

他跟陶熠并肩走出了大厅，时间已经不早了，天色也黑得彻底，冬季南方的风凉飕飕的，直冻到人的骨头里。

申西机场门口的车辆依然排着长队，秦楮杉四处张望了一下，“节目组的车在哪等你？”

陶熠说：“我打车就行。”

秦楮杉愣了愣，终于忍不住破口大骂：“这什么节目组，这么没人性？选手的人身安全都不保护的吗？”

陶熠看了他一眼，对他的突然爆发似乎没有特别惊讶，只是安抚般地解释道：“是我自己和公司闹矛盾，节目组那边不知情。”

秦椿杉气道："这大晚上的，真是……我送你回去吧？"

陶熠没有说话，秦椿杉立马意识到，陶熠身为练习生，带着自己这么一个"粉丝"回节目组，非常不得体。

陶熠说："我一个大男人，没事的。"

秦椿杉身为一个二十岁的青年男子，非常喜欢自称"大男人"，然而当陶熠这个小朋友也在他面前自称"大男人"时，他不由得感到一丝好笑。

虽然小朋友今年已经十九岁，其实也成年了。

秦椿杉叹了口气，"那你一定要注意安全。"

他送陶熠上了出租车，忽然生出一种老父亲送儿子去远方上学般的心情。

秦椿杉看陶熠上了车以后，还是忍不住嘱咐道："加油。"

陶熠冲他点了点头，又挥舞了一下手里的屁桃君。

秦椿杉不由得一笑。

真的好丑啊。

陶熠这么好看的人，怎么会喜欢这么丑的东西？

但……看多了好像还是有点可爱的。

如果是个不谙世事的小妹妹，和小爱豆有了这样神奇的缘分，一定会激动地大叫"搞到真的了"。

可惜秦椿杉不是。

他在机场混了这么长时间，见过各种各样的明星，有蛰伏多年后偶然爆红的，也有一夜成名又光速坠落的。

娱乐圈其实就像一个巨大的机场，有起有落，没有哪一架飞机能永远飞在高空中，但永远有无数飞机停在停机坪上。

他对陶熠的遭遇深表同情，但也仅此而已。

毕竟对于一个即将驶入起飞道的小孩来说，这一切也许才刚刚开始。

他看了一眼手上的灯牌，孤独的火字旁还在黑夜中发着光，要是放在以往，任务圆满完成，他早就顺手把灯牌丢了，但这次他有点舍不得。

他往 T2 航站楼折返，准备从地下通道进入地铁站。

时间不早了，大厅里早已不复白天时的热闹，行人也不过三三两两。

他刚走到航站楼门口，就见里面有一小撮人在往外走，看那行色匆匆的架势，就自带着一种媒体人的气场。

待那拨人走近了，秦楮杉立刻注意到，他们中间围着一个戴着帽子、口罩全副武装的男子。

尽管整张脸被遮住大半，但秦楮杉还是一眼就认出了那个熟悉的身形。

这脚下生风的步伐，这高贵冷艳的气质，不是关熙又是谁？

他的粉丝不是全都赶去 T1 接他了吗？

秦楮杉略加思索，看来是“关老爷”的航班信息又有变，粉丝又被涮了。

四周除了他，一个扛“炮”的人都没有，他这回八成能拍到独家。

他赶紧举起相机，镜头里的关老爷依旧摆着一张冷脸，不过没关系，此刻在秦楮杉的眼里，他已然化身为一沓行走的人民币。

他飞快地连按数十下快门，待关熙走到门口，他还想拍几张特写，没想到关熙突然向他的镜头瞥了过来。

什么情况？

他今天是不是和明星犯冲？

陶熠一个练习生没见过世面就算了，关熙这种向来视镜头为无物的人，怎么也会突然看他？

联想到刚刚陶熠看他的原因，秦楮杉忽然反应过来了，赶紧把另一只手上写着的“熠”字的灯牌翻了过去。

在机场接机，还拿着别人的灯牌……他都替自己感到尴尬。

他安慰自己：我只是个代拍，我“莫得”感情，也“莫得”脸皮……

好在关熙高冷依旧，只是瞥了他一眼后，就步履匆匆地上了车。

秦楮杉低头看了看相机里的一排缩略图，本来已经做好了两手空空的打算，没想到居然意外偶遇了“关老爷”，还拍了这么多独家，今天运气未免也太好了。

陶熠可真是他的小招财猫。

今日圆满收工，秦楮杉这才感觉到一身的疲惫。他从地下通道走出地铁站，打算在旁边的金拱门里坐一会儿，把照片导进电脑里，顺便垫一垫他那辘辘的饥肠。

他刚要进店门，抬头看到了站里的电子钟，吓了一跳，居然已经十点了？

再晚一点地铁就要停运了，他悲哀地叹了口气，跑了大半天，到头来连口饭都吃不上。

秦楮杉认命地收好相机，刷卡进站。

申城的晚高峰从六点开始，到十点仍然没有结束。

不知道是谁说过，一个城市的公共交通状况是对居民生态的最好反映。

此时的地铁里依旧如往常一样拥挤，在这个繁华而忙碌的一线城市里，有数以千万计的人，从事着不同的职业，为各自的生计奔波。日复一日，年复一年，无论有没有尽头。

秦楮杉不知道自己算不算这千万分之一。

地铁缓缓地向东边驶去，车厢里的行人逐渐减少，秦楮杉跑了大半天，腿都酸了，这才好不容易等到座位坐了下来。

他把笔记本放在腿上，熟练地插入了相机 SD 卡。

关熙长得高贵冷艳，机场图向来“能打”，秦楮杉一张张地翻着，除了极少数拍糊的照片，其余的生图都堪称完美。

他看着这张无比熟悉的脸，有些片刻的失神。

秦楮杉对关熙一直怀有某种复杂的情绪，就因为他是余夏的前队友。

两个人十三四岁时就在同一家公司做练习生，后来又一起参加国外的男团竞演选秀，成为节目中出道的仅有的两个国人。

节目的出道男团限定一年，一年后，公司将他们俩与另外两名练习生组成四人组合，一度火爆世界。

没过多久，另两名成员与原公司产生合约纠纷而解约，组合解散。

再后来，余夏和关熙一同回国，重新以双人组合的形式在国内活动，也因此成为国民第一组合。

但合久必分，后来不断传出二人不合的消息，两个人的表现也似乎是印证了这一点，组合解散，逐渐再无交集。

再后来，余夏违规、抑郁、跳楼自杀，关熙也随之陷入了舆论的漩涡，种种有的没的罪名，一股脑地都扣在他身上，然而他自始至终一句话都没有说。

秦楮杉追余夏的这些年，自然也了解关熙的性格，他一向冷面寡言，与无论何时都活力四射的余夏形成了鲜明的对比。粉丝有人吃“盐系”，有人吃“甜系”，但总体来说，擅长营业的偶像总是比不擅长的更吸粉，因此关熙的人气虽然也很高，但一直难与余夏相匹敌。

当年的秦楮杉，虽然不是那种动不动就对自家偶像队友喊打喊杀的粉丝，但由于关熙总是摆冷脸，也不大待见他。

如今余夏已经不在了，网上残留的一些余夏粉对关熙的恨意倒是依旧绵绵不绝。但秦楮杉再见到他，只觉得物是人非。

图片导入完毕，电脑发出了一声“叮”的提示音。

秦楮杉把图片打了压缩包，然后拿出手机，在自己加的代拍交易群里发了一条消息。

闪哥：“关熙绝美机场生图，含眼神直视，设备 5D3 加大白兔，今日独家，一千块不议价。”

果然，消息一发出去，就有好几个站姐来私聊他。

他本着公平公正的原则，把图卖给了最先发消息给他的站姐，这个站姐以前就和他有过交易，对他的技术很放心，看都没看就把钱转给了他。

站姐：“全网都没蹲到他，闪哥厉害了。”

闪哥：“运气好。”

他飞快地打开银联 App，找到唯一的近期联系人，点击汇款，输入 1000 元。

转账成功。

秦楮杉才回到宿舍没多一会儿，手机就响了起来，他看了一眼来电显示，拿着手机走出了宿舍门。

他来到楼里的公共阳台，这才接起了电话，“妈，这么晚还没睡？”

电话那头传来的声音，是他无比熟悉的疲惫却又强打精神的语气：“今天下班晚了一点，刚从厂里回来。”

秦楮杉没好气道：“十天有八天都要做到半夜，这老板是什么黄世仁。”

妈妈安慰他说：“多做一点，就多一点加班费。”

秦楮杉的眸子垂了垂，没有说话。

妈妈又说：“钱收到了，年前就别往家里转了，自己留着花。”

“我用不着。”秦楮杉说，“快过年了，给朵儿买套新衣服吧。”

他想了想，又问：“最近要债的都没再来吧？”

“没有，放心吧。”

“他呢？又出去赌了？”

妈妈叹了口气，“你爸一个月没着家了。”

秦楮杉骂道：“那个天杀的不是我爸。”

说罢，他意识到自己刚刚过于凶神恶煞了，于是放缓了语气，“这一千你自己留好，千万别让那个老东西发现了。”

挂了电话，秦楮杉的脸色不大好看，苍白中又透着一丝铁青。

他没穿外套，开放式阳台的风吹得很冷，他却并没有急着回去。

他靠在阳台上，从兜里摸出烟和打火机，点了一支。

再次打开手机看了一眼账户，上面显示还剩可怜兮兮的一百多块钱。

看来自己最近还得抓紧时间多接几单，不然眼看着就要到期末考试周，到时候没时间出去拍图，他自己能不能撑到过年都难说。

再次回到宿舍，李勒这个平时打游戏打得昼夜不分的人居然破天荒地睡了，另外两个室友都是申城本地人，平时不在宿舍住。秦楮杉轻手轻脚地打开电脑，插上相机卡。

秦楮杉翻看着剩下的几十张陶熠的照片，透过屏幕细细地打量他。

身高目测 185cm 往上，盘靓条顺，腰细腿长。

没做造型，一头亚麻灰色的顺毛刘海，看起来乖得像个高中生。

皮肤白得发光，虽然口罩遮住了下半张脸，但只是那一双灿若星辰的眸子，就已经足够引人注目了。

说陶熠和余夏“撞脸”，其实根源在于两人的眼睛长得很像，都是那种纯情又带着点儿无辜的星星眼，好像无论什么时候都是闪闪亮亮的。

但当他真正见到陶熠本人又觉得，容貌虽然略有相似，但和余夏的气质其实是完全不一样的。

虽然业务能力暂时不清楚，但这颜值，这身材，已经秒杀百分之九十的选手了。这样的好苗子，秦楮杉实在想不通这垃圾公司为什么不肯好好捧，非要借他给公司和节目炒作，难道真的是打算拿他“祭天”？

要是最后连个出道位都不给，那他也真的是太惨了。

看了一会儿照片，秦楮杉就不由自主地打开了 PS，简单地液化磨皮，然后开始调色。

每个人修图都有属于自己的风格，但秦楮杉由于常年代拍代修图，风格都是客户指定的，日积月累也就掌握了很多不同的风格。

秦楮杉尝试了好几种色调，效果最好的居然是他平时觉得最雷的那种裸粉色少女系滤镜。

看着陶熠脸上的那只粉红色口罩，秦楮杉觉得，这一定是因为陶熠自带少女气质，不是他的锅。

他平时修图的速度非常快，最开始修出基本的一张，其他的只需要套用指定的动作，批量处理就完事了。但这次不知怎么的，对着陶熠那张脸，他不由自主地就一张一张地精修出了一套九宫格。

秦楮杉对着这几张精修图，犯了难。

攒起来为“发财致富”小分队以后要开的组合站子当存货？

他难得用心地出一套图，想来想去，总是不忍心拿这个去圈钱。

这么想着，秦楮杉就鬼使神差地打开微博，点击了“注册新账号”。

等他意识到自己想干吗的时候，吓了一跳。

他这是……准备给陶熠开粉丝站了？

他明明是想指着陶熠圈钱的，怎么这就开始准备“为爱发电”了？

不行，他是一个“莫得”感情的代拍，他不能成为对任何有人真情实感的粉丝。

挣扎了一下，秦楮杉还是觉得这样又坚强又悲惨的小孩，不能只让他一个人知道。

罢了，不如佛系开站，有机会就蹲，没机会就算，万一陶熠真火了，到时候卖写真说不定还能赚一波。

当然，他其实很清楚，大概率这小孩会岌岌无名，他的站子可能根本无人问津。

那就当是他为这小孩做的最后一点贡献吧。

想了想最近微博上最火的几个明星站，名字都挺高大上的，他随手模仿着打了个微博名：“熠闪 _starshine”。

好像也不太高大上，甚至还有点土。

算了，随他吧。

微博账号创建成功。

秦楮杉搜了一下陶熠，有十几万微博粉丝，不知道里面有多少是刚买的“僵尸粉”。

他打开微博超话……什么玩意儿，超话不存在？

秦楮杉深深地质疑，陶熠是不是只有他在机场遇见的那一个小粉丝。

好人做到底，秦楮杉无奈地创建了超话，然后在里面发了站子的第一条微博。

“Twinkle twinkle little star,how I wonder what you are.”

天啊，太土了。

原谅他这个“钢铁直男”吧。

微博发送成功后，秦楮杉习惯性地刷新了一下。

转评赞都是 0，阅读 1，应该是他自己刷的。

秦楮杉想起来他们从前一起为余夏开粉丝站的时候，因为图拍得好看，文案写得漂亮，站子在圈里粉丝众多。余夏最巅峰的时候，站子的一条图博转发能破十万，比一个小明星的流量还大。

现在想想，人都没了，再好看的数据又有什么用呢？

又刷新了一下，依然无人问津。

秦楮杉看不下去了，登录了自己的个人微博，自己转发了一下。

噫。

油腻，猥琐，且略恶心。

罢了，反正也没人看见。

秦楮杉没想到微博发了没多久，就有人关注了他。

他看了一眼名字：屁桃君 peach。

什么玩意儿？

他今天是跟这个丑东西过不去了吗？

还没来得及看这人的主页，对方就发来了消息。

屁桃君 peach："闪哥？"

闪哥快闪："你怎么知道是我？"

屁桃君 peach："你名字不是写了吗……"

秦楮杉一看，这才发现这人关注的原来不是站子，是他的个人号。

闪哥快闪："哦，你是？"

对方没回他。

他点开了对方的微博，只见里面要么是一些分享的歌曲，要么就是一些心灵鸡汤，唯一的一条点赞是刚刚站子发的那条图博。

看着这熟悉的名字，这又粉又丑的头像，电光火石之间，秦楮杉觉得自己明白了什么。

闪哥快闪："你不会就是——"

屁桃君 peach："什么？"

闪哥快闪："今天机场碰到的那个妹妹吧！"

喜欢屁桃君，喜欢陶熠，微博还颇有一种岁月静好的文艺少女气息，应该就是她没错了。

对方没有回复，显然被他猜对了。

秦楮杉觉得自己真是个天才。

闪哥快闪：“我已经帮你把话转达给小陶啦，他说谢谢你，他会加油的。”

闪哥快闪：“对了，你怎么知道小陶也喜欢屁桃君啊，他今天看起来很开心的样子。难道你是个老粉？”

屁桃君 peach：“嗯。”

秦楮杉惊了，他说了这么多，小妹妹就回了一个字？

这也太高冷了吧？

和机场见到的样子完全不符啊。

不过根据他多年混迹饭圈的经验来看，有太多小妹妹在网络上战斗欲旺盛，然而现实中却是文静乖巧的美少女。

线上线下，本来就是两个世界，这样想想，人设反过来也不是没有可能。

该传达的他已经传达到了，然而小妹妹看起来好像不怎么激动，秦楮杉正不知道该说些什么，就见对方终于主动说话了。

屁桃君 peach：“其实我是想问你，今天那个屁桃君上面的标签……”

标签？

秦楮杉回忆了半天，这才想起来，两只屁桃君身上好像都绑着手写的日文标签。

屁桃君 peach：“是你自己写的吗？”

事实上别说是他写的了，他连那是什么意思都不知道。可是毕竟小妹妹已经把他当成了世界上唯二存在的陶熠粉丝，他要是告诉小妹妹一切只是个乌龙，他只是个凑巧路过的，那个屁桃君其实是学妹送给他的，小妹妹估计得伤心死。

他拿起自己包上剩下的那个屁桃君，用手机飞速地扫描了一下，翻译了上面的日文：

“今晚月色真美。”

夏目漱石的经典表白语录，看来学妹还是个文青。

这样看来，另一只屁桃君上的标签大约也是什么隐晦的情诗，就算是送给陶熠了也无所谓。

于是他回复：“是啊。”

闪哥快闪：“怎么了？”

屁桃君 peach："没。"

屁桃君没再说话，于是没头没尾的对话就这样结束了。

半夜十二点多，秦楮杉准备冲个澡就上床睡觉。他刚从浴室里出来，发现昼夜颠倒的李勒居然在这个点儿醒了。

李勒打了个哈欠，"回来啦，今天心情不错啊。"

秦楮杉抬眼看他，"你从哪儿看出来心情不错的？"

"写脸上了都。"李勒笑了起来，"不过肯定不是见美女了，应该是赚大钱了。"

秦楮杉跟着笑了一声，"挺懂我。"

李勒说："对了，今天学妹让我问你跨年有没有时间。"

跨年夜申城有晚会，机场别提多热闹了，过年过节的代拍还少，他忙都要忙死了。

秦楮杉："跨什么年，我忙着机场赚钱。"

李勒又笑了起来，"嘿嘿，我就知道你没时间，已经帮你拒绝了，你猜我怎么说的？"

秦楮杉从善如流，"怎么说的？"

李勒："我说，我们秦神向来不近女色，已经快成和尚了。"

秦楮杉："你才和尚呢，哥的桃花运都被你给葬送了，你给赔吗？"

李勒撇了撇嘴，"你知不知道我跟学妹好说歹说，她才答应把屁桃君拿回去的。"

秦楮杉惊了，"拿回去？"

李勒看向他，"不是你让我还回去的吗？"

李勒看了一眼他的电脑包，发现了什么，"哎，怎么就剩一只了？你不会顺手送人了吧？"

秦楮杉一言难尽地看了他一眼。

李勒露出一脸了然的表情，"哦，原来是外面有人了。"

秦楮杉："有个屁。"

李勒："那你干吗还送一个留一个？情侣挂饰？"

秦楮杉："这是个误会。"

李勒哼哼笑了两声，又说："对了，学妹还说了，上面那句话，她开玩笑的，让你别介意。"

秦楮杉感觉到一丝不对劲，问他："哪句？"

“少装了，就那句，”李勒又嘿嘿笑了起来，“真直接啊，现在的小姑娘不简单。”

秦楮杉又惊了，“什么玩意儿？你把话说清楚！”

李勒看他不像是装的，愣了愣，“你真不知道？”

秦楮杉：“我又不懂日语！”

现在东西都已经送给陶熠了，他连查都没法查。

李勒讪讪道：“咳，你激动什么，反正你也是送对象了，不怕。”

秦楮杉急得都懒得反驳他了，“那句话到底写的什么？”

李勒看了他一眼，顿了顿，小心翼翼地说：“我想做你女朋友。”

任何一个穿梭在机场中，把明星当作圈钱工具的代拍，都曾经是一个奔波在前线的追星族。

只是当初是如何的真情实感，现在就是如何的冷眼旁观。

秦楮杉还记得自己第一次知道余夏这个人，是在十多岁的时候。

他出生在世代以捕鱼为生的小渔村里，从小在市里读寄宿学校。那年中考揭榜，他以全市第一的成绩考上了一所重点高中，他兴高采烈地把录取通知书带回家，却被父亲一把撕成了两半。

渔民的儿子就应该捕鱼，捕鱼不需要高中学历。更何况家里还有一个刚出生的妹妹需要拉扯，根本没有多余的钱供他上学。

他跑到市里的那所高中，申请了助学金，得到了减免学费的名额，然而却没有得到父亲的松口——毕竟生活费也是一笔不小的开支，况且他去读书，家里少了一个壮年劳动力，就又少赚了一份钱。

他不想一辈子待在那个只能依靠船只与外界连通的小岛，可是除了那里，他无处可去。

高中就要开学的前一天，他坐着船偷偷跑到了市里。他想最后再看一眼“大城市”的样子，然后就跳到海里去。

他是海岛上长大的孩子，但他不想做渔民，他宁愿做一条鱼。

他来到市中心那座最大的商场新装上的电子屏前，里面正在播放一档节目，主角是一个染着金黄色头发的年轻男孩，他看着这人脸熟，知道那是一个大明星。

大明星正在讲他当初在国外做练习生时的经历，他少年时背井离乡，日复一日地训练，终于在选秀节目中脱颖而出，实现了他的舞台梦。

秦楮杉不知道练习生是做什么的，但日子大约也过得很苦，就像他一样。

节目的末尾，大明星说："无论感到夜多么黑暗，都不要选择放弃，因为你不知道，星星是不是很快就会出现在前方。"

明明是很普通的一句心灵鸡汤，但大约是因为大明星讲故事的样子太有感染力，这句话被秦楮杉牢牢地记在了心里。

他看完节目，放弃了跳海的计划，默默地回到了村里。

那天晚上，母亲问他是不是真的想上学，他坚定地点了点头。第二天凌晨，天还没亮，母亲就送他上了去市里的船。

市里的高中同学和从前的同伴都不一样，从他们的嘴里，他得知了另外一番天地。他知道了那个大明星叫余夏，是全国人气最高的偶像。

他从同学的手机里看到他的视频，看到他在舞台上自信无比的姿态，看到他在节目中努力上进的样子。

高三那年，小渔村升级成了镇子，捕鱼也实现了机械化，父亲失业了，家里失去了一份重要的经济来源，全家仅靠着母亲在海产品加工厂的微薄收入维持家用，抚养年幼的妹妹。

父亲希望他辍学回去，在工厂里打一份工，反正家里也供不起他读大学。

最后的一年里，母亲没日没夜地加班做工，咬牙支持着他。

他的枕头底下藏着一张商店里买的印着余夏照片的小卡片，每当他坚持不下去的时候，就看一看那张卡片，想起他说过的那句话。

六月，他以全市第一名的成绩考上了全国排名前几的申城大学，报考的是传媒专业，他对娱乐圈这个写满梦想与荣光的地方充满了向往，他更想有一天，有机会站在余夏面前。

那一年的暑假，他同时打了几份工，凑够了第一年的学费。

步入大学，他靠着各种各样的兼职养活自己，同时补贴家里。再后来，他凭借着在学校积累的摄影和美工技术，加入了余夏的粉丝站，成为一个奔波在前线的站哥。

那是他十几年的人生中最幸福的一段时光，尽管那时候余夏很红，他买不起那些价格昂贵的活动门票，只能活跃在机场。但余夏无论何时都挂在嘴边带着温柔和鼓励意味的笑容，让他有动力为了未来继续努力。

后来，他买了一张余夏、关熙双人组合的演唱会门票，是最便宜的那一种，他坐在最远的“山顶上”，听着满场呼唤着余夏的名字，仿佛在呼唤他的梦想。

然而在那样灯光璀璨的舞台上，余夏却忽然倒了下去。

没过多久，余夏被发现有严重违规行为，再后来，因为抑郁症跳楼自杀。

巨星的陨落不过是一夜之间，而信仰的崩塌也不过是一念之间。

他始终无法相信余夏这样在镜头前永远完美无缺的人，居然在私底下会做出让自我毁灭的事。

他更无法接受余夏的突然离去。

没有人知道余夏对他而言的意义，他不同于家人和朋友，他甚至只是一个陌生人，但那颗在无边的黑夜中给过他唯一一点光芒的星星，就这样再也不会发光了。

没多久，他家里也出了事。父亲开始沉迷于打牌，在外面输了不少钱，欠了一屁股债。秦楮杉像当年的父亲一样狠心，把他父亲一次次地从家里赶出去，但赌没有尽头，欠的债也永远还不完。

他开始凭借自己的拍照和修图技术，成为一名职业代拍。赚的钱不少，能养活自己，还能供妹妹上学，补贴给家里，以防那些要债的人阴魂不散。

他逐渐明白，别人提供的光亮或许能救人一时，但任何人都无法永远依靠别人前行。

在无边的黑夜里，只有自己才是自己的星星。

Chapter 03　首播

“丁零零——”

忽然响起的闹钟将秦楮杉从沉沉的睡梦中惊醒。

他很久没有睡过这么沉的一觉，也很久没有做过这样清晰的梦了。

不愉快的回忆让他的心情不免有些沉重，他睁着眼睛，盯着床帘顶看了足足有三分钟，才猛地坐起身来。

他打开微信回了一大堆待处理的消息，又顺手打开微博看了一眼。

不看则已，一看就吓了一跳。

转、评、赞，加起来好几万的消息量，他已经很久不曾见过了。

他的心里生出一丝隐秘的期待，陶熠是不是火了？

他打开微博，却发现事情没有他想的那么美好，至少没有他想的那么简单。

原来是昨天深夜，一个几十万粉的饭圈太太转发了这条微博：“我求求你们都给我看看这个眼睛里有星星的笑容！这是什么绝美天使宝贝！”

这位太太的微博流量很大，于是很快就有被高颜值吸引的“舔屏党”疯狂转发评论：

“这是纯素颜啊！也太能打了吧！”

“这什么水汪汪的大眼睛，我实名心动！”

“这宽肩！这窄腰！这长腿！身材比例绝了！”

“一分钟内，我要这个漂亮弟弟的全部信息！”

“陶熠，性别男，年龄 19 岁，身高 187cm，体重 65kg，花桔娱乐练习生。目前资料就这么多，还有别的吗？”

宣传效果是好的，然而紧接着，话题就歪到了奇怪的方向。

“这么粉嫩嫩的口罩，这么粉嫩嫩的滤镜，满足妹妹的少女心吧！”

“宇宙甜心少女！都给我嗑！”

“为了我们漂亮弟弟我决定开始看‘吾’了！”

转着转着，就出现了不和谐的声音。

“陶熠？这不就是前两天捆绑死人上热搜的那个？”

“我说名字怎么这么熟悉，原来是捆绑咖。”

“恶心，捆绑咖。”

“垃圾公司和节目组炒作罢了，漂亮弟弟又做错了什么呢。”

……

看着满屏的花式“撕”，秦楮杉感觉有点头痛。

这才是粉丝站的第一条微博，居然就这么腥风血雨，看来以后的路，注定任重而道远。

令他颇感欣慰的是好在还涨了那么千把个粉丝。

果然，黑红也是红，不怕被人骂，就怕无人问。

艺人如此，站子亦然。

秦楮杉一边删除不和谐的言论，一边坚定地想：小陶，我们和你一起加油。

秦楮杉费了老大的劲净化了评论区，刚歇了没两分钟，微信就又弹出了一条消息。

消息是陈昕发给他的。

陈昕曾经也是一起开粉丝站的余夏粉，身为富二代，她是一位不折不扣的“壕粉”，从前站子的大量资金投入，基本上都是她出的。

这样的“白富美”不差钱，更不求回报，对她来说，追星就是花钱买爱情。

然而余夏的事，让她的爱情就此破灭了。

从余夏被曝光严重违规开始，她就一度陷入了抑郁。

秦楮杉不知道该说她傻，还是说她真性情，但他能明白她的感受。

追星和恋爱其实没什么区别，过程中越幸福，付出得越多，最后失去时就越痛苦、越绝望。

秦楮杉点开了聊天窗口。

陈昕：“那个站子是你开的吧？”

虽然被小伙伴认出来是迟早的事，但秦楮杉没想到会这么快，忍不住问她：“你怎么知道？”

陈昕：“看图的风格有点像你的手笔，又看了一眼名字，果然。”

陈昕：“找到新归宿了？”

秦楮杉思索了一下，回道：“不算吧，先开着玩玩。”

在饭圈，“爬墙”（喜欢其他偶像）是一件很常见的事情，但同时也不是那么光彩的，谁也不会光明正大地宣告全世界。

更何况秦楮杉已经发誓这辈子再也不会真情实感地追星了，他自认并不是陶熠的真爱粉。

陈昕：“这回不赚钱了？”

闪哥：“这孩子星途这么不顺这么惨，能赚什么钱，现阶段能帮他吸点粉就不错了。”

他以为陈昕会嘲笑他两句，没想到陈昕回他：“不是为了圈钱的话，带上我呗？”

闪哥：“认真的？”

陈昕：“现在还好，等节目开播了，你一个人开站子，又蹲前线又做管理，根本忙不过来，后面还会有集资的事情，你也没经验。”

秦楮杉知道陈昕是没把话说破，没经验是次要的，没钱才是真的。

闪哥：“金主，求之不得！”

闪哥：“不过冒昧地问一句，为什么突然想粉小陶？”

陈昕：“你又为什么？大家还不都是为了那一个原因。”

他知道陈昕的意思是因为陶熠长得像余夏，但是他扪心自问，绝对没有把陶熠当作余夏的替代品。

闪哥：“我不是好吧，我是见了小孩一次，觉得挺惨，才有点怜爱的。”

陈昕：“那你就当我是太空虚了，想消磨时间吧。”

消磨时间的方式都如此与众不同，秦楮杉不由得再次感慨，有钱真好。

晚课老师在拖堂长达半小时后，终于结束了喋喋不休，秦楮杉飞奔回宿舍，打开电脑，正好赶上今晚《吾辈之名》的首播。

常年长在床上的“电竞达人”李勒在厮杀的间隙听到床下电脑外放的声音，从床帘里探出头来，瞄了一眼秦楮杉桌上的屏幕，“哟，你那天不是翘课了吗，怎么还知道作业？”

秦楮杉抬头看他，“什么作业？”

李勒：“周老爷子的作业啊。”

周教授开的课是《综艺节目研究》，基本上都围绕着当前市场上的大热综艺展开，《吾辈之名》也进入了他的研究领域，倒是让秦楮杉有点意外：“老爷子这么紧跟热点？”

李勒点点头，“上次的作业就是看《吾辈之吾》第一期，他下节课随堂提问。我实在懒得看，到时候就靠男神你啦。”

秦楮杉哼了一声，“统共才两三个小时，懒死你算了。”

李勒不以为意，“这要是选女团我还有兴趣瞅一眼，一帮男人有什么好看的。”

说着，他像是发现了什么一样，饶有兴致地看向秦楮杉，“对了，你既然不知道周老爷子的作业，怎么想起来看这个？”

秦楮杉没理他，摊开笔记本，兢兢业业地做起了笔记。

《吾辈之名》最具有创新意义的改编点在于，它没有像以往的竞演选秀节目一样提前一两个月开始训练、拍摄，而是大大缩短了后期时间，基本上是录完剪完就播，其中间隔基本不超过一周。也就是说，观众现在看到的内容，就是练习生最近的生活状态。

首期节目自然就是练习生们的进场，算算时间，那天在机场遇到陶熠后，没过两天就开始录制了。想起最近陶熠的这些糟心事，秦楮杉不由得有些担心，会不会影响到他在节目中的表现。

热血十足的先导视频播放过后，随着背景音乐的响起，镜头跟着第一个公司的练习生进入了偌大的舞台。

金字塔式的阶梯自上而下摆放着一百个金光灿灿的座位，由练习生们自由选择，但很快，在初次评级和这一期节目播放过后，这个临时的排名就会发生改变。

练习生有一百个，然而最终的出道位只有那七个。

实力固然很重要，但它有太多因素的限制。

镜头的多少、剪辑后的呈现方式，都在无形中决定着选手的命运。

镜头是最重要的吸粉利器，但它不可能平均分给一百个人，因此每一个哪怕一秒钟的镜头背后，都是资本的博弈。

练习生的出镜率不仅仅是粉丝没日没夜打榜投票的热情，更是公司之间一场没有硝烟的战争。

而许多小公司的练习生，即便拥有可以出道的实力，也会因为没有后台撑腰，最终无法得到出道的机会。

甚至对于很多人来说，这场初评级，就是他们在整季节目中镜头最多的一次。也很有可能就此成为他们唯一一次站在这样高的舞台上，享受这么多的镜头的机会。

“一见钟情”是一种很神奇的力量，因此第一期节目中，选手留给观众的初印象非常重要。通过第一期的镜头和剪辑，选手的人设、手握的剧本，以及是否是节目日后主推的对象，都能初见端倪。

节目组大约是为了稳住观众，重头戏总是要放在后面一点，练习生们一个一个地入场，金字塔已经变得非常热闹了，大屏幕上终于出现了“花桔娱乐”的字样。

全场发出一阵惊呼，秦楮杉的内心也跟着一紧。

舞台正中央的大门缓缓打开，四个身穿黑色休闲西服的少年陆续入场。

走在最前方的队长傅奕茗染着一头耀眼的金发，浓妆的脸庞带着一分妖冶的俊美，脸上的笑容自信而张扬，仿佛天生自带着光芒。

全场几乎没有人不认识他，因此他还没有开口，其余练习生们在台下的交流已经轮番替他做了自我介绍。

他今年二十二岁，之前就已经在男子组合里出过道，本身的实力和粉丝基础就已经碾压在座众人，这次选择从这个节目重新出发，无疑就是奔着C位来的。

而走在他后面的陶熠，则是第一次站上这样的舞台。

镜头给了他一个正脸，他今天做了经典的水冰月发型，刘海在脑门中间环成一个桃心。不同于傅奕茗的热情四射，他对着镜头简单地挥了挥手，露出一个浅淡的笑容。

“好帅啊！”

“这身高……好怕以后和他站在一起，简直公开处刑。”

“笑起来有点酷酷的。”

有一个练习生忽然说：“他长得好像那个……”

另一个人问：“谁？”

“咳，我不敢说……”

镜头切走了。

秦楮杉忍不住翻了个白眼。

不敢说？那你还不是说了。

通过这隐晦的一段对话，他就基本可以确定之前一系列的操作是花桔和棕熊视频的联合炒作了。

节目组果然不做人。

他没来得及骂两句，花桔娱乐的四名练习生就依次入了场，金字塔阶梯上的座位已经不多了，他们选择了仅剩的一排连坐，位置挺高，不过想来这些也都是剧本上提前写好的。

所有练习生入场完毕后，节目发起人关熙带领几位导师入场。

关熙一如既往地不苟言笑，尽管掌控着主持人的位置，依旧将高冷贯穿始终。

他环视着金字塔阶梯上的练习生们，说："今天初评级的顺序完全遵循你们的意见，哪组的呼声最高，就由哪一组率先表演。"

全场呼声嘈杂，但呼声最高的无疑是"花桔"！

关熙看了一眼花桔娱乐的位置，又问："你们确定吗？一开场就让他们上来，怕你们会自卑。"

练习生们哄笑起来，关熙拿起话筒，"那么首先有请，花桔娱乐。"

四位黑衣少年依次上台自我介绍，除了傅奕茗和陶熠外，花桔的另外两个练习生都是十六七岁的小朋友，比两位哥哥还要稚嫩，不过稚嫩有稚嫩的好处，现在网上有的是"妈粉"群体。

"大家好，我们是花桔少年。"

秦楮杉不由得笑了一声，还真是临时组的团，名字够简单粗暴。

哥哥们站在两边，弟弟们被保护在中间，兄友弟恭，颇具团魂，大概率今晚就会诞生一大批团粉。

队长傅奕茗最先拿起话筒，"大家好，我是想要让身边洒满阳光的小太阳傅奕茗。"

"大家好，我是做事从来不过大脑的没头脑邢佑。"

"大家好，我是虽然名字叫高幸但是可能不太高兴的不高兴高幸。"

一串绕口令般的自我介绍，让全场瞬间笑倒。

陶熠拿着话筒，停了几秒，等全场笑完，才乖巧地说："大家好，我是实在没想出什么前缀的屁桃君陶熠。”

秦楮杉愣了愣，他看出来陶熠蛮喜欢屁桃君，没想到喜欢到要用它做名字的地步。

他究竟为什么对这个丑东西念念不忘？

负责声乐的女导师樊湘湘替他问出了内心的疑问：“为什么要叫屁桃啊？”

陶熠依旧笑得浅淡，“因为很喜欢屁桃，我又刚好姓陶。”

樊湘湘温柔地笑着问：“那我猜你一定很喜欢粉色对不对？”

陶熠的嘴角弯了弯，然后乖巧地点了点头。

台下有人惊呼：“好少女啊！”

秦楮杉“噗”的一声笑了出来。

没想到节目组还真打算给陶熠一个少女人设。

可是他这 187cm 的身高，年龄虽然不大，性格却成熟稳重，就是长相再美，也是个妥妥的少年。

想来想去，秦楮杉的脑海里不由得冒出来……

亚麻色头发的少女？

莫非是那什么宇宙甜心少女？

秦楮杉想起自己站子那条美图微博，以及转发评论里的各种发散思维，不由乐颠颠地想，不知道自己算不算第一个给自己爱豆成功定人设的粉丝。

关熙拿起话筒，看向傅奕茗，“傅奕茗之前已经在组合里出过道，为什么会选择参加这个节目？”

关熙的这个问题很常见，却也很难答。

谁都知道出过道的人重新参加节目是因为以前发展不好，想要翻红。尽管大家都心知肚明，但谁也不能太直接地把“想红”两个字写在脸上。

傅奕茗坦荡地笑了笑，“在座的各位都做过练习生，我想大家都明白那是一段怎样的日子，没有观众，没有掌声，只有日复一日的训练与汗水。我甚至一度想过要放弃，但我感谢自己坚持下来了，我想你们也是一样。”

台下的练习生们神色动容，有的眼里已经闪烁起了泪光。

傅奕茗接着说：“现在回想起来，从前的这一段经历，对我来说是一段非常宝贵的财富。而选择参加这个节目，也是希望自己能够达到一个更高的水平，让从前以及今后的努力，帮助自己实现更大的舞台梦想，希望有一天，也能听到台下有人呼唤我的名字。”

台下掌声雷鸣。

秦楮杉在笔记上写下了傅奕茗的名字。

这个回答堪称完美，滴水不漏。

傅奕茗言谈间回避了敏感问题，引发了强烈共情，同时隐隐地暗示自己曾经的努力没有换来应有的高度。

如果真是他现场想出来的，那么这个人必定情商、智商都很高，是天生的偶像。

如果是准备好的剧本，那么这个人无疑是节目的重点培养对象，秦楮杉大胆推测，他是可能性最大的核心位候选人。

其他几位导师又问了几个关于团队的问题，看得出来队友们都十分活泼卖力，毕竟谁都不是傻子，多说话，多争取镜头，就意味着更多的人气。

然而秦楮杉深深地怀疑陶熠是不是有点傻。

全程不争取镜头，也不抢着答话，只有问题问到他的时候才简单说几句，也没什么机灵可以抖。

秦楮杉不由得叹了口气，合着这还是位“文静少女”。

这么不爱营业，可怎么跟你旁边那位小太阳队友的光芒相抗衡呢？

很快，自我介绍环节完毕，正式表演开始。

全场舞台灯灭，四名黑衣少年摆好造型，随着激烈的背景音乐响起，一齐转身跃起，一开场就来了几个高难度的舞蹈动作。

他们挑选的是一首劲歌，秦楮杉不由得感慨，大公司的练习生确实实力不俗，看得出来经过了反复的训练，初次的舞台已经非常成熟。

而舞台上最沉稳也最吸引目光的，无疑是傅奕茗和陶熠。

团体表演后的个人表演环节，傅奕茗表演了一首经典舞曲，副歌部分，他将话筒指向舞台下方，金字塔阶梯上的练习生们纷纷站起来与他合唱，迅速引爆全场，先前略有些沉闷的气氛随之一扫而空。

连向来严格且话少的关熙都难得地称赞了一句：“傅奕茗天生就属于舞台。”

直到轮到陶熠表演，全场才重新安静下来。

陶熠抱着一把吉他，站在舞台中央。

秦楮杉看了刚才的团体表演，因为经过了后期修音，每个人的声音听不出来明显的好坏，但陶熠的舞蹈功底明显非常突出，秦楮杉以为他肯定是专业的舞者，没想到他的个人表演会是声乐。

“我的个人表演是一首原创歌曲：*Starlight.*”

好家伙，还是创作型歌手。

陶熠缓缓地开了口，是一段陌生的旋律，却是熟悉的歌词：“Twinkle Twinkle little star.How I wonder what you are？”

秦楮杉瞬间愣住了。

镜头给了场上的声乐导师，然后又给了台下的练习生们。

所有人都是一脸震惊的表情。

他们震惊的是陶熠的声音，没有想到一个舞蹈实力优越的练习生，还同时有这样干净动人的歌喉。

秦楮杉近距离听过陶熠说话，他的声音的确清澈好听，唱歌好对他来说并不是一件特别意外的事。

他的震惊比他们又多了一层，因为陶熠这首歌的前两句，不是那天他站子的第一条微博用的文案吗？

接下来的歌词就都是原创了，但秦楮杉依然觉得很神奇。

他那条图博被转发了上万次，搜索陶熠的广场，第一条就是那篇无比显眼的九宫格。

有那么一瞬间，他怀疑陶熠真的看过自己为他开的站子。

但很快，他仔细一想，陶熠这首歌肯定是很早之前就写好了，所以他也是凑巧用了这句。

尽管一切只是个巧合，但秦楮杉还是美滋滋地觉得这是命运的安排。

一曲终了，安静的台下瞬间爆发出经久不息的掌声。

声乐导师樊湘湘激动地拿起话筒，“陶熠，我可以邀请你做我明年开年演唱会的帮唱嘉宾吗？”

台下都哄笑起来，听得出樊湘湘为自己的演唱会打了个软广，但也明白，一向专业度极高的她能够给出这样的评价，是对一个歌者最大的褒奖。

接下来就是评级了，众人都无比期待，赫赫有名的花桔娱乐带来的第一组表演就已经水准很高，不知道能拿到怎样的评级。

每位导师手中有 A、B、C、D、F 五种字母牌，评级时导师各自举牌，数量最多的字母为选手的最终等级。

傅奕茗众望所归地得到了全A，成为全场第一个，也极有可能是唯一一个全A练习生。

轮到陶熠了，秦楮杉隐隐有些担忧，陶熠的舞蹈和唱歌没得说，但刚刚在群演时说唱的片段很少，可能在这方面比较一般，兴许说唱导师会给他B。

导师们缓缓地举牌，一排粉红色的A中间夹杂着一个金黄的B，显得无比突兀。

居然是关熙。

陶熠向来是个喜怒不形于色的人，但看到这个B，还是微微地怔了一秒。

镜头给到关熙身旁的导师，还有台下的练习生们。

早在节目播出以前，网络上对于关熙和陶熠就早有微妙的猜测了。陶熠长相酷似余夏，而关熙和余夏的关系在传闻中又是神乎其神，爱恨交加，因此哪怕是不看《吾辈之名》的人，都被吸引得忍不住想来围观。

此刻导师和练习生们的表情，也正好印证了这一点。

陶熠刚刚的表现有目共睹，关熙同样作为创作型歌手，怎么会给他B呢?

然而关熙承受着来自四面八方的数百道目光，却依旧岿然不动，看向舞台中央的陶熠，“你知道我为什么给你B吗？”

陶熠的表情却早已经恢复如常，“因为我临时对歌曲进行了改动。”

台上台下，除了他们两个人，都蒙了。

关熙点了点头，“既然知道会被我听出来，为什么还要忽然在开头加两句新词？”

秦楮杉也蒙了。

开头的两句新词?不就是他文案里的那两句?

陶熠说：“因为在录制之前忽然看到了这两句话，有了一些新灵感，所以就把它加到了歌词里。”

关熙说：“有灵感是好的，但是歌手最忌讳上场前的临时改动，因为这些改动往往是一时兴起，没有经过润色，所以会显得很突兀。比如你刚刚的这两句，一下就被我听出来了。”顿了顿，他又说：“我知道你肯定会进A班，但我还是要给你这个B，因为希望你记住，作为一个成熟的歌手，冲动是属于创作的，而不属于舞台。”

陶熠点了点头，深深地鞠了一躬，“我记住了，谢谢关老师。”

全场鼓起掌来，关熙却没有放下话筒，他再次看向陶熠，“我还是想知道，究竟是什么样的动力让你这么坚定，一定要把那两句词加进你的歌里？”

陶熠抬起眼眸，看向舞台中央的镜头，对面的聚光灯在他的眼里打出星星般闪烁的形状。

他深吸一口气，说：“为了想要支持我的人。”

如果这一切只是巧合，那他们的缘分也太深了点。

秦楮杉心想，难道陶熠真的看到了站子的微博？

看到了他那句土味文案？

然后特意在表演前把它加到了自己的歌词里？

秦楮杉不由自主地脑补陶熠刷着微博的样子，抱着吉他临时编曲的样子，他写满认真的璀璨星眸，他拨弄和弦的修长手指……秦楮杉简直不敢再想下去了。

这是什么宇宙甜心啊！

他简直要成陶熠的死忠粉了！

然而屏幕内的画面很快地浇灭了他熊熊燃烧的激情。

评级完毕后，傅奕茗迅速地转身握住陶熠的手，镜头拉近，陶熠回身看向他，两人来了个默契无比的拥抱。

你们在干什么！

看看你们身旁那两个只拿了 B 的可怜弟弟啊！

后期组为什么非要把这个镜头慢放！

镜头一转，花桔少年们已经各自走到了金字塔阶梯上属于自己的位置。

很遗憾，花桔少年的精彩表现并没能拉高初评级的总体水平，反而提高了大家的期待值，结果紧接着的几个公司的选手愈发紧张，表现极其一般，再也没有出现一个全 A。

虽然练习生的实力不怎么样，但几位导师还是温柔地给予了鼓励，只有关熙从头到尾没有露出过一丝笑容，对于选手的评价也丝毫不留情面，俨然是一位严师。

又看了几轮质量不高的表演，关熙的脸色已经沉得要命，现场的气氛也越来越紧张。练习生们都是一脸紧张，不知道下一个会是哪个运气不好的练习生上来触霉头，大屏幕上缓缓地显示出“棠诗传媒”，众人终于松了一口气。

棠诗是场上除了花桔以外的另一家娱乐巨头，但和花桔专业偶像公司的属性不同，棠诗原本是一家传统的演员经纪公司，近两年随着偶像市场在国内兴起，才逐渐开始招收练习生。

虽然棠诗的练习生历史不如花桔悠久，但谁都知道棠诗拥有丰厚的影视资源，为爱豆转型演员提供了天然的跳板。

而与此同时，棠诗传媒还拥有另一个未播先火的焦点——棠诗传媒 CEO 苏峰的小儿子，名副其实的棠诗“太子”苏遇，竟然参加了这个节目。

苏遇没有继承家业的打算，倒是志在进军演艺圈，自然签在棠诗旗下。这次来参加《吾辈之名》，也是想要积攒人气，然后再逐渐转战荧幕。

像是要与花桔叫板一般，棠诗传媒的五位练习生穿了清一色的白色演出服，跳的舞也同样是一首节奏很快的劲舞。

在之前几轮表演的衬托下，棠诗的舞台表现也非常出彩，然而在音乐接近尾声，大家即将摆出结束动作时，舞台中央忽然出现了骚乱。

音乐停止，关熙双眉紧皱，问：“怎么回事？”

练习生们面面相觑，都是一脸慌张，苏遇忽然拿起了话筒，鞠了一躬，小心翼翼地说：“老师对不起，刚刚是我的动作摆错了，影响了全队的位置。”

关熙的眉头皱得更紧了，语气冰冷地质问：“你的对不起应该对我说吗？”

经历了刚刚那一出，苏遇整个人都吓蒙了，又被关熙这么一凶，声音都不由自主地带上了一丝颤抖，他转身向队友们鞠躬：“哥哥们对不起。”

苏遇今年只有十六岁，个子还没长起来，看起来小小的，是队里最小的弟弟，他的声音条件不错，定位是歌手，又因为练习时间短，舞蹈落后一些，记错动作也情有可原。

哥哥们自然挨个上前拥抱他，告诉他没关系。

关熙依旧冷漠道：“在初次亮相的舞台上，我不懂你怎么可以允许自己犯这样的错误，甚至连累全队。一个团从来都是一个整体，你永远无法想象自己的一个失误会给其他人造成怎样的……”

关熙的话音忽然停了下来，像是想起了什么，冷冽的眸子垂了下去。

屏幕前，秦楮杉的心跟着一沉。

良久，关熙叹了口气，轻声说：“请导师们评级吧。”

棠诗的练习生有拿 A 的，有拿 B 的，而苏遇本来可以分到 B 班，却因为最后的失误，只得到了 C 的成绩。

镜头跟着他下了台，他的正脸避开镜头，努力地想噙住眼中的泪水。

他的模样本来看着就很小，现在这样忍住不哭的样子，更让人觉得心疼。

他默默地走上金字塔阶梯，坐在属于他的位置，背后忽然伸出一只手。

镜头往上推，居然是陶熠。

陶熠张着嘴，似乎在对他说什么鼓励的话，看到镜头冲着他转过来，他又不说了，最后只是无声地拍了拍苏遇的肩。

秦楮杉看出来了，陶熠真心想安慰苏遇，而不是借机蹭他的镜头。

这傻孩子，人家争着抢着要镜头，你倒好，镜头白送给你，你还要躲着。

秦楮杉忽然感受到了孩子上学不爱举手回答问题时，身为家长的焦虑感。

他只好宽慰自己，偶像会营业有会营业的圈粉点，不爱营业有不爱营业的圈粉点。

比如陶熠，他最打动人的，也许恰恰就是这份真诚吧。

Chapter 04　满城风雨

某娱乐网站八卦版块上：

吾妹，来谈谈今晚的首播。

网友 1：有啥好谈的，大公司控场。

网友 2：花桔天下第一，满意了吗?

网友 3：可是花桔的舞台真的一骑绝尘啊。

网友 4：讲道理，大公司确实有大公司的水准。

网友 5：笑死我了，什么水准？营销的水准吗?

网友 6：“花桔少年”，热搜第三了。

网友 7：炒个人不如炒团魂，大花桔真会玩。

网友 8：无语，我还就是花桔团粉怎么啦？每个弟弟都长相帅气业务能力佳，还不允许喜欢了?

网友 9：笑死我了，弟弟也能叫得出口，傅奕茗二十二岁。

网友 10：这么老了还来和年轻人竞争，也不知道还有几年能耗。

网友 11：惊呆了，二十二岁现在都算老了？你们要求也太严格了吧。再说年纪大还不是因为在前组合被耽误的，早点单飞的话早都该大红大紫了。

网友 12：抱走我茗!

网友 13：路人表示傅奕茗哪里老了，看着也是白白嫩嫩的啊，关键舞台真的很强，不愧是出过道的，看着就很有经验的样子。

网友 14：确实是很耀眼，怪不得高冷关关都夸他是天生的王者。

网友 15：或许还有人记得很多年前关关也是这么评价余夏的吗？

网友 16：楼上胆子大，这个楼里提某人也不嫌晦气。

网友 17：棕熊和花桔踩着死人炒作都不嫌晦气呢。

网友 18：那个陶熠乍一看确实有点神似余夏……但是气质完全不同好吗？性格差距也太明显了。单论台风和性格，傅奕茗才算得上是小余夏吧。

网友 19：呕，反正现在看到捆绑咖就生理性反胃。

网友 20：有一句说一句，抛开撞脸和通稿的事，陶熠长得确实好看啊。

网友 21：跳舞也好！关键声音好听还有才！原创歌曲超美的！

网友 22：花桔请的人这么快就来吹了？

网友 23：别说，花桔这两个练习生今晚确实圈了不少粉。

网友 24：宇宙甜心吗？这人设谁想出来的，笑死我了。

网友 25：沉稳内敛，喜欢粉色，自称小桃，不甜吗？确实很甜啊。

网友 26：小桃我爱你！

网友 27：看今晚的剪辑，放的备采内容都是互相评价的，傅奕茗和陶熠是官推组合吧？

网友 28：花桔太子和二皇子。

网友 29：超话都有了，熠奕生辉。

网友 30：我真的想知道关熙看到陶熠的时候是什么感觉，会不会想起那谁。

网友 31：想起来又能如何？

网友 32：再说一遍，不要在本楼提无关人士！

网友 33：熠奕生辉，讨喜师生，我再看热闹不嫌事大地提名一个“桃酥”。

网友 34：“桃酥”？哪一个？

网友 35：苏遇啊，棠诗太子。

网友 36：想起来了，今天苏遇摆错动作下台哭唧唧，小桃安慰他了。

网友 37：结果镜头给他他又藏起来了，这孩子真是不会营业，服了。

网友 38：这楼这么多层，居然讨论陶熠提到苏遇，棠诗“小公举”这么没人气的吗？

网友 39：提他干啥？连动作都记不住影响队友的废物吗？

网友 40：苏遇真的不如回家好好学习以后好好演戏，想不通苏峰那么厉害为啥送他来这种节目找骂。

网友 41：棠诗那几个练习生实力倒是有的，就是土了点，颜值跟人家花桔也差太远了。

网友 42：讲道理，你们嘲苏遇废物嘲早了，信不信他拿的是努力拼搏的逆袭剧本，到时候坐等你们“真香”。

网友 43：我就要喜欢酥酥！崽崽虽然废物但是我就要陪你一起成长！加油！

……

网友 301：话说我有个料，就觉得还挺雷人的，关于桃和他粉丝的，有人吃吗？

网友 302：不会是他家站子那个吧？

网友 303：啥站子？搬好小板凳了！

网友 304：就是桃有个站子，节目开播前就开的，之前发了一波机场图，绝美出圈了，文案用的是《小星星》的前两句。不知道桃是不是刷到那条微博了，首期录制的时候就把那两句词临时加到了最前面，可能没来得及好好润色，被关熙听出来了，所以才当场凶他的。

网友 305：真的假的？

网友 306：可是我觉得真的有点……我要是那个站姐估计得激动地哭昏过去。

网友 307：天呢，小桃确实好甜。

网友 308：啥站子求指路！

网友 309：陶熠超话主持人，自己去翻。

网友 310：我看到了！这什么神仙弟弟啊我哭了！被圈粉了！

……

网友 601：陶熠今天唱的那首 *Starlight* 居然上实时新歌榜了？

网友 602：万万没想到《吾辈之名》也有歌能出圈，小桃厉害。

网友 603：这是要捧出来一个专业歌手？

网友 604：颜好实力佳公司强，还自带唱作技能，想粉了。

网友 605：粉吧，不亏。

网友 606：无语，不是之前风向都是一边倒地嘲捆绑咖吗？这么快就变了？

网友 607：这题我会，弟弟是无辜的，都是桔花不做人。

……

网友 901：下期主题曲录制，选初 C 了，大家来压是谁？

网友 902：这还用说吗……除了傅奕茗还能有别人？

网友903：可是桃的跳舞实力和傅奕茗不相上下吧，唱歌还比傅奕茗强。

网友904：认真比较的话，他俩人设真的差别很大。从颜来说，都是盛世美颜，但一个明亮，一个清冷。性格上说，一个外放，一个内敛，一个温暖，一个甜心。一个张扬热烈，舞台感染力强。一个温柔内敛，甜中又带点淡淡的疏离感。看观众吃什么样的人设了，所以还真的可以较量一下。

网友905：下期节目有的看了，不过大概率最后还是傅奕茗。看前面花桔的操作就知道，舍得把陶熠豁出去炒热度，肯定不是亲儿子。

……

有之前公司买通稿导致孩子还没亮相就被黑了个底朝天的前车之鉴，秦楮杉一直以为陶熠会是花桔拿来炒作的，他对陶熠做过很多种假设，比如凭借颜值高小有水花，或者索性直接走全黑路线，漂亮蠢货什么的。

但是他没想过陶熠会在第一期节目播出后就热度暴涨。

当然，归根结底是因为陶熠本身潜藏着太多惊喜，如果没有优秀的舞台实力打底，惊艳的唱作能力做支撑，任何的炒作和人设，都不足以让他迅速地吸引眼球。

节目播出后三小时不到，站子的粉丝就破万了，之前那套出圈图的文案再次被疯狂转发，有人说这是“青藏高缘”，有人说陶熠“实力宠粉”，不多时，站子就喜提“追星锦鲤”的称号。

只是……

面对着满屏的“姐姐”“婆婆”之类乱七八糟的称呼，秦楮杉真的很想说，你们看不到微博名旁边写着的性别吗？

男的啊！男的啊！男的啊！

罢了，你们开心就好。

与此同时，首期节目也迅速地孵化出了一大波组合粉，陶熠和傅奕茗的“熠奕生辉”，陶熠和关熙的“讨喜师生”，还有陶熠和苏遇的“桃酥”，都争先恐后地开了超话。

这场面相当壮观。

当然，有好就有坏，之前因为通稿事件诞生的“陶熠黑”这下更打了鸡血。好在这下终于有了相当一部分人为他说话，两波人扯皮缠缠绵绵。

他无意看这些给自己心里添堵。趁着陶熠还挂在热搜上，秦楮杉加班加点地把第一期节目的高清镜头截了屏，修了一套绝美九宫格，适时提醒大家："你一票，我一票，小桃明天就出道！"

这条微博一发出来就收获一片尖叫，站子很快又吸了一波粉，秦楮杉衷心祈祷陶熠能在第一次投票中收获一个好成绩。

他简单分析了一下，傅奕茗有粉丝基础，节目播出后通过成熟台风和暖男人设又圈了一大波粉，目前热度比陶熠要高。除此之外，就是其他几家大公司的练习生了，但明显现在的热度都没有花桔的练习生高，算来算去，陶熠应该差不多能拿到第二名。

这个位置蛮好，既处于高位，又不至于锋芒毕露。

当然了，这一切都是暂时的，谁知道往后会不会生出什么变数。

陈昕给他发来了消息："小伙子眼光不错，姐姐人生第一次体会到了'从零开始'的快乐。"

闪哥："你这是真情实感地粉上了？"

陈昕："目前体验感很好，其他看后续。"

闪哥："我还以为你会选傅奕茗那款的。"

陈昕："我是再也不敢粉这种擅长营业的了，万一哪天人设崩了，对粉丝打击太严重。"

秦楮杉由衷地感觉到，经过余夏的事情之后，陈昕整个人的性格都变了很多。

陈昕："不过我看傅奕茗这个人有点意思，我觉得得提防着点儿。"

闪哥："为什么？"

陈昕："他和陶熠明显是官方强推的组合，这种组合通常没有好结果。傅奕茗是花桔太子，组合的粉丝又是以傅奕铭的粉丝居多，到后期总选的关键时刻，搞个事情把组合粉丝转化为个人粉丝，对小桃非常不好。"

陈昕："还有小桃的另外那两个组合，这还是在节目初期，日后三选一，迟早是个战场。"

秦楮杉看得有些头晕眼花。

他自认对饭圈文化已经足够了解了，没想到陈昕比他看得还要长远得多。

闪哥："昕姐深谋远虑，今后小桃的饭圈就靠你了。"

陈昕："我就一傻大款，圈粉还不得靠他自己，不过我看他那么不爱营业，说不定比我还傻。"

闪哥：“别担心，说不定傻人有傻福。”

站子现在是陶熠粉圈最大的应援站，陈昕又给秦楮杉进行了一大波分析教育，比如要正确引导粉圈舆论之类的，看得秦楮杉连连惊叹。

他觉得陈昕如果不是个根本不需要工作的富二代，完全可以去应聘个营销号管理之类的职位，在饭圈翻云覆雨不在话下。

微信没消停一会儿，“发财致富”小分队也冒出了消息。

可可酱：“哈哈哈哈哈哈哈，熠奕居然真的是官配组合！压到宝了！”

考拉：“我觉得我们的站子可以开起来了，抢占先机。”

可可酱：“闪哥，傅奕茗明天到申城，有时间吗？”

秦楮杉想了想，还是觉得应该跟小姑娘们坦白。

闪哥：“我可能不能跟你们一起开组合的站子了。”

考拉：“嗯？”

闪哥：“我打算做陶熠的纯粉了。”

考拉：“呵呵，我就知道你们一个两个看到长得像的，最后都要‘爬墙’。”

可可酱：“那你不和我们赚钱啦？”

秦楮杉当然还是缺钱的，但是他现在开着陶熠的站子，转头再开个组合站，实在违背粉圈原则，他既然想认真地粉陶熠，再怎么说也不能为了钱抛弃底线。

闪哥：“做代拍也能赚点。没事，站子你们开吧，有空的话我帮你们拍傅奕茗的图就是了。”

可可酱：“我还是想不通陶熠有什么魅力，居然让你这么心甘情愿地抵抗一百万的诱惑。”

秦楮杉想了想，说实话，他自己也想不通。

大约人的感情从来都是不讲道理的吧。

但他怎么说之前也答应了两个小姐妹，秦楮杉趁着第二天没课，拿着傅奕茗的航班号，蹲在了机场。

按理说练习生参加节目期间应该是全封闭的状态，但是对于傅奕茗这种已经出过道的，又是公司头牌，没有录制的时候离组进行其他工作，也不是什么稀奇的事。

不过昨天的节目一经播出，傅奕茗就圈了一大波粉丝，于是今天机场蹲守的小姑娘也不少。虽然远远比不上关熙那种大明星，但在节目刚开始能有这样的人气，已经秒杀一众二三线明星了。

随着飞机缓缓降落，秦楮杉依旧站在远处，架起镜头。

傅奕茗大概没有想到会有粉丝来接机，打扮得很随意，只戴了一顶黑色鸭舌帽，不过即便是素颜，在人群中依然很显眼。

他身边也只跟着一个女助理，大概是花桔派到《吾辈之名》节目组给他做选管的。

两个人一路有说有笑，拿着行李，却也不急着往外走，在里面的冰淇淋摊前停了一会儿，女助理买了一支冰淇淋，边吃边跟着傅奕茗往外走。

没走两步，女助理忽然把手上的冰淇淋伸向一旁的傅奕茗，傅奕茗非常自然地低下头，舔了一口。

秦楮杉惊得手一抖，甚至忘记了按快门。

事实上他不是第一次撞见这样的事情。

谈恋爱对于任何有流量的男明星来说都是大忌，因此男明星为了维持粉丝数量，都必须对外宣称单身。

当然，并不是所有男明星都能真的做到这一点。

有些男明星会和女粉丝搞地下恋情，但工作那么忙，谈恋爱总是显得很麻烦。纯粹为了解决生理需求的也不少，但万一被爆出来了，秒秒钟人设崩塌。

所以想来想去，最稳妥的方式就是找一个固定地下女友。

这个固定地下女友通常都是圈内人，可以是同剧组的女明星，也可以是公司同事，但最方便的还是无论走到哪都几乎形影不离的女助理。

事实上，助理大多也都是这些明星的粉丝，她们对明星忠心耿耿，和明星既是工作伙伴，又保持着暧昧关系。

秦楮杉见过不少明星和助理关系暧昧，但大多都是年纪大点的单身男演员，对于傅奕茗这样完全靠粉丝支撑的爱豆，他还是头一回碰到。

他冷静了片刻，转念一想，其实这一切也都是他根据以往经验的推测，并没有确凿的证据。说不定傅奕茗和女助理真的只是关系很好，是纯粹的同事情谊呢?

他没来得及细想，镜头里的傅奕茗已经走到了大厅。

两个人一起走出大门，忽然爆发出的一阵尖叫声，让傅奕茗吓了一跳，身边的女助理倒是比他反应快不少，迅速地拉开了两人原本几乎不存在的距离。

粉丝们激动地上前递信件和礼物，傅奕茗很快就换上了一脸标志性的热情微笑，向大家打招呼和道谢，助理在一旁小心翼翼地护着他，告诉大家别挤。

就在这时，一个一直挤在助理跟前、举着手机逆行的姑娘，因为没有及时躲开，被健步如飞的助理不小心撞了一下，摔倒在地上。

人群中出现一阵骚乱，秦楮杉还没反应过来，镜头就拍到了傅奕茗脸上的表情。只见他皱了皱眉，瞥了一眼一屁股坐在地上的粉丝，眼底飞快地闪过一丝嫌弃的情绪。

但一秒后，他的表情立马归位，耐心地蹲下身去，扶起了地上的小姑娘，温柔地开口说了一句什么。

秦楮杉已经无心琢磨了，他脑中闪过一个念头。

陈昕说得没错，这个傅奕茗，确实没那么简单。

白天才跑了一趟机场，刚把图导出来，秦楮杉又接到了新生意。

这次是一个认识很久的站姐，有一位现下大火的热播剧男主角来了申城，她有事接不了机，拜托秦楮杉帮她代拍，酬劳不菲。

自从粉了陶熠以后，秦楮杉就没正经接过代拍生意，看了一眼自己可怜兮兮的账户，他决定不辞辛劳，晚上再跑一趟机场。

导好照片，给设备充好电，秦楮杉背起相机准备出门，就见李勒在这个点准时起床。

“我今晚不去上课了，”秦楮杉交代他，想了想，似乎离期末周也不远了，于是又提醒他，“布置期末论文的话记得记下要求，回头发我一份。”

“你这节课还不去？”李勒打了个哈欠，“老爷子说了，这节课点名。”

秦楮杉皱了下眉，但很快又想到了办法，“那我找个代课的吧。”

李勒摇了摇头，“没戏，老爷子认识你了。”

秦楮杉疑惑地看向他，“认识我了？怎么认的？”

李勒没心没肺地笑起来，“夸你论文写得好，上课点你回答问题，结果人不在。”

“什么？”秦楮杉一脸无奈，“你就不能帮我编个借口吗？”

李勒说：“我说你病了，他没为难，说这节课去就行了。”

秦楮杉抱怨了一声，卸下了身上的相机包。

看着秦楮杉气急败坏的样子，李勒就猜到了，“今天又接活儿了？”

秦楮杉仰天长叹：“几百块呢。”

李勒无奈地看他，“你掉钱眼子里了吧。”

秦楮杉一脸颓唐，“我就没钻出来过。”

在传媒学院里，《综艺节目研究》这堂课异常火爆，原本四十个人的课堂，满满当当地挤了一百多号人，于是周教授又提前申请换了个大阶梯教室。

还有十分钟开始上课，教室后排，两个女生正在窃窃私语。

左边留着齐刘海的妹子问旁边涂着烈焰红唇的美女：“学姐，周老师的课怎么每次都来这么多外院的人？”

“烈焰红唇”说：“有些是来蹭课的，想听他讲综艺，还有些是来看校草的。”

“齐刘海”一脸好奇：“校草？就是传说中的秦神？”

“烈焰红唇”点了点头，“常年神出鬼没，上节课被点名了，所以他这节课肯定会来。”

“齐刘海”又说：“听说他十节课有八节都不来，还年年拿国奖，这也太逆天了吧。”

“烈焰红唇”说：“不来上课也能满绩，还有一堆加分项。上个月参加申城人像摄影大赛，拿了特等奖呢。”

“齐刘海”“哦”了一声，“怪不得我室友特迷恋他，好不容易壮了胆子约他，结果被拒了。”

“烈焰红唇”不屑地笑了一声，“正常，人家有女朋友了。”

“齐刘海”惊讶地睁大了眼睛，“有女朋友了？我们怎么都没听说？”

“烈焰红唇”笑了笑，“你们大一的小朋友消息当然不灵通，就是他参加人像摄影大赛的那个模特，咱们院播音班的班花，孟霏霏。”

“齐刘海”露出一脸艳羡的表情，“那个大美女啊，听说现在已经在申城卫视实习了，在微博上还挺红……”

她话还没说完，左边的桌子就被不轻不重地敲了敲。这种私下议论别人的状态让她一直神经紧绷，这时候难免吓了一跳，猛地仰起头，就看到一张帅气脸庞。

秦楮杉见她一脸惊恐的模样，有些抱歉地笑了笑，“不好意思啊，这儿有人吗？”

“齐刘海”拨浪鼓似的摇了摇头，脸迅速地憋红了。

秦楮杉有点莫名其妙，反思是不是刚才自己敲桌子的动作太凶狠了，把人家小妹妹吓着了。

他和李勒刚在教室最后剩下的两个座位坐定，上课铃声就响了起来，周教授准时走进教室。

投影上出现一张宣传海报，上面写着四个大字：吾辈之名。

台下立马兴奋起来，周教授环视一周，问："昨晚的首播都看了吗？"

台下纷纷激动地予以回应，周教授放了昨晚《吾辈之名》的提要片，又介绍了节目的大致内容，然后就开始了课堂讨论环节。

周教授的课互动性一向很强，虽然他是个五十多岁的人了，思维却很新潮，喜欢聆听年轻人的想法，因此他的课一向很受欢迎。

周教授看了一眼手上的讲义，说："我上节课点到的秦楮杉同学，今天来了吗？"

话音刚落，台下再次出现了一片骚动。

秦楮杉没想到自己会这么快被点名，而且完全不知道老爷子要问他什么，只好硬着头皮站了起来，于是教室前方瞬间投来了一百多道视线，给他行了个庄严的注目礼。

周教授和蔼地笑了笑，"看得出来班里的同学们比我更关心你，怎么样，发烧好了吗？"

台下学生一阵哄笑，秦楮杉只好跟着厚脸皮地笑了笑，"好了好了，多谢老师关心。"

周教授问："你上次在论文里对《吾辈之名》这档节目进行了批判，我想知道在看了首播后，有没有对它'真香'呢？"

台下对于教授使用网络热词的熟练程度感到无比佩服，秦楮杉也跟着笑道："很遗憾，没有。"

见周教授用眼神示意他继续，他正色道："我上次在论文中总结了对这档节目不看好的两大原因。第一是节目的土壤适配性。尽管同类型节目在国外取得了火爆的市场效果，但不代表在我国一样能得到复制。"

教室里逐渐安静下来，都开始认真听他讲述的内容。

"因为至少在目前的阶段，我们的市场没有办法给节目出道的偶像提供足够多的舞台，因此即便成功出道，最终绝大多数也会走向演员的道路。而这些偶像在表演上并没有足够的专业培训，仅仅依靠人气拿到影视角色，这对于科班毕业的学院派演员是不公平的。如果这些偶像的表演不佳，更会对我国影视剧市场产生一种不良影响，让大家把类似的选秀节目当成一种成名的捷径。"

"第二个原因是这档节目的改编形式。节目采取录完即播的形式，将原有的两个月准备、训练时间缩短到一至两周，这固然是为了紧跟市场的反应，但这也对团队的制作能力提出了更大的考验。在节目中途如何根据市场反馈及时修改剧本，面对突发事件的应急能力，以及选手实时看到自身的排名以及评价时形成的心理波动，都增加了节目的不可控因素。”

秦楮杉顿了顿，总结道：“因此，尽管首播呈现出的节目效果是不错的，但我依然并不看好这档节目的前景。”

台下响起一片掌声，周教授赞许地点了点头，“谢谢，我非常同意你的观点。”

秦楮杉坐了下来，总算松了口气。

幸好他追过星，不然上哪儿去整这一套一套的？

旁边的李勒给他伸过来一个大拇指，“男神，厉害。”

课堂上忽然响起了一个清亮的女声：“老师，我不同意他的观点。”

众人的目光投向教室前排身材高挑的美女，不看还好，一看吓一跳，这不是秦神著名的绯闻女友孟霏霏吗？

自从秦楮杉和孟霏霏在人像摄影大赛中合作拿了大奖，两人的八卦就在校园里传得沸沸扬扬。

一个校花，一个校草，在申大，尤其是在不怎么大的传媒学院里，都是追求者众多，因此故事也跟着流传了好几个版本。

有说向来不近女色的秦神为御用模特动了凡心的；有说孟霏霏用秦神拒绝了一众宅男的；还有说两个人实际上只是暧昧不清，搞艺术的都这么放荡不羁。

总之，两个人是什么关系众说纷纭。

所以现在这又算是怎么一回事呢？

小情侣私下吵架，课上公开叫板？

一百多道视线在后排和前排之间来回逡巡，只觉得今天课堂上的八卦简直比课堂本身还要有趣。

秦楮杉承受着广大群众目光的扫射，心中烦躁，脸上却依旧不动声色。

只见孟霏霏落落大方地站起来，说：“我与秦同学的观点恰恰相反，我非常看好《吾辈之名》这档节目的发展。首先，关于土壤适配性的问题，偶像和市场向来是一起成长的，有了偶像的诞生，有了相应的市场，舞台自然也就会随之增加，至少在现阶段，大多数选手都拥有着同样的舞台梦。”

“其次，关于节目形式的问题，周期的缩短是为了适应市场的反应，加强了这档粉丝互动节目的交互性，无疑是同类型节目的一种进步。至于所谓的担心与考验，节目既然还没有完全播出，何必过早地唱衰呢？”

顿了顿，她又说：“在座各位都是未来广播电视领域的操刀人，但是从刚刚秦同学的发言中，我完全没有看出对我国综艺节目的自信。仅从《吾辈之名》第一期的内容来看，其中个人奋斗、团队协作等精神都得到了充分的体现，我也很期待通过这档真人秀，能够让大家意识到，我们并不是没有偶像成长的土壤，我们一样可以打造出色的本土男团。”

台下鸦雀无声，片刻后，再次响起经久不息的掌声。

秦楮杉跟着大方地鼓起掌，就听李勒在他旁边说：“我觉得她是在故意引起你的注意。”

周围好多人都在看热闹般有意无意地将视线投向这边，秦楮杉边鼓掌边猛地在桌子下面拿胳膊肘捣了他一下，“霸道总裁文看多了？”

周教授露出一脸欣慰的笑容，说：“看得出来孟同学对偶像领域很有研究，可不可以八卦一下你喜欢哪位选手呢？”

教授新潮的用语让台下又是一阵嬉笑，巧妙地化解了原本有些剑拔弩张的气氛，孟霏霏大方答道：“从专业角度来看，我看好花桔娱乐的傅奕茗，无论是硬实力还是软实力，他都无疑是最符合市场标准的偶像。”

台下不少女生激动地鼓起掌来，看来都是昨晚被傅奕茗圈了粉的。

秦楮杉想起今天白天在机场看到的那一幕，不禁觉得现实世界还真是有点魔幻。

要是这些妹妹见到了偶像私下的做派，不知道会不会当场幻灭。

没想到周教授忽然说：“那我也很好奇，刚刚那位不看好中国偶像市场的秦同学，这档节目里有没有让你勉强看好的选手？”

秦楮杉站起来，众人都瞧着一脸“钢铁直男”模样的他，觉得他指定会说没有。

没想到秦楮杉思索了一下，说：“倒也不是没有，不过我不研究偶像男团，没法从专业角度来看，只能从私人感情出发。”

大家都惊讶又好奇地竖起耳朵。

秦楮杉说：“有个唱了一首原创歌曲的，叫什么名字来着……不好意思，一百来号人呢，实在记不起来了。”

台下爆发出一个激动的女声：“陶熠！”

秦楮杉露出一脸恍然大悟的表情，“对对对，就是他，陶熠。”

说着，他吊儿郎当地笑了笑，“歌听着还不错，大家没事儿可以给他投两票。”

Chapter 05　争锋

“桃姐姐们真的脸大如盆，你们自己看看桃的舞台，也有资格跟傅奕茗争C位？”

“路人说句公道话，桃一看就没拿核心位的剧本，桃姐姐们就别垂死挣扎了，通稿捆绑污点咖的事还没完呢，就别盯着人家的核心位不放了。”

“桃一个歌手，拿个第二安安心心唱歌不好吗？何必要搞得腥风血雨？”

“第一期节目还没看明白吗？桃本来就是那种不争不抢的性格，他不会争核心位的。”

“傅奕茗实力又强又有后台，你是个歌手，人家是个全能，我劝桃姐姐们别心比天高了，认清现实吧。”

陶熠摁灭了屏幕，笔直地躺在上铺，眼睛眨也不眨地望向天花板。

其他两个室友都去练习室了，只有高幸还坐在桌子前吃外卖，他抬头看了一眼床上的陶熠，“哥，你已经保持这个动作十分钟了。”

“是吗？”陶熠翻了个身，侧身对着墙继续躺着，看起来十分自闭。

他们今天刚刚结束主题曲的录制工作，紧接着就要在三天之内完成任务，然后进行再评级。

他们也即将面临着节目中最重要的一环：“初C”的评选。

谁都知道这个“初C”的重要性，它是由导师和选手们一同选出来的，是最具说服力的实力象征。

拿到“初C”的人，将有机会站在舞台的中央，成为主题曲最中心的焦点。

没有人不对那个位置充满渴望，但陶熠的内心有点犹豫。

他清楚自己在公司里目前的尴尬境地，他也知道自己必然不是公司所希望的那个核心位候选人。

他总觉得自己不应该就这样放弃，可他似乎又无能为力。

是在核心位的竞选中主动退出？还是拼尽全力奋力一搏？

他有些烦躁地打开手机，登录微博，首页刚刚好蹦出了一条关于他自己的内容。

熠闪 _starshine：你一票，我一票，小桃明天就出道；你不投，我不投，小桃怎么能出头！

他不禁失笑，又点开私信列表的唯一一个头像，犹豫了一下，还是发了一条消息。

屁桃君 peach：“闪哥，如果有机会的话，你希望陶熠站核心位吗？”

等了很久，对方才回复了他。

闪哥快闪：“其实我私心是不希望的。”

陶熠的心沉了一下。

闪哥快闪：“但是我知道他有一个舞台梦，所以我当然会支持他的梦想。”

屁桃君 peach：“那如果他的梦想没法实现呢？”

闪哥快闪：“无论他的梦想有没有实现，他拥有梦想这件事本身，就已经是在为许多人造梦了。”

陶熠愣了愣。

他忽然间意识到，此时此刻自己的身上，背负的已经不仅仅是他自己一个人的梦了。

寝室里忽然响起敲门声，高幸起身开了门，是选管组的姐姐们来收手机了。

陶熠利落地翻身下床，把手机放进篮子里，对选管姐姐道了谢。

选管走后，陶熠开始换卫衣，高幸抬眸看他，“哥你要去练舞？”

“嗯，”陶熠拍了拍他的肩，“一起吗？我示范一下你今天问我的那几个动作。”

高幸抹了一把嘴，激动地站起来，“我就知道你最好了哥！”

来到练习室，只见傅奕茗一个人在里面，他平时总是和邢佑形影不离，这会儿邢佑不知道哪里去了。傅奕茗也没有练舞，只是坐在墙角，不知道在想什么。

陶熠和高幸向他打了声招呼，傅奕茗冲他们点点头，见他们两手空空，皱眉道："你们来的时候怎么也不说给我带瓶水啊？"

陶熠没说话，高幸急忙解释道："我们也不知道你在这儿呢，要不现在下去给你带一瓶来？"

傅奕茗"嗯"了一声，见两人转身要走，又忽然开口："高幸一个人去就行了。"

高幸看了他们一眼，没说什么就走了，练习室里只剩下傅奕茗和陶熠两个人。

傅奕茗起身关上了门，"小陶，你是个明白人。"

陶熠淡然道："傅哥，有什么话你就直说吧。"

傅奕茗似乎料到了他会这么回答，也不恼，笑了笑，"三天后的评级录像，让让我呗。"

陶熠抬眸看他，"傅哥本身已经很优秀了，我哪有让你的资格。"

"不敢不敢，"傅奕茗依旧保持着好看的笑容，"我唱功比起你可差远了，你的气息那么稳，边唱边跳没人比得过你，我还是有自知之明的。"

见陶熠没有说话，傅奕茗又说："也不用你多费事儿，唱的时候别那么卖力，随便唱唱就行。"

陶熠依旧是淡淡地回答："傅哥说的倒挺简单的。"

傅奕茗脸上和善的笑容逐渐转变为冷笑，"陶熠，你别敬酒不吃吃罚酒，这个C位我势在必得，你争不过我的。"

"是吗？"陶熠笑了笑，"傅哥要是真的势在必得，就不会在评级前对我说这些了。"

傅奕茗的脸沉了下来，"你别傻了，公司现在肯捧你是看在你不挡我路的分上，你要是非跟我过不去，连第二名的位置你都别想要。"

陶熠依旧不卑不亢，"我从来没有想要挡谁的路，我只是希望凡事公平竞争，各凭本事。"

傅奕茗猛地瞪了他一眼，刚想开口说些什么，就见高幸已经拿着几瓶饮料回来了，此时此刻正一脸错愕地看着他们。

傅奕茗立马换了一副笑脸，揽住了高幸的肩膀，"我想跟你陶哥先练，结果他非要等你，看你陶哥对你多好。"

陶熠默默接过高幸递过来的水瓶，"来吧。"

三天时间过得很快，练习生们也都准备就绪，分班依次面对镜头进行录制，并将视频反馈给导师们。

一大清早，摄像设备准备就绪，几位导师坐在屏幕前，一起对之前经历过初评级的选手们进行再评级。

评级从 F 班开始，到 B 班时，窗外的天色已经接近黄昏了。

关熙打开 A 班的视频，所有导师都重新抖擞精神，打算认真观看。

因为这一段视频，不仅关乎 A 班成员的保留或降级，也关系着主题曲“初 C”人选的诞生。

按照节目规则，主题曲核心位由导师和全体选手一同在再评级后 A 班的几名选手中间进行投票选择，每名选手拥有一票，每位导师则拥有十票，都只能选择唯一的一个人。

前几个 A 班成员的视频播放结束，导师们为了凑够镜头，公式化地做着评价。但其实大家心里都清楚，这几名选手总体上虽然比之前几个班的表现要好，但真正亮眼的并不在他们。

终于，视频里出现了傅奕茗的脸。

他先是对视频鞠了一躬，露出一个八颗牙齿的招牌笑容，然后开始了表演。

关熙的眉头越皱越紧，导师们都没有说话，最终他率先打破了这份诡异的安静，“说实话，我对他有点失望。”

导师们都看向他，关熙敲了敲笔，毫不避讳地说：“气息完全不稳，一直在吞音，他真的有认真练习声乐吗？”

年轻的舞蹈导师看了他一眼，小心翼翼地说：“但是他的舞蹈动作完成得非常标准，台风也很抓人。气息不稳是每个选手都会出现的问题……”

“是吗？”关熙毫不客气地打断了他，“切下一个，陶熠。”

陶熠的脸出现在屏幕前，他的风格气质完全不同于傅奕茗。他好像从来没有很卖力地笑过，总是淡淡的，好像一阵风就能吹散，却也有一种别样的好看。

台风沉稳中带着点冷冽，并不张扬浓艳，但每一个动作都无比到位，最重要的是，声线平稳，完全没有唱跳时强烈的喘息声。

一曲终了，关熙用笔戳了戳桌子，“这才是我想要的表演。”

无人应答。

声乐导师樊湘湘是桌上资历最老的，于是她开口打破了这份平静：“大家先休息一下吧，一刻钟后我们再录最后的核心位投票环节。”

一旁的摄像师关了机器，几位导师陆续去了各自的休息室。

樊湘湘看了一眼关熙，压低声音道：“小关，我知道你这个人干什么事都认真，但是傅奕茗的核心位是节目组的意思，你刚那么不留情面地把人家否了，让我们怎么给他投票？”

关熙皱眉道：“你是唱歌的，你听不出来傅奕茗的声音问题多大吗？”

樊湘湘说：“问题是存在的，但是恕我直言，有几个人能做到唱跳过程中声音还能一直保持平稳？就是国外顶级的唱跳组合都不敢保证吧。”

关熙指了指前方的大屏，“这不就有一个吗？”

樊湘湘叹了口气，“你知道的，陶熠这个孩子我很喜欢，但是他既然是个歌手人设，就不适合站在这样的位置。更何况花桔的意思还不够明显吗？”

关熙冷然道：“我懒得管他们公司什么意思，我只想用事实说话，陶熠的舞台硬实力比他强，这是有目共睹的，我不想睁眼说瞎话。”

樊湘湘说：“事实？可是你想想，你看到的事实和观众看到的事实是不一样的，唱得不好后期可以再修，但是陶熠的舞台确实没有傅奕茗来得热情，观众希望看到的是一个更具感染力的舞台。”

关熙哼了一声，“修音修音，是，现在的节目播出都可以靠后期修音，但是现场怎么办？让观众看一个‘车祸’频频的核心位吗？”

樊湘湘还想要说些什么，然而关熙已经拿起了话筒，“麻烦各位老师就位，开始录投票环节吧。”

说完，他却没有放下话筒，半晌，又补了一句：“希望大家可以用心说话。”

一百名练习生重新回到久违的初评级录制舞台，穿着代表不同等级颜色的衣服。

关熙站在舞台中央，依次念出每位练习生的再评级结果。

有人从下位圈直升至上位圈，自然就也有人从巅峰跌落到谷底。有人得偿所愿，有人心事重重，有人痛哭流涕。

A 班同样经历了一场大换血，原本占据出道位的七个人中，有三个都被降级，另有 B 班的成员顶上了他们的空缺。

再评级结果公布结束后，关熙环视着金字塔阶梯上的少年们，难得不吝言辞地开了口：“我到现在还记得，几年前我在国外参加节目的时候，再评级从 A 班直接掉到了 C 班。那一瞬间巨大的落差感警醒了我，没有谁可以一直高枕无忧，当然，只要你肯努力，也不会永远身处低谷。”

台下的一百多道目光灼灼地看看他，关熙像是还想要说些什么，但顿了顿，还是直接进入了下一个环节，“接下来我们进行主题曲核心位的评选。”

大屏幕上“唰”地出现了七位少年的脸。

关熙 ：“下面将播放七位 A 班选手的核心位直拍视频，由导师和现场的一百名选手共同投票，选出节目最终的主题曲核心位。”

视频逐次播放完毕，每个人都在纸上写下了自己心中的那个名字。端着投票箱的工作人员走到 A 班面前时，陶熠将手里的信封放了进去。

傅奕茗撞了撞陶熠的肩膀，似笑非笑地看着他，“投的谁啊？”

陶熠转头看他，没有回答，只是回敬了一个傅奕茗常挂在脸上的假模假式的微笑。

傅奕茗的眸子里闪过一丝讶异，脸上笑意更甚，眼神里却透出一丝狠意。

二十分钟后，关熙手上拿着一个信封，重新回到舞台中央，“经过统计，A 班选手们的票数依次是——”

大屏幕上出现了除傅奕茗和陶熠等五名练习生的票数，只有一个人超过了十票，其他几位都是个位数。

五个人都露出一脸坦然的笑容，毕竟所有人都料到了这个结果。

还剩下两个人的票数没有公布。

大屏幕上出现了傅奕茗和陶熠的实时镜头。

陶熠抬起头，看到大屏幕上自己的脸，感觉有点恍惚。

一瞬间，耳畔莫名其妙地响起一些琐碎的声音和言语。

小时候，抱着吉他认真地告诉爸爸他想做个歌手，却换回了爸爸的那一句 ：“不务正业。”

中学时参加学校的文艺汇演，第一次收获台下的掌声，朋友们在下面为他挥舞着荧光棒，“陶熠加油！”

后来被公司发掘，问他想不想做偶像，他想了想，一脸天真地问 ：“可以只唱歌吗？”

跟着经纪人去看师兄们的演唱会，光辉灿烂的舞台下，人声鼎沸中，经纪人在他耳边说 ：“想像他们一样吗？好好练舞。”

因为没有舞蹈功底，跟不上其他练习生的节奏，每天从深夜练到凌晨，终于在评定中听到舞蹈老师的一声惊呼：“陶熠的进步也太大了！”

公司的办公室里，经纪人将《吾辈之名》的报名表交给他，“只要你肯听公司的话，按照安排好的剧本来，公司肯定能送你出道。”

直到在微博热搜上看到自己的名字，才惊觉公司瞒着自己做了一番什么样的大动作。找经纪人理论，却得到他轻描淡写的那一句：“你懂什么，这都是为了你好，不炒作哪来的热度。”

为了他好吗？可是公司明明有那么多的人可以选择，却偏偏选择了最不爱表现，因此也最不受重视的他。

陶熠做练习生的这些年，早已不再是当初那个一腔热血的莽撞小孩。他明白了看似轻松的一夜成名背后，是数以千万计的资本运作，是利益与人脉交织的复杂斗争。

可是他什么也没有，除了几个破碎的音符。

那一天，是他人生中第一次对自己无比笃定的梦想产生怀疑，他终于明白：在现实面前，梦想是多么的不堪一击。

他负气出走，甚至犹豫要不要退赛，或者干脆去酒吧当个驻唱歌手。

没想到在申城的机场里，他遇见了一个为他举着灯牌的男孩，看起来同他差不多大，却模仿着另一个小姑娘的语气，滑稽又坚定地对他说：“这个世界上还有很多支持你的人，无论外面有多少坏人想要伤害你，‘妈妈’都会永远保护你。”

要不，再试最后一次吧。

那一刻，他在心里对自己说。

聚光灯再次将他拉回了现实，他抬头看向大屏幕，这是他第一次在这样大的屏幕上看到自己的脸，也是他第一次离这样的舞台不过咫尺之遥。

关熙说：“最终的核心位会产生在傅奕茗和陶熠两位之间，请两位说说你们觉得核心位最终会属于谁吧。”

傅奕茗握了握陶熠的手，笑容灿烂而温暖，“无论我和小陶谁有机会站上核心位，我都会很开心。”

陶熠的脸色一如既往的淡然，“我心中的核心位属于有能力驾驭它的人。”

大屏幕上出现了导师投票结果。

傅奕茗四十票，陶熠三十票，只差了一位导师的支持，看起来似乎差距不大。

但台下的练习生们一人只有一票，也就是说，只有当支持陶熠的人比支持傅奕茗的人数量超过十个时，他才有机会超过傅奕茗。

太难了，毕竟经过A班其他五个人的分流，场上的有效票数本来就已经不多了。

陶熠淡淡地笑了笑，他从一开始就知道自己得到C位的希望渺茫，但是至少他争取过，所以不后悔。

关熙拿起话筒，"说得很好，C位属于有能力驾驭他的人。那么，让我们恭喜——"

尽管只是两个人的竞争，但全场所有人的心都提到了嗓子眼。

大屏幕上出现了选手投票结果。

傅奕茗二十三票，陶熠三十四票。

"陶熠。"

不多不少，刚刚好相差十一票。

一票之差。

大屏幕里，傅奕茗和陶熠的神色都是微微一怔。

但傅奕茗明显比陶熠反应更快，他很快露出一脸坦然的笑容，转身拥抱陶熠。

周边的摄像师都朝这边推进，想要全方位记录下这个节目出现的第一个小高潮。

傅奕茗脸上依然是欣慰的笑，他将头埋在陶熠颈间，避开镜头，轻声说："我们走着瞧。"

陶熠整个人还处于出乎意料的惊愕之中，身边的A班选手已经走过来将他团团围住，挨个拥抱他。

陶熠仰起脸，看到舞台顶端的聚光灯正闪烁着耀眼的光芒。

他的脑海里忽然浮现起闪哥在微博私信里说的那句话。

"无论他的梦想有没有实现，他拥有梦想这件事本身，就已经是在为许多人造梦了。"

不知道今天的我，有没有为你们造梦成功。

节目录制结束时已经是深夜了，练习生们回到寝室，都是一脸困意。一个小时不到，寝室楼里就安静了下来。

傅奕茗出了寝室，走到平时就没什么人去的卫生间，果然空无一人，他左右看了看，又抬头确定了摄像头的位置，然后钻进了其中的一个隔间。

他掏出手机，熟练地拨通了电话，那边很快就接通了。

傅奕茗在保持了一天的微笑之后终于爆发了，“不是说好让我拿 C 的吗？怎么回事！”

那边的韩青虽然人不在现场，但显然已经得到了消息，“本来都给节目组那边打点好了，谁知道这个关熙录节目的时候半点情面不给。”

傅奕茗惊讶道：“关熙？他不是也不喜欢陶熠吗？”

韩青叹了口气，“我也是这样想的，所以就没直接找他，只是让节目组给他传话，谁知道他根本不领情。”

傅奕茗没好气道：“难道是因为陶熠长得像他的老熟人？”

韩青说：“我们都没想到会在他这一环出问题，还是太大意了，以为凭你的实力怎么说也能……”

傅奕茗打断了她：“我的实力怎么了？我的实力本来就比陶熠强，要不是关熙滥用职权，轮得到他跟我争？”

韩青安慰他道：“没事，你换个角度想想，拿了主题曲 C 位不代表出道就能站 C 位，他的实力又没有强到无可指摘，这时候出头只会挨骂。等播出那天我再找人在网上扇扇风，保管让他这个 C 位站得名不正言不顺。”

傅奕茗只好作罢，“好吧，现在也只有这一个办法了。”

韩青又说：“这才刚刚开始，你要沉得住气。花桔有咱们家的多少股份，他们不敢不听我们的。你想想陶熠什么后台也没有，凭什么跟咱们争？我就你这一个亲弟弟，就是不惜一切也要让你站上 C 位。”

傅奕茗总算消了气，说：“谢谢姐，辛苦你了。”

傅奕茗收好手机，从隔间里出来，没想到刚一出门，就看到有个人在外面的洗手池前洗手。

好巧不巧，正是陶熠。

傅奕茗心里一紧，虽然自己刚刚在隔间里打电话的声音压得很低，但要是存心想听，世上就没有不透风的墙。

他又看了一眼陶熠，只见陶熠脸色还是像平时一样淡淡的，看不出什么喜怒。想来陶熠这个呆子演技一向很差，这副淡定的样子显然不像是装出来的，傅奕茗的心稍稍定了些，确信他没有听到自己打电话。

于是傅奕茗又换上漫不经心的笑容，走到陶熠旁边的洗手池前，“这么晚了还没睡？不会是激动得睡不着吧？”

陶熠依旧搓着手上的肥皂泡，看都没看他，“傅哥不也没睡吗？”

傅奕茗笑了笑，换了个话题：“看到网上的实时排名了吗？”

今天是第一周投票结果公布的日子，一切如大家所料，傅奕茗第一，陶熠第二。

傅奕茗没等陶熠回答，又说：“身为第二名，却拿了核心位，我倒是很好奇粉丝们会怎么想。”

他扯了一张纸巾擦了擦，又拍了拍陶熠的肩膀，“早跟你说了别和我争，你说你何必呢？”

傅奕茗走出洗手间，陶熠依旧站在洗手池前，看着镜子里的自己。

洗手间的隔音效果实在太差了，别说是在这边打电话，就是电话对面的人说的话，也能听得一清二楚。

他的耳畔回响起刚刚进入洗手间时一不小心听到的话：

“你想想陶熠什么后台也没有，凭什么跟咱们争？”

他的眼神逐渐地黯淡下去，透出丝丝的凉意。

是啊，我凭什么跟他争？

“是你眼神让我坚定，追梦路上你我同行，汗水是最好的证明，谨以吾辈之名……”

轻快的旋律接近尾声，舞台上，上百个男孩穿着清一色的制服，跳着一致的舞步。

升降台上的少年站在舞台的最高位置，头发是并不打眼的亚麻灰色。

他的嘴角牵着淡淡的温柔笑意，灯光打在他的眼睛里，像映着漫天星河。

主题曲 MV 播放结束了，但秦楮杉依然怔怔地盯着屏幕。

谁都看得出来傅奕茗才是花桔主捧的对象，事实上他也确实比陶熠更能吸粉。第一次排名公布后，他以几十万的网络票数优势领先于第二名的陶熠。

陶熠拿到主题曲的核心位出乎秦楮杉的意料，他当然是替陶熠高兴的，但是伴随着惊喜而来的还有担忧。

他打开微博，已经可以预料到今晚又会是怎样一番腥风血雨了。

没想到事情的发展比他想象中的还要复杂。

陶熠凭什么站核心位？

x组速报：今天《吾辈之名》主题曲正式发布，陶熠居然力压傅奕茗拿了核心位，你组讨论，他会不会就是传说中的熊选之子？

“笑死我了！陶熠的舞台能打得过傅奕茗？导师们都瞎了吗？”

“票选第二居然能力压第一拿到主题曲C位，你就说好笑不好笑？”

“除了震惊和气愤真的什么也说不出来，我茗的实力所有人都看在眼里，然而还是比不过躺赢的熊选之子罢。”

“之前还有人说我茗是花桔太子，这下谁是太子已经很明白了吧？人家背靠大树好乘凉，但哥哥只有我们了。”

“黑幕这么严重还比什么赛啊，干脆现在就宣布陶熠C位出道吧，也别耽误其他弟弟辛苦为他抬轿了。”

……

粉丝多最大的好处就体现在控评上，比如在这种时候，点赞靠前的全是傅奕茗的粉丝，不明所以的人一点进来，就很容易会被清一色的论调洗脑。

今天的节目里最有争议的那一段就是傅奕茗和陶熠的直拍视频，节目播出都经过了后期的修音，因此在唱功上观众感觉不到太大的差别，陶熠身为歌手也完全体现不出优势。而两个人的舞蹈实力又相当，台风上傅奕茗比陶熠更外放。

这样看来，似乎确实是傅奕茗更突出，因此舆论风向很容易被引导。

但熟悉节目剪辑套路的秦楮杉再次细细回顾评分环节，发现导师们对两个人的评价极其简单，并且都没有说到点子上。

按照经验判断，这一段肯定经过了“剪刀手”的移花接木，真正客观公正的评价都被后期剪掉了。

剪辑就是这样一种神奇的手段，它甚至一句话不用，就可以把黑的洗成白的，同样也可以把白的抹成黑的。

对于不熟知这一点的观众，非常容易被剪辑的套路带跑。

秦楮杉又翻了一下广场，发现各路营销号都已经下了场，看似只是在“吃瓜”，但微博的内容都在明里暗里地暗示陶熠德不配位。

也不是没有陶熠粉丝的辩白，但是口说无凭，中间又混杂着傅奕茗粉丝的冷嘲热讽，没两句就演变成了一场大战。

这条热搜上升速度非常之快，不一会儿工夫就从三十多一路攀升到十几，现在更是直接进了前十。

说不是买的，鬼才信。

想想这条热搜背后的最大获益者如今还在倒打一耙，秦楮杉觉得异常糟心。

然而不是所有人都能看破这一点，已经有不少路人在心疼傅奕茗、辱骂陶熠，表示再也不会给他投票了。

就在他准备找陈昕时，对方已经及时联系了他："早就说这个人不简单，论坛联动到微博，买了这么多营销号，不知道花了多少钱。"

闪哥："节目组的剪辑也有点意思，难道又是花桔搞事情？"

陈昕："现在管不了那么多了，先整理有理有据的证据，抓紧时间控广场。"

闪哥："OK."

秦楮杉再次打开节目视频，截下了剪辑痕迹明显的片段，在旁边用红字说明，整理出了几张大长图，发给了陈昕。

陈昕那边也整理了各路营销号联动的截图，凑齐了一套九宫格。

这种内容肯定不能用粉丝站的号发，陈昕发在了自己的微博。

蜡笔小昕：陶熠凭什么站核心位？凭的是努力和实力。我们小桃努力拼搏得偿所愿，却光速被买热搜全网黑，漂亮弟弟又做错了什么呢……

微博发完，就有粉丝号召集中火力转这条，很快就转发了上千次，桃姐们开始为陶熠打抱不平。

"我就想知道是哪个出不了道的给别人买黑热搜，点进来果然是某家一脸柠檬样，自己水平不行拿不了核心就说别人黑幕？这么厉害你有本事去找节目组啊？"

"我们小桃这期的镜头简直屈指可数。倒是某人的脸动不动就到处乱晃，花桔公主名不虚传。"

"陶熠站核心位凭的是实力，某些人自己唱歌不行就嫉妒别人的天使嗓音有事吗？"

底下开始有傅奕茗粉丝掀起骂战，但无所谓，这毕竟是在桃家的地盘，而且他们的每一条评论都在增加这条微博的热度。

秦楮杉再次刷新广场，这条微博终于艰难地登上了热门。

这时候，“陶熠凭什么站核心位”已经登顶热搜第一。

一系列的工作做完，秦楮杉心累地叹了口气。

真正的路人未必能在看完两人的直拍视频后立马分出高下，但舆论的风向却起着巨大的引导作用。

如果满屏都刷着陶熠不配站核心位的字眼，那么大家就会理所当然地觉得，陶熠的这个核心位受之有愧。

秦楮杉一时间觉得有些心酸，所谓粉丝经济捧出来的偶像，明明自身都有着不俗的实力，却不得不永远活在高贵路人的嘴里。

尽管粉丝这边做了努力，但热搜第一的流量不是开玩笑的，这个话题还是迅速地蔓延开来，连词条后面的字眼都变成了“沸”。

大风向已经提前被带偏了，此刻舆论从质疑陶熠、心疼傅奕茗，到怀疑整个节目的公平性，以及讨论究竟谁是花桔太子，谁又是“熊选之子”。

秦楮杉焦心地看着满屏对陶熠的质疑，心里祈祷现在千万别是在休息时间，选手们的手机最好不要在自己手里。

他机械性地刷了一下首页，就冒出了一条一分钟前的新微博。

关熙转发了吾辈之名的主题曲 MV。

重点是，微博里向来连一个字都懒得多说的他，居然破天荒地发了一句话：肉眼所见并非事情之全部，但观众看到的一定是所能呈现的最公平的结局。

关熙居然在为陶熠说话？

不过也不能这么说，依照关熙的性格，他是在为自己负责的节目说话。

很快，关熙的粉丝收到了来自偶像的信号，纷纷表示相信关老师，相信节目组的公平性。

傅奕茗的粉丝就是再多，也难以与关熙相匹敌，更何况人家是导师，自己是选手，再能耐也不敢说关熙。因此除了小部分粉丝暗暗地表示不满外，也没再掀起什么风浪。

半夜十二点多，傅奕茗上线，紧接着转发了主题曲 MV。

傅奕茗：小桃子，虽然这次输给你了，但输得心服口服。下一次的公演舞台，我们互相都别客气哦。

这条微博一发出来，粉圈再次沸腾了，傅奕茗的粉丝表示“哥哥受了这么大的委屈还这么大气”“茗茶姐姐们都加油投票啊哥哥只有我们了”“希望哥哥身边的小人都退散吧”“一定要为哥哥稳住最后的出道位”。

熠奕生辉组合粉们则在心塞了一整天之后再次狂欢：“果然都是节目组搞事情，哥哥弟弟情比金坚！”

而整个过程中，陶熠作为事件的主角，没有说过一句话，甚至连微博都没有登录。

剩下无比心累的桃姐们，祈祷小桃最好永远别上微博。

秦楮杉身心俱疲地躺在床上失眠，回顾傅奕茗在整件事情中的收获，虽然没有得到核心位，但对于自身的宣传效果远远大于核心位陶熠，颇具“无冕之王”的效果。

眼看傅奕茗卖惨虐粉一条龙，最后自己还全身而退，抹了别人一身泥，秦楮杉不服不行。

Chapter 06　跨年

眼看着年关将近，流量圈的追星族都在到处找自己偶像即将出席的跨年演唱会的门票，只有在《吾辈之名》“养崽”的吾妹们，寻思着该怎么去申城影视基地给全封闭的练习生们“探监”。

尽管节目组有着严格的规定，严禁选手与粉丝见面，但粉丝们即便是隔着铁栅栏远远地喊一句“加油”，也好过让他一个人孤独地在宿舍里跨年。

更何况其他家的粉丝们都会去“探监”，如果谁家没有去，对比之下，那家的“崽”肯定会觉得无比心酸。就好比幼儿园里，别的小朋友都有家长来接，你家的小朋友只能眼巴巴地等着一样。

12 月 31 日当天刚好有录制，于是好几家都不约而同地决定在这天晚上赶到片场附近陪“崽”跨年。

秦楮杉原本指望趁着这天机场巨大的流量去争取挣个四位数，但想到陶熠才经历了这么多糟心事，他还是决定去远远地看他一眼。

和粉丝群确定了统一的行动时间后，秦楮杉瞄到了私信列表里的屁桃君，发现这个陶熠的初代老粉居然没有加粉丝群，于是好心地问她：“小妹妹，过几天去给小桃探监，你去不去啊？”

屁桃君 peach：“探监？”

闪哥快闪：“就是去影视基地看看他，陪他跨年。”

屁桃君 peach：“哦。”

屁桃君 peach：“可是节目都是封闭的，你们怎么能见到他？”

闪哥快闪：“片场的出口和外面隔着一道铁栅栏，31 号他们在那里录节目，我们想碰碰运气。”

屁桃君 peach：“哦。”

屁桃君 peach：“怎么会突然想起来……”

闪哥快闪：“想让他知道有人在支持他，而且最近网上的事情太糟心，怕影响小桃的心情。”

屁桃君 peach：“放心吧，小桃很坚强，不会轻易被这些事情影响的。”

秦楮杉看着消息结尾处那颗红色的桃心，想起了当初陶熠给自己签名时画的那一颗，不由自主地嘴角上扬。

又瞄了一眼屏幕里屁桃君的头像，总觉得自己仿佛在和陶熠聊天似的。

但他很快清醒了过来，回了一句：“但愿吧。”

秦楮杉退了微博才想起来，这位妹妹到最后也没说跟不跟他们一起去探监。

练习生宿舍里，陶熠关了手机，照例上交，脑子里却在回味着刚刚的对话。

自己装小妹妹装得太久，说话还真是……愈发少女了。

他套上统一的选手上衣，跟着外面的大部队一起前往片场，准备今天的录制。

主题曲再评级结束，正式进入竞演阶段，练习生们将组队合作指定曲目，在排练后进行现场公演，接受吾辈创始人们的考验。

公演采取现场投票的形式，进行团队的两两对决，胜利组全组获得相应的票数奖励，而每组最突出的选手将获得额外的个人票数。

这一点票数奖励，与粉丝们疯狂的投票相比算不得什么，但重要的是在一百个竞争者中能拥有更多露脸的机会。

大家心中都是纠结的，如果跟上位圈的优秀练习生组队，团队获胜的可能性更大，但自己很有可能会被淹没。如果跟着下位圈的练习生组队，搞不好就会整队淘汰。

当然了，对于大多数人而言，他们基本上处于被选择的地位，因为选择顺序按照第一期的排名进行，从第一名开始依次选择队友和歌曲。

大屏上出现十六首不同的歌曲，都是近期音乐排行榜上的热歌，中英文都有。

站在第二排的苏遇看了一眼屏幕，悄悄扯了扯站在他前面的陶熠，“哥，你想选哪首？”

陶熠说：“*Wonder* 吧。”

Wonder 是关熙的歌，舞蹈难度不大，旋律好听，传唱度也很高。

但它也是全场所有声乐型选手的重点竞争对象，因为它一方面练起来简单易上口，另一方面很容易博得公演现场关熙粉丝的好感。

苏遇激动得快要跳起来了，“我就知道你也喜欢这首！你等下选人的时候，带上我呗？”

陶熠点了点头，“好。”

那边，傅奕茗已经走上了台，他故意在大屏上的好几首歌曲前都停留了片刻，引得现场连连惊呼。

最后，他冲着跟拍镜头笑了笑，一个转身，终于在一首歌曲前站定。

《达拉崩吧》？

那不是一首二次元神曲吗？

最没人敢选的歌，他居然第一个选，台下一阵骚动，不由得佩服他的勇气。

他环顾台下，开始选择队友。

现场都默契地开始起哄：“陶熠！”

现在谁都知道他俩是官推组合，再加上第一名和第二名的相爱相杀，强强联手，怎么想都看点十足。

明面上两个人还是同一个公司的师兄弟，然而只有陶熠心里清楚，两个人已经算是撕破脸皮了，傅奕茗不可能选择他的。

傅奕茗看了一眼台下，微笑着冲陶熠眨了眨眼，“小桃？”

这个媚眼抛得无比妖艳，引得台下的练习生们都连连尖叫，摄像师傅更是激动得把镜头推到了陶熠面前。

陶熠面色波澜不惊，冲他笑笑，比了个“OK”的手势。

傅奕茗的算盘打得很响，想来也是深思熟虑过后的结果。

首先，因为前几天热搜的事情，网上关于二人不和的流言四起，两家粉丝的关系已经势如水火。傅奕茗在此时主动示好，一方面力破不和传闻，营造自己大气的暖男形象；另一方面安抚了组合粉的心，暗暗地缔造他比陶熠更大气的人设。

其次，他担心如果陶熠不和他一组，肯定会选择一首考验唱功的歌曲，那样陶熠太容易出彩，会对他第一的位置构成威胁。而《达拉崩吧》这首歌考验舞台表现力，正是他的长处，陶熠的短板。

再次，一首歌只有一个核心位，陶熠已经在主题曲中得到了核心位，所以在这一次的公演舞台上，必定会给他面子，主动放弃核心位的竞争，把核心位让给他。

陶熠在走上舞台的这一小段路上，他已经大概明白了傅奕茗的思路。

只是他没想到，两个人都闹成这样了，傅奕茗居然还能面不改色心不跳地对他明送秋波，堪比影帝。

当他来到舞台上，傅奕茗热情洋溢地揽住了他的腰，他于是也顺势搂了搂傅奕名的肩膀。

人生如戏，全靠演技。

影视基地门外，铁栅栏周围一圈都挤满了各家粉丝，把整个片场大楼围了个水泄不通。

天已经黑透了，南方的冷风呼呼地吹着，直冻得人骨头发紧。

有几个练习生已经从片场出来了，粉丝们激动地尖叫，隔着数米远的距离冲他们喊话。

练习生们一方面想和粉丝交流，另一方面又碍于条例，只好远远地冲她们挥挥手，引得粉丝们哭喊“值得了”。

一众桃粉早早地就来了，占据着离片场门口最近的位置，眼睁睁地看着选手们陆陆续续地从楼里走出来，身旁各家粉丝笑着来，哭着去，然而就是不见陶熠的身影。

秦楮杉脖子上挂着相机，靠在栅栏的拐角处，从兜里摸出来一包烟，递给身旁的陈昕，“冷吗？”

陈昕取出来一支，就着秦楮杉手上的打火机点燃，“还行。”

她今天穿着一身利落的机车外套，化着精致的妆容，抽烟的样子特别像片场里指点江山的女导演。

秦楮杉也燃了一支烟，笑道：“你说你，好好的‘白富美’不当，非要来受这种天寒地冻的苦，何必呢？”

陈昕瞄了他一眼，“那你呢，好好的大学生不学习，成天不是机场就是片场，你何必呢？”

秦楮杉吐了个烟圈，“我和你不一样。”

陈昕笑了笑，“有什么不一样的，都是为自己单调的人生找个盼头而已。”

秦楮杉难得地沉默了片刻，不知道在想些什么，就听旁边的一个小妹妹问：“小桃今天还会出来吗？”

陈昕的关系网四通八达，她翻了翻消息列表，大约是接到了片场里工作的小姐妹的消息，说："在录他的后采，再等等吧。"

等着等着，天上开始落下薄薄的雪花。

这座南方城市已经不知道有几年没有下过雪了，现在气温还没有低到零下，居然神奇地飘起了雪，仿佛是在为跨年夜渲染一些别样的情绪。

选手们陆陆续续地出来，片场周围几乎只剩下他们一家了。

跨年的夜晚，整个城市里不知道多少对小情侣或是好闺蜜，都聚集到城东的江边上，等着每年最大型的倒数活动，然后在新一年钟声敲响的时刻紧紧相拥。

然而此时此刻的影视基地里，练习生们还在认真地录着节目，片场门外的小雪中粉丝们冻得直打哆嗦，却还在坚定不移地守候着，只为了看他一眼，对他说一声新年快乐。

秦楮杉又抽完了一根烟，就听周围响起一片尖叫，原来是远处演播厅大门口的灯光亮了起来，里面走出一个穿着选手统一"校服"的身影。

小姑娘们瞬间惊声尖叫起来："陶熠！"

那个身影愣了愣，逐渐走近了一些。

"小桃！不要怀疑自己！你是最好的！你值得！"

"小桃你特别棒！你长得帅，跳舞好，唱歌好听！你永远是我们的骄傲！"

"小桃你要懂得表现自己！你的镜头已经很少了！如果不努力争取我们就更看不见你了！"

"小桃不要听她的！不想争取咱们就不争了！我就喜欢你最真实的样子！"

"小桃没事多唱歌，多练舞，少玩手机！不要听那些坏人说的话！这个世界上喜欢你的人比坏人要多得多！"

陶熠的身影怔了又怔，脚步顿了又顿，但大家都心知肚明，演播厅里还有很多虎视眈眈的目光，这种情况下，他不能回头。

眼看着陶熠已经走到要离开的拐角处了，冲她们小幅度地挥了挥手，大家的喊声也逐渐撕心裂肺起来。

"小桃新年快乐！"

"小桃加油！"

"小桃我们永远爱你！"

直到陶熠转过身去，一小撮人群中忽然爆发出一阵整齐划一的歌声。

"Twinkle twinkle little star, how I wonder what you are……"

是陶熠的那首 *Starlight*。

与此同时，远处高耸的钟楼上，零点的钟声刚好在这一刻敲响。

雪花像细碎的花瓣一般簌簌地飘落，点缀着冬日寒凉的夜色，仿佛在为她们的歌声配上最相应的画面。

歌声中逐渐响起淅淅沥沥的哭声，然而姑娘们尽管哭得梨花带雨，依然唱得响亮无比。

秦楮杉在一旁举着相机录像，看着这些姑娘们激动的样子，身处这样的气氛之中，任谁都无法不动容。

听到熟悉的旋律和夹杂着哭腔的歌声，陶熠的身影明显地一怔。

他一时间忘记了节目组的禁令，忍不住小心翼翼地回过头来。

眼前的画面让他的脚底仿佛灌了千斤重的铅，再也迈不开半步。

在这样寒冷的冬夜里，不远处那个窄窄的栅栏门口，路边昏暗的灯光映亮了漫天飞舞的雪花，也映亮了每一张热忱无比的脸庞。

一群姑娘们动情地唱着歌，旁边站着那个熟悉的身影，他的镜头正对着自己，周围的歌声像是天然的背景音，被一同收纳进那台相机里。

那一瞬间，陶熠的鼻头不自觉地一阵酸涩。

另一头的选管已经在催他了，尽管万分不舍，他还是转过了身去。

他们借着演播厅里灯光的余晕，隔着栅栏清楚地看见，陶熠悄悄地把两只手背在身后，冲他们比了一个小小的爱心。

待陶熠的身影彻底消失在了夜色里，秦楮杉打开手机看了一眼，零点刚刚过去，手机系统的日期已经变成了 1 月 1 日。

新的一年就这样到来了。

不知道认识陶熠算不算他上一年的结尾，以及下一年的开头。

秦楮杉微博里忽然传来一条私信。

屁桃君 peach："新年快乐！"

《吾辈之名》第一次正式公演的场馆门口摆满了一众导师以及几位选手的应援易拉宝，粉丝们竭尽全力地发放着应援手幅，然而问津者始终寥寥。

首次公演由于有观众投票的评审环节，为了方便现场的管理，场地比较狭小，仅有数百个名额。再加上节目播出两期后，在网络上已经有了不小的热度，如今公演的门票可以说是一票难求。

门票虽然说是抽奖送出，看似公平，但市场早已被各路黄牛党抢占，价格更是炒上了天。

即便如此，依然挡不住粉丝的热情，哪怕没有入场门票，也要来到场馆门口，看一眼爱豆的上下班，努力为他们应援。

这种时候，秦楮杉就深刻意识到了有钱的好处，陈昕搞来了不少门票，免费提供给粉丝群里可以出图的站姐，又给他们两人自己留了最前排的 vip 票。

从上午等到天色都黑了，场馆门口冗长的队伍终于挪动起来，秦楮杉带着全套设备准备入场，却左等右等不见陈昕的身影。

等他跟着队伍终于挪进了场，陈昕忽然来了电话，说家里出了急事，她来不了了，嘱咐他好好拍图。

秦楮杉一个人不知道跑过多少活动，虽然少了一个得力助手，但也不至于撑不下去。问题在于他们霸气四射的大灯牌，说好了要陈昕来举的，毕竟应援说到底就是给爱豆看的，谁都希望自家的偶像在舞台上能一眼看到自己人。

别说灯牌现在在陈昕那，就算是在现场，秦楮杉忙着拍照，也没有三头六臂可以举。

但也不是没有别的补救措施。

身为一个传媒专业的学生，秦楮杉充分发挥了自己修图设计无所不能的十八般武艺，自己打了样，提前定制了一个十分抢眼的应援头箍。

他这个头箍原本是为陈昕做的，到时候摄像师看到前排坐着这么一个美女观众，又戴着一个吸睛的头箍，肯定会给她镜头，如果运气好能在正片里播出，那就是对陶熠的免费宣传。

他的创意如此别出心裁，没想到陈昕不来了。

可好好的头箍又不能这么浪费，难道要他自己戴？

他打开包看了一眼，头箍上趴着一只丑丑的屁桃君，两坨红脸蛋上分别印着“陶”“熠”两个字。

按一下头箍后面的按钮，屁桃君的头顶、脸蛋上的文字还有它张成 O 形的香肠嘴，就能一齐发出粉红色的光芒。

即便是秦楮杉精湛无比的画工，也无法阻挡屁桃君丑得一骑绝尘的步伐。

陈昕那种漂亮姑娘戴上是可爱，他一个大老爷们戴上……

画面太美，不忍直视。

秦楮杉糟心地拉上了包，期待着等会儿附近会不会也有陶熠的粉丝，好让他把这个设计精美的头箍免费送出去。

然而他的希望很快就落空了。

周围的位置逐渐被填满，入目都是一片生机勃勃的绿色。

秦楮杉对于这片绿海太过熟悉了，曾经属于那个双人组合的演唱会上，这片绿海和另一边的蓝海交相辉映，互不相让。

这是属于关熙的绿海。

关熙毕竟是现下当红的流量歌手，作为导师代表，同时也是整场公演的主持人，粉丝自然也要给他最声势浩大的应援。

秦楮杉看两眼，就发现了不对劲。

乍一看全是绿色，但再仔细看，一片关熙的灯牌中，还夹杂着不少“茗”字。

傅奕茗居然和关熙撞应援色了？

在饭圈里，后辈和前辈撞应援色是大忌，但严格来说，傅奕茗之前就在组合里出过道，应援色大概也是那时候就有了，又不可能因为避免跟关熙撞色就临时更改，也只好这样了。

今天的局面，看来少不了暗潮涌动。

秦楮杉又眺望远方，总算在后排的角落里看见一小片粉红色的“熠”字，虽然规模小，但也算是万绿丛中一点红了。

没过多久，现场导演示意观众席保持安静，台下瞬间灯光全暗，关熙走上了舞台。

导师们跟在他身后依次出场，台下立马爆发出一阵尖叫，其中出现最多的自然是关熙的名字，但再仔细一听，傅奕茗的呼声也不小。

明明是导师的场子，选手还没出场呢，傅奕茗的粉丝却如此公然挑衅，全场的粉丝都深感痛恶，于是更加高声地尖叫起来。

竞演还没开始呢，台下倒是先对决起来了。关熙做了一个嘘声的手势，待台下逐渐安静下来，他才举起了话筒，“欢迎各位创始人来到《吾辈之名》的首次公演现场，对练习生们本月的练习成果进行考核与检验。”

初次公演，练习生们将分组表演十六首歌曲，以团战的形式两两对决，并由观众进行现场投票。

介绍完赛制，竞演很快开始了。

秦楮杉尽管预料到第一次站上这样的舞台，练习生们的表现肯定不会有多成熟，但真正到了现场观看表演，他还是微微有些震惊。

舞蹈跳得倒看不出太大破绽，毕竟节奏很快，队形变换也复杂，需要等网上出了直拍视频才能做出客观的评价。只论唱功而言，尽管伴奏里做了垫音，却还是依然“车祸”频出，半开麦的唱跳舞台甚至比不过前辈们的全开麦。

秦楮杉心情略微有些复杂，对修音师深感佩服。

练习生们，作为我国未来本土偶像的代表力量，你们可一定要努力训练啊。

前两组的表演很快结束了，两组选手都站在舞台中央，气喘吁吁且紧张无比地为自己拉票，希望台下的创始人们能够支持自己。

当然，更是为了等节目播出后，让屏幕前的粉丝们记住自己，毕竟网络投票才是真正的主力军。

但三五分钟的舞台，每个人的镜头都是极其有限的，连核心位都不能保证被认清，更别说队伍里那些并不打眼的、始终在中下位圈游走的练习生。

六七个人一组，却只有一个核心位。

一百名练习生，却只有七个出道名额。

舞台仿佛一个巨大的丛林，这里有同舟共济，有兄弟情深，但优胜劣汰、弱肉强食，永远是不二法则。

事实上，丛林法则又何止存在于这一方小小的舞台之上。

大屏幕上，第一组的投票结果公布后，关熙再次走上了舞台。

“第二组的对决是我个人期待值非常高的一组，从排练到彩排，他们两组的表演都可以说是非常成熟的。”

在台下的尖叫声中，关熙接着说：“这两首歌我个人也都非常喜欢，并且这两组中，也有我们节目的热门选手。”

粉丝们已经猜到了是哪两组。

关熙的粉丝们开始疯狂喊着“Wonder”，另一边傅奕茗的粉丝也开始大喊他的名字。

秦楮杉没想到陶熠的舞台会排在这么前面，原本散漫的看戏心情瞬间一扫而光。

放眼望去，台下简直已经被绿色包揽，两家粉丝隔空对喊，喊得仿佛命都不要了。

秦楮杉咬了咬牙，也顾不得发型会不会乱了，摁亮了屁桃君的粉色灯光，就把头箍戴到了头上。

与此同时，他赶紧把手中的相机举到了眼前，这样，相机就把他整张脸挡得严严实实，就算是镜头扫过来，也只能看到他头上那个硕大的屁桃君。

秦楮杉虽然已经见识过陶熠的舞台实力了，但也只是隔着屏幕的，这次是陶熠参加比赛以来的第一次竞演，也是他第一次看陶熠的现场。

他坐在离舞台那样近的地方，忽然感觉到一种前所未有的紧张，不由得整颗心都跟着怦怦跳了起来。

简直就像幼儿园汇报演出时，舞台下焦心地等着自家孩子出场的家长。

“傅奕茗组带来的《达拉崩吧》，以及苏遇组带来的 *Wonder*，让我们拭目以待。”

舞台上瞬间投下一片灿烂的金光，六名少年身穿颇具复古风情的公爵礼服，身上缀着金色的流苏、绢花与勋章，统一的深红色调，却又各有差别，塑造出各自不同的风格。

台下瞬间爆发出一阵尖叫。

“很久很久以前，巨龙突然出现……”

随着邢佑唱出第一句歌词，少年们瞬间向四周散开来，开始做出整齐的舞蹈动作。

整首歌在保留原有曲调的基础上，经过重新编曲，并且配上了专门设计的独特编舞，立马变得高端大气了不少。

台上的少年们舞步优雅帅气，原有的二次元搞怪歌词又使整体表演不失俏皮可爱。

“国王非常高兴，忙问他的姓名。年轻人想了想，他说陛下我叫……”

按照惯例，这首歌唱到这个部分时通常会对歌词进行改编，果然，这一句正是 C 位的歌词，傅奕茗已经走位到队形中央，舞蹈动作没停，嘴里飞快地唱道：

“达拉崩吧闭月羞花美貌小茗茗……”

与此同时，傅奕茗对着舞台中央的镜头抛了一个媚眼，瞬间被投放在前方的大屏幕上。

“再说一遍，达拉崩吧闭月羞花美貌小茗茗……”

台下的尖叫声在一瞬间爆发到前所未有的水平，几乎要掀翻演播室的屋顶。

秦楮杉举着相机，严阵以待，因为下一句就是陶熠的词了。

这一组的表演确实如关熙所说，质量比前一组好了不知道多少，在半开麦的情况下，所有人的演唱都完成得很好，没有任何走调或气息不稳的情况。

然而等陶熠一开口，全场都惊了。

他的声音一如前两期节目里那般纯澈而动听，分明是一首不太能凸显唱功的歌曲，但就是让人觉得，他的现场水准已经几乎无异于一名专业歌手。

他的脚下还在跳着高难度的舞蹈动作，然而歌声却没有一丁点破绽。

没有对比就没有差距，台下在集体安静了一秒后，除了傅奕茗的粉丝，全场都为他尖叫起来。

秦楮杉大概是此时场上唯一淡定的人，他飞快地按动着快门，忽然感觉到陶熠的眼神往他这里瞟了一下。

是幻觉吗？

恍惚间，他也来不及细想，歌词就又到了陶熠的部分。

“巨龙说，我是昆图库塔冷漠无情狠人屁桃君……”

现场爆发出一阵哄笑。

“是不是，昆图库塔宇宙甜心粉红屁桃君……”

台下瞬间再次爆发，伴随着姑娘们桃花般灿烂的笑脸。

“不对是，昆图库塔冷漠无情狠人屁桃君……”

一直淡定无比的秦楮杉都忍俊不禁，但他的手上依然稳稳地按着快门，只是藏在相机后的嘴角却不由自主地上扬。

陶熠的部分结束了，与此同时，秦楮杉清楚地看到，陶熠冲着自己这边笑了笑。

碰上这么一首活泼可爱的歌，练习生们自然被要求在舞台上一直保持笑容，但陶熠的笑一向是淡淡的，总给人一种若有若无的感觉。

但正是因为他从来不曾大幅度地笑过，所以刚刚那个嘴角上扬的动作让秦楮杉非常确定，陶熠是真的笑了，而且是那种发自内心的笑容。

难道说……陶熠看到他的头箍了？

但仔细一想，秦楮杉又觉得是自己太自作多情。整个舞台那么大，台下坐着上千个人，陶熠忙着跳舞唱歌，哪里有心思注意到自己的头箍？

没等他想明白，他们组的演出就结束了，少年们摆好结束动作，这一侧的舞台灯光骤暗。

与此同时，舞台的另一侧忽然打下一束追光，苏遇组的 *Wonder* 无缝接档。

在第一次公演这种自由组队的环节，选手们或多或少都带着熟人心理，组到一起的也基本都是同公司的练习生。

比如傅奕茗组就是以花桔娱乐为主体，而苏遇这组则有好几个棠诗传媒的练习生。

所以这一场对决，与其说是两个小组成员的对决，其实更像是两个公司的正面对决。

苏遇组的表演同样十分强势，关熙的这首代表作被他们演绎得相当完美。

Wonder 这首歌具有极强的互动性，虽然棠诗传媒的练习生人气远远不比上花桔娱乐拥有的两张王牌，但现场关熙粉丝毕竟占大头，非常热情地接着他们的歌词，毫不吝啬地为他们加油打气，两边的人气一时间难分高下。

苏遇组表演结束，舞台上灯光全亮，关熙站在舞台中央，两组选手分别位于他两侧。

傅奕茗一出场，台下的粉丝立马为他激情呐喊起来，另一边关熙的粉丝虽然更沉得住气一些，但看到关熙和傅奕茗总算正式同台，也不管三七二十一了，更加疯狂地喊着关熙的名字，台下又是一轮激烈的对决。

关熙几次拿起话筒要开口，可台下的呐喊声丝毫不见平息，最后是现场导演出来喊了话，才逐渐安静了下来。

关熙说：“两组的表演都非常精彩，下面请大家各自为自己的队伍拉拉票。”

傅奕茗接过了话筒，“这首改编版的《达拉崩吧》，无论歌词还是舞台，都是一次非常大胆的创新。感谢我最好的队友们，没有你们就没有今天的舞台，也感谢台下的创始人们，见证了属于我们的第一次。”

说着，他把话筒递给了身旁的陶熠，“小桃，你来拉拉票。”

台下有粉丝尖叫起来，想必是规模不小的熠奕生辉组合粉。

陶熠接过话筒，微笑道：“希望大家能够喜欢我们的表演。”

关熙转身看他，“完了？”

陶熠一脸理所当然地点了点头，台下随之爆发出一阵哄笑。

秦楮杉也忍俊不禁，这傻孩子真是什么时候都不爱营业，不过他不接傅奕茗话的时候，怎么看起来就这么顺眼呢？

关熙又将话筒递给另一侧的苏遇。

苏遇说：“*Wonder* 是关老师一首非常出名的歌，所以我们全组的压力都非常大，但是关老师在这个过程中给予了我们很多指导，让我们不至于那么迷茫，希望这场表演没有让大家失望。”

秦楮杉在心里感慨，不愧是豪门世家长大的公子，年龄虽然小，却非常上道儿。

果然，台下的关熙粉丝们十分受用，理所当然地为他呼喊起来。

关熙粉丝一喊，傅奕茗的粉丝就像被传染了一样，跟着大叫起傅奕茗的名字，场面再度陷入了尴尬局面。

也许是为了缓和尴尬的气氛，向来寡言的关熙忽然看向陶熠，“陶熠，我注意到你刚刚在台上好像笑场了？”

陶熠愣了愣，有些不好意思道：“是有点想笑，不过我努力憋住了。”

两个话少的人却难得地展开了如此可爱的对话，台下都是一阵哄笑。

关熙说：“方便分享一下什么事情让你这么开心吗？”

陶熠犹豫了一下，忽然看向了台下，“因为……刚刚看到了一张熟悉的面孔。”

台下的秦楮杉惊了。

如果说他刚刚还不确定陶熠是不是看向了他的镜头，那么现在，他几乎可以百分之百确定了，陶熠在看他。

而且是那种明目张胆的看法，他就站在不远处的台上，目光灼灼地和台下的他来了个对视。

秦楮杉还没反应过来，现场就再次爆发出一阵尖叫。

大屏幕上出现了他的脸。

戴着一个傻到家的屁桃君头箍。

摄像师傅，你镜头切得够快啊。

秦楮杉觉得自己简直要晕过去了。

他刚刚全程拿照相机挡着脸，没想到这一会儿没挡，就被发现了。

还是被台上的陶熠亲自点名了。

太绝望了，他现在到底是该哭还是该笑啊？

好在闪哥也不是个没见过世面的㞞包，尽管在这一秒钟的时间里，大脑里的滔天巨浪已经冲垮了一座跨江大桥，但脸上的表情依然保持着身为陶熠粉丝应有的镇定和帅气。

很快，他大方地看向镜头，脸上带着陶熠惯常使用的不多不少的微笑，指了指头上屁桃君脸蛋上的“陶熠”两字，学着陶熠平时最喜欢的手势，双手对着镜头比了一颗桃心。

台上的陶熠看着大屏幕，嘴角又弯了弯，久违地流露出一丝少女般的羞涩笑容。

台下的哄笑声和尖叫声快要把屋顶掀翻了。

秦楮杉脸上笑嘻嘻，心里乱糟糟。

我算是把这二十年来积攒的脸皮都丢光了。

Chapter 07 险情

某娱乐八卦版块上：

楼主：刚看完第三期，我已经被《达拉崩吧》洗脑了！太魔性了，可是又莫名其妙地很好听。

网友1：虽然这首歌本来也挺好玩的，但是完全没想到改编完这么适合舞台，全程毫无违和感。

网友2：啊啊啊崽子们也太帅了吧！本花桔团饭今天必须吹爆我们的崽！

网友3：小茗今晚一如既往地亮眼呜呜，眼神好杀我啊。

网友4：我今晚爱上了小桃！宝藏男孩！之前还觉得他台风太冷淡了，今天真香了！我们桃一点也不冷好吗！我们可盐可甜！

网友5：本来就甜啊，说不甜的是你们的问题。

网友6：歌词改得也好魔性，达拉崩吧闭月羞花美貌小茗茗，昆图库塔冷漠无情狠人屁桃君，昆图库塔宇宙甜心粉红屁桃君？都是什么呀，哈哈……

网友7：这就是他俩心里对自己的定位吧？茗是表里如一，他自己和粉丝都觉得“老子天下第一帅”。桃对自己的认知是“我其实是狠人”，没想到粉丝天天喊他“宇宙甜心少女”。

网友8：熠奕生辉组合赞！

网友9：熠奕生辉真实吗？傅奕茗倒贴不要太明显，没见陶熠都懒得理他吗？官方组合最为致命。

网友10：小桃和桃粉才是真爱。今天台下那个桃的男粉都比傅奕茗帅，我宁愿看他和桃的故事。

网友 11：那个小哥哥确实看了一眼就惊到我了，真的从来没见过这么帅的男粉丝，而且好酷，看起来一点都不娘。

网友 12：之前镜头一闪就过了没注意，被你们一说，我特意又看了一遍，果然有点帅。

网友 13：他手里还拿着相机呢，说不定就是桃的哪个站哥。

网友 14：姿势还有刻意模仿桃，哈哈好可爱，果然粉丝随偶像。

网友 15：茗粉今天什么情况，现场公然挑衅，撞应援色，不尊重前辈。

网友 16：别的不说，到处喊傅奕茗的样子真的是……放哪都让人不舒服吧。

网友 17：可不是吗，现场的人都被恶心到了，尤其当时导师粉最多，最后票都投到对面人帅心善懂得感恩的小弟弟。

网友 18：怪不得《达拉崩吧》这么好的舞台都输了，虽然 Wonder 也挺不错的吧。

网友 19：苏遇弟弟超可爱的而且真的很努力！我小墙头了解一下！

……

由于傅奕茗粉现场的行为过激，引起了台下众多粉丝尤其是关熙粉的不满，最终的投票环节，大家都不约而同地投给了对面的 Wonder。傅奕茗的粉丝虽然人多，但远远难以与关熙的粉丝相匹敌，于是 Wonder 组取得了最终的胜利。

优胜者的奖励无非是额外的票数，对于上位圈的选手来说，这一点票数奖励远远不及粉丝投票的一个零头，但是对于下位圈的练习生来说，失去了这关键的票数，他们就得面临被淘汰的风险。

因此在第一次公演播出后，各方都对傅奕茗粉丝产生了厌恶感，不过这也不妨碍傅奕茗凭借自己优异的舞台实力继续圈粉。

另一边，陶熠也通过《达拉崩吧》的舞台证明了自己，他的台风可盐可甜，唱功又十分突出。

在这一场公演之后，秦楮杉的粉丝站发的绝美舞台照也被转发过万，为陶熠吸引了不少人气的同时，他的站子也逐渐被奉为“神站”。因为风格非常粉红，获名“闪妈”。

罢了，闪妈就闪妈吧，你们开心就好。

而他在公演上意外露了脸，也被粉丝们截了图疯狂转发，“这是什么帅气哥哥”“陶熠我可以，这个男粉我也可以”……

丝毫不知道她们成天喊着“婆婆”“闪妈”的神站，就是这个头戴屁桃君的帅气小哥哥。

随着陶熠粉丝的大量增多，各种新站也如同雨后春笋般冒了出来。后援会把几个出图稳定的大站拉了个群，方便在每次公演或活动时组织内部应援。

首场公演结束没多久，后援会就在群里发了陶熠即将拍摄广告的新通告，示意大家可以去接上下班。

但是由于是行程非公开，秦楮杉觉得不妥当。后援会很快表示，公司那边已经对各家官方组织的上下班拍摄表示了默许，毕竟距离下一次公演时间还早，这样的新鲜图有利于维持曝光度。

况且这次行程只有内部的几个粉丝站知道，大家都有分寸，跟着组织统一行动，也不用担心会打扰到陶熠。

于是这天中午，几家粉丝站和后援会在广告拍摄地点附近的商场内会合，来的几个姑娘都是鸭舌帽加口罩，身上背着“长枪短炮”，标准的站姐打扮。

相比之下，眼前这个戴墨镜、涂红唇、两手空空的潇洒美女，和她身旁随手拎着设备的随性帅哥，就显得格格不入。

站姐们打量了他们一番，不确定地问：“你们是哪一家？”

陈昕露出一个亲切的笑容，“熠闪。”

站姐们瞬间激动起来，“原来是元老级粉丝站！没想到闪妈你本人这么年轻啊。”

陈昕又笑了笑，“不是不是，我只是个打杂的，他才是闪妈。”

站姐们的目光瞟向她身旁的长腿帅哥，瞬间惊了，“闪妈原来是男的？”

秦楮杉只好露出一个尴尬而不失礼貌的微笑，“还是叫闪哥吧。”

另一个站姐忽然惊呼：“我知道了，你是不是就是公演上那个男粉？”

秦楮杉没想到居然这么快被认出来，再次微笑着点了点头，心中十分无奈。

传说中的“妈粉神站”，站主居然是个站哥，而且还是个大帅哥，站姐们都表示过于神奇，去往拍摄地点的路上感叹了很久。

陶熠今天的工作是为一个赞助品牌做推广，拍摄就在一家酒店里进行。

这一块位于申城的中心城区，附近人流量很大，不过好在陶熠现在远远没有火到尽人皆知的地步，路人就是看见了也不知道他是谁，秦楮杉他们用的都是长焦镜头，站在很远的地方就可以拍摄得很清晰，也不用担心会打扰到他。

他们可怜巴巴地坐在酒店门口的长椅上，一有车来就聚精会神地探头张望，然而十几辆车来了又走，没有一辆车上有他们熟悉的身影。

身为一名前线摄影师，人生中必不可少的一个字，就是：等。

大规模的活动因为人流量大，需要提前很久开始排队等位。小规模的活动因为不确定性强，常常变动很大，比约定的时间晚几个小时，是再常见不过的事情。

有时候等了一整天，临到头一句轻飘飘的“活动取消”，粉丝们就不得不灰头土脸地空手而归，也并不稀奇。

眼看着天色已经逐渐暗了下来，生怕体力上难以支撑，大家纷纷点起了外卖，养精蓄锐，做好奋战到天明的准备。

不一会儿，几辆外卖摩托车陆续抵达。

“陶熠女朋友是哪个？”

“陶熠老婆的外卖！”

“小桃媳妇儿？谁是小桃媳妇儿？”

看着大家挤成一团找着各自的外卖，秦楮杉在旁边不禁觉得好玩儿，嘴上都说自己是“妈粉”，留名字的时候倒是挺诚实。

他还没笑完，就又来了一个外卖小哥，“陶熠老公在哪儿？”

周围的几道视线瞬间向他投过来。

秦楮杉一脸蒙，“看我干吗？不是我。”

外卖小哥见没人认领，于是拨通了订单上的电话。

秦楮杉的手机就响了起来。

外卖小哥笑了笑，“刚还不承认，这儿就你一个男的。”

说着，小哥把东西放在了他面前，重新跨上了摩托车，嘴里嘟哝着：“什么人啊，自个儿媳妇儿都不敢认。”

站姐们都哄笑起来，没想到站哥原来还另有一副面孔。

刚去商店借完充电宝的陈昕回来了，看了一眼外卖袋子，“不好意思啊，刚手机没电了，就留了你电话。”

秦楮杉：“陶熠老公？”

陈昕挑了挑眉，“怎么？本小姐反串不行吗？”

秦楮杉还没来得及反驳，就有一个站姐指着酒店门口说：“你们看那个像不像节目组的车？”

众人顺着她手指的方向看过去，只见一辆白色的保姆车正缓缓停在门口，在一片小车中显得颇为夺目。

车门打开，还没做妆发的陶熠穿着一身休闲款私服，戴着帽子和口罩走下了车。

大家都不约而同地举起镜头，秦楮杉刚调好焦距，忽然发现酒店旁边的商场里冲出来一大群小姑娘，大声叫嚷着，疯了般地径直朝陶熠这边一窝蜂地跑过来。

陶熠显然还没反应过来，就瞬间被这一股挪动的人潮给包围了。

秦楮杉骂了一句，扔下相机就朝酒店门口奔去。

一群疯狂的粉丝已经把陶熠整个人挤在了中间，陶熠想要退回到车上，已经来不及了，几个粉丝合力“啪”一声关上了车门。

她们疯狂地叫着他的名字，伸出的手把手机屏幕几乎贴到了他的脸上，还有人推搡拉扯着他，拼命地往他身上挤。

陶熠身边连个保镖都没有，他自己虽然是个一米八几的大男人，但是又不能对这些小姑娘动手，况且她们人数多，又都挤在一起，一旦闹起来难保不会发生什么事故。

秦楮杉看到挡在陶熠前方，还试图抓在他脸上的那几只咸猪手，简直要气背过去了，他那点儿仅剩的怜香惜玉的圣母心早已经荡然无存，伸手就扒开了挤在前面的那几个人。

这些人就仗着自己是女生，觉得阻拦她们的都是假把式，没人会真的跟她们动手，没想到还有人会来真格的，都吓了一跳。

秦楮杉把陶熠护在身后，推开了挤在他们前面的那几个粉丝，两个人艰难地上了酒店的台阶。

疯狂的粉丝们并没有因为这个突然杀出来的保镖就善罢甘休，在消停了片刻后，立马又挤了上来，跟着他们进了酒店。

秦楮杉对着前台吼了一声：“保安呢？”

前台显然也没预料到会出这样的情况，立马开始拨打电话，大厅里仅有的几个保安也都围过来帮忙。

然而粉丝们几乎已经形成了一堵厚厚的人墙，把陶熠和秦楮杉整个围在了中间，并且还在不断地往中间挤。

秦楮杉一边在前面开路，一边带着陶熠往电梯门口走去。

电梯门刚好开了，秦楮杉赶紧推了一把陶熠，“你先上去。”

陶熠像是想要说什么，但现场过于混乱，他也只好作罢，敏捷地闪身上了电梯。

这些人刚尝到一点甜头，更不可能就此轻易罢休了，她们更加疯狂地往前挤，都想跟着陶熠挤进电梯里去。

秦楮杉没有办法，只好伸长手臂，整个人拦在电梯门口，疯狂的私生饭们被堵在外面，开始对他拳打脚踢。

拉扯间，他感觉自己扒拉着电梯门的手背一阵火辣辣的疼痛，想必是被抓伤了，然而他根本没办法分神去查看。

他的半只脚踏在电梯里，半只脚踩在外面的地板上。眼看着背后的电梯门就要关上了，他忽然感觉到被人用力一拽，他整个人就向后仰了过去。

秦楮杉失重的一瞬间，他已经开始考虑后脑勺砸到电梯板上会造成几级伤残了。

就在他觉得自己今晚即将命丧电梯时，预料中坚硬冰凉的电梯板与疼痛并没有传来，取而代之的是温暖有力的手掌撑着他的后背。

与此同时，眼前的电梯门也重重地关上了。

然而他依然不能松懈，因为电梯刚上了一层，就有停下来的趋势。

他马上意识到，是那些人跑到楼上去按电梯，想让电梯在中途停下来。

电梯的速度正在逐渐减慢，眼看着就要停下来了，秦楮杉赶紧伸出手，死死按住关门键。

外面显然也有人在拼命地按着按钮，电梯开始发出“嘀嘀嘀”的警报声，但秦楮杉知道他不能松手。

电梯的空间太过狭小了，而且一旦关上门，就是一个密闭的空间。把外面的那些疯子放进来，陶熠就真的无处可躲了。

门里门外两股势力的僵持间，“嘀嘀嘀”的警报声越响越快，听上去简直像是电影里定时炸弹爆炸的前奏。

“哐当——”

随着一声巨响过后，机械运行的声音瞬间消失，与此同时，四周骤然间陷入了一片黑暗。

断电了。

幸好只是停在了中途，没有像恐怖电影里演的直接下坠到十八层地狱里去。

四周黑得伸手不见五指，秦楮杉这才后知后觉地意识到，劫后余生的两个人被困在这样一个狭小而密闭的空间里，连空气里都透着一丝尴尬的气息。

他只好试探着打破这份尴尬。

“你没事吧？”

异口同声。

更尴尬了。

秦楮杉摸出手机来，打开手电筒，总算为黑暗的电梯带来了一点光亮。

只见对面的陶熠正一脸惊魂未定地看着自己。

一个月前，他还是机场里被人抛弃的可怜小朋友，一个月后，他已经能吸引这么多“私生饭”为他疯狂了。

陶熠也抬眼看着他，没想到他一开口就是：“对不起。”

秦楮杉摆了摆手，“我又没事。”

说着，他才想起来问：“你刚才身边怎么连个人都没有？”

陶熠说：“选管买水去了，结果刚一闹就挤散了。”

秦楮杉不由自主地皱眉，“那其他人呢？”

陶熠垂着眸子，没说话。

秦楮杉立马懂了，他身边没有其他人了。

他再次忍不住破口大骂：“破公司。”

陶熠依旧没接他的话，目光不经意地划过他的手，像是忽然发现了什么，“你手怎么了？”

秦楮杉被他这么一提醒，才感觉到右手手背上火辣辣的痛感。他抬手一看，只见上面破了一道口子，应该是指甲划的，周围冒了点血，不过现在已经差不多凝固了。

秦楮杉漫不经心地摇了摇头，“没事，刚不小心蹭的，不深。”

陶熠的眉头却越皱越紧，他在身上一顿乱摸，摸出一个小小的喷雾瓶，“消毒。”

秦楮杉不由得乐了：“你连这都随身带着？真细心。”

陶熠说：“练舞嘛，习惯了。”

秦楮杉接过喷雾瓶往手背上喷了一层碘伏。

陶熠把喷雾收了回去：“她们怎么这么……”

也许是接下来想说的形容词不大好听，他没再说下去，但秦楮杉懂了。

陶熠一个刚有点名气的小孩子，乍一经历这样的场面，被吓着是正常的。但对于秦楮杉来说，蹲前线这么些年，他见过的“私生”行为太多了，比这更疯狂、更变态的有的是。

只不过艺人身边居然连一个保镖都没有，这样的公司他倒是第一次见。

秦楮杉叹了口气，“以后说不定还会越来越多的，你一定要记得保护好自己。”

说完，他又觉得自己这话实在苍白无力。

他语气戏谑道：“你们公司还不如聘我给你当保安呢。”

陶熠看着他，露出一个温柔的笑容，说：“今天多亏你在。”

秦楮杉心道，你是我站子的主角，我不保护你谁保护你？

不过这话他是断然没法说出口的，他想了想，又说：“但也不是所有粉丝都这样，你千万别觉得……”

“我知道。”他话还没说完，陶熠就急忙打断了他。

陶熠看了他一眼，小声道：“你就不是。”

秦楮杉又忍不住笑了。

说话间，电梯里的灯忽然亮了起来，电梯恢复了正常，继续往楼上升。

想来酒店的保安应该已经把楼下的“私生饭”赶出去了，幸好刚刚没让她们跟上来，否则电梯在那种情况下停了电，后果简直不堪设想。

电梯到达了陶熠要去的楼层，秦楮杉刚准备坐电梯下去，却被陶熠拦住了，“你这样直接下去，万一又碰到她们就不好了，我带你去那边的应急通道。”

秦楮杉想了想，小朋友想得还挺周全，于是跟着他到了楼梯口。

陶熠又叮嘱他：“这个通道下去是酒店的侧门，到了门口后拐一下，应该就能找到其他小伙伴了。”

秦楮杉笑着问他：“你怎么知道我和其他小伙伴一起来的？”

“你们为我做的，我都知道的，”陶熠语气认真地说，“谢谢你们。”

秦楮杉冲他笑了笑，摆摆手，从楼梯上下去了。

经过后援会的调查，这一次是陶熠的非公开行程被泄露，私生们瞅准了他没有防备，这才做了有组织、有预谋的周密计划。

所幸酒店门口发生的一切都被几个站姐的镜头记录了下来，图文并茂地发在了微博上。

粉丝们都无比愤慨，一边批评“私生饭”，一边责备花桔不照顾好练习生，最后闹上了热搜，逼得公司终于发了声明抵制私生，并且称以后公司任何艺人的行程都会得到充分保护，事情才逐渐平息。

声明严格抵制私生后，接上下班这种处于灰色地带的行为在近段时间内都被禁止了，这就意味着秦楮杉最近都没有活动可以跟，只能期待着第二次公演的到来。

不过他闲了没两天，就接到了辅导员的电话："你上个月获奖的那个申城人像摄影大赛，明天就要颁奖了，全程直播，重视一点。"

富丽堂皇的大礼堂内，偌大的观众席坐得满满当当，舞台周围和走道中央摆放着多个机位的摄像头，准备将颁奖礼的实况在网络上进行转播。

"不知道的以为金马奖颁奖呢。"秦楮杉坐在第一排，冲身旁的申大摄影社社长嬉笑道。

秦楮杉参加摄影大赛是代表申大摄影社出征，中间的资金花费也都是摄影社赞助的，因此他今天特意穿着社服领奖，摄影社的管理层更是全员出动，见证这个重要时刻。

社长拍了拍他的肩膀，"那你就是当之无愧的最佳男主角。"

申城人像摄影大赛是夏天的时候开始征稿的，传媒专业的学生对于这样的比赛总是充满关注。而半个学院都知道，至少在整个申大，论人像摄影，秦神排第二，就没人敢称第一。

然而秦神总是神龙见首不见尾，平时在学校里很难找到他的人影，没几个人知道他到底在哪、在忙些什么。

后来还是跟他相熟的摄影社社长亲自出动，才成功撺掇他报名参加了比赛。

往年的摄影大赛，获奖作品大半都是现实主义题材的，主角也基本上聚焦于社会底层人民。对于依然身处象牙塔里的大学生来说，想要拍出这样明显需要丰富社会阅历的作品并不是一件容易的事。

那段时间秦楮杉总是去乡下和城郊采风，社里都以为他要拍农民之类的题材。这种题材虽然够现实主义，可在多少年前已经被诠释过了，现在再拍，很难出新意，最终难免落入窠臼。

没想到秦楮杉的模特并不是个农民，而是个美女。

摄影社在校园里发布模特征集令的时候，邮箱里前前后后收了几百份报名资料。毕竟能和传说中才貌双全、神秘酷炫的秦神合作，而且万一得了奖，照片上的这张脸就跟着出名了，很难不吸引申大的美女们出动。

然而最终的模特敲定了申大小有名气的网红校花，播音班的孟霏霏。

趁着台上的人在讲话，社长捣了捣身旁的秦楮杉，"哎，跟哥老实交代，你是不是当初选角儿的时候就对人霏霏一见钟情了？”

“什么玩意？”秦楮杉看了一眼坐在不远处的孟霏霏，压低声音道，“怎么连你也开始了？我跟她真没什么。”

社长一脸“我什么都懂你不用再解释”的表情，对他笑了笑。

秦楮杉又说：“你一个玩摄影的你不懂吗？选她是因为她硬照表现力好，事实证明，我的眼光是正确的。”

社长又嘿嘿笑了两声，“嗯，眼光确实很不错。”

秦楮杉无可奈何，索性随他去了，反正传言早已经满天飞，也不差他这一句。

台上的几位领导讲完话后，颁奖环节开始，秦楮杉有心留意其他获奖者的作品和讲解，学习别人的想法和构图，没想到听着听着，还是一不小心睡了过去。

等他再次恢复意识的时候，是被身旁的社长推醒的。

台上的主持人激情澎湃地开口：“本次人像摄影大赛的特等奖，可以说出乎所有人的意料，因为这是一位史上最年轻的获奖者，并且首次参加我们的比赛就征服了所有的专业评审和大众评审，摘得了最高荣誉。让我们把掌声送给申城大学的秦楮杉！”

秦楮杉用一秒钟的时间调整了一下睡得晕晕乎乎的脑袋，换上一脸得体的笑容，大步流星地走上了台。

他流利地说出早就准备好的一串致谢词：“首先感谢大赛组委会给我们这些摄影爱好者提供了一个展示与交流的平台，感谢所有专业评审和大众评审的厚爱，感谢我的母校申城大学以及传媒学院对我的支持，最后感谢我的团队申大摄影社以及模特孟霏霏，没有他们就没有这部作品的诞生。”

在台下热烈的掌声中，秦楮杉熟练地打开屏幕上标着自己姓名的文件夹，眼神依旧注视着观众席：“下面我为大家简单介绍一下作品的创作思路与拍摄……”

话还没说完，台下一片哗然。

秦楮杉突然意识到了什么，抬头看了一眼大屏幕。

上面赫然是一张陶熠穿着私服的街拍图。

Chapter 08　偶遇

这一次，秦楮杉心里的滔天巨浪不仅冲垮了长江大桥，还直冲第二亚欧大陆桥，冲出大西洋，冲向荷兰鹿特丹港。

但他依然努力保持着表面上的一派平和，趁着台下的观众还没有认出来那是谁，就无比淡定地关掉了照片，“不好意思，切错图了。”

他迅速地重新插上U盘，找到了那张获奖的摄影作品。

万幸，这次画面里不再是陶熠了。

台下那一瞬间的惊愕也很快过去，秦楮杉抬头望向大屏幕。

这是一张黑白照片，命名为《天鹅湖》，然而图片中却并没有一望无际的湖泊，只有一汪泥泞的水坑。

一位身穿白色芭蕾舞服的美丽姑娘站在水坑里，污浊的泥垢弄脏了她修长的双腿和洁白的裙摆。

然而她的上半身却依然干净白皙，她摆出天鹅舞中最经典的姿势，如同一只美丽的天鹅，引颈望向天空。

这张摄影作品画面上的经典之处在于，运用了最简单的二分法构图方式，却在没有任何像素移动的情况下，巧妙地做到了近景与远景的统一。泥淖地面与蔚蓝天空的分界线，也正是姑娘下半身的污垢与上半身的纯净的分界线，仿佛梦想与现实的天壤之别。

主持人问：“所以，你想要用这张作品致敬的又是怎样一个群体呢？”

秦楮杉看着大屏幕，一瞬间，那张照片在他的脑海里闪过无数个不同的版本。

画面里的人变成他自己，他手上举着相机，闪光灯发出耀眼的光芒，然而他的脚下却是小渔村里交错缠绕的海草，紧紧地缚住了他的双脚。

画面里的人又变成陶熠，他拿着麦克风，头顶的聚光灯在他身上洒下一片银辉，然而他的脚下却凭空出现了一双手，不顾一切地拼命将他往下拽。

秦楮杉再次望向台下，回答道："致那些身处淤泥沼泽之中，明知挣扎或许意味着更深的陷落，却也从未曾放弃过希望的人。"

台下掌声雷动，秦楮杉想了想，又补充道："毕竟谁也不知道，再挣扎一下，下一秒，希望是不是就会抓紧你的手。"

在经久不息的掌声中，主持人说："接下来还有一个小小的彩蛋环节，因为我们这一次的摄影作品有网络评选的环节，正是这部作品中的模特孟霏霏，被网友评为本次摄影大赛的'最美模特'，因此组委会决定为她颁发这个奖项。"

秦楮杉一脸惊愕，之前没跟他说会有这个环节啊？

台下坐了不少申大的学生，好事者已经吹起了口哨。

孟霏霏穿着小礼服，款款走上台。

照例是一番感谢过后，她看向身旁的秦楮杉，"我最想感谢的人是我的摄影师，但并不仅仅是因为他拍摄出了这张优秀的作品。常听人说，好的镜头是有魔力的，它会赋予模特以生命力。我从前不懂这句话，但我想现在我明白了，正是他的镜头让我感觉到，在这个他所构造出的世界里，我曾活生生地存在过。"

人暂且不论，但这句话让秦楮杉颇有感触。然而台下早没人注意她究竟说了什么，掌声再次到达高潮，同时有不少知情人在下面喊起了"抱一个"。

秦楮杉感觉到身旁孟霏霏投过来的炽热目光，都到这份儿上了，他也没有别的选择，于是大方地转身给了她一个拥抱，并且努力地避开了她深情款款寻求对视的眼神。

在台下满满的祝福眼神中，他默默地想：今天过后的校园八卦里，他们的故事又要衍生出几十个新版本了。

"为了我们摄影社的荣光，我们申大的希望，未来摄影界的新星，干杯！"

申大附近生意最火爆的烧烤大排档上，摄影社的成员热热闹闹地围了一桌，酒瓶丁零当啷地撞在一起。

秦楮杉嗤笑道："不知道的以为是今年诺贝尔摄影学奖获得者呢。"

社长又开了一瓶新的递给他，"有志气！就冲你这句，必须吹一个。"

"有个屁。"秦楮杉嘴上笑骂着，但还是接过了酒瓶，豪迈地一饮而尽。

大家都兴高采烈地鼓起掌来，就见一旁的孟霏霏也拿来了两瓶酒，"秦神，我单独敬你。”

众人看热闹不嫌事大地吹起口哨，秦楮杉伸手接过，“我干杯，你随意。”

话音刚落，他仰头就喝了。孟霏霏想说的话还没说完，就这样被他给堵了回去，在桌下暗暗跺了跺脚，然而也只能心不甘情不愿地作罢。

一轮酒喝完，大家的话题很快就转移到了其他方面。秦楮杉点了一根烟，有一搭没一搭地聊了两句，眼神不经意地扫过对面的桌子，看到了一个熟悉的身影。

他第一反应是觉得自己肯定看错了，但再仔细看看那一桌子，全是熟脸，正是《吾辈之名》的几个练习生。

没想到在这儿都能偶遇陶熠，秦楮杉头一次发现几千万人口的申城原来也这么小。

想来是节目组放假了，这几个小孩胆子也是真大，即便每个人都打扮得挺低调，但这一块的人流量很大，他们居然就这样光明正大地跑到摊上来撸串。

不过再一想，《吾辈之名》才开播一个月不到，大街上认识他们的人本来也不多，更何况这个点的烧烤摊上，放眼望去都是不怎么关注明星的大老爷们儿。再加上这是在申大附近，他们看起来也就像是几个大学生。

他正盯着那边看，就见一直以侧脸对着他的那个亚麻灰色头发的小孩转过头来，视线滑过他们这边时，忽然怔了一秒。

这么远的距离，这么昏暗的光线，难道陶熠也看到他了？

他还没想明白，陶熠就忽然站起身来，往店门口走去。

于是秦楮杉也鬼使神差地跟着他，出了店门。

陶熠站在店门口，对他笑了笑，“好巧。”

秦楮杉下意识地从嘴里呼出一口烟，见陶熠似乎有些惊讶地盯着他看，他才反应过来，自己这副老烟枪的样子是不是太堕落了。

他赶紧灭了烟，扔到一旁的垃圾桶里，“不好意思啊。”心里道，吸烟有害健康，你可千万别跟我学坏了。

陶熠自然是乖巧地摇头，“没关系。”

秦楮杉问他：“你们放假了？”

陶熠点了点头，“马上就准备录第四期了，出来放松一下。”

说着，他像是想起了什么，看了一眼秦楮杉的手，“手好了吗？”

秦楮杉赶紧摆了摆手，“本来就没多大事。”

烧烤摊上还开着火，周围飘着阵阵白烟，空气里弥漫着食物的香味。秦楮杉抬眼打量着眼前这个好看的少年，忽然觉得在这样热闹喧哗的冬夜里，这个向来仿佛生在云端里的人，也被染上了一层俗世间的烟火气，让他没有觉得特别遥远，倒像是个相识已久的故人。

恍惚间，陶熠问他：“你在申大读书？”

秦楮杉刚想问他怎么知道，又想了想，大概因为这是在申大附近，所以陶熠才猜到的。他于是点了点头，“大三。”

陶熠感叹道：“好厉害。”

看着他一脸由衷的赞叹模样，秦楮杉不由得觉得好笑，“这有什么。”

陶熠轻轻摇了摇头，仿佛还在消化他是个学霸的事实。

沉默了一会儿，陶熠朝店里望了一眼，“你……女朋友啊？”

秦楮杉顺着他的眼神看过去，他们那一桌上，孟霏霏正笑得一脸娇羞。他解释道：“没有，就一个同学。”

没想到话音刚落，孟霏霏就像是受到了什么感应一样，忽然转头向他们这边看过来，目光里满是焦急和期待。

秦楮杉和陶熠都吓了一跳，两个人同时不自在地收回了目光。

就听陶熠笑着说：“还挺黏你的。”

他赶紧否认：“真不是。”

陶熠好像是忽然想起了什么一样，立马做出一脸严肃的表情说：“那个标签……”

一听他提起那个屁桃君身上的标签，秦楮杉就一个头两个大，看来陶熠真的知道那句话的意思。

秦楮杉生怕他把自己当成什么猥琐男，有些慌忙地道：“一直没有机会跟你解释，那是个误会，一个学妹给我写的标签，我当时不懂那上面的意思，稀里糊涂地就送给你了……”

陶熠见秦楮杉紧张的样子，瞬间破功笑出了声，“闪哥，你还当真了啊？”

秦楮杉看着他这副样子，一时间觉得这个小孩年纪不大居然还挺会唬人。他正不知道该说点什么接话时，就见店里陶熠他们那桌的小孩们准备走了。

听见有人在喊他，陶熠看了一眼秦楮杉，“那我走了。”

心中的千言万语最终汇成了一句话：“加油。”秦楮杉既是说给陶熠，又是说给自己。

秦楮杉回到桌上，就见所有人脸上都是一副好事的笑容，他立马觉得不大对劲。

果然，副社长挤眉弄眼道："那小帅哥是谁啊？有联系方式吗？"

秦楮杉看着她，一秒钟就明白了她在想些什么，他无奈道："就一个刚认识没几天的朋友。"

副社长啧啧道："你一大老爷们怎么回事，进了店门没多久就盯着人家看，眼珠子都快贴人家身上了。"

秦楮杉略感惊愕，"有那么夸张吗？"

"果然有猫腻！"副社长立马激动地凑了上来，"谁啊谁啊，都不介绍给我们认识，不够意思。"

秦楮杉往后退了一点，一脸嫌弃，"脑洞这么大……"

副社长小声嘀咕道："光棍儿二十年，谁知道是不是……"

见一旁孟霏霏的脸色不太好看，她才一脸不甘愿地闭了嘴。

秦楮杉心中十分无奈。

饭局接近尾声，桌子上满是空了的啤酒瓶，秦楮杉的酒量好，倒没什么感觉，其他人就没那么稳了，都喝得有些云里雾里的。

一帮子人跟衣锦还乡似的，大摇大摆地回了学校。

申大宿舍区的设计仿佛一道长廊，从 1 号楼一路排到 20 号。传媒学院的宿舍刚刚好就排在末尾，女生 19 号楼，男生 20 号楼。

等大家挨个儿地回了寝室，一行人只剩下秦楮杉和孟霏霏两个了，气氛一时间尴尬无比。

孟霏霏今晚也喝了一点，秦楮杉总不能扔下她不管，只好把她送到宿舍楼下，刚准备拔腿开溜，孟霏霏就一把抓住了他的手。

秦楮杉吓了一跳，有些不自在地抽回了手，就听孟霏霏说："你既然一直没有女朋友，为什么不愿意跟我在一起？"

秦楮杉无奈道："我不是跟你说过很多次了吗，我真的没有谈恋爱的打算。你说你这么个大美女，追你的人那么多，何必非吊死在我这棵歪脖树上呢？"

孟霏霏长这么大就没被人拒绝过，自从去年夏天跟秦楮杉告白失败后，就跟受了刺激似的越挫越勇，放别人身上，有校花主动投怀送抱，早就乐颠颠地拜倒在石榴裙下了，没想到秦楮杉这人就跟唐僧似的，油盐不进，简直要成佛了。

想起今天烧烤店里看到的那个陌生男孩，虽然碍于昏暗的光线，没有看清脸，但看身形也是个高大帅气的年轻人，尤其是两个人之间那种莫名其妙的、隔着几米远都能感觉到的氛围，让孟霏霏不禁后背发凉。

她联想到学校里的那些流言，还有秦楮杉一直以来软硬不吃的态度，咬紧了嘴唇，“那我问你一个问题，你一定要如实回答我。”

秦楮杉抬眸看她，不知道她又有什么稀奇古怪的问题，但还是答应了：“你说。”

孟霏霏又看了他一眼，下定决心般地说：“你是不是……不喜欢女生？”

秦楮杉愣了愣。

一直以来，他拒绝孟霏霏的理由就是跟她只是朋友、自己也不想谈恋爱。这些确实都是他的心里话，但这样的理由根本无法使孟霏霏知难而退。

假如能让孟霏霏以为他其实根本不喜欢女生，那她也许就主动放弃了。

为了不耽误她的大好青春，也是为了自己的生活中少点麻烦，秦楮杉只好采取了这个不太道德的方法。

他抬头环顾了一下四周，还好，夜已经深了，周围一个人也没有。

于是他狠了狠心，一脸沉痛地说：“不瞒你说，我……”

话刚说了一半，他手里拿着的手机忽然来短信了，屏幕随之亮了起来，他的屏保在黑夜里显得无比亮眼。

虽然画面一闪而过，根本看不清脸，但孟霏霏还是注意到了，那是一个皮肤白皙的男孩的身影。

一直以来担心的事情居然成了事实，孟霏霏的泪水瞬间夺眶而出，她无法抑制地捂住了嘴，“果然是今天遇见的那个……”

她这突然的爆发让秦楮杉吓了一跳，他不知所措道：“不是……哎，你别哭啊……”

孟霏霏摆了摆手，忽然间，他们身旁一直一片漆黑的19号公寓楼刹那间亮起一片灯光，秦楮杉定睛一看，灯光按照不同的窗口，正好拼成一个爱心的形状。

与此同时，所有的窗户都打开了，每一个窗口都伸出好几个脑袋，手上噼里啪啦地燃着手持烟花棒，都是一脸兴奋的表情。

秦楮杉还没来得及从这突然袭击中回过神来，就见眼前的孟霏霏边哭边转过头去，冲着宿舍楼怒吼道：“你们干什么！亮错时候了！”

申大情感交流区：

楼主：19 号楼今夜无人入眠。信息量太大，老夫有点受不住。

网友 1：20 号楼表示也是一样……

网友 2：哭了，不在这两栋楼，传媒学院今晚又有什么新闻吗？

网友 3：哎，给其他楼的科普一下吧，仅限本论坛，出去别乱传啊。

今天半夜，孟校花给秦神告白了，就在 19 号楼下。

网友 4：告白？他俩不是早就在一起了吗？

网友 5：这两人不是传院模范情侣吗？

网友 6：你们怎么净听信假消息，两人一直是暧昧阶段，没有真的在一起好吧。

网友 7：我怎么听说是孟校花一直倒追秦神，落花有意流水无情呢？

网友 8：就在今晚，孟校花对秦神第一千零一次告白了。

网友 9：又被拒绝了。可惜了 19 楼那么美的灯光……

网友 10：20 号楼表示看到了，那个心形灯光什么情况？

网友 11：孟校花为了告白特意交代了整个 19 号楼的姐妹，到时候给她亮灯。

网友 12：那为啥早不亮晚不亮，非要在告白失败以后亮……

网友 13：因为孟校花给的暗号是捂嘴啊，说好了只要她一捂嘴，大家就亮灯。

当时她好像是哭了，我们都以为是告白成功了激动的，然后她就捂嘴了，我们就激动地唰唰亮灯，没想到“车祸现场”了……

网友 14：你们是没看到秦神当时那个惊愕的眼神……

网友 15：哈哈，心疼一秒校花，但我还是好想笑。

网友 16：心疼了。孟校花那么漂亮，我一个妹子都为她的颜值折服，秦神也真是铁石心肠。

网友 17：你们就没想过，一直有传言说秦神有问题吗？

网友 18：是的！这楼还没说到今晚的重点！重点不是被拒了！而是拒绝的理由！

网友 19：不仅如此，秦神手机的来电屏保是个男的！

网友 20：不是，你们就没人想知道这人是谁吗？说不定就是咱们学校的呢？

网友 21：看样子应该是校外的吧？找他约拍的小模特什么的？

网友 22：我不敢说……晚上那阵我就在学校旁边的大排档吃饭，然后遇到秦神和摄影社那帮人了，孟校花也在，应该是为了庆祝他得奖吧。

然后秦神中途离桌，跑到外面去抽烟，紧接着就在店门口和一个男的聊起来了！

天太黑了我没看清那男的脸，但是我印象里是身高特别高！真的特别高！比秦神还要高！皮肤还特别白！在黑夜里都白得发光！

网友23：这楼真歪，还有人记得大明湖畔的孟校花吗？

网友24：孟校花颁奖礼的时候还说摄影师赋予模特生命力呢……

网友25：说到颁奖礼我忽然想起来了，今天轮到秦神讲话的时候，他是不是一开始切错了一张照片啊？

网友26：对对对，我还记得，挺帅一男的，可惜秦神反应太快了，我都没看清脸。

网友27：挺帅一男的？不会就是……

网友28：我觉得我们今晚要干一番大事业了！

网友29：冲！今晚就揭露神秘男人的真面目！

昨晚聚餐喝得有点晚，回来都半夜了，秦楮杉一沾床就睡得不省人事，再一睁开眼，已经是中午了。

李勒难得地在这个点醒着，一见他起床，就激动地喊他："男神，你火了！"

秦楮杉疲惫地揉了揉眼睛，"不就一个摄影比赛，至于吗？"

李勒激动得快要跳起来了，"你自己看热搜！"

秦楮杉愣了愣，就这摄影比赛还上热搜了？

他打开微博热搜，寻找着类似"申城人像摄影大赛"之类的字眼，翻了一圈，没找到，倒是在热搜前几里看到一个"陶熠"。

他迷迷糊糊地瞟了一眼，热搜第六："陶熠站哥"。

现在的热搜都是什么乱七八糟的……

不对他瞬间清醒过来，点开了那个词条。

追星bot：昨天的申城人像摄影大赛颁奖礼的直播上，拿特等奖的小哥哥在讲话的时候不小心切了某"爱豆"的照片，被细心的粉丝截图发现，这个小哥哥就是《吾辈之名》第一次公演上的陶熠男粉！不仅如此，他还被扒出来是陶熠最大的粉丝站"熠闪_starshine"的站长！这年头，连站哥都是申大校草，长得不好看还学渣的我不配追星。

秦楮杉两眼一黑。

他平复心情，点开了评论。

“这个站哥的颜值，可以出道了。”

“申大的……申大的……申大的……我脑海里只有这几个字了，原来学霸也会追星……”

“特等奖得主啊，怪不得拍出来的图都那么好看。”

“优秀的人吸引优秀的人，宇宙甜心陶熠了解一下吗？”

“好的，为了这个小哥哥，我决定给陶熠投票了。”

“申大的表示这不是我们秦神吗？不过我们也不知道他居然追星哈哈……”

……

秦楮杉做前线已经快三年了，除了李勒，身边没别的人知道。

然而他没想到的是，他粉陶熠不过一个月的时间，居然，就这样，被发现了？

虽然被人发现追星也不是什么难以启齿的事情，但他还是觉得心情有点复杂。

他退出热搜界面，这才发现自己微博小号的关注人数和消息列表都是一片红色，看来也被扒出来了。

他生怕自己的微博里曾经说过什么不妥当的话，有些紧张地打开微博，大致翻了一下，发现里面充斥着各种“冲呀”“小桃爸爸爱你”的言论。

评论区简直惨不忍睹。

“观光团前来打卡。”

“没想到秦神人前人后还有两副面孔呢！”

秦楮杉简直没眼再往下看了，他烦躁地抓了抓脑袋，就听李勒在一旁说：“哎，你说你现在出道还来得及吗？去参加那个《吾辈之名》，这样你和那个谁不就每天一起了。”

秦楮杉一脸不可思议地看他，“什么玩意？”

李勒露出一脸了然的笑意，“全校都知道了，你就别跟我装啦。你放心，虽然我早就怀疑过你，但你室友我思想很前卫，绝对不会因为这个对你有什么偏见……”

秦楮杉忍无可忍地打断了他：“这都什么乱七八糟的……”

李勒宽慰道：“你放心，咱们申大知道这事儿的人都保证过了，会为你俩保密的，你看微博上现在也没一个人说。”

秦楮杉：“这都是谁脑洞那么大？”

李勒拍了拍他的肩膀：“别说了，哥们都懂。”

Chapter 09　幕后推手

秦楮杉无奈地打开微信，果然他的微信消息也炸了，学校里的同学有的问他是不是真的，有的“哈哈哈”嘲笑他，饭圈里的熟人则感慨“你居然是申大的学霸”“你居然开始给陶熠做站哥了”……

他跳过了这些乱七八糟的消息，径直点开了陈昕的那一条。

他以为陈昕会调侃他，没想到对方上来就是一句：“我怀疑这个热搜没那么简单。”

秦楮杉的脑子方才还被这突如其来的事件砸得晕晕乎乎，陈昕这句话却一语点醒梦中人。

他问李勒：“热搜是什么时候上的，你还记得吗？”

李勒回答说：“两个多小时前吧，我可是亲眼看着它爬上去的，速度还挺快。”

就算假设他一开始是被申大学生和陶熠粉丝发现的，热搜也是自己上去的，但这种小圈子的内部事，顶多被点到二三十名的位置，怎么可能直接蹿到热搜第一？

想来想去，这件事情的两个主角，除了他就是陶熠了，他一个素人不需要流量，更买不起热搜，那么只能是陶熠那边买的热搜。

就那个花桔，居然舍得给陶熠买热搜？

可是想想他们一向炒作上天的德行，好像也不是没有可能。

不管怎么说，这次的热搜是为陶熠增加了曝光度，无论如何，结局都是好的。

但很快，陈昕又发给了他一些截图：“我感觉不对劲，论坛已经开始扒你了。”

他点开陈昕的图，只见里面的讨论相当火热。

“还有人不知道吗？陶熠的这个站哥闪哥，是前余夏粉来着，我就说陶熠粉全是余夏粉爬的吧，果然捆绑确实能出道哦。”

“不仅如此，那谁死了以后这人就成了职业代拍，问问代拍圈有几个站姐不认识他的。”

“这次给陶熠开站子估计也是看好他能圈钱吧。”

“用新人圈钱？还能更恶心一点吗？就这还申大高才生呢？满脑子除了钱没别的了吧？”

“他还有个女朋友，跟他一起开站子的，每次活动两个人都是一起的，估计圈钱也是一起圈吧。”

“恶心。”

……

再往下的言论就更不堪入目了，秦楮杉不由觉得好笑，他被扒也就算了，毕竟做代拍是真的，可是陈昕身为一个“富二代”，圈哪门子的钱？

然而网络就是这样，毕竟很多东西没有人会真的去考证，都是以讹传讹，三人成虎，越说越离谱，然后就开始群情激愤地攻击了。

再加上在任何一个圈子里，太过出头总是容易遭人忌恨，这份忌恨平时也许不会表现出来，可一旦有一点风吹草动，立马就会有人抓住不放。

他们的站子身为成立最早、规模最大的陶熠个站，私下里早就有人暗戳戳地忌妒，这次天赐黑料，立马有人揪着这个冠冕堂皇的借口，开始有的没的一顿乱说。

陈昕：“我怀疑这波是有人想搞他。”

闪哥：“不至于吧？搞他也应该从他本人下手啊？哪用得着专门给我买个热搜？”

陈昕：“可是我刚查了一下，各大论坛在同一时间都有人开始扒你，而且数量很多。整个代拍圈怕是都没有这么多人吧？更何况又有几个是和你有过交集的？我怀疑混着不少别有用心的人。”

这句话提醒了秦楮杉，就算是代拍圈认识他的人不少，可代拍圈说到底也就是个隐蔽的小圈子，扒了他就意味着将这个圈子的交易公之于众，对于买图的站姐和卖图的代拍来说，都没有任何好处。

那么谁最有可能做这一切呢？

陈昕：“网络抹黑的最终目的就是让粉丝大规模脱粉，如果他本人没有这样的黑历史，从粉丝下手也不是没有可能。”

对家？

可是对家居然能这么精准地找到他们这么一个小粉丝站，怎么想都让人觉得小题大做。

陈昕像是知道他在想什么似的："不要小看粉丝的力量，在这种投票阶段，尤其是对于陶熠这种没有出过道、公司不捧的人，粉丝就是他的命。"

陈昕："也不要小看一个粉丝站的力量，我们现在的微博流量已经快赶上一个小明星了，别忘了当初他的第一批粉丝就是被你的机场图吸引来的。"

秦楮杉再次打开微博，发现"陶熠站哥"正好登顶热搜第一。

他点进去，热门已经光速地换了一番天地。

x组吃瓜：陶熠站哥被你组扒皮，居然是前余夏粉，还做过代拍？现在粉丝的钱这么好赚吗？

联动得真快。

果然，评论区风向已经偏了。

"好不容易关注了一个拍图好看的粉丝站，没想到幕后居然是这样一个人，现在的心情仿佛吃了屎。"

"有事吗？不管这个站子是谁开的，到现在为止他们出了多少美图，为陶熠圈了多少粉，你们是都没看到吗？"

"就这个圈钱站子还有一堆人拥护，真恶心。"

"小桃还在比赛呢你们就开始内讧，一个个被带节奏，有事吗？"

"吐了，这种圈钱的人不早点挤走，留着他继续吸陶熠的血吗？"

……

闪哥："这是想把我们搞关站？"

他们的粉丝站目前是陶熠粉圈里最大的站子，如果把他们撵走，陶熠肯定会少一大波流量。

陈昕："不止。他们还想搅混整个陶熠的饭圈。"

内讧自然会导致一大波粉丝退出粉圈，成为散粉，尽管名义上还支持着陶熠，但在投票方面，战斗力远远不如有组织的粉圈，这对于还处于比赛关键期的练习生来说，杀伤力无疑是巨大的。

闪哥："可惜我们可没有他们想象中这么玻璃心。"

秦楮杉打开微博，已经有不少人开始给站子发私信，也不知道是专门来扰乱军心的对家粉丝，还是被带偏了的粉丝。

他也无心再留意这些了，和陈昕一起商讨此时最快最有效的公关方案。

半个小时后，站子出了声明，里面有一长串账目明细，都是开站以来陈昕为买公演应援票、应援等花过的钱。

很多时候，拍图出图这样的工作，在有些人眼里可能并不是功劳，而是所谓“圈钱”的手段，但花出去的真金白银永远是实在的，不需要任何多余的解释。

傍上了陈昕这条大腿，秦楮杉深感庆幸。

与此同时，有很多站姐出来为站子说话，还拿出了被私生饭围堵那天拍的视频，视频里的秦楮杉拼命护着陶熠，要是当时没有他的阻拦，身边“私生饭”疯狂的样子简直能把陶熠吃了。

粉丝站的声明和其他站子的声援逐渐被转发扩散，渐渐地，拥护他们的声音再次战胜了反对他们的声音。

舆论风向渐渐被扭转，热搜也跟着下去了，秦楮杉简直像打完了一场硬仗，浑身上下都疲惫得要命。

他机械性地刷了刷微博，没想到一刷就刷到了陶熠几分钟前的更新。

陶熠：感谢夜空中每一颗熠熠闪光的你。

后面还发了两张配图，第一张配图是一片星空，因为当初陶熠在首期节目里唱了 *Starlight* 这首歌，再加上他的名字的寓意，所以陶熠的粉丝官方名为“星光”。

很明显，这条微博是对粉丝说的。

但是切到第二张图的时候，秦楮杉不由得一怔。

第二张配图是陶熠的侧脸，夜色已经深了，他仰头望向天空，空中恰好有星星点点的光芒。

这是秦楮杉拍的图。

他点开评论区，就看到了陶熠的评论被顶到了最上面：“图片来自‘熠闪_starshine’。”

再迟钝都能看得出来，陶熠这是在挺他。

秦楮杉心情有点复杂，他知道陶熠肯定看到了那条热搜，也肯定了解了前前后后发生的一切。

但毕竟饭圈事饭圈毕，正主下场最为致命。

不过严格来说，陶熠这条微博发得又确实很巧妙，既用了他的图表白粉丝，可又没有任何直接证据证明跟这件事情有关。

但无论如何，这条微博还是效果显著的，理智的粉丝们纷纷表示“大家不要再沉迷吵架了，不要总是让孩子看到不开心的事情”。

秦楮杉想了想，用自己曾经的小号，如今已经是尽人皆知的私人账号，给陶熠发了一条私信：“谢谢你。”

他当然是不指望陶熠回复的，艺人经纪公司基本都会明令禁止回复粉丝私信。

他刚打算退出微博，就看见屁桃君给他发了一条消息。

屁桃君 peach：“闪哥，你还好吗？”

没想到小妹妹还挺关心他，秦楮杉不由得笑了笑。

闪哥快闪：“多大点事儿，小桃没事就行。”

过了好一会儿，屁桃君才忽然说：“我看了你的颁奖礼，很喜欢你的作品。”

秦楮杉以为对方在客套，于是也客套地回了一句：“是吗？谢谢。”

没想到对方似乎是认真的：“小桃一定也会很感谢你的。”

闪哥快闪：“他感谢我什么？”

屁桃君 peach：“在他快要放弃的时候，是你让他看到了希望。”

乍一看到这句话，秦楮杉莫名有点想笑，心道这是什么青春文学看多了的小妹妹，说话怎么这么肉麻。

但笑完以后，他又忍不住想，他真的给过陶熠哪怕一丁点希望吗？

如果真的有过，那他觉得自己也值了。

想了想，他认真地回：“他给我的希望远比这多得多。”

就在他以为小妹妹还要和他煽情几句时，就见对方忽然突兀地来了一句：“所以到底哪个才是你女朋友啊？”

秦楮杉差点吐血。

怎么回事，他身为一个单身人士，最近是逃不过这个议题了吗？

女朋友就女朋友吧，怎么还“哪个”？

难道他有很多个女朋友可供选择吗？

他忽然想起来网上今天议论他的时候，有几个申大的人提到了孟霏霏，后来议论站子的时候，又有人提到了陈昕。

没想到小妹妹还挺八卦，他不禁有些哭笑不得。

饭圈毕竟依托于网络而存在，一切风向都比现实中变得要快太多倍，“新闻”永远层出不穷，因此“旧闻”也就被大家遗忘得很快。

到了第二天，就几乎没什么人再讨论站子的事了，除了一小部分人群还在纠缠，总体局面已经基本上恢复了平静。

尽管最终也没能查到在这其中不遗余力搅浑水的幕后黑手到底是谁，但秦楮杉不用想都能猜到。

果然，向来睚眦必报的陈昕没多久就给他发来了追查的结果。

很多人仗着网络信息的不透明性，在网上说话做事的时候，总是比现实中要肆无忌惮太多，以为隔着屏幕，谁也不知道他究竟是人是鬼。

殊不知任何人在网络上留下的任何痕迹，都必然是有迹可循的，只要想，总能顺着这条网线，找到你是谁。

陈昕和小姐妹们查到了最开始在论坛发帖带节奏的 IP，正是傅奕茗家新上位不久的一名大粉丝。

她们又顺藤摸瓜地查了这个大粉的微博，找出小号，查出客户端，最终终于确定了对方的身份。

陈昕：“你猜这人是谁？”

闪哥：“前圈的呗。”

陈昕：“不止，还是个老熟人。”

陈昕：“考拉。”

秦楮杉愣了愣，有点出乎意料，但仔细一想，也不难想通。

考拉是从前和秦楮杉一起开粉丝站的几个合伙人之一，同时也是余夏粉丝中所谓的“战斗大粉”。

考拉的追星日常里，对余夏队友的攻击远远超过对正主的花痴。她致力于搜寻、炮制以及传播各种关于关熙如何插刀余夏的小道消息，信誓旦旦地说关熙就是余夏最大的敌人，收获了一大批粉丝的拥护。

自从《吾辈之名》开播后，考拉忽然消停了不少，秦楮杉以为她是想一心一意开傅奕茗和陶熠的组合站，没想到她居然转眼就换了个新圈子，接着干起了老本行。

前圈是伙伴，换圈成对家，倒也不稀奇。

但她当年也没闹出什么大阵仗来。这一次考拉居然能想到开小号去论坛爆料，还这么快就联动上了微博，到头来也没往自家身上引一点脏水，这水平提高得实在有点快。

果然，没多久又传来消息，原来考拉是被傅奕茗的团队收买，成了“职粉”。

考拉成为“粉头”后，果然又旧戏重演，在此前初评级核心位之争的基础上煽风点火，很快，陶熠就成了傅奕茗粉丝的公敌。

这一次议论秦楮杉他们的粉丝站，也是考拉最先爆的料，毕竟她和秦楮杉相熟，知道他的底细。再加上水军和营销号的配合出动，这才成功导演了这一场好戏。

段位比从前高了不知多少，说背后没人指点，秦楮杉是断然不信的。

可惜她大概没有想到，魔高一尺，道高一丈。

陈昕：“查出来的资料我都有了，曝光她吗？”

秦楮杉想了想，回她：“算了吧。”

考拉之前在傅奕茗粉丝中崭露头角时，靠的还是秦楮杉给她无偿拍的几套图。没想到她背地里过河拆桥，完全不顾前圈同僚的那点情谊。

秦楮杉心大，他自己挨骂倒是无所谓，但这回既然连累了陈昕，就算真的把考拉拉下水了，那也是她罪有应得。

如果这真的仅仅是他们几个的私人恩怨，说也就说了，秦楮杉绝对不会拦着陈昕，但这一次不一样。

闪哥：“她们这次既然有这么周密的一套计划，背后就肯定有团队下场。”

闪哥：“反正最后没有让她们得逞，这事已经过去了，以后提防着点就行。现在明面上没有傅奕茗家的事，旧账重提引起两家矛盾，对陶熠没好处。”

秦楮杉了解陈昕的性格，知道她向来不是吃素的，生怕劝不住她。

果然，陈昕久久没有回复。

秦楮杉刚想着该怎么安慰她两句，让她先消消气，就见她又说话了。

陈昕：“我忽然发现跟你一起追星，整个人都变了很多。”

闪哥：“哦？”

陈昕：“放在以前，遇到这种污蔑到我本人头上的事情，我管她三七二十一，先把她整垮再说。”

陈昕：“但是这一次，我居然被你说服了。”

陈昕：“我忽然在想，我们以前一言不合就开战，其实都只是在打着为偶像的旗号，满足自己的胜负欲和虚荣心，实际上根本没有考虑过会对他带来的后果。”

闪哥：“其他人要是都能跟你一样明白，这个圈子就不至于人人喊打了。”

闪哥：“乖，别想了，加油投票吧。”

热搜下去几天后，这件事终于算是平息了。然而秦楮杉被曝光后，粉丝们对站子的称呼倒是从此百花齐放，有依然喊“闪妈”“婆婆”的，也有改口喊“闪哥”的，更极端一点，还有喊“老公”的。

校园里自然不比饭圈天天有八卦，这回一次性来了个大的，也不管是真是假，总之没过几天，申大就诞生了一个绝美爱情故事。

在这个故事里，大学生摄影师因为校外约拍偶然结识了练习生小男友，两人瞬间天雷勾动地火。摄影师全力支持练习生参加选秀节目，并且专门为他开了粉丝站，拍下一张张记录爱情的绝美照片，为他吸引粉丝，帮他圆梦。

而曾经风靡全校的校花校草爱情故事中的女主角孟霏霏，如今已经彻底沦为真爱脚下的炮灰，从此失去姓名。

秦楮杉满头黑线，“这是哪个惊世鬼才编出来的故事？”

李勒摊了摊手，“论坛里你一言我一语的，就成这样了，是不是很贴合你们的实际？”

秦楮杉：“贴合？”

不过校园八卦虽然保质期长一些，也总算是有时效性的。一月份过半，期末考试周降临，广大群众开始投入复习阶段，轰动一时的摄影师的故事也就不再有那么多人关注了。

传媒学院的大三没什么考试课，期末作业不是剪片子、画稿子，就是写论文。

在电脑前连着奋战了几夜之后，终于等到了新一期《吾辈之名》的开播。

第一次公演过后，按照节目流程，这一期《吾辈之名》的中心思想非常简单粗暴——公布排名，并在这个过程中穿插一些有趣的练习生日常，展现他们在生活中各不相同的性格特点。

而这样的环节，更是塑造人设、炒组合的最佳时机。

《吾辈之名》显然实时紧跟网络的风向，挖掘粉丝对选手的关注点，在编剧本和剪辑时将这些特点放大，让粉丝们尖叫不断。

活动室里，练习生们正在进行才艺展示环节，对于才艺就一个要求——不能是大家都会的传统才艺。

于是八仙过海各显神通，开始还是变魔术、打快板，再后来，什么胸口碎大石、双脚踩灯泡的都上了。这些当然都是假的，不过节目效果很好，弹幕瞬间被“哈哈”刷了屏。

各种欢脱的表演过后，终于轮到陶熠了。

他微微一笑，胸有成竹地说：“我的才艺是大力。”

台下一片起哄：“怪力少女！”

秦楮杉不由得一乐。

只见陶熠一脸无奈，“你们现在笑我，有本事上来和我掰手腕。”

连宣战都是乖巧无比，丝毫没有威慑力，配上额头中间比着一颗心的水冰月发型，他这副样子实在是没有威慑力。

全场除了花桔娱乐的练习生憋着坏笑外，其他人都是一阵哄笑，摆明了没人相信。

然而屏幕前的秦楮杉却是心存敬畏的，毕竟那天在电梯里，陶熠一只手就能拽得住他一个一米八几的大男人。

台下立刻有人跃跃欲试，两人坐在桌子对面，没想到一喊开始，三秒不到，对方就完败了。

看着台上台下一脸不敢相信的表情，花桔娱乐的其他三个人这才笑出声，“我们全公司都没人掰得过他。”

大家这才对这位看似软萌的怪力侠肃然起敬，陆续又上来了几个练习生，有热爱健身、一身肌肉的，也有身高接近两米、块头不一般的。然而任凭对方满脸通红、表情狰狞，陶熠都是一脸不动如山的乖巧微笑，连眼睛都不眨一眨，手上的动作却是利落无比，瞬间就把几个对手斩于马下，表情管理堪称一绝。

这之后，台下都畏缩不前，一时间没人敢上来挑战了。

就听导演忽然在镜头外说：“我听说关老师力气也不小哦。”

原本在一旁默默观战的关熙忽然被叫到名字，脸上的神色难得地有点蒙。见有导演撑腰，练习生们大着胆子开始起哄：“关老师！关老师！”

抵挡不住全场的热切呼唤，关熙只好走上舞台，陶熠没想到会跟关熙比，原本波澜不惊的脸上也闪过一丝慌乱。

关熙这次倒是突破了往常的高冷风格，跟大家开玩笑道：“光是两个人比没有意思，不如你们都来猜，我们俩谁能赢。”

连一向不苟言笑的关老师都难得地与民同乐，台下瞬间激动地给足了他面子，

“关老师！关老师！”

关熙挑了挑眉，“你们确定吗？我还没说赌注呢。”

说着，他看向一旁的陶熠，“要不小桃来说吧。”

陶熠看了一眼台下，想了想，说：“快过年了，关老师请我们吃顿年夜饭？”

台下十分感动地热烈鼓掌，表示支持。

关熙答应道：“如果你们押对了，我就请你们吃饭。”

台下的掌声瞬间停了。

大家压关老师自然是为了给他面子，这要是关系到能不能吃饭的切身利益……关熙想赢陶熠这个怪力侠，还真有点悬。

关熙微笑道：“感谢大家对我的支持。”

台下明白了，原来他是故意的。

然而现在再想跟陶熠交代已经来不及了，两人已经在桌前站好，双手交握在一起。

导演喊了开始，然而两个表情管理满分的人碰到一起，简直无法通过面部表情判断他俩到底是不是在比赛，只有微微颤动的手腕暗示着这场角逐的激烈。

又过了几秒钟，陶熠的手腕忽然松了下来，被关熙掰在桌面上。

关熙松了手，对台下说：“他让我。”

陶熠立马谦虚地否认：“没有没有，关老师真的力气很大。”

台下都鼓起掌来，不管让没让，总之小桃是好样的，大家的年夜饭有保障了。

关熙说：“看在你们就为了一顿年夜饭才一起造假的分上，不追究了。”

导演紧接着说：“追加福利，过年期间，官博会不断更新 Vlog，让创始人们的新年有大家的陪伴。”

台下都兴高采烈地欢呼起来，陶熠也难得地露出很开心的样子。

秦楮杉不由得想，这一段究竟是剧本要求，还是这小孩终于开窍了，知道怎么营业了？

想来想去，秦楮杉坚定地认为，没有剧本，也不是营业，是他本身性格就是这么乖巧懂事又可爱。

在接下来播放的备采片段里，节目组问了一百名练习生同一个问题：“如果你是创始人，你最看好哪名选手？”

练习生们的回答基本上集中在几个热门选手之间，其中又属傅奕茗和陶熠人气最高。

终于轮到傅奕茗了，他毫不犹豫地说：“当然是陶熠了，他长得又帅，实力又强，性格还很可爱。”

导演敏锐地抓住了重点，追问：“性格怎么可爱？”

只见傅奕茗露出一脸明媚又娇羞的笑容，“不要看他外表酷酷的，其实私底下很乖，还很容易害羞。”

要不是在机场碰到过傅奕茗和女助理卿卿我我，又不幸了解了傅奕茗对陶熠的一些小动作，秦楮杉简直都要相信他们是拜把子的兄弟了。

傅奕名你确定不该去参加隔壁“戏精”的诞生吗？

下一秒，镜头切到了陶熠，陶熠认真地回答：“我会选苏遇，因为他是一个很努力的人，这一个月以来也一直在不断进步。”

回答倒是中规中矩，既没有像傅奕茗那样刻意营业，同时也具有说服力，符合陶熠的一贯作风。

然而傅奕茗刚刚选了陶熠，陶熠居然转眼就选了苏遇，秦楮杉都可以想到，这期节目过后，几家组合粉、纯粉又要掀起一阵腥风血雨了。

不过陶熠肯定知道他和傅奕茗是花桔的官推组合，但他居然没有配合傅奕茗，是不是因为他其实也对傅奕茗的小动作有所察觉？

秦楮杉不知道他们私下的相处模式，他只是由衷地想，傅奕茗如果是个真小人，希望陶熠至少对这一点是清楚的。

练习生们互相选完，终于到了整期节目最重要的环节——顺位结果发布。

排名由公演现场投票和网络投票的结果综合得出，并且在这一次节目过后，将有四十名选手被淘汰，留下六十人参加接下来的几轮竞演。

选手排名由下至上，滚动发布，有选手幸运地卡在了晋级名额的边缘，也有选手就此止步，当场泪洒舞台。

淘汰赛制总是无比残酷的，但优胜劣汰本就是适用于整个世界的法则。

上位圈的名额一个个发布，终于，轮到了第一名和第二名的揭晓。

在背景音乐怦怦的心跳声中，秦楮杉不由得跟着紧张起来。

他原本觉得陶熠应该会稳定在第二名的位置，但主题曲意外得到核心位，以及关熙力挺陶熠的实力，不由得让他提高了对陶熠的期待值。

在经历了初 C、公演、直拍等环节后，陶熠粉丝大幅增长，让秦楮杉觉得，这一次，陶熠或许有角逐第一名的可能性。

傅奕茗和陶熠再次手拉手站在了舞台中央，两人的表情一如往常，一个笑容明媚，一个微笑淡然。

关熙拿起了手中的话筒，“身为掌控舞台的王者，他拥有出众的实力和超群的魅力。”

这句基本等于白说。

“他时而内敛深沉，时而光芒四射，无数次成为舞台上的焦点，吸引着创始人们的目光。”

秦楮杉听到了自己的心跳声。

陶熠的台风多变是众所周知的事情。

会是他吗？

“他就是——”

所有人的心都提到了嗓子眼。

“小太阳傅奕茗。”

果然，还是如此。

傅奕茗转身拥抱陶熠，熟练地对节目组、公司、导师、创始人们表示感谢，然后在万众瞩目中，第二次走上了那个金字塔阶梯中央的王座。

陶熠的表情和结果公布前没有丝毫变化，依然是一脸淡淡的微笑，好像无论什么结果，都在他的意料之中。

屏幕上出现了两个人的总票数。

都是一千多万的天文数字，然而中间的差额却小得让人揪心。

仅仅差了两万票。

秦楮杉忽然生出一种万分遗憾的感觉。

只差那么一点点，小桃就可以走上金字塔的顶端，名正言顺地成为核心位了。

可终究还是差了那么一点点。

年关将近，火车车厢里喧闹而拥挤，终于踏上归乡的路途，每个人的脸上都写满兴奋和喜悦。四处夹杂着小孩子的吵闹声、男人们用方言扯着嗓门的交谈声、女人们叽叽喳喳的唠叨声。

封闭的狭小空间里，泡面的味道、脱了鞋子的脚臭味、脏污的尘土味混在一起，变作一种令人窒息的诡异气味。

然而车上的人们却对此毫无反应，不知道是鼻腔已经失去了感知能力，还是对这种熟悉的味道已经完全适应。

秦楮杉坐在靠窗边的位置，静静地望向窗外，一路上看着火车驶离灯红酒绿的不夜之城，驶向荒凉破败的岭外之地。

无论在这个繁华的城市度过几个春秋，那片璀璨的霓虹终究不是他的来路，自然也不是他的归途。

他和车上的这些人一样，不过是从小荒岛涌入大城市的洪流中最微不足道的一滴水，在固定的涨潮期贪婪地抓紧岸边，然而时间一到，便不得不回到他该去的地方——那个封闭、破落的小渔村。

小渔村位于东海沿岸的一个岛弧中，这里拥有丰富的水产资源，居民世代以捕鱼为生。当其他小岛纷纷开始发展旅游业时，它依旧是一副荒僻落后、与世隔绝的状态。

小渔村距离申城不过两三百公里，却要倒三趟车。每年回家，秦楮杉要先坐火车到省会，再坐大巴到县城，最后坐船回小岛上。

那条一天只有一趟的小船，便是小岛和外界联系的唯一通路。如果不巧碰上天气不佳，船只无法出行，这条唯一的通路便也跟着被切断了。

好在现在是冬季，没有突如其来的暴风雨，他一路的行程还算顺利。

秦楮杉一路颠簸，上船时已经是凌晨时分了。

船只不大，也就容纳几十个人，往返的要么是去县城里倒卖海货，要么是往小岛上卖零副产品。

镇子不过是一个小小的岛屿，就那么几十户人家，彼此都相熟。秦楮杉是镇子里少有的从小出去上学的，和他们都不怎么认识，也不太会说家乡话，所以一上船就坐在最后一排，压低了帽檐，开始睡觉。

睡着睡着，他的耳朵里就被迫塞进了前排两个中年男人扯着嗓门的高谈阔论。

一个粗嗓门的男人说："现在科技进步了，打鱼都是自动化，咱们赤条条开着一条船，哪能干得过人家开机器的。"

旁边的男人声音又尖又细："可不是嘛，现在镇子里的男人都去城里打工了，还有几个留在这打鱼的。"

粗嗓门的男人又说："咱们也该把孩子都送出去，好好学学科技，以后回来开机器。"

另一个男人摆了摆手，“咱们的孩子天生就是打鱼的命，就没那个学习的脑子，哪能比得过人家城里长大的？”

“那可不一定，秦富贵家的小子，不就考到申城去了。”

乍一听到这个名字，秦楮杉猛地睁开了眼睛。

就听尖嗓子的男人说：“那有什么用？他爸还不是成天在城里打牌，有点家底儿全输得精光，连学费都掏不起。”

男人大大咧咧地笑了两声，“这秦富贵，可真没个富贵命，老天爷给他个出息小子，他不给儿子铺路就算了，净毁儿子的前程。”

另一个人也跟着笑起来，又说：“不过他还有个小丫头呢，长得可水灵，再养大点儿，嫁到县城里去，能收不少聘礼吧？”

“他那个人，前脚收了聘礼，后脚就能赌光。”

两人啧啧称奇了一阵，又说起了其他家长里短的事。

不多时，船快靠岸了，船里的人收拾东西，一窝蜂地往舱门口涌去。

秦楮杉走在最后，他戴着帽子和口罩，没想到出了舱口，还是让人给认出来了。

好巧不巧，就是刚坐在他前排的那两个男人。

粗嗓门大声叫道：“哎，这不是阿闪吗？”

秦楮杉只好停下了步子，点点头，问了声：“叔叔好”。

尖嗓子笑了起来，“我和你叔刚还说起你来着，说你在申城上大学，成绩好。”

秦楮杉谦虚地摇了摇头，粗嗓门又问：“哎，你在申城读什么专业？是那什么船只制造不？”

秦楮杉说：“不是，读传媒的。”

尖嗓子惊讶道：“传媒是个啥？”

没等秦楮杉开口回答，就听粗嗓门抢着说：“我知道，传媒嘛，就是给咱们镇口墙上刷小广告，还有往电线杆子上安广播，那些事儿，都归你们管，是吧？”

秦楮杉也懒得解释了，于是含糊道：“差不多吧。”

没说两句，就到镇子口了，大家相互问了新年好，道别后，还听两人咕哝着：“好不容易考到城里，还不学学怎么拿机器打鱼，学刷小广告，顶个屁用……”

秦楮杉一路往镇子里走，镇子很小，被周围的一片海环抱在中央，岛上就是光秃秃的泥土和一排排的平房，也没有什么绿化。

这里位于大陆的最东端，是东半球上几乎最早见到阳光的地方。

海岛的清晨，太阳从海面上探出小半个脑袋，大多数人家还没有起床开工，一切都透着一种城市里所没有的静谧。

扑面而来的海风吹得很猛，带来一股咸湿的气息，裹挟着臭鱼烂虾的味道。

他已经一年没回来了，这里的一切似乎没有一丁点变化，时间仿佛在这个与世隔绝的小岛上陷入了静止，外界日新月异的发展，都与这里没有半点关系。

他走过几个路口，拐进了一道巷子，来到熟悉的屋子前，敲了敲门。

没过两秒，屋里传出一阵丁零当啷的响动，门被猛地从里面打开，一个小小的人影像风一样地冲出来，像个八爪鱼一样趴在了秦楮杉的身上，“哥！”

秦楮杉手上还拿着行李，没法把她从自己身上拉下去，只好无奈道：“小祖宗，你先撒开，让我进门行不行？”

秦朵儿极不情愿地从他身上下来，秦妈妈也走到了屋门口，“回来啦，今天船倒开得挺快。”

秦楮杉把行李拎进屋里，关上房门，“今天顺风。”

屋子虽然是又小又破的旧平房，却被打扫得干净敞亮。

他坐了一阵，就从箱子里拿出给妈妈带来的新衣服，秦妈妈又是开心又是心疼，“回来就回来了，每次还带什么东西。我又不是小孩子，过年还非得穿个新衣服？”

秦楮杉皱了皱眉，“你就当我有钱没处花行不行？”

说着，他又吆喝一旁兴奋得要命的小丫头：“朵儿，过来。”

他拿出一件粉红色的棉衣，“看看大小合不合适。”

秦朵儿已经两眼放光，激动得说不出话来了，她穿上衣服，臭美地在镜子前晃了半天。

秦楮杉说：“差不多行了，这还没过年呢，当心新衣服两天就给你穿旧了。”

秦朵儿恋恋不舍地把棉衣脱了下来，指了指上面画着的卡通人物，“我同学穿的都是白雪公主、花园宝宝，你这个我都不认识。”

秦楮杉“嘁”了一声，“那是你同学太老土，你下回告诉他们，城里的孩子都穿这个。”

秦朵儿乖巧地点了点头，“那这个叫啥？”

“叫屁桃君，长得丑吧，”秦楮杉笑了笑，伸手捏了捏秦朵儿肉乎乎的小脸，嫌弃道，“和你一样。”

秦朵儿也不恼，逆来顺受道：“谁说丑了？多可爱，和我一样。”

Chapter 10 除夕

申城市中心的一家自助烤肉店里，整个二楼都被包了下来，练习生们连同节目组的工作人员，总共几百来人，围着几十张圆桌，边烤肉边聊天，热气腾腾，香气阵阵，好不热闹。

尽职尽责的节目组，就连聚餐都处处架着相机，以便为下一期的剪辑提供素材。

关熙被导师们和导演组起哄赶上了舞台，要他讲话，他于是举着话筒说："这两个月以来的录制，大家都辛苦了。今年的新年和大家一起度过，相信在座的每位都会印象深刻。今天是小年夜，提前祝大家新年快乐。"

台下的练习生们十分捧场地鼓起掌来，导师们嫌他说得太简短，又各自起身说了一段新年祝福，引得台下呼声连连。

致辞完毕，还需要再拍一些选手各自的素材。

陶熠抱着吉他，按照导演的要求，弹起了主题曲，周围的练习生们兴高采烈地跟着他的旋律合唱起来，颇具团魂。

没唱几句，就有人落下泪来，今天过后，有一部分人就此离开这个舞台，而有幸留下的人，还要在未来的几轮竞演中通过层层选拔，争夺最终仅有的七个出道名额。

但无论出道还是被淘汰，无论自此留下姓名还是永远悄无声息，对这群十几二十岁的孩子们来说，这一段经历，注定会让每一个人都此生难忘。

摄像师傅们流连在每一个饭桌之间，过了不知道多久，总算拍得差不多了。设备通通关闭，练习生们这才得到节目组的破格允许，开起了每桌上数量有限的啤酒。

陶熠没有急着跟他们一起抢酒喝，他依旧坐在角落里，安安静静地拨弄着他的吉他弦。

不想没过一会儿，同桌的傅奕茗就端着两大杯啤酒坐到了他旁边，“什么时候了还练琴，这么用功啊？”

“随便弹弹，”陶熠把吉他放在一旁，接过他手上的酒杯，“谢了。”

傅奕茗伸手碰了碰他的酒杯，自顾自地仰头喝了一口，低声道：“看了网上的最新消息没？”

陶熠也小口地啜了一口啤酒，“什么消息？”

“跟我还装傻呢？”傅奕茗笑了笑，“就粉丝那点事儿呗。”

陶熠说：“还真没有时时关注的习惯。”

傅奕茗依旧是一脸漫不经心的笑，“网上你的粉丝快把我骂成筛子了，说我实力不如你，凭什么拿第一。”

陶熠抬眸看他，“你的粉丝更没少骂我，平衡了吗？”

傅奕茗的笑容里流出一丝冷意，“谁让你抢了本来不该属于你的东西。”

陶熠已经习惯了他这副样子，又喝了一口啤酒，没理他。

傅奕茗看了他一眼，又低声道：“公司那边给我新剧本了，关于下期节目该怎么分组的，到时候记得按照我说的做，对咱俩都好。”

陶熠不咸不淡地“嗯”了一声。

傅奕茗也不恼，该交代的事情说完了，他站起身来，又跟陶熠碰了碰杯，“小桃，新年快乐。”

说着，他又俯下身去，在陶熠耳边说：“老实点，别跟哥哥争，不然没有好果子吃。”

陶熠抬眸看他，还没来得及开口，那边就有人注意到了他们，“你俩在那边儿说什么悄悄话呢，腻不腻歪？”

傅奕茗端着杯子走了过去，笑道：“我跟我们家小桃说话呢，碍着你们了？”

每位导师都依次来到每一桌和大家聊天，关熙来到上位圈的这一桌，难得地和大家多说了两句话，不过气氛还是不像别的桌上那样欢腾。

大家又吃吃喝喝了一阵，小朋友们到底酒量不佳，几杯啤酒就有人晕乎起来了。

陶熠没怎么喝酒，依旧静静地轻轻拨弄着吉他，修长的手底下流出一阵阵温柔婉转的曲调。

关熙就坐在他身旁，一双冷冽的眸子此刻静静地垂着，不知道是在走神，还是喝得也有点晕。

大约一分钟后，关熙忽然开口说："这是什么歌？"

陶熠愣了愣，没想到关熙刚刚原来是在听他弹吉他，有些不好意思道："我自己随手写的。"

关熙抬眸看向他，"自己写的？说说看。"

陶熠于是说："就是一首写给粉丝的歌吧。"

关熙的眸中闪过一丝惊喜，"叫什么名字？"

陶熠顿了顿，像是想起了什么一样，脸上的表情有些窘迫，但还是很快答道："叫《闪闪》。"

"《闪闪》，"关熙喃喃道，"不错，很合适。"

陶熠想问他什么很合适，但是又不太敢开口，他心里对关熙总是有点敬畏的情绪。

就见关熙向四周张望了一番，见没人盯着他们，这才开口道："决赛那天晚上，节目组需要一首原创歌曲，我在我自己现有的稿子里挑了很久，一直没找到特别合适的。你这首歌如果没有发表过的话，介意和我合作编曲，作为节目和男团的主题曲吗？"

这样天大的机会忽然砸到头上，陶熠一时间没有反应过来，半晌，才怔怔道："我写的歌……可以作为整个节目的出道曲？"

关熙看着他，似乎觉得有点好笑，点了点头。

陶熠的眸子里瞬间闪过一丝不易察觉的光亮，他郑重道："谢谢关老师。"

聚餐结束，大家回到选手宿舍。

被淘汰的练习生们收拾着东西，准备就此离开这个梦想启航的地方。而其余的一部分练习生，也在悄悄地收拾东西，准备回家过年。

虽然名义上，《吾辈之名》实行全封闭训练，春节期间节目组依旧不放假，但练习生们依旧想出了各种各样的理由请假，节目组也不能拦着。还有些家里有背景的练习生，比如傅奕茗，更是连请假的理由都省了，直接就回了家。

陶熠在组里一向是个遵守纪律的人，再加上身处上位圈，他要是想请假，节目组肯定也是会准的，但是他没有。

毕竟他从做练习生起，就再没回家里过过年，已经不知道多少年了。

更何况那个家里，有父亲、继母，还有成绩优异的弟弟，他们一家三口和和美美，他就像个不属于那里的外人，免不了陌生与尴尬。

四个人的宿舍如今已经空了，陶熠一个人躺在床上，准备再次度过一个人的除夕夜。

他心里倒也不觉得特别孤单，毕竟这么多年都是这么过来的，他早就习惯了。

他打开手机，登录微博，想了想，打开了那唯一的一个私信窗口，分享了一首没有填词的吉他旋律。

三分钟后，对方回了他。

闪哥快闪："什么曲子？居然没名字。"

屁桃君 peach："好听吗？"

闪哥快闪："好听。"

闪哥快闪："小桃也喜欢弹吉他，要是能听到他弹这首歌就好了。"

陶熠不由自主地露出一个微笑。

很快就会到那一天的。

他在心里说。

年三十这天，工厂依然没有放假，秦妈到了傍晚才回到家里，就见秦楮杉正熟练地擀着面皮，一旁的秦朵儿慢吞吞地包着饺子。

见妈妈进门，她兴高采烈地举起刚包好的一只："妈，我包得好看吧？"

看着这副场景，妈妈笑了笑，眼底不由自主地氤氲起一阵雾气："朵儿包的最好看。"

秦朵儿重新回到案板前，踩上她垫在脚下的小凳子，更加卖力地包了起来，"哥回来了，妈回来了，爸什么时候回来呀？"

秦楮杉手下的动作一顿，淡淡道："你爸死了。"

秦妈皱了皱眉，"大过年的，跟孩子说什么胡话。"

秦楮杉还想再说什么，但看了看眼前被吓了一跳的秦朵儿，最终还是作罢。

秦妈加入了包饺子的工作，效率瞬间提高了不少，没过多久，热腾腾的饺子就出锅了。

南方的冬天没有暖气，小岛上的条件更是不可能安空调的，总是阴冷阴冷的。屋子里空间狭小，饺子一出锅，仿佛连带着湿冷的空气都暖和了不少。

几十平方米的小房子，只有客厅没有餐厅，三个人围着小茶几坐下，倒也其乐融融。

小小的电视机里是春晚的直播，画面模模糊糊的，顶多看清个明星的轮廓。

现在的春晚，流量明星越来越多，秦楮杉不由得想，明年的除夕夜，说不好就能在春晚上看到小桃了。

可惜，一年后的自己，并没有机会站在台下给他拍照。

那时候的他，八成还是像现在一样，身处荒僻的小岛上，坐在破旧的小屋里，透过模糊的电视机，窥探那个光鲜亮丽的世界。

他们有一搭没一搭地说着话，说秦朵儿上学的事，说秦妈打工的工厂，又说秦楮杉在申城的近况。碍着秦朵儿在，话题一直没扯到那个今晚始终没出现的角色。

秦朵儿吃得很快，没过一会儿就扔下碗筷去阳台上看烟花了。

见她走远，秦楮杉这才拿出一个早就包好的红包，“妈，新年快乐。”

秦妈接过红包，却放在了桌子上，脸色严肃地问：“阿闪，你跟妈说实话，你这么多钱，都是哪来的？”

秦楮杉无奈道：“跟你说了多少次了，拍照赚的。”

秦妈显然不肯相信，“就算你在大城市，那拍照能赚这么多？”

顿了顿，她又眼含担忧地看向秦楮杉，“每次你一给就给这么多，你知不知道，妈心里担心得要命，生怕你做什么违法乱纪的事……”

秦楮杉哭笑不得，“你放心吧，我又不是个傻子。我告诉你这些钱怎么赚的吧，我去机场拍明星，然后把照片卖给粉丝，懂了吗？”

秦妈再次露出不解的神色，“粉丝？他们都这么有钱？”

秦楮杉笑了笑，“有钱人多着呢，几十万几百万砸的，也大有人在。”

听到这样的天文数字，秦妈震惊得久久说不出话来，半晌，才叹了口气，“当年怎么没这个觉悟，你长得这么标致，就应该送你也去当个明星。”

秦楮杉忍俊不禁，“你以为当明星那么容易呢？”

秦妈叹了口气，“就是个不出名的小明星，过的日子也是咱们一辈子想都不敢想的。”

秦楮杉说：“你怎么知道我不能让你过上好日子呢？”

秦妈看着他，眼里又泛起水雾，“阿闪，你从小就是个好孩子，怪妈不好，管不住你爸这个……”

她说不下去了，泪水夺眶而出。

秦楮杉给她递了一张纸，拍了拍她的肩，又问：“他大年三十还在城里赌呢？”

秦妈紧紧咬着嘴唇，没有说话。

秦楮杉自从懂事以后，就一直在劝他妈跟那个老浑蛋离婚。可是后来他就明白了，劝也是没有用的，整个岛上连个民政局都没有，这里的人更是根本没有离婚的概念。

他们的观念仿佛还停留在封建社会，女人天生就是生儿育女的，即便男人犯了错，女人也只能忍气吞声，要怪就怪她这辈子运气不好，没嫁个好人家。

秦朵儿从阳台上跑进了屋里，看到他们这副样子，吓了一跳，“妈你怎么了？”

秦妈抹了一把眼泪，破涕为笑，“过年了，妈开心。”

说着，她看了一眼秦楮杉，“你哥成天给别人拍照，都没给你拍过几回。这回好不容易带相机回来了，让他带你出去拍几张。”

闻言，秦朵儿兴高采烈地穿上印着屁桃君的棉衣，再次飞快地趴到秦楮杉身上。

秦楮杉无奈，“多大的人了，没长腿啊？我没手拿相机了。”

秦朵儿于是又乖乖地溜了下来，跟在他屁股后面出了门。

除夕夜大约是小岛一年之中最热闹的时候，镇上的人都跑到离海最近的岸边上去，放几十块钱的劣质烟花，那就是属于他们最隆重的新年庆典了。

海岛很小，烟花的巨大声响可以覆盖整个岛屿，于是岛上那些潜藏在暗处的海蟑螂被吓得四处逃窜。

秦朵儿一蹦一跳地走在前面，秦楮杉提醒她：“慢点，走的时候当心脚下有海蟑螂。”

秦朵儿不以为意：“一个破虫子，踩死就踩死了呗。”

秦楮杉逗她：“可是你踩死了它，它肚子里的卵就会黏在你脚底，孵出一窝小蟑螂，全爬进你鞋子里。”

说完，他自己却也笑不出来了。

就像这个小岛上的人们，他们在这里繁衍生息，一个接一个地生着孩子。他们的后代、后代的后代，也永远待在这个与世隔绝的小岛上，在这里生老病死，一辈子都不知道外面的世界是什么样。

他害怕那样。

秦朵儿龇牙咧嘴，“咦，好恶心。”

两个人走到岸边，那边已经聚集着一大群孩子了，秦朵儿挑了个没人的地方，“就这儿吧，记得把我和后面的烟花拍在一起。”

秦楮杉举起相机，拍下那个穿着粉红色屁桃君外衣的小小人影，她站在小岛破败的岸边，身后是几簇不怎么亮堂的烟花。

拍完照，秦朵儿又飞奔到他身边，秦楮杉蹲下身来，给她看刚拍好的照片，秦朵儿开心地笑起来，“哥，你是全世界最厉害的摄影师。”

秦楮杉笑了笑，揉了一把她的小脑袋。

那边又窜起几簇新的烟花，秦朵儿的目光又被吸引了。

秦楮杉走神想着，小桃现在在干吗呢？

不知道是被节目组封闭在宿舍里，还是找机会溜回家过了年。

秦楮杉看着眼前荒凉破败的小岛，忽然从内心生出一种无边的失落。

他在机场里，在舞台下，举着相机，仿佛全世界的美好都被收纳在他的镜头里。

可是剥下这层壳，越过这片海洋，回到孤独的小岛上，这才是他该待的地方。

眼前的这片海，仿佛一道无涯的天堑，横亘在他面前，将他和那个世界分隔开来。

无论如何，他和陶熠，永远都是两个世界的人。

一直拿在手里的手机忽然震了震，打乱了他的思绪。

他掏出手机，只见是屁桃君给他发了一条消息。

屁桃君 peach：“闪哥，新年快乐！”

闪哥快闪：“谢谢，你也新年快乐。”

闪哥快闪：“不知道阿崽现在是不是一个人在过年。”

屁桃君 peach：“是的，节目组不放假。”

闪哥快闪：“那也太惨了吧？会不会很孤单？”

屁桃君 peach：“你可以给他发私信慰问一下。”

毕竟明星从来都不会回微博私信，秦楮杉都忘了还有这一茬儿了。不过想想，节目组现在肯定都给孩子们发手机了，陶熠虽然不会回他，但应该很大概率能看到。

于是他举起手机，拍了一段劣质烟花的小视频，给陶熠发了过去。

秦朵儿抬头看他，一脸认真地问：“哥，你咋那么开心，在和嫂嫂聊天吗？”

秦楮杉哭笑不得地看向她，“什么嫂嫂？这都谁教给你的？”

秦朵儿理所当然地说：“我同学啊，他们的哥哥比你还小，都有嫂嫂了，还有好多都当小姑小叔了呢。”

秦楮杉揉了一把她的脑袋，“你和他们不一样，你哥和他们的哥也不一样，知道吗？”

秦朵儿似懂非懂地点了点头。

秦楮杉又看着她的眼睛，“朵儿，你要好好学习，等你再大点，哥就送你去申城上学。”

秦朵儿抬头望着他，也不知道听进去了没有，总之表情十分认真。

秦楮杉微微叹了口气，这才想起来接着看手机，结果一看就是一惊。

陶熠居然回了他一句：“新年快乐。”

零点过去以后，空中的烟花逐渐少了许多。

秦楮杉带着小桃的那句新年快乐，和兴奋得不得了的秦朵儿往家里走。

走近家门口，他发觉屋门没关严，从里面隐隐约约地透出屋里的灯光。

可他分明记得，自己走的时候，是把门锁好了的。

他的心脏突兀地跳起来，生出一种不好的预感，他连忙抓紧了身边秦朵儿的手，推开了房门。

还好，讨债的人没有丧尽天良到大年三十还上门。

不过眼前的这个男人，倒的确不是个人。

他和秦妈站在客厅里对峙着，秦妈之前还梳得整齐的鬓角，此刻发丝飞乱，脸上还有一片明显的红痕。

秦朵儿一看到眼前的景象，就吓得哭出了声，“爸，妈，你们干吗呢！”

秦楮杉咬了咬牙，冲上去揪住了秦富贵的衣领，“你还有脸回来？”

秦富贵一把把他搡开，“怎么叫你老子呢？过年了，都不知道孝敬孝敬你老子？”

秦楮杉又推了他一把，“我没老子，滚回你的赌场里去。”

秦富贵哼了一声，不再和他说话，冲一旁的秦妈道：“反正我现在就差这三千，你看着办吧。”

秦楮杉一听，再次暴怒地揪住了他的衣领，“你除了张口要钱还会点别的吗？”

秦富贵也破口大骂道：“我又没问你要！”

说着，秦楮杉就拖着秦富贵往门外走，他到底是个身强力壮的大小伙子，秦富贵尽管拼命挣扎，依旧敌不过他的力气。

秦楮杉把他拖到门口，秦富贵却死死抱住门框，“秦楮杉，你就是个忘恩负义的白眼狼！”

秦楮杉依旧把他往门外搡，“你除了把我生出来还干了点儿什么？跟我有仇还差不多！”

秦富贵气急败坏，动不动就要砸东西的老毛病又重犯了，他一把抓起秦楮杉放在门口的单反相机，不管三七二十一就往地上砸。

秦楮杉赶紧伸出手想去接，然而已经来不及了，在秦朵儿的尖叫声中，单反相机砸在地上，镜头瞬间摔得四分五裂。

“浑蛋！”

地上的相机残骸像是秦楮杉身上的最后一片逆鳞，他猛地伸手把秦富贵从门里搡了出去，然后重重地砸上了门。

吵嚷的空气一瞬间归于寂静，除了秦朵儿已经哭得失了声，在旁边儿一抽一抽地吸着鼻子。

秦妈木然地站在一旁，好像还没有从这一场闹剧中回过神来。

秦楮杉点燃了一根烟，他猛地吸了一口，几秒后，朝窗外吐了一口气，这才哑然开口：“他每回都是这样管你要钱的？”

秦妈没有说话，但她眼底的泪光已经做出了回答。

秦楮杉看了她一眼，不知道该说些什么，只是一口一口地抽着烟。

半晌，他扔了烟头，朝门口抽泣的秦朵儿招了招手，低声道：“朵儿，过来。”

秦朵儿抽抽搭搭地走到他身旁，就被他一把搂进了怀里。

秦楮杉伸手擦了擦她花猫般的小脸，说：“下回他再来，要是敢动手，你就跑到外面去大声哭，大声叫，引得邻居都过来看，知道吗？”

秦朵儿哭着点了点头。

秦楮杉又说：“他要是还管妈要钱，你就说你哥要到法院去告他，把他送进局子里去。”

秦朵儿抬头看他，“哥，你真的要让爸蹲大牢吗？”

秦楮杉骂道：“说了多少次了，他不是你爸。”

他倒是做梦都想把这个老浑蛋送进大牢，可是县城里打牌的人太多了，还跟当地的黑恶势力有所勾结。

这里面的水太深，不是他一个人能搅和得了的。

越是愚昧无知的地方，人性的恶就越是展现得淋漓尽致。

恍惚间，秦朵儿不知道什么时候把地上的相机抱了起来，小心翼翼地呈到他面前，“哥，还能修吗？”

摔得稀巴烂的相机露出锋利的尖角，仿佛一把尖锐的刀，直捅到他的心窝里去。

秦楮杉伸手接过，里里外外地看了看，给相机下了最后的死亡宣判：“修不了了。”

大年三十的深夜，鞭炮声早已经消停，窗外一片静谧。

秦楮杉却躺在床上，迟迟无法入睡。

这回他在家，把秦富贵赶走了，但等他回了申城，秦富贵照样会觍着脸回来，甚至对他妈妈变本加厉。

一想到这，秦楮杉的胸口就闷得喘不过气来。

他是这个家里唯一的男人，但他却连自己最亲近的人都保护不了。

最头痛的是这个一直以来阴魂不散地伤害她们的人，是他亲爸。

自从他认识了陶熠以后，他以为他的生活在渐渐变得越来越好，没想到一切都在今夜，彻底被打回原形。

一直以来牢牢地压在他身上的千斤重的担子，再次给他一种泰山压顶的窒息感，让他寸步难行。

秦楮杉郁闷地穿上衣服，起身出门。

偏僻的小岛不比夜夜笙歌的申城，此刻四下里没有亮一盏灯，入耳只有海风与激浪的琴瑟和鸣。

秦楮杉漫无目的地走着，没多久就踱到了海边。

由于多年来不加控制地人工渔猎，近岸的海水已经遭到了严重的污染，变得浑浊无比。在海浪的激烈翻涌下，时不时地搅出几只浮在海面上的死鱼，白浊的肚皮在乌黑的海面上显得格外扎眼，咸湿的海风一吹，腥臭的气味便随之扑面而来。

秦楮杉忽然觉得，自己就像它们一样，一直在拼命挣扎，却无论如何都逃不出这片狭小而污浊的海域，也无法改变一开始就已经注定的结局。

他正望着海面出神，手机就突兀地响了起来。

他看了一眼，是个陌生的号码。

深更半夜的，不是骚扰电话，就是打错了。

大约是窒息的静夜让他实在太想听见一句人声了，他还是鬼使神差地接了：“喂？”

果然，对面没有回应。

他等了两秒，刚准备挂断，就听到对面传来了一个好听的声线：“你怎么……还没有睡？”

无比熟悉，仿佛很遥远，却明明就在他的耳边。

秦楮杉愣了愣，“陶熠？”

陶熠的声音带着一丝无法掩饰的慌乱：“对不起，这么晚打扰你了，我就是随便拨一拨，没想到你还没睡……”

要是换了别的粉丝，忽然接到自己爱豆的电话，估计能激动得晕过去。可对于秦楮杉来说，陶熠一直都不是高高在上的明星，他不过也是个需要人保护的孩子。

他此刻急急忙忙又小心翼翼的语气，让秦楮杉不由得一笑，甚至忘了问他哪里来的电话，“没关系。”

陶熠沉默了一小会儿，问：“你在做什么？”

“我……”秦楮杉一时语塞，顿了半天，才说，“在外面。”

通过他的语气，陶熠似乎敏锐地捕捉到了什么，“你怎么了？是不是心情不好？”

秦楮杉无意隐瞒，但陶熠也绝不可能是他倒苦水的对象。他于是什么都没说，只是默默地叹了口气。

陶熠又说：“我打电话给你，本来是想祝你新年快乐的，现在……虽然不知道你发生了什么，但是新的一年就要来了，你要相信一切都会好起来的。”

他这句安慰实在太苍白了，秦楮杉不由得失笑，要是真的有他说得那么简单就好了。

可不知怎的，小孩一本正经的安慰，配上他好听的声音，就像带着某种魔力似的，竟然真的让他方才郁闷的情绪缓和了不少。

秦楮杉认真地回答他：“谢谢你。”

那边的陶熠似乎又没话说了，于是他随口问：“你呢，怎么这么晚还不睡？”

陶熠说：“宿舍里就我一个人，睡不着。”

秦楮杉有些惊讶，“那你怎么不回家？”

说完又意识到，陶熠不回家肯定有他的原因，说不准也和他一样有什么难言之隐。

于是秦楮杉又说：“既然你电话都拨到我这来了，那我也祝你新年快乐吧。希望新的一年，小桃在节目里的表现越来越好。”

陶熠在那边好像笑了，说：“我一定会的。”

秦楮杉想了想，还是忍不住调侃道：“又是回私信，又是打电话的，经纪人没教你不许随便联系粉丝吗？小朋友，偶像失格了。”

那边的陶熠好像被人捉住了小尾巴一样，连呼吸都跟着一滞。

半晌，他才小心翼翼地问：“那你会脱粉吗？”

秦楮杉还是没忍住，笑出了声：“我脱粉了你怎么办？傻孩子。”

年还没过完，请假回家的练习生们便被陆陆续续地召回影视基地。《吾辈之名》的第二次公演，就这样紧锣密鼓地开始筹备了。

第二次公演的主题是位置评测，致力于让练习生找到自己在团队里的担当。

歌曲的选择通过填志愿的方式进行，类似于高考志愿的填写，每个练习生写下自己想要去的分组，然后按照上一期的排名依次录取，如果分组选满，便会被调剂。

身为上位圈的练习生，自然不必担心调剂的风险。陶熠原本肯定是应该选声乐的，但是傅奕茗拿着公司安排好的剧本，告诉他选舞蹈。

公司之所以这样安排，其实也不难理解。

首先傅奕茗是绝对的舞蹈担当，而陶熠的舞蹈水准一样优秀，两个人分在一组，便是实打实的双剑合璧。

由于之前的C位之争和年前的顺位发布，两家的“唯粉”在网上已经闹得非常厉害，都是铆足了劲想让自家彻底超过对方。

但两人的组合粉数量又非常庞大，在“唯粉”这段时间以来的疯狂吵架以及二人私下不和的消息的传播下，组合粉的军心已然有所动荡。

此时如果两个人在新的一期节目中缺少互动，很容易造成组合粉脱粉，分票严重，对两人的杀伤力都不小。

因此，在这个阶段选择同一组，继续营业以稳固组合粉，是对双方都好的选择。

但另一方面，陶熠也明白公司对他的忌惮。他的声乐实力强，这一次分到声乐组，如果恰好舞台发挥得好，就会对傅奕茗构成威胁。

如果两个人分在同一组，又是在傅奕茗最擅长的舞蹈里，那么陶熠便基本上处于傅奕茗的掌控之中了。

后采的时候，工作人员果然问他：“你为什么不选声乐？”

陶熠温和地笑了笑，“因为我想在舞蹈方面挑战一下自己，尝试不同的领域。”

其实只是因为，他没得选择，毕竟今天不听公司的话，明天公司就有可能直接给他搞出个伤病退赛，这样的事情，傅奕茗不是做不出来。

按照节目组的指示进入属于自己组别的练习室，陶熠不出所料地见到了傅奕茗，然而他没想到的是，居然还碰到了苏遇。

苏遇身为一个声乐型选手，舞蹈实力简直烂得要命，陶熠没想到他也会选到这组，趁着摄像机在拍其他人，他低声问苏遇：“你怎么也来了？”

苏遇抬头看他，回答道：“因为我偷偷看到了你的志愿。”

陶熠哭笑不得，“跟我分在一组有什么好的？”

苏遇说：“想让你教教我跳舞，反正我拿的本来就是逆袭剧本。”

苏遇身为棠诗 CEO 之子，在首次亮相的舞台上出现舞蹈失误，连累了全队，自此之后就被网上骂得很惨。

不过苏遇是个争气的孩子，他在节目录制期间确实非常努力，舞蹈水平也有了显著的进步，更是凭借这样努力逆袭的人设，圈了一大波粉丝，成功进入了上位圈。

话说回来，像他这样有靠山的人，无论本人是什么性格，节目组肯定都会给他打造出一个讨喜的人设，最终让粉丝喜欢。

组员集合完毕后，大家拿到了公演曲目，这是一首叫“Musketeers”的歌曲，唱词不多，舞蹈难度比较大，重点在于这首歌的风格，走的是性感路线。

这对于一向以邪魅气质冠绝舞台的傅奕茗来说是天然的优势，陶熠还能勉强跟一跟，但对于苏遇来说简直就是公开处刑。

他一个十六岁的小朋友，整个人小小的一只，让他怎么卖弄风情？

他向陶熠投去求助的眼神，陶熠摊手，“叫你闭着眼乱选。”

接下来就是唱词和位置的分配，于是又牵扯到了万年不变的 C 位之争。

大家还没开口，就见邢佑率先拿起了标着队长的胸针，“谁想当队长？”

邢佑是花桔四子中的两个弟弟之一，他一心抱紧傅奕茗的大腿，两个人私下里形影不离，他在节目中该怎么表现也都是傅奕茗提前跟他说好的。

果然，没等大家说话，邢佑就说：“我觉得这个位置，非小桃哥莫属。”

毕竟给了陶熠队长的位置，他就没办法和傅奕茗竞争 C 位了。

大家多少都看明白了，只有苏遇在一旁傻乎乎地问：“为什么让小桃哥当队长啊？”

邢佑理所当然地说：“这你就不知道了吧，在我们宿舍里，小桃哥永远都是最细心的那一个，我相信他做队长，一定能把大家带领得很好。”

毕竟队长是私下里做事最多的，然而舞台上最耀眼的位置，却属于C位。

苏遇刚想要辩驳，就听陶熠开口道：“如果大家都信任我的话，我也想锻炼一下自己。”

其余人自然都没有异议，于是陶熠把队长的胸针别在了身上，他看到苏遇一脸愤愤不平的表情，他从后面无声地轻轻拍了拍苏遇的背。

苏遇毕竟年纪小，更何况是被人宠大的小公子，自然喜怒都形于色，不懂得这背后的弯弯绕绕。

可陶熠在公司这么多年，早都见识了世态炎凉，他什么后台也没有，只告诉自己识时务者为俊杰。

等傅奕茗成功拿到了C位，大家就开始分配各自的位置和唱词，开始简单的初次练习。

拍摄素材积攒得差不多，天色也晚了，摄像师傅一撤，大家都瘫倒在地板上，歇了一会儿就各自回宿舍，约好了明天早晨再来练。

陶熠虽然和傅奕茗在一个宿舍，但说实话，他白天基本上就没见傅奕茗在宿舍待过，晚上要么很晚才回，要么彻夜不归，不过陶熠也没心情了解他到底都在哪鬼混。

第二天一早，约定好的八点已经过去了十五分钟，练习室里依然只有陶熠和苏遇两个人。

苏遇没好气道：“有人拍的时候个个积极得不行，没人拍的时候全都不来了，真行。”

陶熠提醒他：“少说两句，摄像头还开着呢。”

苏遇哼了一声，“傅奕茗都不怕摄像头拍到他和选管约会，我会怕这个？”

听到这话，陶熠吓了一跳，他下意识地走过去把门关紧，低声问：“在哪儿？片场？”

苏遇露出一脸难以置信的表情，“不会吧哥，你和他住一间宿舍都不知道啊？”

看陶熠的样子确实像是什么都不知道，苏遇这才解释道：“别人的选管都是节目组分配的，就他直接把你们公司的助理带进组，这还不够说明问题吗？”

顿了顿，苏遇压低了声音说：“结果有一次半夜，我睡不着去外面溜达，就看到他和他选管两个人抱在一起。”

陶熠不由得咋舌，身为练习生有禁止恋爱条例，但其实很多选手都在私底下偷偷谈恋爱，这一点大家心照不宣。但他没想到的是，傅奕茗居然胆子大到这个地步，直接把人带到了自己身边。

没等他们俩再开口，练习室外忽然有人敲门，陶熠连忙走过去把门打开，只见邢佑一脸不耐烦道：“你们两个人在这里面鬼鬼祟祟的，干吗呢？”

苏遇同样没好气地回敬他：“练舞呢，迟到还有理了？”

两个人刚拌了两句嘴，其他几个人就陆陆续续地来到了练习室，大家也没多话，开始了今天的排练。

分到这一组的六名选手里，除了陶熠和苏遇，其他几个都是纯舞蹈型选手，但陶熠舞蹈实力一样优越，于是整组都很强，苏遇是唯一跟不上步子的那一个。

一天练到晚，组里的其他五个人都已经把动作跳得非常熟练了，只有苏遇还笨手笨脚的，动不动就跳错。

眼看着一天又要过去了，傅奕茗黑了脸，“舞蹈不行还非要选这组，专门来拖别人后腿的吗？”

苏遇自知理亏，但还是不服输道：“我会好好练的，队长都没嫌弃我，轮得着你嫌弃我吗？”

傅奕茗看看他，又看了一眼陶熠，嗤笑了一声，“行，那就让你的好队长好好带你吧。”

陶熠于是说：“今天大家都辛苦了，团队练习就到此为止吧，想加练的可以和我一起留下。”

这话说完，其他几个人都如蒙大赦，迫不及待地挨个离开，练习室里又只剩下陶熠和苏遇两个人了。

门一关上，苏遇就一脸丧气地一屁股坐在了地上，“哥，对不起。”

陶熠笑了笑，“刚怎么不跟他说？”

苏遇一脸嫌弃地“嘁”了一声，“凭什么。”

时间不早了，陶熠轻轻踢了踢他的脚，“起来，抓紧时间。”

苏遇深吸了一口气，猛地从地上弹了起来。

陶熠带着苏遇一个动作一个动作地练，等到好不容易把整首歌顺完时，已经是午夜时分了。

选管准时来关灯，见他们还在练舞，有些惊讶，“太刻苦了，不过我们马上要关门啦。”

苏遇立马乖巧道：“好的小姐姐，我们收拾一下，十分钟以后走行吗？”

选管对这一句“小姐姐”感到很受用，于是又宽限了他们十分钟。

见她走远，苏遇赶紧拿出偷偷藏的另一部手机，“哥，你再跳一遍，让我录下来行吗？这样我晚上回去还能再自己看看。”

陶熠也来不及讶异他居然偷藏手机了，对着他的镜头把舞又跳了一遍，熟练地结束后，他回眸看向摄像头，“行吗？”

苏遇按下了停止键，捂着胸口道：“哥你也太帅了吧！”

陶熠笑了笑，“别贫了，走吧。”

两人和选管打完招呼，并肩走出了排练楼，苏遇这才一脸好奇地问陶熠：“哥，你有女朋友吗？”

见陶熠向他投来奇怪的眼神，苏遇赶紧保证：“我就八卦一下，绝对不告诉别人。”

然而陶熠还是一脸坦荡地摇了摇头。

苏遇不甘心地问：“那总不至于连个喜欢的人都没有吧？”

陶熠这回没有急着否认，他像是想起了什么一样，脸色蓦地一红。

苏遇还没见过他这副样子，觉得好玩，“你怎么跟个小学生似的，还玩儿暗恋呢？”

陶熠有些窘迫地清了清嗓子，“怎么跟你前辈说话呢？”

苏遇嘿嘿笑道：“你不说就不说，我也不问了。我跟你说，我上回去剧组客串，和魏薇姐搭戏，回头她就加我微信了呢。”

陶熠愣了愣，“魏薇？她不是都……”

毕竟也是国内一线女演员，陶熠到底也没好意思把“三十多岁”几个字说出口。

然而苏遇今年才十六岁，这年龄差还真是有点惊世骇俗。

苏遇鬼鬼祟祟地笑了笑，“现在就流行姐弟恋，看着吧，等你出了这个监狱，没准过两天就给别人做了‘小狼狗’。”

这话说完就到宿舍楼了，两人各自告别，然而苏遇的那句“小狼狗”一直回荡在陶熠的耳畔，他的脑海里没来由地浮现出一个人的脸。

时间已经是凌晨时分了，彩排大厅里的灯光却依旧亮如白昼。

台上“Musketeers”的第一次带妆预演结束，台下观看的练习生和工作人员按照惯例鼓起掌，然而关熙的脸色却越来越凝重。

他蹙着眉走到舞台中央正对着的位置，举起一只手，示意周围安静，台下一瞬间鸦雀无声。

他扫视了一番台上的六名少年，“怎么回事？”

他的语气比平日里还要严厉，台上的选手们吓得噤了声。

关熙紧接着道：“上一期顺位发布的一二三名都在你们组，按理说你们组应该是全场最惊艳的，但是我现在丝毫没有感觉到你们应该有的实力。”

“听工作人员说，其他很多组的选手为了练习甚至不眠不休，只有你们组，成天迟到早退，纪律散漫，毫无危机感。怎么，觉得自己身处上位圈，就可以高枕无忧了？”

说着，他指向站在中间的傅奕茗，“尤其是C位，请问你是凭什么站在这个位置的？凭借粉丝的溺爱，还是队友的谦让？”

关熙当着全体练习生的面如此直接地训斥傅奕茗，难免让后者的面子有些挂不住，然而他似乎还没有停下来的意思。

他看了一眼台上的选手，又环视了一圈台下的练习生，“来参加这个节目的选手们，有的起点很高，有的是初次站上舞台，但在这两个月以来的练习过程中，我能感觉到绝大多数人都有了很大的进步。但是也不排除有的人自视甚高，以为自己起点高就不用努力，可以坐享其成。”

他像是在回忆什么往事一样，停顿了很久，才将语气放缓了一些，语重心长道：“我这番话是说给你们每一个人的，你们都很优秀，你们中的很多人在今后会达到不一样的高度。但我绝不希望，你们稍微有了一点高度，就变得骄傲自满，目中无人。没有一个人可以永远处在巅峰，当你自以为是地觉得‘一览众山小’时，那么你离下坡也就不远了。”

台下的练习生们沉默了几秒钟后，一齐向面前的关熙深深地鞠躬，“谢谢关老师。”

关熙摆了摆手，又看向台上，“苏遇，练了那么久，怎么长进还是这么慢？”

苏遇连忙说：“关老师对不起，刚刚第一次彩排紧张了，下次我一定会注意。”

关熙没接他的话，又看了一眼傅奕茗，“如果不想站这个C位，你们组大有比你实力强的人顶替这个位置。”

他没有明说这个实力强的人是谁，但台下其实都一清二楚。几百道视线有意无意地瞥向站在最边上的陶熠。

关熙一向有一说一，殊不知这句话是把陶熠置于风口浪尖上，陶熠只好说：“没有及时督促组内的训练，是我身为队长的失职。我们组刚刚也是第一次进行彩排，各方面都不成熟，希望关老师能再给我们一次机会。”

关熙的脸色依旧不大好看，但还是点了点头。

快节奏的音乐再度响起，选手们迅速地回归各自的位置。

不知道是刚刚关熙的话给了他们当头棒喝，还是第一次彩排相对来说积攒了一定的经验，这一次的表演立马比刚刚的水准提高了很多。

舞蹈跳到一半，间奏响起，接下来是一个滑步换队形的集体动作，一切原本都进行得无比顺利，队形后方忽然传来一声痛呼，就见苏遇直挺挺地倒在了地上。

Chapter 11　反击

众人都吓了一跳，背景音乐戛然而止，台上台下的练习生和工作人员瞬间都围了过去，就见苏遇疼得话都说不出来了，龇牙咧嘴地指了指脚踝。

大家立马反应过来，他把脚扭着了。

对于练习生来说，扭个胳膊、崴个脚什么的，简直是家常便饭。但见苏遇刚才那副摔下去的架势，显然不是普通的伤，节目组工作人员立马联系了紧急救护车。

缓了几分钟后，苏遇愤愤地看向邢佑："你刚干吗踩我！"

邢佑没想到他开口说的第一句话会是这个，他愣了片刻，很快辩驳道："我又不是故意的！再说还不是你刚刚自己动作慢了……"

"差不多行了，"陶熠打断了他们，"都什么时候了还争这些。"

说话间，最近的医院派来的救护车已经到达了，急救医生小心翼翼地把苏遇抬到担架上，尽量不碰着他已经肿胀起来的脚踝。

组员们立马跟在后面，往停在演播厅门口的救护车上走，关熙冲着演播厅里的练习生们说："接下来的彩排你们自己加油，有什么问题随时让导演联系我。"

大家都表示请关老师放心，这边的一行人这才上了救护车。

关熙和"Musketeers"的组员们陪着苏遇去了医院，医生察看了一番，又拍了X光，这才下了结论："软组织挫伤。"

苏遇赶紧问："那我明天还能跳舞吗？"

医生瞪了他一眼，"跳舞？你到下周能走路都不错了。"

苏遇脸色猛地一白，但还是不服输地问："就没有别的办法了？"

医生没好气道："必须卧床接受治疗，不然你就等着被感染吧。"

苏遇之前尽管疼得要命，愣是没吭一声，听了医生的这句话，他才仿佛被下了死亡宣判一样，失了魂般地彻底向后倒了下去。

陶熠伸出手来，轻轻拍了拍他的肩膀，他知道苏遇为了这个舞台付出了多少心血，一心想要通过这首曲目证明自己舞蹈的进步，谁也没想到，偏偏在公演前一晚上，出了这样的意外。

组员们的心情也同样复杂，原本是六个人表演的曲目，如今苏遇临时退出，他的部分就要重新分配给大家，早都编好的队形也要重新调整。然而现在已经是凌晨了，距离公演不到二十个小时，本来就受到关熙批评的舞台，又能在如此短的时间内呈现出什么样的效果？

苏遇躺在床上，眼圈开始止不住地发红，“都是我不好，又连累了全组，对不起大家……”

组员们挨个握了握他的手以示安慰，表示大家会带着他的那份努力，一起完成最好的舞台。

走出医院，坐上回节目组的车，众人的脸色都是无比复杂。

半晌，关熙说：“刚刚我的话说得很重，是因为害怕不这样，你们就意识不到团队存在的问题。现在你们面对的才是真正的挑战，但我相信你们有能力做好，希望你们不要让我失望。”

陶熠抬头看了看关熙，又看向身旁的队友们，众人一起郑重地点了点头。

某娱乐网站八卦版块上：

吾妹今日前线消息

“Musketeers”彩排，苏遇受伤退出。

网友1：我去！真的假的！不可能吧？

网友2：我小姐妹在节目组实习，也是这么说的，唉……

网友3：我的酥酥！心疼死了呜呜呜……

网友4：这也没办法啊，唉，人没事就好……

网友5：公演前一晚上出这种事，队形什么的都得重新排吧，这组也真是命途坎坷。

网友6：是啊，听说这组今天彩排还被关老师骂了。

网友7：为啥？前三名都在他们组，妥妥的天选之组啊！

网友8：就是因为都是上位圈的，关老师觉得舞台水平远远没达到他的期待。

网友9：唉，关关一向要求严格。

网友10：爆个小料，这次傅奕茗还是C位，陶熠挺不开心的，一直暗暗憋着气。彩排的时候关老师训傅奕茗了，陶熠就趁机要求换C位。

网友11：我茗怎么总是被小人缠着不放啊，实力强也是错吗？

网友12：还没说完呢，但是因为都已经排好了，所以最后还是没有换成。

网友13：你怎么说话大喘气啊，吓人。

网友14：太好了，我就知道茗不会让这个小人轻易得逞的。

网友15：楼上在这装路人放假料有意思吗？

公演C位是一分完组就确定好的，桃又不傻，在公演前夜，当着那么多人的面抢傅奕茗的C位？你们当他跟你们这些“黑粉”一样没脑子吗？

网友16：放到别人身上我可能不信，但是放到陶熠身上，呵呵，主题曲C位都能抢的人，还真说不好。

网友17：捆绑咖，抢C咖，宇宙第一脸大咖，猜猜我说的都是谁？

网友18：宇宙甜心美少女，屁桃君咯！

网友19：行吧，楼上随口造个遥，楼里就有这么多顺杆爬的，我也算是见证了你们空口造谣的实力了。

……

“Triple kill！”

以一记完美三杀结束一局排位游戏，成功掌控全场的李勒顺势往身后的枕头上一靠，感觉人生无比圆满。

他刚眯了两分钟，就隐隐约约地听到宿舍门口响起一阵钥匙转动的声音。

李勒慢腾腾地从上铺坐起来，掀开床帘，宿舍门刚好被打开，只见一个帅哥拖着行李箱大大咧咧地径直走到了他的对床。

帅气依旧，就是表情有点儿欠揍。

不过李勒是不怕被揍的，他一脸幸灾乐祸道：“怎么，因为开学太早，准备来炸学校？”

秦楮杉没说话，冷哼一声，算作回应。

李勒发觉他的表情不大对劲，又观察了一番，立马发现了不一样，“哎，你相机呢？”

秦楮杉把背包甩在桌子上，“坏了。”

李勒吃了一惊，“坏了？”

谁不知道，相机简直就是秦摄影师的命。

李勒追问：“怎么坏的？没拿去修？”

秦楮杉面无表情道：“被人给砸了，砸得稀烂。”

李勒为他打抱不平，“这什么玩意，让他赔啊，上万块钱的东西呢！”

秦楮杉摇了摇头，半晌，问他：“现在买个二手的大概要多少？”

李勒想了想，说：“怎么说也得大几千吧，关键现在市面上二手的都是淘汰机，一身毛病，你能看得上？”

“浑蛋。”秦楮杉小声骂了一句，“今晚上就要公演了。”

李勒像是想起了什么，安慰他道：“没事，你那偶像现在这么火，拍他的人多了，不差你一个。”

秦楮杉心情过于颓丧，以至于忽略了他那奇怪的称呼，“这不一样。”

李勒叹了口气：“唉，我懂，毕竟谁不希望亲手记录自己心上人的每一个耀眼时刻呢？”

秦楮杉没好气道：“去你的。”

李勒充满同情地看了他一眼，“行了，你从早到晚拍拍拍，都没认真欣赏过几回吧？今天晚上就好好当回观众吧。”

秦楮杉默默叹了口气，也只能如此了。

他给陈昕发了条消息，让她把相机带上，今天晚上换她来拍。

秦楮杉洗了个澡，背着装了灯牌的包，头一次两手空空地出门了。

年后的申城还没完全恢复以往的快节奏，地铁上的人并不多，但是到了公演场地附近，就变得人山人海。

随着《吾辈之名》的逐渐火爆，第二次公演的应援比起上一次的阵仗又大了不少。

不同于上次被关熙粉和傅奕茗粉承包的场面，这段时间以来，陶熠的粉丝群体极速壮大，现场的粉红色应援物也随处可见，十分显眼。

这一次，傅奕茗和陶熠两家粉丝之间的气氛，也格外剑拔弩张。

昨天半夜，论坛忽然惊现大规模的爆料，说万众瞩目的前三名聚集的“Musketeers”组在彩排中出现了意外，苏遇受伤临时退出，并且他们组还遭到了关熙的严厉批评，陶熠趁机要求更换傅奕茗的C位。

前半段是不是真的不知道，但后半段显然是鬼扯。别说陶熠的性格根本就不是那种拼命争抢的人，就是再不懂事也不可能在公演前夜要求更换C位。

这种明显是拿来泼脏水的爆料，有点脑子的人都知道是编的，然而在主题曲C位之争以及一众“黑粉”的不断洗脑下，傅奕茗的粉丝对陶熠早已经恨之入骨，这回更是直接信了这个毫无逻辑的爆料。

“陶熠抢傅奕茗公演C位”的消息，在一夜之间就传遍了傅奕茗的整个粉丝群。

观众入场后，各家按照不同的应援色，自觉地瓜分了场地的几块区域。关熙是前辈，他的绿海占据最前排的位置。稍微靠后的就是陶熠的粉海和傅奕茗的绿海，两家势均力敌，平分秋色，相看两相厌。

再往后就是苏遇的银海，以及其他几位人气选手的粉丝，更有强势而高调的“熠奕生辉”组合粉，举着自创的“粉绿色”灯牌，诡异无比。

开场环节，由于关熙和导师们一直在和现场的“吾辈创始人”交流，于是镜头也一次又一次地往观众席扫。

秦楮杉难得没有拿相机，于是自发充当了人型举灯牌机器，举着全场最大最耀眼的“熠”字。等到第一组公演正式开始，他才暂时把灯牌放下，这才后知后觉地感觉到手臂有点酸，不由得在心里感慨追星小妹妹的不容易。

随着前几组的演出结束，现场人数最多的傅奕茗粉和陶熠粉都越来越紧张。

大家都迫不及待地想要搞清楚一个问题，那就是苏遇究竟有没有受伤。

如果苏遇没有受伤，那么就可以彻底证明昨晚爆的完全是假料，陶熠不仅洗清了抢C的嫌疑，傅奕茗粉还会被狠狠地嘲一番。

但如果苏遇真的受伤了，那就要难缠许多了。尽管陶熠粉知道陶熠不可能做出那样的事情，但傅奕茗方一定会把这个当作证据，信誓旦旦地证明那个所谓“工作人员”的爆料是真的。

终于，大屏幕上出现了“Musketeers”的字样，紧接着是六位组员的名字。

舞台中央的大门打开，在台下一浪高过一浪的尖叫声中，少年们依次入场。

只有五个人。

秦楮杉的心里不由得“咯噔”一声。

队长陶熠走在最前面，五个人站定后，他接过关熙手中的话筒："首先很感谢创始人们来到现场支持我们的公演，但非常抱歉的是，我们组在昨天夜里的彩排中出现了一些意外，苏遇由于受伤，不得不遗憾地退出本次演出。"

台下的苏遇粉丝失声。

与此同时，傅奕茗粉丝竟然激动地尖叫起来，仿佛苏遇受伤一事得到印证，是什么天大的喜事一般。

大屏幕里播放了一段视频，是苏遇在医院里录的，他穿着病号服，脸上的表情却是一贯的乐观，他表示请创始人们不必担心，他很快就会好起来，也请大家一定要支持哥哥们的舞台，惹得现场他的粉丝都心疼得哭了起来。

台上的关熙拿起话筒，说："我们昨天凌晨一起把苏遇送到医院，回来后已经是深夜了，表演 *Musketeers* 的组员们在仅有的几个小时里完成了位置和唱词的重新编排，最后只休息了两三个小时，足以看出他们对这次舞台的重视。"

说着，他侧身看向组员们，"希望你们能够带着苏遇的那份努力，展示给创始人们最好的舞台。"

背景音乐响起，聚光灯打下的光影飞速变幻，营造出一种神秘而旖旎的气氛，衬得少年们的面庞格外俊美。

Musketeers 是一首性感风格的舞曲，中间的很多动作更是达到了这个舞台上从未有过的尺度。

队形不断变换，轮到陶熠站到舞台中央时，刚刚好是一个顶跨的动作，他的双手比成一支手枪，偏偏脸上的表情又冷酷无比，引得台下连连尖叫。

忽然，舞台前方的鼓风机吹出一阵强风，再加上陶熠此时的动作幅度很大，下面没有系纽扣的轻薄的白衬衫被风吹起，一不小心露出了里面若隐若现的腹肌。

一瞬间，台下的尖叫声空前绝后，几乎要掀翻演播厅的屋顶。

他还是个孩子啊！

想到这，他问身旁的陈昕："刚刚拍到没？"

陈昕转过头，用无比复杂的眼神看了他一眼，"没看出来啊你。"

秦楮杉："我不是那个意思……"

陈昕一手举着相机，一手伸到他面前晃了晃，示意他不用再解释。

误会就误会吧，反正也不是一次两次了，秦楮杉索性也作罢。舞台上，陶熠很快又要轮到前排了。他想了想，还是没忍住，举起了手机。

朋友圈里总是看到追星女孩们发着音乐震天响、夹杂着巨大的尖叫声、镜头颤抖无比、画面高糊的小视频，文案还不忘强调“我终于搞到真的了”，好像不这样就没法证明自己去过现场似的。

秦楮杉从前出着一套套的精修图，对于这种小视频总觉得难以理解，如今忽然觉得有点明白了，其实并不是为了真的拍清楚舞台上的那个人在做什么，而是为了记录下此时此刻的氛围，这样，很久以后再次观看时，依然能够感觉到曾经那颗为了某个人而疯狂跳动的心脏。

这样想着，他按下录像的红点，陶熠刚刚好走到了舞台中央。

歌曲到了间奏部分，舞蹈动作相对突出，就没有什么歌词。

就在台下尖叫声不断时，前排的那一片绿海中央，忽然冒出了一个极其尖利的嗓音：

“陶熠滚下台！”

这声喊叫太大声了，场馆又不大，全场的观众，甚至是台上的选手们，都听得无比清晰。

它实在过于嚣张且不和谐，以至于整个舞台上下都为之愣怔了一秒。

台上选手们的动作都顿了顿，唯有站在最前方的陶熠，依旧毫无瑕疵地继续着舞台动作，脸上的表情不曾流露出半分慌乱。

但秦楮杉知道，他肯定听到了。

台下的粉丝反应过来后，恨不得当场揪出那个可恨的声音。然而台上的表演还在继续，他们只好扯破了嗓门，更加卖力地呼喊陶熠的名字，给予他最直接的安慰。

一首歌接近尾声，最后两句唱词应该是陶熠的，台下疯狂地呼唤着他的名字。

然而音乐里的垫音还没有响，就听傅奕茗忽然开了口，唱出了那一句歌词。

陶熠刚要张嘴的动作一顿，但他很快就反应迅速地背过身去，摆好了动作，没有再开口。

台下一片哑然。

傅奕茗居然抢了陶熠的词。

吃瓜xx：前线播报，今晚《吾辈之名》第二次公演，Top组“车祸频出”，苏遇受伤退演，台下“黑粉”当面辱骂陶熠，傅奕茗抢了陶熠的词，导师关熙当场发火？有点期待明天的正式播出了。

“天哪，当面辱骂是真实存在的吗……”

“路人表示如果这是真的，那陶熠有点惨啊。”

“桃家粉丝别造谣了行吗？傅奕茗没有抢词谢谢，是陶熠自己慢半拍没跟上唱词，傅奕茗帮忙救场才唱的，真是好心当成驴肝肺。”

“茗粉去现场了吗？现场谁都知道是傅奕茗自己抢唱，完事了还要倒打一耙？”

“陶熠能不能别再把什么都要抢的锅扣到别人头上了？连当面辱骂都能编得出来。”

“现场我没听到有人骂陶熠好吧，现在为了虐粉都开始这样胡编乱造了吗？”

“没听到是你耳朵聋了，台上选手都听到了。”

“我真的气死了，下次我也冲到傅奕茗面前去喊。”

“现场就是个几百人的小场，你们在这说的是都去了还是怎样？各说各话谁高兴看啊，一切能不能等到明天正式播出了再说？”

……

秦楮杉翻了几条评论，不禁在内心冷笑。

等明天正式播出？以节目组后期的鬼斧神工，必然会祛除一切不和谐因子，将一场公演剪得配合默契、天衣无缝，至于当面辱骂、临时抢词什么的，根本就不可能出现在正片里。

关于抢词的事情，秦楮杉觉得傅奕茗不至于傻到当面抢词，大概率是本来排练的时候就不太熟，现场又有他的粉丝骂人，他一紧张，就唱错了。

但无论是不是故意的，这件事都是他造成的，不肯承认错误就算了，粉丝居然还颠倒黑白，真是让人叹为观止。

看了这么久，他也算看明白了，只要是牵涉到傅奕茗的事，陶熠就没法得到公正的待遇。

至于现场辱骂陶熠的那名粉丝，谁心里都清楚他是谁的粉丝。然而那个粉丝显然是早就有所预谋，故意坐在了关熙的应援区，这样最后就算被查出来，那也是关熙粉丝惹的祸。

手段够高，心思够毒。

更可怕的是，正式播出的版本肯定会把这一句不和谐的声音剪掉，如果没有其他视频或者音频佐证，搞不好还要被说成是陶熠方的自编自导。

陶熠现场被骂，网上还要被倒打一耙，真是惨得没边了。

忽然间，秦楮杉想起自己在现场拍的那一段小视频，他赶紧翻出来一看，果然录到了那句可怕的“陶熠滚下台”。

听声音，那个粉丝似乎离他不远，而秦楮杉坐在陶熠粉丝应援区的第一排，所以那人很可能就坐在他的前方。

当时台下没有灯光，所以视频里也很黑，他反复看了几遍，判断那个人就坐在他的前两排，他甚至拍清楚了那人的背影。

是个瘦瘦小小的女孩子，头上戴着绿色的应援头箍，但是因为坐在关熙粉丝的应援区，所以理所当然地被当成了关熙粉丝。

秦楮杉打开电脑上的视频处理软件，准备给视频调个色。哪怕不能查清楚这个人到底是谁，至少也要证明确实有人在台下骂街。

没想到他刚调高一点亮度，就发现了问题。

大约是不想暴露自己的身份，那个女孩的应援头箍是反着戴的，也就是说，全绿的那一面朝向舞台，而有字的那一面朝向后方。

而秦楮杉的视频，刚刚好就是从她正后方的角度拍的。

秦楮杉再次调整亮度和对比度，终于让头箍上的那两个字变得清楚无比——两个在黑暗中发出幽绿色光芒的“茗”字。

第二天，公演现场正式播出，果然如他们所料，所有的不和谐片段全都删得一干二净，就连最后傅奕茗抢唱造成的车祸现场，都靠后期修音和剪辑处理得没有一丁点瑕疵。

他们组的片段一播完，网上的粉丝立马开战，傅奕茗的粉丝果然指责陶熠的粉丝“自编自导自演”，陶熠粉有理说不清，只能和他们打嘴仗。

没过多久，“傅奕茗、陶熠”就准时上了热搜。

粉丝站都和节目组签过协议，公演播出前任何图片视频均不得流出，也正是因为如此，秦楮杉才没有发那条视频，一直等到节目正式播出以后。

趁着热搜的热度，陈昕带着话题发了微博，配上秦楮杉调过色的视频。视频可以明显地看出来，里面那个骂人的女孩，正是傅奕茗的粉丝。

现在终于真相大白，舆论风向迅速得到了反转，陶熠粉丝很快占据了上风。

与此同时，无端被污蔑的关熙粉丝、心疼弟弟的苏遇粉丝也加入了抵制傅奕茗的节奏中。

等这条微博被顶到热搜广场时，被傅奕茗粉丝碰瓷过的各家粉丝纷纷站队，心疼小桃被这家缠了这么久，难以脱身。

秦楮杉登录站子，发了早就修好的公演舞台照，评论涨得比平时还要快好几倍。

“太心疼我的漂亮弟弟了，以后一定要一直陪他一起走。”

“我的桃是全世界最好的爱豆！”

“小桃的舞台真绝啊！我还想看腹肌！”

“桃姐们差不多就行了，快去给小桃投票！”

“这么好的小桃，不为他投到C位你们甘心吗！桃妈桃姐们！冲呀！”

这一波闹完，那边几个小时的公演也播完了，节目到了最后的环节——实时排名公布。

秦楮杉眼睛都不眨地盯着屏幕，看着上面由六十个方块组成的金字塔，选手的名牌像多米诺骨牌一样，从最下方开始依次往上翻开。

很快就翻到最后三个了。

第三名，苏遇。

第二名……

网卡了。

他赶紧打开微博，就在首页刷到了一条最新内容。

“我们小桃终于第一了！我要为你哭出一片太平洋！小桃加油！C位出道！你值得！”

按照节目组惯例，公演录制是在周五，播出是在周六，这之后的两天时间，就作为选手的休息日。

傅奕茗从公演完就没回过宿舍，昨晚陶熠看到节目的最新排名里，自己居然超过他拿了第一，想必傅奕茗又要跳脚骂街了，陶熠也做好了被他冷嘲热讽的准备。

没想到还没等傅奕茗回来，第二天早晨，选管就来叫陶熠：“你经纪人来看你了。”

一听到这话，陶熠直觉不会有什么好事，但他又推辞不得，只得硬着头皮跟着选管去了会客室。

经纪人陈亮正跷着二郎腿坐在桌前，手里端着一杯热茶，好不悠哉。

选管把陶熠带到后，就关上门退了出去。

陶熠坐在陈亮对面，不卑不亢地问："亮哥，什么事？"

陈亮把手里的茶杯放在了桌子上，"小陶，你一向是个聪明的孩子，难道会猜不到吗？"

既然他都这么说了，陶熠也没再装傻，"为了排名的事？"

陈亮坐着笑了笑，好整以暇道："我今天也不跟你拐那么多弯了，节目播了这么多期，你应该也清楚公司对你什么态度了吧？"

说着，他在桌前坐正，"公司愿意捧你，是看在你有潜力，但是潜力应该是适度的，爆发得太厉害，抢了别人的风头，这就不对了。

"你不是爱唱歌吗？那你就只需要唱唱歌，写写歌就行了，公司可以保你高位出道，但是永远不要觊觎C位，那个位置不属于你。"

陶熠像是早就想到了会收到这样的警告一样，脸上的表情波澜不惊，他沉着地问："所以，公司需要我怎么做？"

陈亮瞬间笑逐颜开，"我就知道，你从小就是咱们公司最懂事的那一个。"

他向陶熠伸出了两根手指，"两个条件。第一，在微博上公开道歉，承认公演是你慢了半拍，傅奕茗是为了帮你救场。微博文案公司已经帮你拟好了，你只要照着发就可以。"

陶熠死死地咬着嘴唇，像是在做出什么决定。半晌，他才轻声道："好，我发。"

陈亮又笑了笑，说："第二个条件，听说你给节目组写了一首出道曲，叫什么来着，《闪闪》？"

陶熠猛地抬起头来，"你们要做什么？"

陈亮讪笑道："别这么激动嘛，好像我们要吃了你似的。公司也没别的要求，就是把你这首歌的词曲作者，写成傅奕茗的名字。"

陶熠的脸色瞬间冷了下来。

陈亮赶紧安抚他："保证只有这一次，公司答应你，等出道以后，你写的歌，全都放进新专辑里，怎么样？你说你这么有才，写十首这样的歌都不成问题，这一首又算什么呢。"

陶熠却连一秒都没有犹豫，语气强硬无比："不行。"

陈亮的脸垮了下来，“是，我知道出道曲的作者是个至高无上的位置，但是你也不想想，你身为一个第二名，这样合适吗？”

陶熠冷笑了一声，“你们打压我的排名就算了，还拿走我的原创作品，这样就合适了？”

陈亮习惯了他刚才那副逆来顺受的样子，如今他还了一句嘴，陈亮立马就爆发了：“陶熠，你别敬酒不吃吃罚酒。是，你是有实力，可是《吾辈之名》有实力的选手那么多，出来的不也就是这么几个吗？就凭你这种孤僻内向的性格，没有公司给你炒作的那些乱七八糟的人设，你能有粉丝？”

陶熠却并没有恼怒，也没有就着这个话题与他争执，只是坚持道：“别的都可以，但就是这首歌不行。”

“这首歌不行？”陈亮嗤笑了一声，“要不是关熙非要把这首歌作为出道曲，谁稀罕用你的歌。”

陶熠没有说话，表情却依旧坚定无比，丝毫没有让步的意思。

陈亮气得点了点头，“行，放着大好前程你不要，非要守着这一首小破歌，你还真以为公司不敢动你吗？那咱们就走着瞧。”

经历了被傅奕茗粉丝现场辱骂、傅奕茗当场抢唱之后，陶熠粉丝都替偶像感到委屈无比，战斗力也瞬间增强了不少。而最新一期的排名中，陶熠终于被投到了第一名的位置，大家斗志昂扬，誓要努力加油，送小桃C位出道。

可是秦楮杉却总觉得不对劲。

虽然说只过去了两个月的时间，但他也算是一路看着陶熠上来的，也比新粉见识过更多花桔的手段，很明显傅奕茗才是主捧的对象，而这一次花桔居然放任陶熠超过傅奕茗拿了第一，难道是打算改捧陶熠了？

时间接近深夜，微博里已经刷不出什么新内容了，他躺在床上随手点了一下刷新键，忽然冒出了一条新微博。

邢佑？

那个成天跟在傅奕茗旁边蹭镜头的小跟班？

邢佑：半夜烦得睡不着，这样的日子我真的忍不了了，有公司捧你就了不起吗？选你当队长还不都是上面的意思，你当了队长以后又在干吗？仗着自己人气高就动不动对其他选手摆臭脸，一次职责也没尽到过，满脑子就想着怎么上位。要不是因为你，整个组也不至于协调力这么差，更不会有人受伤。我们这些小选手是没粉丝，也没后台，但是这样就可以随便被你欺负吗？同公司这么久了，上节目的这两个月才算彻底看清了你的真面目，呵呵。

秦楮杉一惊，以为是自己看花了眼，又看了一遍微博名称，是邢佑发的没有错。

他什么意思？

这是公开给陶熠泼脏水？

他赶紧刷新了一下，想看看微博下面的评论，没想到显示这条微博已经删除了。

难道是切错小号了？

秦楮杉在微博搜索“邢佑”，果然他的广场上聚集着一大批人，讨论着他刚刚秒删的那条微博。

但显然，所有人都看出来了，他说的是陶熠。

秦楮杉想不通这个小孩是被傅奕茗洗脑了，还是大半夜喝多了，他退出广场，随便瞟了一眼热搜，蓦地在实时上升热点里看到了一个词条：

“邢佑秒删。”

秦楮杉的内心瞬间生出一种极其不好的预感。

吃瓜xx：《吾辈之名》里花桔的邢佑，半夜忽然发了一条意有所指的吐槽微博，字里行间指向同公司的陶熠，称他仗着公司力捧，就在队内霸凌，欺负新人，一心上位，刚发完就秒删了。还以为花桔真的兄友弟恭呢，没想到反转这么多吗？

“连队友弟弟都看不下去了，小甜心终于人设翻车了吗？”

“不属于他的C位他要抢，不属于他的第一他要买，德不配位就是这样的下场罢了。”

“他本来就恶心啊，粉丝还不让说，性格差劲也能硬凹成低调内敛人设，吐了。”

“别说下位圈粉少的弟弟了，就连傅奕茗他不是都照样欺负吗？”

……

专门挑在半夜的时候发这条微博，没多久又上了热搜，评论区全是陶熠的“黑粉”在吵闹。

真的不是秦楮杉故意阴谋论，这不间断的一系列操作，说不是故意的，谁都没法相信。

秦楮杉总觉得，既然这次的流程走得这么快，那么邢佑肯定只是个开始，还有更过分的操作等在后面。

十一点左右，午休时间快要到了，微博流量也到了一天中的第一个高峰期，一个词条出现在了热搜底部：

陶熠队内霸凌。

原来大部队在这等着呢。

广场上，一众营销号纷纷下场，站队邢佑，还截出了陶熠之前在节目里的一些图片和动图九宫格，作为他队内霸凌的证据。微博内容断章取义，然而放在一起，却有极大的煽动性，不明真相的路人也跟着被洗脑。

两个月以来，这样的事情已经不知道经历了多少次，秦楮杉的内心除了心疼陶熠，对其他的几乎已经麻木了。

他熟练地翻出以前存好的素材图，凭借着已经无比深刻的记忆，飞快地找出来九张具有代表性的陶熠和其他选手互动的动图，作为反驳“霸凌队友”的对应证据。

他以为一切到了这一步就已经差不多可以了，毕竟之前无非也就是闹一阵子而已。

没想到下午五点多，微博之外的各大网站都出了通稿，这次还多了许多不知道从哪里找来的“爆料”，根本没有任何证据，就开始信口开河地编故事。

在那个故事里，陶熠人设崩塌、表里不一、目中无人、无恶不作，简直就是个彻头彻尾的浑蛋。

与此同时，“陶熠队内霸凌”已经占据热搜第一长达四个小时。

事到如今，已经没有一个人再去质疑邢佑所说的话到底是真是假，在全网通稿的洗脑之下，再加上天生同情弱者的心理，让绝大多数的人都将这条秒删的微博默认成了既定事实。

而很大一部分新来的，或是初次追星的粉丝，没有见识过这些套路，也在通稿的全方位洗脑之下脱了粉。

广场上一片谩骂之声，余下粉丝的那点声音，早已经被淹没在万吨的口水之中。

大众有权利自由地选择信息吗?

大众有权利去质疑信息的真实性吗?

看似有，实则并没有。

你所能看到的，永远都是媒体想让你看到的。

你所相信的，永远都是媒体想让你相信的。

只需要一副键盘，一根网线，就能颠倒黑白、玩弄是非，这就是媒体的神奇之处。

原来这就是所谓的全网黑，秦楮杉从前只见过这样的阵仗出现在出道很久的成熟明星身上，没想到陶熠居然是第一个还没有出道就收获这种待遇的艺人。

他出现在大众的视野里，才不过短短两个月的时间。

他今年才刚刚十九岁。

Chapter 12　针锋

高幸畏畏缩缩地站在一旁，盯着坐在书桌前一言不发的陶熠，他觉得自己该说点什么，可又实在不知道该如何开口。

半晌，他终于清了清干涩的嗓子，试探着说："哥，好汉不吃眼前亏，就一首歌而已，你给他就是了，何必揪着不放呢？"

陶熠依旧波澜不惊，"我之前就跟陈亮说过了，别的条件都可以，就是这首歌，谁也别想动。"

高幸有点急了，"可你这么僵持着也不是个办法啊？你看看网上都把你黑成什么样了，再这样下去，他们这是，这是……"

他看着陶熠的脸色，咬了咬牙，"这是要把你搞退赛的前奏啊！"

他们彼此都非常清楚，从前那些和公司对着干的前辈都是什么下场。

轻则雪藏个一两年，重则从此销声匿迹，在娱乐圈蒸发。

陶熠却并没有像他想象中的那样露出退缩的神情，他像是早就做好了最坏的打算一样，淡淡道："退赛就退赛，那我就去酒吧做驻唱，反正会有人支持我的。"

说完，他的脑海里就浮现出那张熟悉的脸。

他这些天不是没有看网上的评论，他也知道现在自己的路人缘已经坏得不能再坏了。

昨天还喊着"爱你"的人，今天就开始脱粉辱骂。"熠羿生辉"组合粉大规模倒戈，花桔的团粉更是散了一大半。

对于他这样的选秀艺人来说，粉丝就是一切。

但大多数粉丝，向来是热情的，却也是薄情的。

显然，这一次，如果他不妥协，公司就会置他于死地。

如果真的到了那一天，他不再是爱豆了，甚至变得声名狼藉，还有人会像最开始那样支持他吗？

还会相信他吗？

会的吧？

陶熠忽然间感觉到一丝突如其来的恐惧，他烦闷无比地捏了捏眉心。

就在这时，宿舍门忽然被人敲响了，“小桃，节目组那边请你过去一下。”

第二次了，来得真快。

这一次，如果自己再负隅顽抗，他们是不是就要下最后的通牒了？

陶熠什么也没有说，跟着选管来到了那间熟悉的会议室。

他没有想到，这一次的会议室里，坐着三个人。

陈亮、关熙，还有节目组的总导演。

三个人之间的气氛看起来非常微妙。

陶熠刚进会议室，还没反应过来，就被关熙一把拉了过去，“来，人我也叫来了，背后要手段有什么意思，有本事咱们当面把话说清楚。”

导演抬眸看了他一眼，指了指会议桌对面的椅子，“小陶，坐。”

陶熠向导演鞠了躬，坐在了关熙身旁，大概明白了这是怎么一回事。

关熙又对陈亮说：“是，我只是个导师，没什么话语权，你们资本方想捧谁，我只能睁只眼闭只眼。但这一次你们居然踩到原创音乐的头上来，还是我精挑细选的出道曲，你们这是把《吾辈之名》当成花桔自家的节目了？”

陈亮赶紧赔笑道：“关老师，您别着急上火啊，我们这不也就是，想和小陶商量商量吗？”

关熙冷哼一声，“商量？你们的商量就是出通稿全网黑？一个好好的选秀节目变得这么乌烟瘴气，你们花桔占了一大半的功劳。”

导演打圆场道：“关老师，咱们节目也没有你说得那么不堪嘛。大家谁不知道你一向是个有原则的人，我们节目组当然也要主持公道，是陶熠的作品，那就必须写陶熠的名字，这没得说。陈总，你说是吧？”

陈亮虽然心有万分不甘，但也只好点了点头。

关熙指了指身旁的陶熠，“现在知道主持公道了？对选手造成这么大的影响，你们打算就这么过去？”

陈亮做了这么多年的经纪人，现在都做到了总监的位置，自然也是个识得大体的人，知道什么人可以惹，什么人万万不能得罪。

他咬了咬牙，挤出一脸笑容，对陶熠说："小陶，之前的事对不起，我这边也是奉公司的命令行事。你放心，我回去就交代公关部撤通稿，这事一定会给你个交代。"

陶熠一句话都没说，只是简单地向他点了点头，脸上看不出半点喜怒。

他本以为这一次自己演艺生涯就要终结了，没想到最后一刻会出现这样的反转。

事情有了结果，几个人陆续出了会议室，陈亮表示要请导演和关熙吃饭，被关熙一口回绝了，导演只好去做这个调和剂，两人一道走了。

待两人走远，陶熠才终于开了口："关老师。"

关熙看了他一眼，说："是不是想问我，为什么要帮你？"

陶熠点了点头。

关熙却没有立马回答他，而是说："我记得你之前跟我说过，《闪闪》是一首写给粉丝的歌。"

陶熠抬眸看向他，只见关熙也正盯着自己的眼睛，"真的只是这么简单吗？"

陶熠看了他几秒，意外坦诚地摇了摇头，"这首歌，写给一个对我来说很重要的人。"

关熙像是听到了什么意料之中的答案，收回了他的目光，说："你刚刚问我为什么帮你，第一是出于一个音乐人对原创作品的保护。"

"第二，你的这首歌写给一个重要的人，"关熙的声音忽然低了下来，"我也曾经想守护我生命中最重要的一个人，可是我最终没有做到。"

他像是陷入了某种回忆之中，眼中忽然浮现出一种浓得化不开的情绪，"我不想看到你们任何一个人再重蹈我的覆辙。"

之前半夜出事，秦楮杉连着两天一夜没有合眼，等他再一觉醒来时，形势又有了新变化。

距离"陶熠队内霸凌"事件过去了二十四个小时，各大网站的通稿忽然间销声匿迹，营销号也纷纷删除了微博。

然而这并不足以平息已经引起的轩然大波，有人又开始指责节目组为陶熠花大价钱撤通稿，果然一手遮天。

然而涉及此事的几名花桔娱乐的练习生，谁都没有公开说一句话，仿佛是在默认霸凌的事实。

没想到另一个本该置身事外的人忽然发声了。

苏遇：颠倒黑白，是非不分，排练的时候态度散漫的到底是谁？又是谁一直任劳任怨？多的不说了，举头三尺有神明，公道自在人心。

文字下方还有一个视频链接，视频是在练习室里拍的，陶熠穿着训练服，完整地跳了一曲 *Musketeers*。结束后，他回眸看向镜头，轻喘着问："行吗？"

文字再多的抹黑，都比不上一条直拍视频来得痛快。

一时间，舆论再次哗然。

被虐了几天的陶熠粉丝感激涕零，与一众桃酥组合粉哭天抢地。

"自始至终都相信小桃，我就知道他是被冤枉的！"

"真相终于到了！谢谢善良的弟弟！"

"明明就是一个善良温柔的人，却被莫名其妙地抹黑了这么久，某些人还要点脸吗？真的太心痛了！"

……

苏遇的这条微博，简直就是明摆着和邢佑正面对抗，一众营销号被"锤"得有些突然，不过很快就找到了突破口，卷土重来。

"嘻嘻，又来抱团了，谁不知道花桔太子最喜欢倒贴棠诗太子炒组合啊，强强联手嘛。"

"既然说他当队长任劳任怨，怎么视频的练习室里好像就你们两个人啊？开小灶也算认真负责？"

"视频又看不出来时间，谁知道是不是出事了以后紧急补录的呢？"

"啧啧，节目组不做人啊，为了给桃洗白，现在把苏遇也拉下水了，弟弟你要是被绑架了就眨眨眼。"

……

营销号很快就实时跟进了这条消息，苏遇和邢佑为了陶熠的事各执一词，正面对抗，引来了一片"吃瓜群众"的强势围观。

陶熠粉丝总算是有了一记强大的后援，然而双方依旧你一言我一语，僵持不下。

没过多久，节目组官微公布了一段节目的未播出片段，以及一部分练习室的内部监控镜头。

未播出片段里，正是当初表演 *Musketeers* 初分组时的情形。视频中，练习生们正在选组内队长，正是邢佑率先提出要陶熠做队长。

而内部监控中，是陶熠带着组员们认真练习时的场景，邢佑也在其中，尽管画面很模糊，但能看得出来，陶熠对每一个人都是有求必应，并不存在邢佑所说的“霸凌队友”的行为。

比起苏遇的那条力挺，这条官方微博才是真真正正的澄清。

“真相来得真晚，不过本桃粉终于可以合眼了，这么久以来你们怎么对待我们桃的，我们都一笔一画地刻在心头了。”

“我的天呢，本路人都看不下去了，邢佑是什么人？之前居然还买全网通稿说陶熠，倒打一耙恶心死了，桃子实惨。”

“我实名制抵制邢佑，还要点脸的话就赶紧自己退赛，别觍着那张脸恶心别人了。”

“我真的哭得眼泪都止不住，我们小桃究竟受了多少看得见看不见的委屈啊……”

“陶熠，想粉了。”

“花桔是什么恶心公司，以后每天一人一句‘大花桔今天倒闭了吗’？”

“别吵架了，我们的崽这么好，我们更要为了他团结一心努力投票，送他C位出道！”

……

总而言之，真相终于大白，陶熠得以平反昭雪，“黑粉”也不敢再吱声了，之前脱粉的那部分粉丝又默默爬了回来，而陶熠本人的善良品质和悲惨经历，又吸引了一波新粉。

与此同时，邢佑被全网嘲讽“博出位不成”，很快，节目组就紧接着发了一条微博，表示选手邢佑由于个人原因，选择退赛。

这其中的个人原因是什么，已经不必再解释了。

几天来憋着的一股怨气终于出了，陶熠粉丝扬眉吐气。

但秦楮杉却觉得这件事背后远没有表面上看起来这么简单。

邢佑一个存在感不高，靠着蹭镜头才勉强在一次次淘汰赛中存活下来的练习生，哪来这么大的胆子抹黑稳居出道位的陶熠？难道仅仅是为了自己博出位吗？

联想到后来飞快的媒体联动，可见邢佑只是这一盘棋中首发的那个小卒罢了。

苏遇帮陶熠说话不难理解，毕竟他背后是棠诗文化传媒，不怕得罪人，性子本来也直，大概率他是真的和陶熠关系很好。

但节目组之前对此一直不闻不问，怎么突然就转变了态度，站到陶熠这边了？

论坛上出现了各种真假不明的爆料，有人说这是一场花桔和棕熊的博弈，而陶熠身为“熊选之子”，最终赢得了这场战役。

还有人说，是同为唱作歌手的关熙爱惜陶熠的才华，看不得他无故受到这样不公平的待遇，才让节目组出面力挺他的。

秦楮杉越看越觉得心情微妙，不懂又纯又蠢的小孩怎么总是能被不分时间不分场合地疯狂拉入话题。

他暂时抛弃了这些乱七八糟的想法，接着思考整件事情的经过。

事情闹得沸沸扬扬，然而最脱不了干系的人，这一次却偏偏完全置身事外，甚至被所有人忽视。

前脚陶熠刚超过傅奕茗拿到了第一名，后脚就有傅奕茗的人下场抵制陶熠。

世上真有这么巧合的事情吗？

至少秦楮杉是不信的。

多少次了，那个人永远能在一系列大动作之后全身而退。

然而围观群众、路人和年纪小的粉丝们，并没有机会去了解这些，他们只能依靠通稿和营销号看到表面的“事实”，并没有深入了解背后真相的机会。

当然了，这一切也都只是秦楮杉的猜想罢了。

如果邢佑的背后真的是花桔的支持，那么很显然，陶熠动了傅奕茗的蛋糕，因此彻底惹怒了花桔。

如果真是如此，那么陶熠现在肯定已经和花桔完全闹崩了。

不仅失去了公司的支持，还将收获日后越来越多的明枪暗箭。

粉丝们常说的那句“哥哥只有我们了”，正好对应了当下的现实。

可其实，任何粉丝都不可能做到永远不离不弃，就拿这次全网黑来说，陶熠瞬间就少了一大批粉丝，如果不是后来逆风翻盘，陶熠必定会元气大伤。

无论何时何地，最靠得住的，永远只有自己。

秦楮杉不禁背后生寒，他不知道陶熠依靠自己一个人的力量究竟能走多远。

他忘不了当初第一次在机场见到陶熠的时候，他一个人孤孤单单的样子。

他是看着陶熠从默默无闻走到现在的人，那样的陶熠，他永远不想再看到第二次。

正想着，手机屏幕闪了闪，陈昕给他发来了新消息。

自从陶熠被抹黑之后，陈昕作为他的第一大粉，一直都指挥着后援会的广大粉丝，秦楮杉也不眠不休地战斗在反黑的第一线，两个人的聊天记录也一直都是关于如何有效危机公关的策略。

没想到这一次，陈昕居然没跟他说粉丝的事，“你最近有没有时间？《吾辈之名》节目组急招一个摄制组实习生。”

看到这条消息，秦楮杉的手不受控制地抖了抖。

要知道棕熊视频作为一家成熟、内部体系完善的视频平台，很少会招做事毛手毛脚的实习生。

陈昕又解释，原来她的一个小姐妹在节目组里做执行导演，摄制组一位扛相机的摄像老师家里的孩子生了急病，不得不回外地照看。节目组临时抽调不出人手，这才让他们最好通过内部关系介绍来一个靠谱的实习生，只需要负责最后几场公演的摄像工作。

舞台现场摄像是个技术活，没经验的干不来，所以节目组给这个实习岗位分布了最轻松的后台花絮工作，只要能扛、会用摄像机就行。

也就是说，实习生有机会和每一个选手近距离地接触。

秦楮杉赶紧答应下来，这下他和小桃在后台也算是有个照应了。

现在是大三下学期，他的课已经不怎么多了，参与现场录制不成问题。

他正计划着明天去公司报到签协议，就又收到了一条屁桃君的消息。

小妹妹很久没联系他了，想必也在为了这几天的事情发愁。

没想到对方一上来就突兀地问他：“闪哥，你希望陶熠下期唱哪首歌？”

秦楮杉反应了一下，这才想起来，这两天忙于反黑，都没来得及关注节目组发出的为选手挑选公演曲目的活动。

这个活动通过网上投票进行，由粉丝共同决定选手下一场公演的曲目。

陶熠粉丝为他投出来的曲目是《夜空中最亮的星》，这是一首经典的声乐曲目，又因为陶熠的粉丝名叫星光，也与歌词不谋而合。

对于陶熠唱什么，秦楮杉是不担心的，因为任何一个曲目交给陶熠，都必定能得到最完美的呈现。

他当时看了歌单，也就随手投了一票，不过选的并不是这首歌。

闪哥快闪：“《年少有为》。”

屁桃君 peach：“这首？”

屁桃君 peach：“唱给你前女友的吗？”

闪哥无语。

最新一期的节目里，公布了粉丝票选公演曲目的结果，没想到《夜空中最亮的星》这首歌太热门，组里超出了一个人，于是节目组让小组自行决定踢出哪名选手。

组里的练习生其实都想踢陶熠，原因也没别的，实在是他的声乐实力太强了，和他在一组表演，只有当绿叶的份儿。

不想陶熠实在善解人意，不等别的队友开口，就主动提出自己退出这一组。

至于最后陶熠重新选择了哪一组，则成了节目组留下的一个悬念，待到公演现场再正式揭晓。

秦楮杉一大早跟着节目组开会，拿到流程表，就暗暗吃了一惊。

陶熠居然真的选了《年少有为》。

他这张嘴怕不是开过光。

节目组开完简单的工作会议，分配了各组的工作，大家就忙着各就各位了。带秦楮杉的那位现场执行导演萧萧，就是陈昕的那个小姐妹，年纪很轻，对他也很照顾。

萧萧带着他熟悉了后台的环境，主要是选手的化妆室、休息室和备采室，这些都是花絮拍摄时的重点环节。

他们在化妆间核对了一番拍摄的路线，萧萧的对讲机忽然响了起来，于是她让秦楮杉先在原地等她，自己就急急忙忙地出门了。

没想到她前脚刚走，后脚化妆间的门就被人推开了。

秦楮杉下意识地看向门口，两个人就都愣住了。

陶熠居然这么早就来了。

陶熠见到他，显然也吃了一惊，他回头看了一眼，关上了化妆间的门，这才压低了声音问：“你怎么混进来的？”

秦楮杉一愣，哭笑不得道：“怎么就混进来了？我就不能是光明正大来的吗？”

陶熠这才注意到秦楮杉挂着的工作牌，他眼中闪过一丝惊喜，继而又不好意思地说：“原来你是来实习啊？我刚乍一看到你，以为你是混进来找我的……”

秦楮杉笑了笑，坦白道："差不多吧，反正来实习也是为了你。"

陶熠的脸色瞬间红了红，他刚要开口说些什么，外面就有人在喊他，秦楮杉于是给他比了个加油的手势，陶熠冲他点了点头，就出去了。

秦楮杉回味着刚刚自己说过的话，也没觉着有什么不对啊？怎么陶熠莫名其妙就害羞了？

大约是因为属水蜜桃的，皮儿薄，容易熟。

偌大的舞台上洒下冷色调的光，背景音乐的旋律婉转低沉，却又隐隐地透出一丝凄凉的意味来。

台上的少年穿着黑色的小西装，高挑的身材，俊美的面庞。

今天的这首歌音调低沉，连带着他整个人都变得沉稳了许多。秦楮杉从后台视角看着他，只觉得今天的他不再像个长不大的小孩子，而是个成熟的男人了。

"假如我年少有为不自卑，懂得什么是珍贵。那些美梦，没给你，我一生有愧。"

秦楮杉当初选这首歌，也不为别的，就是里面的几句歌词碰巧戳了他的心窝子。

年少有为，年少有为。

他多希望自己年少有为，能处理好屁股后面那一堆乱七八糟的家务事，能有机会追逐自己的梦想。

可惜他虽然年少，却碌碌无为。

这么想着，他的心里不免生出无边的落寞。

台上陶熠组演唱完毕，关熙走上了舞台，说："陶熠原本得票最高的不是这首歌，为什么最终选择来了这组？"

陶熠回答道："因为我知道有人想听我唱这首歌，所以我把它献给所有年少的人。"

说着，他抬起眸，那双星星般的眼睛里再度闪烁起点点光芒，"世界上其实没有那么多年少有为，所以不必为过去难以企及的事感到遗憾，更重要的是珍惜当下，并且永远不要放弃对未来的追逐。"

秦楮杉在后台怔了怔，他简直怀疑陶熠是不是听到了他的心声。

陶熠组已经下台了，秦楮杉赶紧过去跟拍。

把陶熠组一路送到采访间，里面有其他编导和摄像师负责后采，秦楮杉又抓紧时间往化妆间赶，等选手们回来卸妆。

他刚走到化妆间门口，里面就忽然出来了一个女工作人员，长得挺漂亮，打扮也不太像是一般的大学实习生。

他看着她总觉得面熟，想了半天，这才想起来，这是当初在机场接傅奕茗的时候，跟在他身边的那个关系匪浅的女助理。

一个节目组这么大，有些人还真是冤家路窄。

女助理一开门就看到他杵在门口，吓了一跳，“你在这干吗？”

秦楮杉指了指手里的三脚架，“等选手。”

女助理避开他往外走，边走边没好气道：“茗茗已经化完妆了。”

秦楮杉不禁在内心翻了个白眼，心道谁要拍他？真是一个赛一个的脸大。

没等一会儿，陶熠就率先从采访间里出来了，身后跟着他的男选管小郭。

秦楮杉赶紧跟着他们进了化妆间，架起机器准备开拍，就听陶熠有些抱歉地说：“稍等一下，我加个餐。”

然后就见小郭从化妆间的纸袋里拿出一个包装好的新鲜面包，递给了陶熠，对秦楮杉解释道：“演出完容易低血糖，所以每次都得先垫垫。”

秦楮杉不由得一笑，“孩子小，还长身体呢。”

陶熠听到他这句话，脸上闪过一丝羞窘又无奈的神色，却最终什么也没说，只是快速地拆了面包外的透明塑料纸。

也许是看到秦楮杉这边的三脚架已经架好了，怕他等得着急，陶熠一打开包装就干脆利落地咬了两口，秦楮杉刚想叫他慢点别急，就见陶熠的动作猛地一顿，脸上的表情忽然变得不对劲了。

秦楮杉还没反应过来，就见他伸手捂住了嘴。

下一秒，陶熠的手放了下来，身边的选管忽然惊叫了一声。

陶熠的嘴角满是鲜红的血迹，并且还在一股一股地往外涌，他皱着眉摊开手，只见面包里面是几根极细的长针。

秦楮杉感觉自己的整颗心都狂跳起来，他不受控制地冲过去，拿着一包纸巾拼命地擦拭着陶熠嘴角的血，然而那血却像开了闸一样，迅速地染红了大片大片的纸巾，却依然没有止住的意思。

旁边的小郭已经整个人都吓傻了，秦楮杉吼了他一句：“赶快去叫人！”

“口腔内壁、牙龈大面积创伤，伤口较深，出血较严重。目前已经做了基本的止血措施，现在患者口部还处于局麻状态，无法张口，二十四小时内不得进食，一周内只能进食温凉的流质食物。”医生站在病床前，飞快地签着单子，紧接着又补充了一句，“但是针上是否带有传染性病毒，还得通过下一步的检验才能得出结论。”

“浑蛋！”秦楮杉低声骂了一句，手里的拳头已经捏得青筋暴起。

忽然间，他就感觉到自己的拳头被人拉住了。

陶熠坐在病床上，抬眸望向他，由于不能开口说话，他只能安抚般地轻轻握了握秦楮杉的手。

病床另一边的人也都心情复杂，没有人注意到他们的小动作。总导演追问：“那等麻药劲儿过去了，能张嘴吗？”

医生摇了摇头，“张嘴就会牵拉伤口，因此在伤口彻底好之前，不能开口说话。”

总导演皱了皱眉，“可，可他是个歌手啊！”

医生抬眸看向导演，眼神里流露出一丝愠怒，“恕我说句不该说的，这种情况一看就是有人蓄意为之。都什么时候了，不查清楚事情的真相，还在这担心能不能唱歌？”

一旁一直沉默着的经纪人陈亮脸上的表情忽然不自在地一动。

导演被这一句怼得哑口无言，就见关熙接过了医生的单子，示意他们一行人跟他出去。

秦楮杉本来想留在病房陪陶熠，但他毕竟是现场的证人，好歹能提供一些当时的情况。

他跟在关熙他们身后，还是放心不下地回头看了一眼陶熠，就见陶熠也正看向他，注意到他的眼神，陶熠轻轻对他点了点头，示意他放心。

看着他那样的眼神，秦楮杉只觉得整颗心被人揪住了肆意揉捏，难受得几乎喘不过气来。

走出病房门，关熙冷声质问道：“怎么回事？”

小郭的声音仍然止不住地颤抖，“我、我今天就像往常一样，给、给小陶准备了他最常吃的那家店的面包，结果、结果就吃、吃出来……”

小郭说着说着就说不下去了，他的整张脸都皱在一起，泪水夺眶而出。

关熙的面容依旧冷峻，“面包还有别的人经手吗？”

小郭抽抽搭搭地说：“我，我买回来以后就放在化妆间了，以前，以前每次都是这样的，谁知道，谁知道这次……”

关熙倒抽了一口气，“给艺人入口的东西，你居然没有做到时刻看好，可以滚蛋了。”

小郭猛地哭出了声，就差给关熙跪下了，“关老师，求求你，节目组这么安全，我真的没想到会这样……这事传出去，我在这行就没法待下去了，求求你……”

没等关熙说话，导演就看向了一旁的秦楮杉。

关熙似乎是注意到了他的眼神，抢在他开口之前，质问秦楮杉：“当时你也在化妆间？”

秦楮杉愣了愣，点了点头。

秦楮杉在陶熠出事的时候，就第一时间想到了那个女助理，但是根据节目组此前的一系列操作表现出的立场，现在这里又围了这么多人，更何况花桔的经纪总监陈亮也在一边，他根本不可能说什么。

他抬眸看向关熙，只见关熙正直勾勾地盯着他的眼睛，电光火石之间，他似乎明白了什么。

他赶紧故作慌乱的表情，摇了摇头，“也不是我，我当时一直在化妆间拍摄，哪有空做这种事情？”

关熙怒道：“化妆间里连人都没有，你拍什么？”转头问导演，“摄制组新来的实习生，是不是？”

导演恍然大悟，“我就说他怎么看着面生，原来是萧萧带来的那个。”

这时，一旁一直未发一言的陈亮手机忽然响了起来，他接起来说了两句就挂了，对导演和关熙说：“公司紧急叫我回去汇报这件事，小陶在医院就交给你们了，这件事情，花桔一定会全力配合调查的。”

导演这会儿根本没空管陈亮走没走，劈头盖脸地质问秦楮杉：“小朋友，你现在可已经犯了法了，乖乖承认错误，这事咱们私了，否则报了警，就没那么简单了……”

关熙却出声打断了他：“你先带小郭去调当时的监控，我来问他。”

导演看了他一眼，尽管不太放心，但还是带着小郭走了。

待导演他们走远，关熙才低声道：“说吧。”

秦楮杉抬眸看着他，刚刚陈亮那副紧张兮兮的样子就让他觉得不对劲，这才和关熙配合在他面前演了一场戏。

尽管直觉告诉他关熙是个好人，但接连几次的事情，让他已经无法轻易相信陶熠身边的任何人了。

他想了想，试探性地问：“关老师，你怎么知道我……”

关熙说："我认识你。"

秦楮杉没想到他会这么说，他想起来自己当初在机场偶遇关熙的事情，又或许在这之前，当他还是余夏粉丝的时候，关熙就已经认识他了。

关熙又说："具体的细节我以后再告诉你，但现在你只需要知道，这个节目组可能只有你和我是真正愿意帮陶熠的人了。"

秦楮杉咬了咬牙，终于没有再掩藏自己愤怒的神情，"今天陶熠他们后采的时候，我看到傅奕茗的选管进了那间化妆间。"

关熙深吸了一口气，"我就知道。"

秦楮杉见这个猜想这么轻易地就得到了关熙的肯定，他立马意识到，看来关熙也知道傅奕茗对陶熠的那些小动作，这就证明自己当初的那些猜想都不是空穴来风。

秦楮杉瞬间握紧了拳头，"关老师，我知道节目组怕惹是非，但我只是个实习生，我不怕，我去网上曝光这件事，最后所有的后果让我一个人承担……"

没等他说完，关熙就冷笑了一声，"你怎么这么天真？曝光？你有证据吗？就凭着空口白牙，谁会相信你？你别忘了，现在你自己也是嫌疑人之一。"

秦楮杉又说："现在赶紧去查监控，应该还来得及。"

关熙摇了摇头，"如果是她的个人行为还好说，如果是和团队商量好的，你觉得他们想不到提前关监控吗？"

秦楮杉的心一沉，还是不甘心道："他们就是关也是关那一间屋子的摄像头，不可能所有场合都顾及，把所有监控翻出来一条一条地查，总能大概找出助理经过的路线。"

关熙叹了口气，"就算查出来又能怎样？"

他们心里都清楚，缺乏最关键的证据，他们就算知道了是谁干的，也没有办法证明。

更何况傅奕茗敢在节目组里动手，想必也早就做好了万全的应对措施。

监控没有拍到秦楮杉，一样没有拍到那个选管，没有人知道那个化妆间里究竟发生了什么，也没有证据能证明到底是谁换掉了那个面包。

今天晚上，但凡换个人来审秦楮杉，他都有很大的可能根本洗不清自己的嫌疑。

现在这种时候，他若是不作声，节目组可能还想不起他来。如果他敢贸然出头，简直就是给节目组提供了一只天然的替罪羊，他们最后一定有办法把锅扣到秦楮杉的头上。

秦楮杉垂着眸子，嘴唇咬得都发白了，半晌，他用近乎哀求的语气说："关老师，这件事真的……就只能这样了吗？"

他以为经历了这两个月来的种种，他对于娱乐圈里的一切手段都已经见怪不怪了，甚至早都想到了一千种陶熠被无耻抹黑、陷害的可能。

但是这一次还是远远地超乎他的想象，他们居然已经胆子大到在节目组里动手的地步。

下一次公演迫在眉睫，陶熠身为主唱，不让他开口，几乎等于抹杀他的一切。

他们的算盘打得这么响，没有留下任何证据，甚至如果不是秦楮杉恰好路过，整件事情连一个目击者都没有。

没有人知道是谁害了陶熠，而节目组为了名声，一定会把这件事死死地压下去，甚至根本不会传出去。

然后整件事情会沦为一桩没有定论的悬案，最后彻底被所有人遗忘。

关熙却依旧是淡淡的神色，"也许你觉得这件事已经可怕到超乎你的想象了，但是我告诉你，这对我，或者对陶熠来说，根本就算不得什么。这个圈子里藏污纳垢的事情，远远比这要肮脏得多，只是它们永远没有被你们知道的机会罢了。"

"就拿陶熠来说，你是不是觉得他不肯反抗，看起来很好拿捏？那我告诉你，反抗的代价是什么，是雪藏，是封杀，这并不是陶熠一个人的困境，而是所有练习生的现状。花桔手上拿着他十年的卖身契，说让他消失，那不过就是一句话的事情。"

秦楮杉觉得自己的大脑已经快要停止思考了，他木讷地道："难道……难道就不能把这些事情都曝光吗？公众至少是会站在正义的一边吧？"

"曝光？"关熙说，"就凭你去发几条微博？所有的媒体渠道都掌握在他们的手里，你忘了之前陶熠是怎么一次次被网暴的吗？花桔手上握着多少媒体资源，只要他们想，就完全可以颠倒黑白。"

"出了这种事情，他们的人肯定已经在连夜紧盯着网上的所有动向，只要有人发声，就会被按死在摇篮里。而你什么证据都没有，如果贸然出声，他们很快就可以掌控舆论的动向，把这口黑锅扣在你的头上，然后说成是陶熠和粉丝的自导自演，最终的目的是为了卖惨。你想想看，这个逻辑是不是一点漏洞都没有？"

"你以为公众是正义的吗？那是在他们了解事实的情况下，可是如果他们所了解的'事实'，其实根本就是真相的对立面呢？他们完全可以在自以为正义的情况下，变成手刃真相的刽子手。"

秦楮杉再也说不出话来了。

他感觉到自己浑身的血液都在一瞬间凉了个彻底。

一种油然而生的绝望和无力感，让他仿佛一瞬间被人抽走了全身的力气一样，整个人不由自主地往后退了一步。

关熙伸出手，扶了他一把，“你还年轻，不要凭着一时脑子冲动就妄想着搞什么大动作，最后只会适得其反。”

说着，他的眸子又冷了下来，“别说是陶熠了，花桔连我都不放在眼里。你不过是一个粉丝而已，要是真的敢出头，他们捏死你，就像捏死一只蚂蚁一样简单。”

说着，关熙叹了口气，“你们粉丝是不是都觉得陶熠不争不抢，太‘佛系’了？其实是你们太单纯了。别看陶熠年纪还小，但是他已经把这些看得很透了。”

良久，关熙说：“我现在回去查监控，别人我不放心，你在这里守着他，一会儿我的人就过来。”

秦楮杉咬着牙点了点头。

他明明有那么多的话想说，最终到了嘴边，却只剩下了最苍白的一句：“关老师，谢谢您。”

关熙轻轻摇了摇头，转身走了。

秦楮杉回到病房，只见陶熠还乖乖地躺在床上，脸上的表情平静无比，简直不像是刚刚经历了这么惊险的事情。

看着他这副模样，秦楮杉的脑海里不由得回荡起关熙刚刚的那些话。

陶熠难道想不到是谁干的吗？他就一点都不会生气吗？

他在花桔待了这么多年，曾经一定也是据理力争过的，但是事实告诉他，这样一点用都没有。

更何况还有无数反抗者的前车之鉴。

他的合约还扣在花桔的手里，那一纸十年的合约，就像是奴隶制社会的卖身契。

他但凡有一句话不听公司的，等待他的就有可能是事业与人生的毁灭。

比起这些，网络上的抹黑，或是几根短短的针，又算得了什么呢？

秦楮杉坐在他身旁的椅子上，半晌，才低低说了声：“对不起。”

当时看到那个女助理的时候他就应该想到的，但凡他多长一点心眼，都不会闹到这一步。

陶熠却对他摇了摇头，又好像还嫌不够似的，对他比画了几个动作。

陶熠这副样子实在让人心疼得要命，秦楮杉从口袋里掏出手机，递给了他。

看到壁纸是自己的照片，陶熠愣了愣，但还是很快打开备忘录，打了几个字。

秦楮杉伸手接过，只见上面写着：没事，已经不疼了，真的。

当时从他嘴里取出来的那几根针，整根都带着鲜红的血迹，秦楮杉简直难以想象，尖锐的针头猛地扎进肉里的时候，该有多疼。

可陶熠当时居然只是微微地皱了皱眉。

现在，他还反过来安慰他，告诉他没关系。

秦楮杉简直觉得那几根针就直挺挺地扎在了自己的心上，狠狠地戳出了无数个窟窿，刹那间鲜血四溅，让他几乎都感觉不到痛了。

他简直不敢想象，如果这几根针一不小心被陶熠吞了下去，会产生什么样的后果。

针的检测结果还没有出来，他更不知道，如果针上被检测出来带着传染病毒的话，他又该怎么办。

半晌，他叹了口气，用微不可闻的语气说："傻孩子。"

陶熠却听到了，他对秦楮杉露出一个淡淡的安抚般的微笑。

他脸上的舞台妆还没有卸，今天的妆化得很淡，再加上刚刚处理完伤口，他的整个嘴唇都有些发白，显得那笑容更加清淡，仿佛一阵风就能吹散似的。

秦楮杉不忍心再看他，错开了眼神。

见他的一只手还在打着消炎针，秦楮杉说："你活动不方便，我帮你卸妆吧。"

医院里也没有卸妆水，他只好把毛巾打湿，拿来给陶熠擦脸。

陶熠乖巧地闭上眼睛，像个小孩子一样，任由秦楮杉一点一点地擦去他脸上的妆渍。

这张无比熟悉的俊美脸庞就近在眼前，秦楮杉只觉得整颗心都抽搐般地疼了起来。

曾经他以为自己已经是芸芸众生中足够悲惨的一个了。

直到他遇见了眼前的这个小孩。

公司以最不堪的方式让大家认识他，一个人被丢在机场，再之后，是一次次地被抹黑、被造谣，被抹杀一切应有的成绩……

这一次，居然不惜用这样恶毒的方式去伤害他。

而以后，不知道还会有什么更可怕的手段在等着他。

秦楮杉明明知道这一切的幕后真凶，可是他却什么也做不了，这种无能为力的感觉，让他从心底生出一种深深的绝望与不甘。

这种绝望感，他只有在几年前，目睹秦富贵被追债的人围在家门口打得头破血流的时候经历过。

后来，他努力地让自己的心长成了一颗石头，再也没有什么人和事可以轻易地撼动他。

可是他没有想到，这颗石头在眼前的这个人面前，骤然碎成了一片废土。

他感觉到自己的眼前泛起一阵水雾。

这种太久不曾体会过的陌生情感，让他一阵慌乱，他赶紧闭上眼睛，然而已经来不及了。

有什么东西就这样不受控制地掉了下来，直直地落在了陶熠的脸颊上。

几秒钟后，他感觉到一根手指在自己的背上轻轻游走。

是陶熠在写字。

他屏住呼吸，努力地感受那两个字。

陶熠对他说：别哭。

等秦楮杉再醒来的时候，发现自己还坐在陶熠病床旁边的椅子上，上身趴在陶熠的床边，身上披着他公演时穿的舞台装。

他赶紧坐起身来，陶熠不知道什么时候已经醒了，正出神地看着他，见他醒了，给他用手机打了一行字：昨天晚上你睡得太沉了，就没忍心叫醒你。

秦楮杉努力地扯出一个笑容："谢谢。"

他把陶熠的舞台装叠好放在一边，看了一眼表，时间正好是清晨。

他收拾了没一会儿，关熙的人就来了，还把他们公司的人直接塞进了节目组给陶熠做选管，是个看起来乖乖巧巧的女孩子。

秦楮杉跟她交代了几句，就跟着他们回去做笔录了。

医院的检测结果也出来了，所幸，针上面没有什么病毒。

等秦楮杉再回到宿舍的时候，已经是第二天的深夜。

李勒不知道去哪儿鬼混了，刚好，宿舍里只有他一个人，也省得他还得伪装。

他坐在书桌前，整个脑袋都空空的，有一种虚脱的感觉。

几分钟后，他掏出手机，在打开微博的那一瞬间，他甚至有些期盼能在这里看到什么节目组的爆料，最好能向所有人揭露傅奕茗的行径。

然而，还是什么也没有。

微博上依然一片平静，粉丝们甚至还不知道陶熠昨晚经历了什么。

当然，所谓的平静只是相对的。

原来是今晚的公演播出后，最新排名结果公布，陶熠又重新回到了第二名。

秦楮杉无奈地笑了一声，陶熠要是还能保持第一才是见鬼了。

接近决赛，陶熠的粉丝都更加兴奋了，一心想送他 C 位出道。

没想到都已经这么努力了，最后却只换来了这样的结局。

于是有人开始质疑之前集资用于打投的站子们，他们的站子也未能幸免，陈昕及时出具了款项明细，才勉强少了一些骂声。

而那些没有及时出具明细的站子就惨了，粉丝们的失望转化为怒火，到处都是“对家卧底”“贪污犯”的声音。

秦楮杉却已经无心再去看这些了。

他不用想都知道投票是怎么一回事，对方有团队下场，无论他们把陶熠投到多高的位置，对方永远都能压他们一头。

爱豆现在躺在医院，粉圈却为了投票打破了头。

秦楮杉一时间觉得讽刺无比。

上至万人追捧的偶像，下至规模庞大的粉丝群体，也不过分分钟就被人玩弄于股掌之间。

他退出微博，一不小心点开了手机的备忘录。

里面还写着陶熠之前打给他的话：没事，已经不疼了，真的。

秦楮杉的心口不由得再次冒出一阵尖锐的痛楚。

陶熠永远都是这样，无论受了多大的委屈，都不会吭一声，却反过来安慰别人，让别人别替他担心。

他就好像一点小小的火星，在每一次好不容易冒出一点火苗时，就迅速地被烈风扑下去。

却从来不曾被熄灭。

秦楮杉多希望，这一点星星之火，有一天能够倔强地燃烧成一片燎原之势，在无边的黑夜之中，熠熠闪光。

一定会有那一天的。

他在心里对自己说。

Chapter 13　燎原

“练习生陶熠由于严重的咽炎失声，这段时间不能开口说话，希望大家能够多多照顾他。”

导演的扬声器放下后，现场的练习生都是一片惊愕。

总决赛前的最后一次公演在即，陶熠身为主唱，居然发生了这样凑巧的意外，实在是时运不济。

看到镜头照向自己，陶熠微笑着摆了摆手，示意自己没关系，请粉丝们不要担心。

他完全可以想象得到，后期里的这一段，大概会和几名选手的后采片段剪辑在一起，包含着大家对他表达的遗憾与祝福，体现出整个《吾辈之名》大家庭的温暖与团结。

与背后的事实相对比，还真是讽刺无比。

总决赛前的最后一次公演是导师合作舞台，节目里仅剩下的三十五名选手，五人一组，分别与七名导师合作完成表演。

其他几名导师的队伍都很抢手，唯独关熙的队伍寥寥几人。

倒不是关熙不受欢迎，而是因为他是导师里唯一的唱作歌手，对编曲能力和声乐能力要求都很高，再加上关熙其人不苟言笑，要求严厉，所以崇拜归崇拜，但没几个选手真的敢选他。

很快，抽签筒里跳出了数字“2”，轮到陶熠了。

同样身为唱作歌手，在此之前，所有人都猜到陶熠会选择关熙，但现在陶熠意外失声，大家都理所当然地认为他只能选择舞蹈导师了。

没想到陶熠还是毫不犹豫地选择了关熙。

众人都有些惊讶，尽管关熙出身男团，一样是唱跳双担，但肯定是以声乐为主，舞蹈为辅。

等到所有选手分组完毕，公布各组表演曲目时，录制现场一瞬间鸦雀无声。

关熙组的歌曲是 *Twinning*。

坊间传闻中，余夏与关熙的“分手曲”。

那是在他们双人组合解散前的最后一场演唱会上。当时双方粉丝和组合的粉丝，两两之间都是势如水火，尽管组合解散已成定局，但双方粉丝依然不依不饶，组合粉则不愿意看到两人就此分开。

偌大的舞台上，两个人跳到这首歌里最经典的一段双人舞时，余夏忽然毫无征兆地晕倒了。

关熙一个人撑完了后半场演唱会，可想而知，几方粉丝都被这个突发状况逼疯了。

余夏当时已经进了剧组拍戏，抽空和关熙准备巡演，因此余夏粉丝指责关熙不肯早点放余夏单飞，一直拖累着他，这才让他累到昏厥。

关熙粉丝则说巡演是公司的安排，余夏自己轧戏，不认真准备，导致在台上昏倒，破坏演出效果，还要让队友“背锅”。

而对于组合粉，或者说是团粉而言，双人组合的最后一场演唱会，不仅没有画上一个圆满的句号，还以这样不堪的方式收尾，心情可想而知。

于是演唱会结束后，当天就上了热搜，几方粉丝大战了几天几夜。

再后来，网上流传出了种种八卦，内容总结下来，大体说的都差不多。两人路线不同，早就想要各自单飞了，迫于公司的要求才做了最后一次巡演。但二人早就形同陌路，因此谁也没有为演唱会好好排练。

总之，二人不和的消息仿佛得到了证实，一夜之间传遍了整个网络。

在那之后，再也没有人在舞台上表演过这首歌。

陶熠跟着其他组员来到练习室，分配唱词和位置。

由于失声，陶熠理所当然地负责舞蹈部分，和关熙合作那一段双人舞。

他可以想象，这一场公演结束后，网络上又将掀起一场怎样的腥风血雨。

但这是节目组给的剧本，他没得选择。

不过也是最后一次拿剧本了。

这一次公演结束后就是总决赛，按照目前他稳定在第二的排名来看，出道是肯定的。

但出道以后呢？

他现在已经把花桔得罪透了，如果继续留在那里，除了团体的活动外，他将不会有任何曝光的机会，而限定团解散后，迎接他的只可能是雪藏。

他必须找机会出逃。

然而如果解除花桔和他签的合约，花桔一定会狮子大开口地向他讨要一笔巨额的违约金，又有几个下家会有这么好的心肠呢？

目前来看，唯一的办法就是成立个人工作室，然后慢慢还债。

可是无论是人力还是财力，他现在都是一无所有。

今天的录制结束了，摄像师傅收了相机，关熙就让选手们回去休息，明天一早再来排练。

但那段双人舞还没有编排完，于是陶熠和关熙两个人又留下加练。

陶熠不能开口说话，关熙话也不多，但两个人对舞台同样认真负责，效率也很高，很快就完成了 *Twinning* 中双人舞的全新改编。

关熙气喘吁吁地靠着墙席地而坐，陶熠默默地给他递上了一瓶水。

关熙接过瓶子，扭开喝了大半，“傅奕茗把他的女助理辞退了。”

陶熠微微一怔。

他早想到傅奕茗最终会甩锅，没想到行动这么快，大约是那天节目组查监控的时候，就察觉到了什么。

关熙又说：“他的后台太硬，一般人动不了他。花桔你是待不下去了，找好下家了吗？”

陶熠愣了愣，他没想到关熙会突然说起这个，也没想到他会以如此随意的语气问出这个问题。

他诚实地摇了摇头。

关熙问他：“你想做专业歌手吗？”

这是无数爱豆都会被问到的问题，但也许绝大部分人内心的回答都是：不。

无论是机会、流量、酬劳、受众、市场等各个方面，歌手都远远比不上演员。这也是为什么大多数偶像在成名之后，都会逐渐向影视方面转型的。

但是关熙没有。

陶熠当然也一样。

无所谓是或非，只是关乎个人道路的选择，只要符合自己的内心，那便都是好的。

单属于他们的这份孤注一掷的执拗，大抵来自心底对音乐永不熄灭的热爱。

关熙说：“夏至音乐虽然成立的时间不长，但公司里有才华的年轻人很多，大家一心做音乐，没有那么多乱七八糟的事情。”

夏至音乐传媒公司是关熙工作室的团队成立的，主要做唱片发行，由于是新公司，目前阶段成熟的艺人除了关熙，也没几个。

关熙又说：“艺人经纪方面，会给你成立个人工作室，但编曲和制作，一定都是国内顶级的团队。”

陶熠没有再点头或摇头，他握着笔的手紧了又紧，半晌，在手上的歌词单上写下几个字：谢谢您。

关熙摇了摇头，“谢我做什么？你有才气，又自带流量，请你来我们这座小破庙，高兴还来不及呢。”

过了一会儿，关熙喝完了一瓶水，又问：“陶熠，你多大开始做练习生的？”

陶熠在纸上写下数字“14”。

关熙点了点头，“和我差不多。”

他又问：“谈恋爱了吗？”

陶熠吓了一跳，他没想到曾经严格遵守“恋爱禁止条例”的关熙会问出这个问题，他赶紧摇了摇头。

关熙忽然笑了，“你不用紧张，我就随便问问。”

他摆弄着手上已经空了的矿泉水瓶，说：“现在经历的这些，或许已经让你觉得非常黑暗了。但我想告诉你的是，这个圈子里见不得人的事，远远比这还要多得多。这里多的是陷阱，当然也多的是诱惑，所以无论任何时候，都千万不要迷失自我，一定要守住自己的底线。”

关熙的眸子里翻涌起一种陶熠从不曾见过的复杂情绪，末了，他又低声补充了一句：“一定要努力守护好自己珍视的人。”

陶熠看着他，无比郑重地点了点头。

关熙忽然抬起眸来，“是不是很好奇，我为什么总是对你说一些莫名其妙的话？”

陶熠没想到关熙会这么直接地说破，于是轻轻点了点头，但其实他不用问，也能猜得到答案。

关熙坦诚道："因为一个人。"

陶熠不知道余夏和关熙之间到底发生过什么，但他知道，一切绝对不像网上的传言那么简单。

关熙久久地凝视着前方，像是陷入了某种渺远的回忆之中。

就在陶熠以为他还会说点什么的时候，关熙却摆了摆手，"今天就到这吧。"

"现场的各位创始人们，大家晚上好！这里是我们总决赛前最后一次公演的后台，选手和导师们正在做最后的准备，很快就要与大家见面啦！"

距离公演开始还有一个小时，台下的粉丝已经整齐就座。现场的大屏幕上正在实时转播着后台探班的内容，引得台下尖叫连连。

秦楮杉将摄像机稳稳地扛在肩头，萧萧拿着话筒在一旁做解说："前面就是一号化妆间啦，猜猜看现在是哪位小哥哥正在化妆呢？"

萧萧上前敲了敲门，没想到看似锁紧的门实际上只是虚掩着，她这么轻轻一敲，门就开了。

只见傅奕茗猛地从椅子上站起身来，狠狠地将面前瘦小的女化妆师一把推了个趔趄，"缺心眼？你刚给陶熠上的妆不是挺好的吗？怎么换到我这就变成这个样了？卡粉卡成什么了，你就打算让我这么上台？"

傅奕茗之后说的话简直不堪入耳，萧萧已经吓得愣在了当场，秦楮杉反应快，赶紧拔掉了直播线路。

傅奕茗这才看到门口的他们，他神色一变，"怎么回事儿？拍到了？"

秦楮杉赶紧摇了摇头，"没有，我掐了。"

傅奕茗闻言立马露出嫌恶的表情，"谁让你们进来的？滚出去！"

萧萧机械性地点了点头，迅速地带着秦楮杉出去，关紧房门。

这边的对讲机已经响起来了："萧萧！刚怎么回事？现在赶紧来演播室！"

等他们马不停蹄地赶到演播室时，里面已经围了一大片人。

他们一进门，导演就猛地冲了过来，"你们怎么干活的！现场直播，不知道大厅里粉丝都看着呢吗！"

萧萧吓得脸色惨白，"我提前就跟选手沟通过，会到化妆间直播，没想到，没想到他……”

导演怒道：“这么严重的直播事故，我看你们是不想干了！”

秦楮杉表面上虽然低着头，但其实一直在默默观察着演播室内众人的表情。

经历了上回女选管给陶熠的食物里藏针的事情之后，秦楮杉觉得现在傅奕茗再做出多么令人发指的恶行，他都不会再感到震惊了。

然而刚刚在节目组里，他居然如此明目张胆地用那样的污言秽语辱骂一名女性工作人员，甚至一点都不怕对他本人的形象造成什么影响，足以见得他平日里的气焰有多么嚣张。

秦楮杉以为平时傅奕茗在镜头前演得那么好，后台多少也应该要装一装的，没想到他已经肆无忌惮到了这个地步。

想来多半是因为傅奕茗现在已经把陶熠当成了死对头，刚刚那位女化妆师才给陶熠化完妆，又正好撞在了他的枪口上，于是莫名其妙地戳到了他那根“肺管子”。

反观导演组，出了这样的事，分明就是选手自身的问题，他们不但没有一个人去责怪选手，第一反应居然是责骂实习生，也是让人大跌眼镜。

看来傅奕茗在后台这样做不是一回两回了，节目组包庇他也不止是这一天两天了。

刚刚出了这么大的事情，节目组竟然还有心思训他们两个，而不是赶紧去处理直播事故，就说明并没有造成很大的影响。

果然，一旁的现场组组长劝道：“也别骂孩子们了，刚要不是他俩反应快，真播出去了才是真的完了。”

由于后台直播和现场大屏投放之间存在一分钟左右的延迟，而刚刚一录到化妆间内的场景，秦楮杉就第一时间切断了直播线，因此这一段内容最终并没有播放出去，只是现场大屏幕上的直播忽然停止，被现场组解释为直播信号意外中断。

到了这时候，秦楮杉的心里才后知后觉地生出一丝后悔。

如果刚刚他没有下意识地切掉直播线路，而是任傅奕茗发飙的场景暴露在现场的粉丝们眼前，后果会是什么样？

他和萧萧会吃不了兜着走，这是肯定的。

但是与此同时，傅奕茗一直以来用心良苦塑造出来的人设，也会在顷刻间崩塌。

孰轻孰重，一目了然。

然而这样的机会不会再来第二次。

他头一次为自己一直以来引以为傲的反应能力和对摄像机的驾轻就熟感到万分的懊恼。

但再仔细一想，以傅奕茗那样手眼通天的能力来说，即便是真的暴露在演播大厅，那也只有现场的几百个粉丝看到了，并没有展示在大众面前，想必他还能运用各种手段颠倒黑白。

导演骂归骂，但直播信号不能一直中断，片刻后，他们又重新回到了后台。

傅奕茗的那间化妆间已经飞速地上了锁，这之后的后台直播也无比顺利。

最后一间化妆间里坐着陶熠，他已经做好了妆发，微笑着面对镜头打了个招呼。

萧萧在镜头外解释道："我们的小桃由于严重的咽炎，这段时间一直处于失声的状态，现场的'星光们'一定也心疼得要命。但是放心，小桃一定会努力好起来的，期待他今晚呈现给我们的精彩舞蹈表演！"

秦楮杉举着摄像机的手臂不由得抖了抖。

他拼命地按捺住内心起伏的情绪，听一旁的萧萧跟粉丝们告别，结束了后台探班直播。

萧萧的对讲机又响了起来，她交代秦楮杉一会儿记得拍选手的上台准备环节，就一阵风似的跑出去了。

秦楮杉走过去把门锁好，转身问陶熠："好一点了吗？"

陶熠点了点头，指了指演播大厅的方向，皱着眉，大概也是听说了刚刚的直播事故，问他有没有什么事。

秦楮杉笑了笑，"没什么大事儿，不用担心。"

只是我差一点就能替你出那口恶气了。

秦楮杉还要去准备上台拍摄，不能逗留太长时间，于是对陶熠说了声"加油"，陶熠冲他露出一个温暖的笑容。

总决赛前的最后一次公演采用了现场直播的形式，舞台上的拍摄画面都会被实时转播在网络平台上。

或许是为了播放量考虑，要吸引屏幕前的观众坚持到最后，节目组特地将最受瞩目的舞台留在了最后。

毕竟在节目组公布公演曲目的当天，*Twinning* 就在网上掀起了一波火热的讨论，曾经男团组合的一番恩怨情仇，以及如今的撞脸选手，也被拿出来大炒特炒了八百遍。

这一次不仅仅是关熙和陶熠的粉丝，就连广大“吃瓜”路人都在关注着这首承载了太多故事的歌。

秦楮杉扛着摄像机站在台下，脑海中不由得浮现起几年前，关熙和余夏的最后一场演唱会。

当初也是相互陪伴多年、惺惺相惜的搭档，怎么说分道扬镳，就真的形同陌路了。

分明是那样光芒耀眼、集万千宠爱于一身的巨星，怎么会做出那样不堪的举动，落得那样落魄的下场。

台上，两人的副歌已经唱完，篇幅不短的间奏下，聚光灯集中在舞台中央，照出两个颀长的身影。

那是一段双人镜面舞。

舞台上，两个人的动作完全一致，方向却完全相反，每一个小小的动作都卡得精准无比，没有丝毫出入。

完美得仿佛同一个人。

Twinning，一体双生。

舞蹈停在最后一个动作，大屏幕切到了特写。

左边的少年神色一如往昔的安静而淡然，而右边年轻的导师，胸膛微微地起伏着。

音乐逐渐停息，台下响起雷鸣般的掌声。

现场的所有人都注意到，舞台最前方的大屏幕上，关熙那双一向如琉璃般冰冷淡漠的眸子里，竟然涌出了一颗晶莹的泪珠。

秦楮杉内心五味杂陈，有些不自在地从大屏幕上移开了目光。

今天他负责的所有拍摄都结束了，他从演播大厅的后门进入后台。

路过一号化妆间时，他忽然发现，在走廊对面正对着一号化妆间的位置，有一台三脚架，上面架着一台摄像机。

由于没有摄影师把控，它又处于角落里，根本没有人留意。

但对于摄像机非常熟悉的秦楮杉，一眼就注意到了这台机器下方，闪烁着一个极其不打眼的黄色小点。

这台摄像机，一直是开着的。

也就是说，开场之前一号化妆间里的情景，也许都被它的镜头完完整整地记录了下来。

秦楮杉四下张望了一番，飞快地从摄像机里抠出内存卡，紧紧地握在了手心里。

内存卡冰冰凉凉的，却很快被他发烫的手心捂得灼热。

这或许是他最后的赌注了。

时间已经是深夜了，坐在回学校的出租车上，秦楮杉打开微博，在热搜上看到了一个足够吸引眼球的词条：傅奕茗被爆后台骂人。

什么情况？难道已经有人比他先行了一步？

秦楮杉点开了词条，然而现实却让他的希望瞬间落空。

茗茗的茶妹：傅奕茗被爆后台骂人？这是什么莫名其妙的无证据造谣？谁不知道我们茗出了名的对人有礼貌，就这样还要被莫名其妙的爆料泼脏水，我们最好的漂亮哥哥这是又挡了谁的道呢？

“还能是挡了谁的道呢？大家都知道，但大家都不敢说罢了。”

“随便一个自称是工作人员的爆料也能上热搜。”

“节目组出直播事故还要把锅推给别人？甩锅就算了，也没见过这样造谣式甩锅的呀！”

……

原来是直播结束后，有人在论坛上爆料傅奕茗在直播过程中后台骂人，这才造成节目组当场停播。

然而这条爆料没有任何证据，被傅奕茗粉丝追着骂了几条街，上了热搜以后，广场上也全是傅奕茗粉丝的澄清，夹杂着对陶熠的不满和辱骂。

秦楮杉看着微博，想起了当初关熙在医院里对他说的那番话。

果然，这样的爆料又有什么用呢？

今天的直播事故发生之后，傅奕茗的团队肯定早早就在网上严阵以待了，团队估计也提前通知了粉群，用的肯定是“哥哥太优秀，今天又要被小人搞了，大家一定要澄清谣言，维护好广场，毕竟哥哥只有我们了”这样的话术。

秦楮杉的内心不禁一阵冰凉，但当他摸到口袋里的那张内存卡时，又感觉到浑身的血液重新沸腾了起来。

虽然他只有一个人的力量，但是毕竟这一次与之前都不同，经过了这么多次磨砺，他总算懂得了要及时保存证据这个最为重要的道理。

如果这个视频真的录下了那一切，这就是傅奕茗在后台骂人的证据，到了那个时候，傅奕茗的团队又会用什么方式来辩白呢?

然而等秦楮杉回到宿舍，还没来得及查看那条视频，热搜榜上就已经迅速地换了一番天地。

热搜第一：“关熙、陶熠。”

xx吃瓜：今晚的《吾辈之名》导师合作公演直播，关熙和陶熠同组，选的歌居然是 *Twinning*，两人跳了经典的双人镜面舞，关熙当场泪洒舞台……

“关某人这么作又不是一天两天了，克死前队友还不够，人死了还不忘蹭热度。”

“陶熠有事吗? 当初就是捆绑余夏上位，现在还要消费死者，真的恶心。”

“我寻思着这舞是申请专利了吗? 除了关熙和余夏别人还不能跳了咋的。”

“我们小桃弟弟公演前失声，没有办法才只能全程跳舞，已经都这么惨了，还是不肯放过吗? ”

“讲道理，谁也没逼着你桃选关熙啊? 你桃明明可以去舞蹈组，还不是自己要选关熙……”

“剧本和歌都是节目组安排的，这明显就是节目组故意炒作吧，你们要骂骂节目组，放过这两人吧。”

……

然而尽管有粉丝在据理力争，广场上还是出现了一大批“高贵路人”，不出意料又是骂声一片，紧接着的几条微博，又把关熙和余夏当年的那些爱恨情仇翻了个遍。

秦楮杉翻了几条，翻来覆去就是那几套说辞，他又一一点进去看了好几个账号名称，果然，“路人”群体中，夹杂着不少来路不明的账号。

然而网民根本不会留心去区分水军，大多数人都是听风就是雨。而这样带有故事性的八卦又往往最容易吸引人的眼球，搜索“吾辈之名”的实时消息，“黑粉”忙着骂街，粉丝忙着解释，路人忙着“吃瓜”，总之全都在讨论这件事。

至于有关傅奕茗后台骂人的那条爆料，本来就没什么水花，现在早就已经没什么人关注，从热搜榜上消失了。

这一波转移视线，真是足够天衣无缝。

秦楮杉内心冷笑了一声，从口袋里摸出了那张摄像机的内存卡，插到了电脑上。

打开里面的文件的那一瞬间，秦楮杉的心也不受控制地跟着怦怦跳了起来。

果然如他所料，这台摄像机从下午开始就一直是开着的，而又因为正对着一号化妆间的房门，正好把傅奕茗骂人的经过拍得清清楚楚。

看着这段视频，秦楮杉的手不由自主地有些颤抖。

但他还是努力地抑制住自己内心波动起伏的情绪，熟练地打开剪辑软件，把这一段视频剪了出来。

每天目睹着各种八卦的诞生，见过太多大明星的人设崩塌，秦楮杉从未想过，竟然有一天，会轮到他亲手搞出一个大新闻。

他想了想，还是先拨通了陈昕的电话。

陈昕没等他开口，就说：“我都听说了。”

秦楮杉知道她指的是直播事故，但他想说的当然不是这些。

他深吸了一口气，努力地保持着冷静的语气，“我弄到了那段视频。”

对面忽然间噤了声。

陈昕不用问都知道他是什么意思。

视频一旦被曝光，一定会引起轩然大波。

花桔尽管擅长控制舆论，但那是在双方都没有什么真凭实据的情况下，但如今的这条视频，是比任何空口爆料都要硬的武器。

这条视频若是换了别人，也许还没有那么大的杀伤力，但是傅奕茗不同。

傅奕茗是靠人设吸粉的爱豆，更何况如今还正在参加比赛。

如果真的能顺利曝光的话，他之前那些辛苦经营的人设会在一夜之间崩塌。

更严重一点，舆论的压力甚至有可能顷刻间把他压垮。

总决赛在即，到了那个时候，秦楮杉别的不敢妄言，单论这个C位，就算傅奕茗有通天的手段，怕也难以维持住他的第一名了。

秦楮杉交代陈昕："你负责组织粉丝，等我在论坛发帖以后，就抓紧时间扩散和联动。大半夜的，花桔盯着论坛的人应该不多。"

他们虽然只是一群小粉丝，搞不出什么大动作，但是只需要抛出一颗火星就够了。

至于是否真的能引起一场燎原的大火，就看上天会不会再适时地添一阵东风吧。

半晌，陈昕问："你真的想好了？他们不会放过你的。"

秦楮杉没有说话。

当时见证那段直播事故的本来就没有几个人，他又是刚刚好参与录制的摄制组实习生，这个定位简直太精准了，节目组不用查都可以想到是他干的。

更何况，如果这段视频成功地被曝光，他爆料的通信地址也肯定会留在网络上，傅奕茗的团队想要顺藤摸瓜地找到他，绝对不是什么难事。

真的到了那个时候，他要付出的代价，就绝对不只是丢一份工作这么简单了。

以傅奕茗那样睚眦必报的性格和他们团队手眼通天的能力来说，等待他的，或许是他根本无法想象的后果。

然而秦楮杉还是微不可闻地叹了口气，继而坚定地道："马上就是总决赛了，这是陶熠的最后一次机会，如果真要等到傅奕茗C位出道，一切就来不及了。"

陈昕的声音有些颤抖，"拿你自己的前途去换他的前途？你觉得值得吗？"

秦楮杉微微一怔。

值得吗？

所有追星的人，被问到的最常见的问题，或许就是值得吗？

付出自己的青春，去追随一个远在天边的陌生人，值得吗？

奔波在各种各样的前线，忍受着种种风吹日晒，只为换来长焦镜头里那一张相隔甚远的脸，值得吗？

没日没夜地打榜投票，做各种各样的动员，为破除网上流传甚广的谣言，剪出一条条视频，截出一张张动图，整理出一篇篇图文并茂的长微博，以至于已经下意识地将那个人说过的每一句话都熟记在了心间……

这不是秦楮杉一个人的日常，而是很多追星族都曾经经历过，或者正在经历的。

这一切，究竟值得吗？

秦楮杉沉默了半晌，忽然笑了，“没有值得不值得，只有情愿不情愿。”

他不过是个一直挣扎在万丈淤泥里的人罢了，却在命运的偶然下认识了一个干净得仿佛不染纤尘的人，让他忽然间惊觉，原来在那样无边的黑暗里，依然会有人，如同星星一样，固执地散发出微弱的光芒。

那光芒于他而言，是救赎，更是希望。

所以这一次，当他清楚地知道那个人正不幸身处泥潭，而他或许就是能够拉他一把的那只手时，还谈什么值得与否呢？

挂了电话，秦楮杉打开八卦论坛，熟练地开了个讨论帖，取了一个足以惊爆眼球的标题，然后上传了那段视频。

发表成功。

黑暗、肮脏与污浊，最终都属于我，你什么也不用担心，甚至什么都不需要知道。

只需要带着所有人的希望，一直发光就足够了。

清晨，所有娱乐网站、都在讨论着一条惊人的消息：一直以来以温暖谦逊、积极阳光的正面偶像形象示人的《吾辈之名》热门选手傅奕茗，居然被拍到在后台出言不逊、满口脏话，甚至动手打骂化妆师。

视频拍得非常高清，连声音都录得很清楚，粉丝想欺骗自己都找不到理由。

身为一个男艺人，居然这样欺负一名女性工作人员，这件事早已经不只是简单的娱乐圈问题了，全网的群众都愤愤不平，更有不少从前根本不认识傅奕茗的网友谴责。

“天哪？这个嘴脏的，令人震惊。”

“化妆师姐姐是女孩子啊，居然直接上手推？我一个不追星的都要被这个人气死了！”

“这就是那个传说中的《吾辈之名》C 位吗？我吐了。”

“骂人还不忘提陶熠，他是有多恨陶熠……”

“真的绝了，看节目的时候还以为他是什么美貌暖男……没想到原来是演技好。”

“花桔选这么个人做太子，真是臭到一起去了。”

“看完这个我真的粉丝滤镜彻底碎了……居然还给他投过票，我真是瞎了眼。”

“视频清晰度这么低，音质模糊，怎么就证明是傅奕茗？”

“对家为了黑他真是费尽心机啊，连视频和音轨都能造假，服气。”

“我是瞎了吗？这种人居然还有粉丝在帮忙说话？妹妹，说真的，我怜爱你了，都被他的洗脑手段洗成傻子了。”

……

尽管流量巨大的傅奕茗粉圈已经有不少人开始脱粉，但也有不少粉丝还在负隅顽抗，说视频是断章取义，故意拿来抹黑。

傅奕茗团队虽然表面上没有任何动静，但实际上私下里却反应迅速，出动大批人马，称视频内容不全，背后真相不得而知，此时带节奏者其心可诛。

他们大约也花了不小的价钱，一条一条地撤着热搜，等到了下午时，除了粉圈内部还在讨论以外，热搜榜上居然已经看不到这条新闻的踪影了。

这事虽然在最初曝光时掀起了一番小风浪，但傅奕茗本质也还是一个没有出圈的节目选手，团队配合着剩余粉丝不断地辩解，这事的热度也就这么下去了很多。

秦楮杉一刻不停地刷新着各大门户网站，心中不禁感到越来越失落。

果然，想要凭借这么一条视频让他彻底露出真面目，还是不太现实。

关熙说的一点都没错，他还是低估了花桔的能力和手段。

秦楮杉只好安慰自己，至少从目前来看，总决赛马上就要来临，现在网上的舆论闹得正凶，节目组怎么说也不至于让这样一个被曝光道德问题的艺人C位出道。

就算傅奕茗和花桔真的恬不知耻地买到C位，以目前网上的风评来看，怕也只会被人当靶子，搞不好，连带着《吾辈之名》节目组和即将出道的男团都会受到牵连。

没想到的是，到了傍晚，一个自称傅奕茗前女友的账号登上了微博热搜。

前女友发了一条几千字的长微博，里面说，她和傅奕茗当初在国外认识，后来为了方便谈恋爱，她就被傅奕茗带到了花桔，进入了他的内部团队做助理。

紧接着傅奕茗参加了《吾辈之名》，她就被傅奕茗带进节目组做了选管。

第三次公演结束后，她受傅奕茗指示，偷偷换掉了陶熠的食物，并且往里面塞了几根长针，陶熠果然口部受伤，影响了接下来的比赛。

她以为自己圆满完成任务，傅奕茗会更器重自己，没想到节目组似乎对自己的所作所为有所察觉，于是傅奕茗转眼就把自己辞退拉黑。她忍无可忍，只好到微博上来曝光这个心狠手辣的渣男。

这条微博一出，举众哗然。

但很快就有粉丝说她专门选在这个时间点出来发微博，就是为了蹭热度，说的事情也太过离谱，更何况她什么证据都没有，简直就是在编故事。

于是前女友又发了几张照片，全是她和傅奕茗的各种大尺度照片。

同时她还放出了自己和傅奕茗的聊天记录，曝光了傅奕茗很多不为人知的恶行。

据前女友的说法，傅奕茗私下里就像在视频中展示的那样，性格暴躁、目中无人，同时还极其花心且薄情，和她在一起的时候，不止一次地脚踏数只船。

微博热搜再次被全面引燃，这一次，热搜第一终于“爆”了，词条是“傅奕茗藏针”。

“我真的震惊了……我一个从来不追星的，甚至连陶熠是谁都不认识，但是看到藏针那一段，我都泪流满面了……真的不敢想象这是真的……”

“天哪，熠奕生辉难道不是官推组合吗？我瞎了……”

“节目组有事吗？连选手的人身安全都保障不了就不说了，知道真相以后居然一直隐瞒，还留着这个祸害这么久，你们的良心都被狗吃了吗？”

“我曾经真的以为只有在电视剧里才会看到这样的情节……”

“这个傅奕茗真的太可怕了，这么阴险歹毒的人是真实存在的吗？”

“我隔着屏幕都觉得要疼哭了，事到如今除了心疼陶熠以外，我真的什么想法也没有。”

“怪不得之前说陶熠咽炎失声，其实是因为嘴巴受伤对不对！”

“我真的想不通，这个人都做到这一步了，为什么经纪公司和节目组还会这样护着他……他怕不是后台大得吓人吧？”

“怪不得之前陶熠一次次被搞……真的心疼得要哭了……陶熠摊上这么一个人真的是倒霉透顶了。”

“认识陶熠的第一天，本路人已经成功被虐到了，我这就去给他投票。”

“终于明白什么叫木秀于林，风必摧之了。难道优秀也是错吗？我的桃……

呜呜……”

“这个人放在现实中也是极品吧？说实话，我更心疼傅的粉丝，为他真情实感地投票，没想到他背地里干这种恶心事……”

“当初人设立得有多完美，现在就有多让人大跌眼镜，今天早上傅粉还在垂死挣扎呢，现在都没人出来说话了……真是让人怜爱了。”

……

谁都无法相信，镜头前关系亲密的官方组合，私下里的真实关系居然到了这样剑拔弩张的地步。

傅奕茗的粉丝更加无法接受，一直以来贩卖完美偶像人设的“爱豆”，居然是一个如此表里不一，甚至心肠歹毒的人。

再后来，网上又有人扒出了傅奕茗的家底，原来花桔娱乐最大的股东韩青，就是傅奕茗不同姓的亲姐姐。

陶熠的粉丝知道了节目组所谓“咽炎失声”的真相，心痛无比。再联系此前的“初 C”之争、压票事件、队内霸凌的污蔑等，一切真相都跟着水落石出。

一时之间，全网原本没有看《吾辈之名》的追星女孩和“吃瓜群众”，纷纷对一直以来被打压的陶熠表示万分的同情和怜爱，陶熠的票数在一天之内蹿到第一，比现在排名第二的傅奕茗高出了一倍多。

半夜十二点，《吾辈之名》官方发了一条微博，宣布花桔娱乐练习生傅奕茗由于个人原因，选择退赛。

广大“吃瓜群众”喜闻乐见，纷纷转发表示实乃善恶有报，提前恭喜陶熠拿回了本该一直属于自己的核心位。

秦楮杉原以为自己只是曝光一个视频，让傅奕茗人设崩塌就够了。

没想到紧接着就引出了这个前女友，这是他无论如何都不曾预料到的变数。

这一点本来就已经足够令人震惊了，然而秦楮杉万万没想到的是，一场大戏到了这里，居然还远远没有结束。

正所谓“得道多助，失道寡助”，更何况是花桔这种早就把自家艺人的粉丝和对家艺人的粉丝得罪了个遍的公司。

如今的花桔，正是墙倒众人推，鼓破万人捶。

粉丝、“吃瓜群众”，再也没了任何顾虑，纷纷下场，想要趁着这个万人唾骂的时候来添一口唾沫。

韩青的股东身份被发现出来以后，各大八卦论坛中，花桔娱乐公司开始不断地被“扒皮”，很多花桔艺人的粉丝开始你一言我一语地曝光花桔曾经对旗下艺人的压榨。

开始还是资源分配严重不公、和节目组串通后台控票、不平等的合约等内容。

再后来越挖越深，查出了艺人因为不满公司而被雪藏，甚至有不少艺人被公司欺骗、出卖……种种下三烂的丑闻，在网上引起了疯狂的讨论。

不知道是从哪里冒出了越来越多的爆料人和爆料信息，花桔的丑闻越来越多，条条都骇人听闻。

深夜，各大网站的八卦版依旧热闹无比，微博热搜榜上将近一半的内容都与花桔有关，热度之高，史无前例。

那一串惊爆眼球的词条后面，一大片红红黄黄的“沸”字、“热”字，蔚为壮观，直到第二天清晨都没有消失。

一天之内，花桔股价暴跌至冰点，市值瞬间蒸发数十亿元，资产严重亏空。

第二天一早，花桔娱乐进行危机公关，发布声明称公司连夜进行临时股东大会，一致同意进行股权变更，韩青退出所持有的花桔娱乐所有股权。

韩青作为傅奕茗的亲姐姐，又是花桔的大股东，在这次事件中可以说是点燃了公众情绪的重点人物，也因此被骂得最狠。

花桔显然想把所有责任都推到她的身上，让她做这只替罪羊，但真情实感的网友们根本不买账，花桔的这一决定，远远不足以平息众怒。

花桔其余艺人的粉丝达成了空前的一致，与正义的群众联合起来，仍在源源不断地进行声讨，来势汹汹。

谁也无法想象，从一次后台的直播事故，到一个新晋爱豆的人设崩塌，又牵扯出一次恶毒的陷害事件，直到最后，是一家王牌偶像经纪公司的轰然坍塌。

直到第二天晚上，这劲爆的剧情依然被人口口相传，津津乐道，堪称选秀圈、爱豆圈，乃至整个娱乐圈的年度第一大戏。

这一切的效果简直超乎秦楮杉的预期，他万万没有想到的是，自己这一颗小小的火星，居然最终会燃成这样一片燎原的大火。

凭借他对媒体的敏感度来判断，这个过程中起到一锤定音作用的人——傅奕茗的前女友，选择在这个最关键的节点冒出来，一定不是巧合。

傅奕茗虽然不怎么聪明，但不至于傻到窝藏这么一个祸患，简直就是给自己埋了一颗定时炸弹。

而且前女友的这条爆料一经发出后，很快就被全网通稿推送，速度之快，甚至连许多顶级流量都难以望其项背。

傅奕茗就算在《吾辈之名》里人气再高，但放到整个娱乐圈里，不过只是一个参加节目的选手，这个圈之外甚至没有几个人认识他。

如果任由这条微博自由扩散，尽管足够有爆点，但绝对不会达到现在这个速度。

秦楮杉大胆猜测，傅奕茗在辞退前女友之后，必然是打一巴掌再给一个甜枣，给了不少封口费，才能让她心甘情愿地离开。

只是没想到背后又多出了另一股势力，出了更大的价钱买通这位前女友。

这个前女友想来也不是个省油的灯，肯定当初就想到了要留后手。因此即便是在和傅奕茗分手后，她手里依然悄悄掌握着那么多的证据，才使得这些证据能在关键时刻，比如现在，派上用场。

傅奕茗前女友的事刚刚发酵没多久，韩青和傅奕茗的关系就忽然被揭露，各大八卦论坛出现的一系列对花桔旧闻的深挖和谴责也如同雨后春笋般地冒头，桩桩件件，板上钉钉。

不知道是不是谋划已久，但无论如何，必定不会是偶然。

在幕后操纵这一切的人又是谁呢?

陶熠?

显然不可能，他只是一个毫无背景的练习生，不然也不可能被花桔压迫了这么久。

关熙?

可是他亲口跟秦楮杉说过，花桔根本连他都不放在眼里，他显然也不可能有这样通天的手段。

花桔在娱乐圈里树敌无数，或许是他们从前得罪过的人也未可知。

毕竟对于秦楮杉这样的小粉丝来说，真正的幕后大佬和被资本操控的真相，必然是他们这些浮于表面的人永远不可能了解到的。

无论如何，这一场持续了几个月的大戏，终于以一个让人喜闻乐见的结局落幕了。

这样就够了。

秦楮杉已经来不及细想这一切了，他终于关掉了持续工作三十多个小时的电脑，精疲力竭地爬上了床。

刚准备关机，手机忽然震了震。

《吾辈之名》节目组那个四百多人的工作总群，从他加进去以后就没有人说过一句话，这时忽然冒出了一条来自总导演的消息。

“摄制组实习生秦楮杉，蓄意造成公演现场重大直播事故，明天不用再来了。”

“棕熊视频已经向全行业发布公告，以后别想在这行混下去了。”

这一条是他早就算准了的，事实上他已经做好了迎接比这更可怕的后果的准备，没想到后来引出了一系列大新闻，让傅奕茗和花桔无法招架，现在估计也没有处置他这只小虾米的精力了。

其实何止是混这行，就连陶熠的粉丝群，他也不可能再待下去了。

他毕竟是上过热搜，留过“案底”的人，如果不彻底消失在娱乐圈和饭圈，迟早会有人发现，那个造成公演事故的实习生，那个在论坛上曝光傅奕茗骂人视频的人，是陶熠的粉丝。

这些事都是他一个人做的，他必须全身而退，才能不给陶熠留下任何日后可能爆发的定时炸弹。

秦楮杉看了一眼后援会发给站子的总决赛入场券。

终于可以看到你站在那个金字塔的顶峰了。

就让我再送你最后一程吧。

《吾辈之名》的出道总决选，在全申城最大的文化演艺中心里举行。

偌大的场馆内容纳了上万人，无数粉丝举着灯牌手幅，尖叫呐喊，见证着一支未来即将开启国内偶像新纪元的男团的诞生。

这样大的阵势，秦楮杉见得并不少，但这却是他第一次坐在如此前排的位置，距离舞台那样近。

总决赛的舞台也比先前公演的大了不知道多少倍，整个场馆顶部的每一个角落都分布着各色的聚光灯，将偌大的舞台照得绚烂辉煌。

就在今晚，进入最后一轮比拼的十五名选手，将竞争最终的七个出道名额。

而网络投票的第一名，将成为男团的核心位。

虽然此时此刻，核心位已经毋庸置疑，出道位的名次也已经基本奠定，但位居边缘的几名选手，依然在做着最后的努力。

场内骤然间灯光全暗，舞台上，一束巨大的白色追光亮起，舞台中央的升降台上，缓缓地出现十四名少年。

而他们的身后，是参加《吾辈之名》节目的全体练习生。

上百名练习生穿着主题曲录制时的统一制服，排列成为一个硕大的三角形阵，而在三角形最前端的，是那个亚麻灰色头发的少年。

他额前的中分刘海蓬松地环成一个桃心，双眸璀璨若繁星，薄唇上勾起一抹淡淡的温柔笑意。

久违的主题曲音乐响起，台下的尖叫声逐渐平息。

秦楮杉一时间有些恍惚。

还记得自己第一次在手机上看全体选手的公式照时，一眼就从上百张面孔里看到了他。

凑巧在机场接到他时，他对着自己的镜头闪过的那一丝惊喜的笑意。

主题曲发布的时候，他一样像现在站在C位，却承受着来自全世界的恶意。

跨年夜的晚上，他们隔着一道铁栅栏分享那一片初雪，和他在身后悄悄比的那颗桃心。

第一次公演的舞台上，他扮成童话里的王子，在舞台上看到台下的自己时，眼睛里闪过的灿烂光芒。

被“私生”围堵时，自己拼命挡在门口，他在身后撑着的那双灼热的手。

大年三十的晚上，自己站在那个与世隔绝的小岛上，接到的他的电话。

彻夜难眠的医院里，他在自己背上写下的“别哭”。

他认识陶熠，分明只有短短三个多月的时间，却漫长得仿佛过了半生。

主题曲唱罢，练习生们又为创始人献上全新的合唱曲目。

舞台旁边的大屏幕上出现了这首歌的名字：闪闪。

词曲：陶熠。

秦楮杉的目光微微一怔。

聚光灯照亮舞台中央，让我为你轻声地唱，抚平深夜里不为人知的伤。

闪光灯映你眼角泪光，点亮万千灯火辉煌，赠予毫无保留的爱与疯狂。

不知怎么的，秦楮杉竟忽然对这个曲调生出一种似曾相识的感觉，仿佛在哪里听过，可又怎么也想不起来。

你曾穿越大海汪洋，只为手握一束光芒。我亦历经长夜茫茫，因为你才学会发亮。

秦楮杉的脑海里不由得浮现起无数回忆，单反相机里的上万张照片，站子微博里每周更新的高清图片。

你在车水马龙里流浪，我在浮光掠影中远航。我们奔赴不同的方向，我们怀抱共同的信仰。

纵使逆流而上，依然坚定勇往。纵使人海茫茫，何惧天各一方。

在更多看不见的地方，有无数粉丝熬着夜为他投票，他在每一次遭受非议时默默地发着一条条澄清或支持，一下下地点着举报。

你在远方，你在心上，赠我星空，予我朝阳。

你是漫天，闪烁星光，在我胸膛，灼灼发烫。

有人说，追星是一场盛大的单恋，但其实，哪里有毫无保留的天长地久。

任何爱，总是因为双向的给予，才足够让人感动。

一曲终了，台下已经哭成了一片汪洋。

秦楮杉看着站在最前方的那名少年，鼻腔不由得有些酸涩。

忽然间，台上的陶熠像是受到了某种感应一样，目光看向台下他的方向，良久。他那双星星般的眸子里，流露出极深的笑意。

周围瞬间响起一片尖叫声。

秦楮杉知道，他之所以看向这边，是因为这里聚集着一片声势浩大的粉红色灯牌，陶熠想不注意到都难。

但他还是默默地骗自己，也许陶熠真的看到他了呢?

最后两场竞演舞台结束，大屏幕上开始播放整季《吾辈之名》的回顾。

尖叫、汗水、欢笑、泪光……这个舞台上，留下太多值得铭记的回忆。

秦楮杉最初在《综艺节目研究》的课堂上谈起这档节目的时候，也没有想到有一天，自己会有机会参与到这场规模庞大的盛会中，成为其中渺小的一分子。

他更没有想到，当初在机场偶遇的这个爹不疼娘不爱的小屁孩，有一天能够这样光芒耀眼地站在舞台中央，收获来自四面八方的掌声与尖叫。

所有看得见的苦都不是真正的苦，那背后看不见的不公，才真正让人心疼。

还好，他都一步一步地走过来了。

何其有幸，他见证了他的成长。

大屏幕上开始公布出道选手的名字，一阵心跳过后，第七名顺利诞生，练习生向台下致意，然后转身，走上了背后那个璀璨耀眼的金字塔。

然后是第六名、第五名、第四名、第三名……

公布到了最后两个人时，圆台上站着陶熠和苏遇。

苏遇比第一次来的时候长高了一点，也沉稳了不少，尽管脸上还是天真烂漫的笑容，但已经不再是当初那副年幼无知的小孩子模样了。

关熙宣布了第二名的结果，尽管这个结果早在几天前就已经是尽人皆知了。

苏遇在致辞过后，特意转过身，给了身旁陶熠一个最深的拥抱。

选手们挥洒着热泪，粉丝们在台下尖叫、哭泣。

这个舞台仿佛一个巨大的修罗场，但它也是所有人梦想开始的地方。

终于公布到了第一名。

大屏幕上出现了一个光辉璀璨的名字：

陶熠。

台下一瞬间掌声雷动，尖叫声几乎将整个场馆掀翻，放眼望去，四下里皆是一片粉红色的海洋。

陶熠走到话筒前，说："还记得去年的十二月，我坐上了飞往申城的飞机。"

说着，他仰起头，环顾四周，"这里于我而言是一座陌生的城市，身边甚至一个熟悉的人也没有，而网络上正充斥着铺天盖地的、不好的声音。

"但就在那天下了飞机以后，我遇见了一个人，他告诉我，世界上还有许多支持我的人。说起来你们也许不相信，但那却是我十九年的人生中，第一次收获完完全全的、没有任何顾虑——或者说没有任何目的性的支持。

“那时候的我，处于距离梦想最遥远的时刻，但我没想到，原来并不是所有的事物都在阻碍着我，原来我也可以是被无条件支持的那一个。

“所以我想要对所有在追梦路上挣扎的人们说，无论到了什么时候，都请千万千万不要放弃，你要相信，世界上总有人会支持你，当你足够努力的时候，就一定会遇到那样一个人，在最艰难的时刻，给予你难以想象的莫大力量。”

全场的尖叫声到达了顶峰，场内整齐划一地喊着陶熠的名字。

秦楮杉坐在台下，久久说不出话来。

他第一次感觉到，原来自己于他而言，并不是一无是处。

陶熠说完了感谢的话，与队友们依次拥抱，最后终于一步一步地走上了金字塔阶梯的顶层——那个属于他的位置。

空中飘下一段段的彩带，聚光灯为他颀长的身影镀上一层淡淡的金辉。他仿佛一位战场上凯旋的王者，身披所有的荣光。

满场都回荡着他的名字，满眼都是粉红色的海洋。

秦楮杉的内心在激荡过后，终于后知后觉地流露出万分的不舍。

他知道，今夜过后，这个少年，就将成为这支备受瞩目的偶像男团中的C位。

他将成为新一代的“流量爱豆”，然后成为横扫各大榜单和盛典的偶像歌手，再以后，或许会成长为一名用实力说话的音乐人。

但这一切，都将和秦楮杉没有什么关系了。

扶上马，送一程，又一程。

可送君千里，终须一别。

往后的路途，愿你鲜花着锦，前程坦荡。

原谅我，做了你名副其实的三月粉。

秦楮杉登录微博，发送了早就已经拟好的关站公告。

Chapter 14　一无所有

“各位老师好，我叫秦楮杉，是申城大学传媒学院大三的一名学生，擅长摄影，同时熟练掌握 PS、PR、AI 等设计软件，大学期间的相关作品已经随简历发送到邮箱，希望老师们能给我一个实习的机会。”

名牌大学高才生，形象好气质佳，谈吐自信，技能多，重点是作品质量非常之高，简直难以相信是出自一名二十岁的年轻人之手。

光影摄影工作室里，坐在中间的中年男面试官向秦楮杉投去赞许的目光。

他刚要开口，就忽然被身旁年轻的女面试官打断了：“你是不是参与过《吾辈之名》节目组的摄制工作？”

秦楮杉看着她质询的眼神，不动声色地点了点头。

男面试官恍然大悟，“我说名字怎么有点熟悉，就是造成直播事故的那一个吗？”

秦楮杉看了他一眼，没有说话。

男面试官的脸色瞬间变了，“简历写得倒是好看，蓄意造成直播事故，这么重大的工作失误你怎么不往上写？”

秦楮杉问：“贵司是摄影工作室，与直播节目有什么必然联系吗？”

男面试官哼了一声，“别说棕熊已经下达全行业公告了，就是他不发，你这样心怀鬼胎的人，又有哪个公司敢要？”

这已经是今天的第四次面试了。

每一次都是以同样的理由被拒绝。

秦楮杉原本以为自己只是被影视综艺行业封杀，没想到连摄影工作室都不肯要他了。

他学的是传媒专业，可如今整个行业都不让他吃这碗饭，那他还能做什么？

秦楮杉自嘲地笑了笑，脑海里忽然回响起过年回家时，同乡大叔说的什么“给镇口刷小广告”。

他走出摩天大楼，天色已经黑了，又是一天的晚高峰，错综复杂的高架桥上，成千上万的车辆川流不息。

不远处的申江对岸就是几百米高的电视塔，它是申城的地标，仿佛是这个东方的经济中心向全世界最高调的宣告。

三年前，他从偏僻落后的小岛来到这个流光溢彩的都市，幻想着能够在这里闯荡出一番天地。

可让秦楮杉没有想到的是，申城这么大，却容不下一个小小的他。

电视塔旁边的金融大厦上忽然一闪，投屏变成了一张熟悉的脸。

Ours 吾辈少年团队长——陶熠

依然是俊美中带着一丝清冷的面容，投放在全申城最瞩目的大屏上，来往的行人都看到了他的面孔和名字。

秦楮杉能看得见他，可是他们之间又离得那样远，隔着一条宽阔的申江。

他们仿佛天上璀璨的星星和地上渺小的行人，即便彼此遥相呼应，却永远隔着千丈银河、万粒尘埃。

他曾经以为他们离得足够近，到头来不过都是幻梦一场。

他就近找了一家快餐店坐下来，久违地打开了微博。

站子的关站公告下充斥着各种各样的留言：

“发生什么事了？神仙站子为什么突然要走啊？”

“站哥别走啊！熠闪是桃家最大的站子，你的镜头没了，哪里还有绝美的小桃。”

“虽然去留与否都是个人自由，但是这一路经历了多少坎坷，好不容易陪着他走到今天了，闪哥难道就不想见证日后越来越优秀的小桃吗？”

秦楮杉一条也没有回复，默默地退出评论区，又登上了他的个人账号。

这边也有不少未关注人发来的私信，他都没打开，只点开了私信列表里屁桃君的消息，果然也和大家问的差不多。

屁桃君 peach：发生什么了？

秦楮杉本来也不打算回复，但想了想，毕竟这个妹妹是最早让他认识陶熠的人，想了想，还是回了一句：小桃是很好的偶像，值得你们永远陪伴他走下去。

发完最后的这句话，他就点击卸载了微博。

一切都结束了。

饭圈和现实，其实从来都是互不相通的两个世界。

很多人在饭圈指点江山、叱咤风云，然而回到现实世界中，却依然是一个普通人。

断掉网线，甚至连最基本的生存问题都解决不了。

他不是陈昕那样吃穿不愁的“白富美”，他没有任何可以挥霍的资本，他甚至来不及去过好自己的人生。

人在一无所有的时候，总归是要务实一点的。

至于那个星星般璀璨而耀眼的人，以及这一整个冬天的神奇际遇，就当是上天馈赠给他的礼物吧。

秦楮杉随便填饱了肚子，刚打算走，手机又响了起来。

电话那头响起稚嫩的声音：“哥，是我。”

秦楮杉温柔道：“嗯，怎么了？”

“没什么事就不能给你打电话了吗？”秦朵儿黏黏糊糊地说，“想你了呗，你在干吗？”

秦楮杉不由得一笑，“在给你赚下学期的学费。”

秦朵儿善解人意道：“哥，你要注意身体，不要太累了。”

“好，”说着，秦楮杉忽然想起了什么，“老东西最近有来过吗？”

秦朵儿那边不说话了，半晌，才支支吾吾道：“来了……”

秦楮杉的心立刻揪了起来，“然后呢？”

秦朵儿说：“然后我就按照你告诉我的方法，大吼大叫，把邻居都喊出来看他。”

秦楮杉的心放下了一点，问：“那他走了吗？”

“后来是走了……不过，不过走之前……”秦朵儿的声音越来越小，“还扇了我一巴掌。”

秦楮杉的心仿佛被猛地一击，咬牙切齿道：“浑蛋。”

他做梦都想把这一巴掌扇回去，可是秦福贵常年混迹在各种地下赌场，根本找不见他的人影，就连他回家要钱的频率也没个定数，秦楮杉想要保护娘俩，也是有心无力。

似乎是感觉到了他的怒火，秦朵儿赶忙说：“但是很快就有邻居大婶骂他了，所以他就没有打妈妈，哥你别担心……”

电话那头忽然传来母亲的声音：“朵儿，跟你哥打电话呢？”

母亲走过来接了电话：“阿闪，最近一切都好吧？”

秦楮杉答应了一声，又问：“你们呢？钱够用吗？”

母亲的语气里带着些无奈：“怎么每次开口都是钱不钱的，这两个月你爸都没从我这儿拿着，你就别操心了。”

秦楮杉说：“那就多给朵儿买点好吃的，别苦了孩子。”

母亲忽然想起了什么，“说起这个，朵儿马上就小学毕业了，送她去县里上初中吗？”

秦楮杉坚决否定：“县里的教学质量怎么能行？至少也得去市里。”

母亲叹了口气，“市里的学校排场大，住宿费、书本费、生活费，样样消费都不低，身边的孩子也都是城里长大的，到时候每个月又是一笔不小的开支……”

秦楮杉说：“多见见世面是应该的，朵儿是女孩子，不能让她在同学面前抬不起头来。钱的事你不用担心，我马上就找到正经实习了，每个月发工资的那种。”

母亲的声调明显地因为惊喜而提高了不少：“是吗？能在申城稳定下来啦？”

秦楮杉信誓旦旦道：“嗯，你就放心吧。”

挂了电话，他脸上的笑容才逐渐消失。

他一个已经被自己本专业封杀的人，到哪儿去找每个月发工资的实习去呢？

一路走来，二十年的人生中，他身上千斤重的担子从来不曾卸下来过。

可从前，即便前路再迷茫，却始终有一束指引着他的光。

没想到到头来，他依然是两手空空，孑然一身，甚至连这最后的一点光芒，如今都不配再拥有。

“这也太少了，给我满上。”

热闹的烧烤大排档上，秦楮杉摇晃着手里的酒杯，冲李勒不满地嘟囔着。

李勒一脸糟心地看着眼前的醉鬼，“祖宗，你今天都喝了多少了？这可是白酒啊。一会儿要是彻底醉成一摊烂泥，可没人扛你回去。”

秦楮杉豪迈地笑道：“放心，我千杯不醉。”

他端着酒杯要和李勒碰，李勒赶忙拨浪鼓式地摇了摇头，秦楮杉于是自顾自地又猛灌了一通。

他喝得太猛，再抬起头时，眼角都被辣得有些发红。

他却不管不顾，冲着李勒指了指远处的金融大厦上的投屏，“看着没，我的崽。”

李勒哼哼笑了一声，“隔了这大老远，你眼神真好。”

秦楮杉得意洋洋道：“那可是，我跟你说，幼儿园里一百个小朋友里，我都能一眼瞧见我的崽。”

李勒又说：“哦，那你的崽现在在哪儿呢？怎么把你一个人扔在这喝闷酒？”

听了这话，秦楮杉的嘴角露出一个惨淡的笑容，“我的崽，他现在不需要我了呗。”

李勒随口问：“他为什么不需要你了？”

秦楮杉闭上了眼睛，“因为我是个废物，我什么也没有，连自己的家人都保护不了，你说，我还算个男人吗？”

李勒没想到他的话题会忽然换了方向，颇有种失败中年男子感慨人生的感觉，不由得有些同情地拍了拍他的肩膀，“谁说咱是废物了？咱可是正儿八经的好男人。”

秦楮杉却说得没完了：“连家里人都管不了，还追星，他是大明星，可我就是个路人甲，连提鞋都不配……”

李勒原本无意与醉汉纠缠，就是随口和他拌两句嘴，没想到这人还越说越凄惨了，于是赶紧安慰他：“那你认识他的时候他也还是个路人甲呢，他要是真把你当朋友，就更不能因为出名了就抛弃你啊，你说是吧。”

没想到秦楮杉忽然一把搂住了他，嘴里号了起来：“崽啊，为了你，我做什么都不后悔……”

旁边桌上的人都瞬间移来了目光，仿佛在看一位可怜的单身父亲。

李勒想秦楮杉大小也算个校园红人，这会儿喝多了撒酒疯，要是让人认出来了，今晚的论坛又该疯了，搞不好给他整出个什么未婚生子的八卦，又得流传个一年半载。

等他明早起来回过神，不得拎起菜刀把自己给剁了。

想到这，李勒赶紧把他的头摁到自己肩上，把他的脸挡了个严实，“乖乖，咱不哭啊，你的崽肯定还需要你。”

正说着，秦楮杉裤兜里的手机忽然震了起来，他终于停止了撒泼丢人，看了一眼屏幕上的名字，喃喃道：“你说对了，我的崽果然没有抛弃我。”

说着，他接起了电话：“我好想你啊。”

那边似乎觉察到了他的不对劲，问：“你怎么了？你现在在哪儿？”

秦楮杉笑了起来，“你不用知道我在哪儿，你只要知道爸爸爱你就够了。”

“又开始说胡话。”李勒实在没眼看了，从他手上一把夺过了手机。

“喂，那谁，他的崽啊，你可管管这酒鬼吧，他搁这儿撒了一晚上酒疯了。”

那边顿了片刻，问：“你们现在在哪？”

李勒仿佛找到了救星似的，“就在申大旁边那个烧烤摊上，你知道的吧？”

挂了电话，李勒把手机还给秦楮杉，“你看，我就说你崽儿还要你吧，一句话就来了，对你可真好。”

肩上的人没反应。

李勒把他扶正了一看，这人居然说睡就睡着了。

他只好无奈地把手机塞回秦楮杉的兜里，又让他趴在桌子上，稍微睡得舒服点。

没一会儿，烧烤摊不远处就停了一辆车。

烧烤摊本来也不是什么高大上的地方，来的都是附近的学生，有车忽然停在这里可是件稀奇事，周围的人都有意无意地将目光投向这里。

李勒忽然想起来，陶熠现在大小也是个明星了，随便露头怕是会引起不小的麻烦。

他赶紧拿秦楮杉的手机给对方打了个电话，确认是他的车后，他就把秦楮杉连拖带拽地送了过去。

车窗摇了下来，李勒有些吃惊，“你自己开车来的？”

陶熠点了点头，从车里打开了副驾驶的门，“麻烦你了。”

李勒把秦楮杉塞进了车里，关上了车门，“没事。”

陶熠发动了车，刚准备把车窗摇上去，就见李勒忽然又扒住了车窗。

陶熠于是扭头看向他，就见他脸色有些犹豫，“那个，可能我一个外人不该插手你们的事，但是……”

听到这话，陶熠愣了愣，但没有立马反驳，还是由着他说了下去。

见他的神色间没有流露出不满，李勒才接着道：“他这一路陪着你走到现在，也挺不容易的，你说是吧？秦神在我们学校，那也是多少人的男神……咳，看他今晚这难受的样子，你可不能因为成了大明星，就对他不好啊。”

他说这话的时候，陶熠的脸上红一阵，白一阵，半晌，他才向李勒郑重地保证：“你放心，我绝对不会辜负他的。”

副驾驶座上的秦楮杉还沉沉地睡着，陶熠径直把车开回了自己的公寓。陶熠停好车后，看了他一眼，觉得他一时半会儿怕是醒不过来，于是下了车，把他往公寓里扶。

可惜这人睡得不省人事，根本走不了路，陶熠想了想，还是抓住了他的手腕，几乎是把他双脚离地地背上了楼。

陶熠知道他尽管平日里故作老成，其实也只比他大一岁，一样是少年人的样貌和身材，这时候睡着了，安安静静的，才透出与年龄相符合的稚嫩和柔软来。

这一段短短的路走得无比漫长，总算进了家门，陶熠先帮秦楮杉脱了外套，把他轻轻放在沙发上，然后起身打算给他倒杯水。

没想到他刚要走，衣角就被人攥住了。

秦楮杉睡了这颠簸的一路，没想到这会儿终于安稳到家了，他忽然又醒了。

只听他迷迷糊糊道：“别走。”

陶熠小心翼翼地握住了秦楮杉的手：“我不走。”

秦楮杉似乎是放心了一点，但很快又把陶熠的手放开了，“算了，你还是走吧。以后我不能陪着你了，你一个人一定要照顾好自己。”

听到他这句话，陶熠这才想起自己今天给他打电话的目的，瞬间有些气不打一处来，“谁让你走了？跟我打过招呼吗？”

然而秦楮杉就像没有听到他的话一样，接着喃喃道：“如果还有坏人欺负你，你一定要跟我说，我就是拼了命也要护着你……”

听到这句话，陶熠的心又不由得软了下来。

他不知道该说些什么，只好安安静静地打量起眼前少年的面孔来。

肩膀还没有他宽呢，却偏要逞强，想要一个人背起所有的千斤重担。

陶熠小声道：“你也不怕被压垮。”

红毯上，陶熠穿着一身剪裁熨帖的高定西装，大步流星地走过媒体区，成功地引发一波又一波的尖叫。

秦楮杉蹲在地上，举着相机，朝他喊道："小桃，看这里！"

陶熠不屑地瞥了他一眼，问："你谁啊？"

秦楮杉愣了愣，"我是你闪哥啊。"

陶熠摇了摇头，"不认识。"

说着，他头也不回地消失在了镜头里。

……

秦楮杉猛地睁开了眼睛，抹了一把额头上的冷汗。

居然又是个无比真实的噩梦。

他呆滞地望着天花板，一秒钟后，终于发现了一丝不对劲。

精美的吊顶灯，宽敞的卧室，柔软的大床……

不对，这是哪啊？

随之传来的一阵剧烈的头痛帮他唤起了部分缺失的记忆。

昨天晚上他心情不好，和李勒出去喝酒，一不小心喝多了，然后……

然后李勒居然没带他一起回宿舍？

这什么猪队友。

秦楮杉环顾了一下四周的布置，显然是个有钱人住的地方。

他在申城虽然有几个狐朋狗友，但都是住学校宿舍的，没人能买得起这么豪华的房子。

秦楮杉的酒量一直很好，从来没有喝醉过，没想到昨天喝得实在太猛，直接断片了。

他努力地回想昨天晚上喝多以后究竟都发生了些什么，但是脑海里的记忆就跟被人拿抹布抹过了一样，完全没有一点残留。

秦楮杉下了床，推开房门，又吓了一跳。

这居然还是个豪华二层小洋楼。

他沿着木质的旋转楼梯往下走，楼下似乎是听到了这边传来的响动，客厅里很快传来了一阵脚步声。

一个身材娇小的年轻女孩与他四目相对。

女孩很快地开了口：“老师，您终于醒啦？”

他赶紧说：“别别别，别这么叫。”

女孩不好意思地笑了笑，“老板只跟我说您是摄影师，别的也没多说，所以就只好尊称一声老师了。”

原来这位不是富婆，是富婆的保姆。

没等秦楮杉开口，女孩又从微波炉里端出一个盘子，“老板今天一大早就有工作，嘱咐我买的早餐，您趁热吃，吃完我就带您去公司。”

秦楮杉惊了。

一晚上就要带他进公司了？

这什么财大气粗人美心善的富婆？

秦楮杉想了想，冒昧地问：“那个，请问你老板贵姓？”

女孩愣了愣，“原来你不认识我老板啊？”

秦楮杉面对着这个单纯善良的小姑娘，于心不忍道：“实不相瞒，我昨晚上喝多了，然后就被你老板给……”

他话还没说完，就听小姑娘忽然尖叫了一声，“你你你，你不是摄影师吗？怎么，怎么还兼职干这行？”

听了这话，秦楮杉不由得气不打一处来，“小妹妹，你把我当什么人了？”

小姑娘猛地瞪了他一眼，“你是不是对家派来给我老板使绊子的？”

秦楮杉小声地嗤笑，“还对家，饭圈女孩啊你。”

小姑娘恨恨道：“我就知道你没那么简单，你别想跑，跟我去公司，和老板当面对峙。”

秦楮杉：“小妹妹你是不是总裁文看多了？”

小姑娘已经不由分说地拉着他往门口走。

秦楮杉：“不是你好歹告诉我你老板叫什么名字啊？”

小姑娘砰的一声砸上了门。

秦楮杉：“你好歹让我吃口早饭……”

坐在小姑娘的副驾驶座上，秦楮杉越想越觉得魔幻。

自己被一个莫名其妙的老板捡回家了，然后又被这个莫名其妙的小姑娘当成坏人。

这老板和他的工作人员是不是脑子都有点病？

小姑娘看起来年龄虽然不大，开车的动作倒是挺老成，没多久就把车稳稳当当地停在了一座大楼下。

秦楮杉抬头一看：夏至音乐传媒公司。

他一脸惊愕，“这不是关熙的公司吗？”

小姑娘依然恶狠狠地说：“别以为你叫得出关总的名字，我们老板就会放过你。”

秦楮杉的心稍微定了定，幸好她没脱口说关熙就是她老板。

公司大堂里人不多，他跟在小姑娘的身后，一脸蒙地坐着电梯一路上到了十几层。

小姑娘转头看了他一眼，“好好想想怎么跟我老板解释吧。”

“叮咚”一声，电梯门开了，小姑娘带着他进了前面的玻璃门，然而玻璃门口什么牌子也没挂，看来这老板说不好开了个皮包公司。

玻璃门再往里，七拐八拐地走了几步，终于到了公司的前厅。

门口的沙发上坐着好几个人，然而秦楮杉还是一眼看到了中间最抢眼的那一位。

他还没来得及震惊，就听小姑娘像见了青天大老爷似的号了一声：“老板！你提前收工了！”

秦楮杉差点没晕过去。

他看着沙发上的陶熠，又指了指身旁表演过于卖力的小姑娘，“你……是她老板？”

陶熠看着他们迥异的表情，有些莫名其妙地点了点头，刚要开口说话，就听小姑娘说：“老板！就是这个人！他对你别有用心！妄图抹黑你！”

陶熠身边坐着的一群同事猛地抬起头来，齐刷刷地给秦楮杉来了个注目礼。

秦楮杉的大脑已经运转不过来了，他嘴角抽了抽，问：“昨晚上……真是你？”

几道视线又刷刷地看向坐在中间的陶熠。

陶熠愣了足足有两秒钟，才僵硬地点了点头。

姑娘大喊一声：“不会吧老板！”

大家先是一阵惊愕，继而所有人都露出了耐人寻味的古怪表情。

秦楮杉这才意识到故事发展到了什么奇怪的走向，他赶紧解释道：“不是，大家误会了，我就是昨晚上喝多了，然后被他带回家了，就这样。”

大家都盯着他，表情更加古怪了。

说完，他赶紧看向陶熠，“是吧？”

没想到陶熠猛地一怔，继而露出一脸做贼心虚的表情，“应该……是吧。”

秦楮杉觉得自己简直要昏厥了。

陶熠啊，知道你被吓蒙了，临场反应能力差，可是这本来清清白白的事，怎么一经过你的嘴，就变得乌七八糟了呢？

陶熠的元神总算是归了位，他清了清嗓子，站起身来，恢复了先前淡定的模样，“给大家介绍一下，工作室的摄影师，秦楮杉。”

大家一脸呆滞地鼓着掌，似乎还没从刚刚的一幕中回过神来。

秦楮杉就更蒙了，“什么？一觉醒来我就成你摄影师了？”

大家再度惊愕。

秦楮杉觉得再解释只会越描越黑，索性不开口了。

陶熠指了指身旁表情无比魔幻的小姑娘，“新来的助理，高小菁。”

小菁妹妹一脸痴呆地冲秦楮杉点了点头。

紧接着，陶熠又逐一介绍了沙发上的诸位同事，然后对秦楮杉说：“你跟我来下办公室。”

众人的目光再次移到他们俩身上。

不得了，这个小老板，不得了。

两个人走进办公室，陶熠把门关紧，这才向他解释道：“小菁是之前从关老师那边过来的，她被之前傅奕茗的事情吓怕了，现在看什么都觉得有人想害我，要是吓着你了，多担待担待。”

“没事，小妹妹挺可爱。”秦楮杉笑了笑，又问，“所以昨天晚上？”

陶熠忽然抬眸看向他，“你都不记得了？”

秦楮杉摇了摇头，“喝太多，断片了，不好意思啊。”

“哦。”陶熠的眸色微微一沉，像是放下心来了一样，却又很快流露出一丝莫名其妙的失落，“我给你打电话，你室友说你喝多了，我就把你接回我家了。”

秦楮杉愣了愣，“然后呢？”

“然后就……”陶熠像是想起了什么，目光不自在地躲开了，“然后就没然后了呗，你还想干什么？”

秦楮杉没再纠结这些，又问：“所以，工作室的摄影师？”

陶熠终于被他提醒了正事，他来到办公桌前，拿出一沓文件，“虽然是实习期，但是享受正式员工薪酬和福利，不满意可以再修改。”

秦楮杉看了一眼那上面的数字，瞬间有种发财的感觉。

不过仔细想想也正常，明星工作室的员工薪水都不用说，更何况是陶熠这颗冉冉升起的新星。

他拿着合同看了半天，其实一个字都没看进去。

他回想着这几天的魔幻经历：昨天他还在望着电视塔，感慨自己事业也没了，站子也没了；结果今天，陶熠就带着事业一起出现在他眼前。

秦楮杉的心中一时间百感交集。

半晌，他抬起头来，低声问："为什么？"

陶熠看向他的眼睛，忽然叹了口气："你说为什么？"

顿了顿，陶熠低声说："他们都能想到是你干的，你觉得我就想不到？不然你以为为什么傅奕茗没有找你的麻烦？"

秦楮杉整个人一怔。

他总是把陶熠想成一个小孩子，但其实陶熠什么都知道，他之所以表现得沉默，只是因为他太能隐忍了而已。

陶熠看了他一眼，语气不由自主地带上了一丝冷厉："你被拉进行业黑名单都是轻的，傅奕茗那种人，你就不怕他报复你？送我 C 位出道，然后再自己默默离开？你难道就一点都不为自己考虑吗？"

秦楮杉沉默了半晌，才说："但那是唯一的机会了。"

陶熠无奈地叹了口气，"我没你想的那么傻，我也不是什么'白莲花'。你就不想想，为什么一切就这么凑巧，直播视频一曝光，紧接着他的选管就会出来爆料？然后韩青和傅奕茗的关系，还有花桔的丑闻就会突然被挖出来？"

秦楮杉猛地抬起头看向他，"真的是你？"

陶熠沉声道："他迟早会是这样的结果，只是那条直播视频提前触发了后续的一切。从他决定辞退他的选管，让她'背锅'那一刻起，他就已经是在给自己递刀子了。"

在傅奕茗的心里，陶熠根本就是个什么都不懂的"傻白甜"。所以他一直理所当然地认为陶熠就算察觉到自己受伤的事有蹊跷，只要关了监控，一切行径都是神不知鬼不觉，陶熠根本就无法证明这件事是他的选管干的。

而且傅奕茗自以为他和选管的关系一直隐藏得很好，更不知道苏遇其实一直都清楚他们的猫腻。

选管掌握着他最大的把柄，傅奕茗已经给了她不少封口费来平息这件事情。但陶熠身为当事人，对这其中的真相一清二楚。

而苏遇身为棠诗 CEO 之子，将这件事告诉公司之后，更是让棠诗嗅到了千载难逢的契机。

棠诗作为一家传统的演员经纪公司，在偶像经纪方面才刚刚起步，花桔是他们在这条路上最大的竞争对手。

而棠诗在网络营销上的手段一样不输花桔，这样的丑闻，经过棠诗娴熟的操作和扩散，就算不能完全扳倒花桔，也足以大伤他们的元气。

“所以棠诗找到了我。”陶熠的眸色沉了又沉，“而我想为自己，最重要的是为受了那么多委屈的粉丝，讨回一个迟来的公道。”

傅奕茗的选管和他蛇鼠一窝那么久，一样不是个好惹的角色。尽管之前答应了傅奕茗删掉证据，人间蒸发，但她一定不可能没有给自己留后手。

更何况她心里还有着对傅奕茗过河拆桥的恨意，因此棠诗找到她，给她开出了一笔更大的价钱，并且提出可以借此扳倒傅奕茗，让她永无后顾之忧时，她自然是欣然应允。

说着，陶熠的嘴角忽然露出一个淡薄的笑意，“我其实并不像大家以为的那样‘傻白甜’，是不是对我很失望？”

秦楮杉却沉默了很久，然后笑着摇了摇头，“怎么会，你懂得怎样保护自己，这样往后我也能放心了。”

傅奕茗狠毒到那样的地步，陶熠也只不过是要他自食恶果罢了。相比之下，简直不要太仁慈。

艺人在这个圈子，最怕的就是过分“傻白甜”，不然到最后连自己怎么死的都不知道。

陶熠看向他，“所以你这么迫不及待地脱粉，经过我同意了吗？”

秦楮杉：“不管你同意不同意，反正现在我不是你粉丝了。”

陶熠的眸色一沉。

秦楮杉抬眸看向他，莞尔一笑，“现在我是你的摄影师。”

Chapter 15　上岗

“Ours 吾辈少年团”出道之后，短短一个月的时间，就在整个娱乐圈掀起了一股全新的风潮，后续一段时间一直都是各种商演不断，专辑、团综、巡演都紧接着提上了日程。

尽管只是限定一年的组合，但人气“爱豆”合体，巨大的粉丝流量摆在那里，吾辈节目组必定要抓紧时间赚个盆满钵满。

而陶熠这边已经和花桔正式提出了解约，等待着花桔提出赔偿金额。毕竟从法律角度讲，无论如何都是陶熠违约在先，不管多少，都得慢慢还。

坐在保姆车上刷着微博，秦楮杉不由得玩笑道：“你看你像不像古代努力赚钱给自己赎身的花魁。”

陶熠无奈地看了他一眼，小声地接道：“那你怎么不说替我赎身？”

秦楮杉故作惆怅地叹了口气，“还不是我穷，不然哪至于眼睁睁地看着自己的崽儿沦落风尘呢？”

陶熠脾气好，也不跟他计较，戴上耳机，头靠在保姆车的椅背上闭目养神。

他出道以后，从团体活动到个人活动，各种工作应接不暇，几乎一直是连轴转，基本上没歇过，整个工作室也是昼夜不分地跟着他跑。

作为工作室初成立阶段唯一一名摄影师，秦楮杉自然得寸步不离地跟着他，在他做好造型之后，以及各种活动现场，及时地拍下各种好看的图片，然后发到工作室的官方微博。

秦楮杉坐在陶熠身边刷手机，看着陶熠工作室的最新一条微博，是昨天深夜才结束的一场品牌活动上拍的一套九宫格。

“我的漂亮宝贝穿西装也太帅了吧！这什么霸道总裁！”

“工作室的摄影师也太会了吧，最大限度地展现我们桃的魅力，真的太懂了。”

“我宣布陶熠工作室就是桃家最优秀的站子，没有之一！”

秦楮杉一条一条地刷着评论，不由得在心里感慨，这是什么天上掉下来的大馅饼，正好就砸在了自己头上。

从前还在台下扛着“大炮”隔着大老远地拍他，现在却坐在他身旁，代表他工作室的官博修图发图了。

他这也算是追星成功的典范了吧。

刷了一会儿微博，他想起来 Ours 最新推广的一款短视频应用要求他们每个人每周都要发一定量的短视频。陶熠向来不喜欢这种营业，已经欠了好几条了。

于是他轻声问身旁的陶熠：“睡了没？”

陶熠摘下耳机，“没，怎么了？”

秦楮杉举起手机，“拍条短视频。”

没等陶熠反应过来，他就已经按下了录像键，“小哥哥，你脸上怎么有点东西？”

陶熠愣了愣，“什么东西？”

秦楮杉说：“有点好看。”

陶熠怔了一秒，随即整张脸以惊人的速度红了起来。

半晌，他才调整好表情，一言难尽地说：“实在是太土了。”

秦楮杉按了结束键，满意地点了点头。

陶熠吃了一惊，“你刚才在拍？”

“不然呢？”秦楮杉低头看着手机，心不在焉道，“以为我闲着没事逗你玩呢？”

陶熠眼神中原本还没消散的羞涩瞬间一扫而空，他气急败坏道：“刚才那条不行，我都没反应过来。”

秦楮杉却已经把视频传到了电脑里，动作飞快地用剪辑软件打开了，“就是要拍你最真实的反应嘛。你看，多可爱。”

陶熠看着屏幕里自己那一副被人耍的表情，难为情地挣扎道：“就不能再拍一条吗？”

秦楮杉盯着屏幕，双手噼里啪啦地在键盘上敲打着，“这条大家肯定都喜欢，你信我一次行不行，我可是最了解你的人。”

陶熠本来还想再反驳他，听到最后一句，他刚要出口的话没来由地吞了回去。

秦楮杉把视频里自己的声音截出来，做了变声处理，然后发了出去。

果然，一经发出，好评就如潮水般涌来。

“啊我眼睁睁地看到了白桃变红桃的过程！”

“熟透的桃也太可爱了，呜呜，宇宙小甜心！”

“日常羡慕助理小姐姐！”

被当成助理小姐姐的闪哥非常满意地把手机递给陶熠，“我就说大家都喜欢吧，看看这满屏的激动。”

陶熠十分抗拒地把手机推了回去，“我才不要看。”

“这么容易害羞啊？”秦楮杉盯着他，不由得乐出了声，又想起了什么似的，饶有兴味地问他，“哎，那你以前看过我给你写的文案没？”

他以为陶熠肯定会负气地说没看，或者是吐槽他的文案太土。

没想到陶熠尽管红着脸，却还是一脸认真地点了点头，他一本正经的模样让秦楮杉没来由地想起幼儿园里被老师抽查作业的小孩子。

一天的密集行程终于结束，保姆车开到申大附近时，秦楮杉就下车回学校了。明天陶熠没有外出的通告，秦楮杉只需要去公司正常上班就行。

刚进宿舍门，就听李勒说：“哟，终于回来啦？”

秦楮杉熟练地翻了个白眼儿。

李勒嘿嘿笑了起来：“还没问你呢，你那天晚上喝醉了回去，他没把你怎样吧？”

秦楮杉没好气道：“我说你成天满脑子想的都是些什么？那是我老板。”

李勒一脸的惊讶，随后说：“你那天喝多了，都不知道那天的架势。那天晚上我电话一挂，没几分钟，人家自己开着车就跑来了，啧啧啧……”

秦楮杉那天完全断片了，完全没想到还有这么一段，这会儿被李勒一说，他才惊讶地问：“他自己一个人来的？”

李勒瞪大了眼睛，“你还不知道你怎么回去的？”

秦楮杉惊得说不出话来，再仔细一想，这事过去这么多天了，后来也没闹出什么大新闻，估计是没被什么人看见，不然要真出了什么事儿，那可真是想想都后怕。

秦楮杉无奈地叹了口气，“简直是胡闹。”

说着，他埋怨地看了李勒一眼，“你也真会指使人，找谁不好，你非得找他？”

李勒理所当然道："你一直念叨他，我不找他找谁？"

秦楮杉："就不能带我回宿舍？"

李勒无视了他苍白的反驳，感叹道："反正你现在是友情事业双丰收了，有个大明星朋友不说，还成了当红流量工作室的独家摄影师。秦神不愧是秦神，苟富贵，勿相忘啊。"

"狗富贵？"秦楮杉没好气地哼了一声，"先咬死你。"

李勒早都习惯了他这副样子，也不恼，想了想，又说："不过你别说，陶熠是真的火，他那首歌，我朋友圈好多妹子都在发。"

秦楮杉知道，他说的是《闪闪》。

《闪闪》作为《吾辈之名》总决赛的主题曲，以及Ours的出道曲，整首歌写的都是偶像和粉丝之间的感情。

再加上曲调好听，朗朗上口，在总决赛过后就火速出圈，被全网的歌迷喜爱，持续霸占了各大新歌榜单。

而陶熠作为这首歌的词曲作者，以及Ours的C位，自然也借此机会有幸被大众所认识。

李勒感慨道："陶熠对你可真是够意思啊，出道曲都以你的名字命名。"

李勒自顾自地接着说："不过也真是人红是非多，这才几天啊，就有不少人开始指责他抄袭了。"

秦楮杉的心里不由得"咯噔"一声，皱眉道："抄袭？"

网上的风向总是变得很快，这些天他跟着陶熠昼夜颠倒地跑活动，都没怎么抽空刷微博，根本就不知道出了这档子事。

他赶紧打开微博，刚在搜索框输入了"闪闪"两个字，就发现后面的词条已经自动关联上了"抄袭"两个字。

他点进去一看，一群蹭热度的营销号和专门为了抹黑陶熠而开的乱七八糟的号，都在转发同一条视频——所谓《闪闪》"抄袭"的证据。

视频足足有二十多分钟，里面放了十几首歌曲的片段，有大多数人耳熟能详的，也有秦楮杉连名字都没听过的。

他把视频翻来覆去地听了好几遍，愣是没听出来《闪闪》和这里面的哪一首调子相似。

但视频总结出的中心思想就是：《闪闪》的曲调融合了上述所有歌曲的编曲，

简直就是个大杂烩。

弹幕里也跟着高潮迭起，一口一个“抄袭狗”，各式各样的污言秽语已经刷满了一整个屏幕。

秦楮杉惊讶不已。

最基本的音符就那么七个，要是按这种算法，那岂不是所有的编曲全是抄袭乐理书了？

但这些道理，和胡搅蛮缠的人是根本说不通的。这年头，无论哪个创作领域，都有的是“空口鉴抄”，一句“自由心证”，就给你扣了一个硕大无比的黑锅。

造谣不需要任何成本，然而对于被造谣的人来说，这个帽子却是彻底被扣上了，无论如何费力地澄清，也会有人选择性眼瞎耳聋，说你抄袭你就是抄袭。

而群众更是根本没有耐心去研究事实到底如何，正所谓三人成虎，只需要这些成天从早到晚蹦跶的“黑号”，联动着营销号造势，绝大多数人都会理所当然地认为这就是真的。

原创者的权益得不到应有的保障，这是当前音乐创作领域普遍存在的问题。作者辛辛苦苦创作出来的作品，被人家一句“抄袭”就简简单单地污名化了，简直是有苦难言。

秦楮杉想了想，这一切发生的根本原因，归根结底还是因为一个字：红。

短短几个月的时间，陶熠就在流量圈里异军突起。颜值超高、舞台能力强、唱歌好听，还能创作，在《吾辈之名》的节目组里，傅奕茗对他都忌惮得要命，三番五次地打压他。

而如今陶熠已经C位出道，他的格局自然也就扩展到了整个娱乐圈，这其中的明枪暗箭，可就不像从前在节目组那一方小小的天地里那么简单了。

木秀于林，风必摧之。这一切或许只是个开始，往后的日子依然道阻且艰。

秦楮杉只好安慰自己，陶熠红了，所以才会有人眼馋，这是好事。

陶熠至少已经在这个曾经想都不敢想的位置上站稳了，尽管未雨绸缪是必要的，但秦楮杉觉得自己的眼界也应该放宽一些，至少不要再像以前一样成天盯着网上的言论，稍微有一点风吹草动就提心吊胆了。

不管怎么说，到目前为止，“抄袭”这件事依然只是“敌人”小范围的狂欢，营销号本质也只是为了蹭热度。

更何况陶熠早已经不再是孤军奋战，工作室配备有专业的经纪团队和公关专员，因此这阵小妖风对于现在的陶熠来说，成不了什么大气候。

这么想着，秦楮杉放下了手机，没有再多理会这件事。

没想到第二天等他再次打开微博，就看到了这样一条热搜：陶熠抄袭。

吃瓜 xx：陶熠原创的《吾辈之名》总决赛主题曲《闪闪》，这几天一直在被人扒抄袭，就在昨天半夜，有人在某网络平台上扒出了一首佚名人士上传的无名吉他曲，整首曲调和《闪闪》几乎一模一样，这下陶熠抄袭算是板上钉钉了吧？

秦楮杉不由得一愣，昨天的黑料明明还说《闪闪》是一首编曲大杂烩，怎么今天就忽然冒出一个整首歌都和《闪闪》一模一样的新闻？

他眉峰紧蹙，迫不及待地打开了那首没有署名的吉他曲，听了没几秒，他就产生了一种似曾相识的感觉。

但这种熟悉感，并不是源于《闪闪》，而是源于这首吉他曲本身。

再听了一遍之后，秦楮杉几乎可以确定，让他感到无比熟悉的，是这首曲子的伴奏里特有的吉他和弦声。

怪不得总决赛那天第一次听到《闪闪》的时候，他也是忽然就产生了一种熟悉的感觉。

那段时间正是他和陶熠最艰难的一段日子，发生的事情太多，一切都是紧锣密鼓的，以至于秦楮杉转眼就忘了深究这件事。如今忽然被提起，他才后知后觉地察觉到了一些一直被他忽略，却似乎很重要的细节。

电光火石之间，他终于想起了究竟在哪里听过这个调子。

是微博上的那位“屁桃君”，在过年前夕发给他的那段吉他曲。

他当时还说，如果有一天能听到陶熠弹唱这首歌就好了。

秦楮杉的手指不由自主地颤动着，他迅速地打开微博，找到“屁桃君”，进入了对方的主页。

只见最后一条微博停留在陶熠出道那天的深夜，对方分享了《闪闪》这首歌，还难得地加上了三个字：谢谢你。

秦楮杉感觉到自己的心不受控制地跳了跳，忽然产生了一个极其荒诞的猜想。

他接着往下翻屁桃君的微博，还没来得及再细细深究，就蓦地被一个清脆的声音打断了：“老师，马上开场了，我带您去那边的媒体区吧？”

一个挂着制片组工作牌的小姑娘敲了敲陶熠休息室敞开着的门。

秦楮杉拿起相机，客气道："好的，麻烦你了。"

重要工作当前，秦楮杉只好被迫暂停了思路，带着满脑子的问号，跟着工作人员去往现场。

他在第一排坐定没多久，刚调好相机，就见舞台上灯光骤然间全暗，七束聚光灯照亮了舞台中央的七名少年。

台下的尖叫声如雷炸响。

这是 Ours 正式出道后在申城的第一场大型见面会，台下七种颜色的灯牌拼在一起，绚烂得如同一道彩虹。

"聚光灯照亮舞台中央，让我为你轻轻地唱……"

熟悉的曲调响起，台下的粉丝们也边挥舞荧光棒，边合唱起来。

秦楮杉一直举着相机，机械性地拍着队形最中央那个光彩夺目的俊美少年，然而耳畔却如同着了魔一般，全程都不由自主地回荡着那个熟悉的吉他旋律。

首场见面会的内容，主要就是唱跳表演，以及几个粉丝互动小游戏，现场效果很好，但时间却不长。两个多小时后，秦楮杉甚至没来得及注意台上究竟都干了些什么，台下的粉丝们就开始疯狂要求返场了。

台上的少年们在短暂地商量过后，临时决定又加了一段表演，这才正式跟大家告别。

陶熠走在最后，秦楮杉忙过去在台口等着。没想到他刚走下台，前排的观众区就爆发出了一个尖厉的声音："抄袭狗，你不配！"

下一秒，只见一团黑乎乎的影子向这边飞了过来，秦楮杉根本来不及多想，就猛地挡在陶熠身前，伸出胳膊一挡。

小臂的关节处传来一阵钝痛，紧接着是"哗啦"一声，有什么东西洒了他身上，然后"咣当"一声，重重地摔在了地上。

秦楮杉低头看了一眼，是一个容量不小的保温杯。

皮肤上瞬间传来一种灼烧的触感，秦楮杉还没反应过来，外套就被陶熠一把扒拉了下来，上面还冒着丝丝开水的白烟。

陶熠吓了一跳，急忙去检查他的胳膊，"没烫伤吧？"

秦楮杉摆了摆手，"我没事。"

陶熠不放心地又看了一阵，见确实没什么大事，紧锁的眉头这才舒展开了一些。

他看了秦楮杉一眼，脸色瞬间又冷了不少，眉宇间交织着担忧与隐隐的愠怒。他刚要开口说些什么，就被观众席那边发出的一阵吵嚷声打断了。

现场的保安队早都已经冲过去控制住了那个冲动的粉丝，然而她还在边挣扎边口出狂言。

一个装着开水的保温杯居然就这样轻轻松松地过了安检，还伤到了陶熠身边的工作人员，这样的人为失误造成的突发状况，本来就够主办方焦心的了。这会儿又见到陶熠的脸色难看得要命，现场的工作人员更是个个害怕得要命。

主办方经营团队的领导连忙战战兢兢地过来跟他们道歉，陶熠却压根没打算理他们，拉着秦楮杉就往门口的保姆车上走。

上了车，陶熠这才发觉秦楮杉的外套脱了，里面只穿着一件短袖，于是迅速地脱了身上的舞台装，披在了秦楮杉身上。

秦楮杉一脸受宠若惊，“乖乖，你这一件好几千呢，一会儿还得还给节目组的……”

陶熠却毫不客气地打断了他，没好气道：“现场伤了我的朋友，他们还敢……”

意识到自己的语气实在不太合乎寻常，他的声音这才放缓了一些：“再说了，我又不是买不起。”

秦楮杉不由得乐了，心想这小孩儿挺上道，出名还没两天，就已经有点财大气粗的模样了。

这人受了伤居然还能笑得这么开心，看着他这副没心没肺的样子，陶熠刚刚舒展开的眉峰又皱紧了，“还笑，你怎么这么不惜命？万一刚那个保温杯是冲你头上来的怎么办？”

秦楮杉却依然是一脸漫不经心，“就是把我的头砸开了花，那也不能砸着你啊，你这身娇肉贵的……”

秦楮杉见陶熠的脸色越来越沉，赶紧补充道：“我受点小伤没什么大不了的。”

果然，陶熠的眉尖微微一颤，几乎是一瞬间就不自在地移开了视线，脸上原有的愠怒立马就被严肃的神色所代替。

秦楮杉在心里憋着笑，面上却不动声色地转头望向窗外。

不一会儿，陶熠问：“是不是肿了？”

秦楮杉低头一看，这才发现关节附近红了一片。

他活动了一下胳膊，没感觉到有什么不对劲的，于是宽慰陶熠道：“你看错了，保温杯砸一下而已，没那么夸张。”

陶熠沉声道："回公司，简单处理一下。"

秦楮杉本来想说不用，但看到陶熠那一脸"霸道总裁"般不由分说的表情，又怕他不高兴，于是只好答应了。

一进工作室的大门，高小菁就麻利地从冰柜里翻出了一个冰袋，秦楮杉伸手接过敷到了胳膊上。

没过几分钟，他像是想起来了什么一样，交代秦楮杉："你先敷着，我去找找红花油。"

高小菁说："老板，还是我去吧。"

陶熠却已经走远了，"你不知道在哪儿。"

于是工作室的大厅里一时间就剩下了他们两个人。

好在高小菁这姑娘，虽然在某些特殊时刻脑回路有点奇特，但平时还是挺机灵懂事的。那次的误会解释开以后，她和秦楮杉很快就建立了友好的工作伙伴关系。

这会儿陶熠走了，高小菁才瞄了一眼秦楮杉，若有所思地说："闪哥，老板真罩着你。"

秦楮杉漫不经心地笑了笑，"你不知道，他这人就这样，对谁都好得要命。今天要是受伤的是你，他一样这么着急。"

高小菁瘪了瘪嘴，还想要说些什么，最终还是作罢。

两人坐了一会儿，秦楮杉这才发觉，原本那些他一直想要追究的重要问题，都被这一起突发事件给打破了，直到这会儿才被他重新想起来。

他于是环顾了一下四周，压低声音问："对了，网上说的抄袭那事，什么情况？"

高小菁看了他一眼，惊奇道："出反转了，你还没看？"

说完，她又想起了什么，自问自答道："也是，你刚一直在现场忙活呢。"

见秦楮杉向她投来疑问的眼神，她解释道："也没什么，就是他们不是发现了那首吉他曲，说和《闪闪》的曲调一模一样吗？结果没过多久又说，那首歌最早是被随手发在微博上的，结果你猜怎么样？"

秦楮杉的心跟着一颤，"怎么样？"

高小菁兴奋地一拍手，"那个微博主就叫屁桃君什么的，最后被人证实了，那个号就是老板的小号。"

说着，她不由得乐出了声："你说这些人多好笑，为了抹黑老板真是什么借口都能想得出来，好不容易找出来一个猛料就大肆宣扬，结果最后又被打脸……"

话还没说完，她忽然噤了声，只见是陶熠回来了，手里还拿着一支红花油。

高小菁看了一眼陶熠，又看了一眼秦楮杉，非常自觉地起身："我先回办公室了，有事找我啊。"

陶熠走过来，坐在秦楮杉身旁，默默地打开红花油，在手上搓开，然后又伸出双手，往秦楮杉的关节处涂。

秦楮杉刚冰敷了好一会儿，红花油乍一沾在他的皮肤上，就传来了一种灼热的感觉。

秦楮杉笑了笑，"这么贴心啊？"

陶熠头都没抬，从善如流地反问他："你第一天认识我？"

秦楮杉看着他：刚从舞台上下来，连妆都还没来得及卸，跑动的这一阵，鬓角处淌下几粒晶莹的汗珠。

然而他的皮肤依然白皙温润得像玉瓷一般，连出汗的样子都好看得像个神仙。

秦楮杉盯着他看了好一会儿，忽然低低地笑了一声，"确实不是第一天认识了，屁桃君。"

陶熠手上的动作猛地顿住了。

就听秦楮杉接着说："开个小号耍我那么久，好玩吗？"

陶熠怔了怔，瞬间没了方才的总裁气场，半晌，才小心翼翼地解释道："我不是故意的，我好多次想和你解释，又怕……"

又怕解释以后，他会觉得自己像个变态。

陶熠抬眸看向秦楮杉，然而对方脸上似笑非笑的表情让他捉摸不透。

他于是又说："我以为你会在这之前就发现我的，发《闪闪》的吉他曲给你的时候，我就想到了你总有一天会知道，因为这首歌本来就是……"

本来就是为你写的。

秦楮杉脸上的表情依然很复杂。

陶熠咬了咬牙，下定决心般地说："对不起，你不要生气，其实，其实我只是……"

秦楮杉却忽然出声打断了他："陶熠。"

陶熠猛地慌了神，好不容易鼓起勇气想说的话，又被重新吞回了肚子里。

秦楮杉叹了口气，"以后有什么话就直接跟我说，没必要这样。"

这句话对陶熠来说，简直就是一种莫大的鼓励，他眼睛里的小火苗再次熊熊燃烧了起来。

他舔了舔嘴唇，刚打算开口，就听秦楮杉又说："还有，我没那么容易跟你生气。"

说着，他的脸上又恢复了惯常的明媚笑容，"虽然我只比你大一岁吧，但你对我来说就像我的崽儿一样，我怎么会跟自己儿子生气呢？"

陶熠脸上的表情一瞬间变得复杂无比。

秦楮杉不过是一副二十岁的俊朗少年模样，但此刻脸上的表情却依然慈爱得如同名画里的那位老父亲。

之前闹得沸沸扬扬的抄袭事件，终于真相大白，原来居然是一场乌龙。紧接着，"陶熠工作人员活动现场受伤"的消息，也紧随其后地上了热搜。

广大粉丝和网友激情谴责精神失常的人，议论了一下生存不易的原创者，《闪闪》这首歌于是也跟着被更多人所熟知，在各大平台上的数据也更加迅速地飙升。

陶熠的新专辑也开始筹备了，大多数还是他自己作词作曲。于是他这些天除了跑不完的通告，稍微有点时间就会钻进创作室。

天色已晚，陶熠还在加班，高小菁又是个女孩子，秦楮杉不忍心看她一个人守在这里，于是让她先回家了，自己坐在创作室外间的沙发上等陶熠。

他随手刷了一会儿手机，看了看最近的八卦新闻，但大约是一整天跑得太累，没一会儿就睡过去了。

等秦楮杉再醒来时，窗外已经是天光大亮，他正躺在沙发上，身上披着陶熠的外套。

陶熠就坐在他旁边，手上拿着一本乐谱，见他醒了，问："睡得还好吧？"

秦楮杉坐起身来，抬眸看了他一眼，反问道："你一晚上没睡？"

陶熠却没回答他的问题，"下次别再等我了。"

秦楮杉伸了伸胳膊，叹了口气，"我不等你，难道扔你一个人在这？"

说着，他站起身来，把陶熠的外套挂在一旁的衣架上，语重心长道："你不想折腾我们，就别老熬夜，仗着自己年轻，身体就能随便挥霍？"

他这语气让陶熠不由得一笑，"说得好像你年纪多大了似的，那你怎么当初还半夜跑到机场来接我？"

秦楮杉没想到他这会儿口齿倒这么伶俐了，一时间竟没想出什么有理有据的回应，只好敷衍道："那不一样。"

说着，他起身往门口走，"给你买饭去，吃什么？"

陶熠挣扎了好一会儿，最后还是乖乖道："鸡胸肉粗粮三明治，冰美式。"

他最近正在为新专辑 MV 的拍摄做准备，尽管他的身材已经够完美了，但经纪人还是嫌他的脸不够棱角分明，容易显得孩子气，督促他减肥增肌。

陶熠身为一个甜食爱好者，最近简直被剥夺了人生中不可忽视的一大乐趣。

秦楮杉看着他万分克制的模样，忍不住露出一脸幸灾乐祸的笑容，乐颠颠地走了。

陶熠觉得还没过去几分钟呢，他就又跟一阵风似的回来了，手上还举着一支甜筒："外面太热了，一会儿工夫就快化了。"

秦楮杉见陶熠抬眸看他，径直把甜筒伸到了他眼前："快点，为了给你咬一口，我还没吃呢。"

陶熠的眼神里闪过一丝惊喜，但很快他又坚定地推开了面前的手，"还是算了。"

秦楮杉看他实在可怜，撺掇他道："没事，就一口，不会胖的，再说你已经够瘦的了。"

陶熠看了他一眼，一时说不清到底是没法拒绝冰淇淋，还是没法拒绝眼前的挚友。

他有些慌乱地移开视线，低下头，小心翼翼地咬了一口甜筒的尖端。

就在这时，工作室的大门忽然一阵响动，下一秒，就被人猛地打开了。

陶熠还没反应过来，就见秦楮杉迅速地把甜筒塞进了自己嘴里，冲门口打了个招呼："妙姐早。"

陈妙是夏至传媒花大价钱从其他公司挖来的经纪人，她经手过很多成熟的偶像艺人，做事有头脑，不胡乱作妖，自带很多媒体和商业资源，正符合陶熠如今的发展路线。

她今天身穿一身奢牌米白色小西装，尽管已经不是少女的年纪了，身材却依旧保持得苗条无比，整个人显得优雅而干练。

陈妙看了一眼秦楮杉，又看了一眼陶熠的表情，问："你俩干吗呢？怎么跟做贼似的。"

秦楮杉看了一眼陶熠，讪笑道："没有，给我看他新写的歌儿呢。"

陈妙也没有再追问，坐在了沙发上，从包里掏出了一沓文件，"你的老东家今天给我们发账单了，你猜猜要了多少？"

陶熠和秦楮杉听她的口气，就觉得不会是一笔小数字。

陈妙轻描淡写地挑了挑眉，"九位数。"

秦楮杉掰着手指头算了算。

上亿？

秦楮杉：“花桔都破败成那样了，还好意思狮子大开口呢？”

“就是因为成那样了，狗急跳墙呗。”陈妙冷笑了一声，“再说了，不要脸是花桔的一贯作风。不用担心，律师函我已经发了，我就不信霸王合同还有理了。”

秦楮杉又问：“可他们明知道我们不可能给这么多，干吗还要找不痛快？”

陶熠说：“先张口要个大的，这之后再减一点，我们就容易松口了。”

秦楮杉哼了一声，“做梦吧。”

陈妙说：“傅奕茗退圈，花桔易主，这元气大伤可不是一天两天就能缓过来的。现在陶熠出走，他们就靠那几个可怜的小女团苟延残喘地维持着，再来根稻草，就能把他们压死了。”

“活该。”秦楮杉乐道，“那我们就来做这根稻草呗？把他们张口就要上亿的光荣事迹发个通稿，让他们看看恶人将死的真实嘴脸。”

陈妙看了他一眼，赞许地点了点头，“有点宣传头脑，我正打算这么干，再曝光一下他们以前是怎么打压陶熠的。”

秦楮杉立马蹦了起来，“那我这儿资料可太多了，从他参加《吾辈之名》开始，样样我都有。”

陶熠看着眼前的两个人在这里你来我往，明明讨论的话题都在自己身上，可此刻的自己完全像个局外人。

陈妙再次向秦楮杉投去欣赏的眼光，“你那儿怎么会有这些东西？”

秦楮杉一不小心露了馅，他看了一眼陶熠，犹豫了一下，最终还是坦诚道：“我以前是他粉丝。”

陈妙倒也没有太惊讶，只是饶有兴味地挑了挑眉，“粉丝能进入偶像的工作室工作，倒挺励志的。”

秦楮杉笑了笑，心道还不是走后门来的。

陈妙很快就将一份资料递给陶熠，正色道：“Lilis家的口红代言，下周拍广告。”

尽管身为一个直男，但好歹也是个学传媒的，Lilis这样家喻户晓的世界著名奢侈品牌，秦楮杉还是有所了解。

陶熠一出道就能拿到大牌的代言，着实不容易，他本身的形象和热度当然是基础，但陈妙和品牌商一直以来保持的良好关系，显然也在这其中起到了不小的作用。

就是口红广告……虽然男明星代言口红早已经不是什么稀奇事，但秦楮杉还是有点害怕导演一个想不开，让陶熠亲自上阵涂各种颜色奇怪的口红。

秦楮杉还没来得及问拍摄内容，就听陈妙又交代他：“怕他拍摄现场放不开，你陪他一起去。”

秦楮杉点了点头，他现在早都相当于陶熠的半个助理了，就是陈妙不说，他也肯定会跟着去的。

只是他又琢磨了一下陈妙的话。

这意思是，难道他在现场，陶熠就能放得开了？

“咔！”

导演低头看着显示屏上的画面，摇了摇头，“还是有点僵硬，没有我想要的那种感觉。”

他走到陶熠面前，认真道：“小陶，咱们这是一条口红广告，受众群体绝大多数都是女性，所以需要你表现得性感一点，诱惑一点，这样才能激发起消费者的购买欲望，懂我意思吗？”

为了塑造出一种成熟的感觉，品牌方的造型师今天特意换掉了陶熠以往的水冰月顺毛刘海造型，把他的头发全都梳了上去，做了一个带点小性感的背头造型，妆容也深沉了许多，颇有些硬朗的气质。

尽管陶熠脸上依然是一副温顺的表情，但他还是努力地点了点头，“好的导演，我再试试。”

导演于是重新喊了开始，摄像机架起，陶熠对着镜头做起早就排练了无数次的动作。

这一个片段的互动场所颇有些暧昧，拍摄场景在一张豪华大床上，因为镜头是以“女主角”为第一视角拍摄的，陶熠拿着一支口红，对着镜头前的空气涂抹，营造出一种在给观众涂口红的感觉。

“停一下。”导演有些哭笑不得道，“咱们想要的是成熟男朋友，你这怎么老让人有种未成年的感觉？”

陶熠再次不好意思道：“导演对不起，我再找找感觉。”

“你先休息一会儿。”导演拍了拍他的肩膀，调侃道，“小伙子，以后可千万别想不开去演戏啊。”

陶熠的脸红了红，周围的人看他这副样子，都忍俊不禁。

秦楮杉忙上前给他递了杯水，轻声说："没事没事，咱们慢慢来。"

就听导演忽然说："对了，我之前看过你工作室发的几条视频，感觉挺好的，怎么这会儿就不行了？"

副导演接道："那能一样吗？人家御用的私家摄影师，早都配合出默契了。"

导演的眼睛里瞬间闪烁起光芒，"摄影师今天来了吗？"

陶熠抬起眸来，看向身旁的秦楮杉，"在这呢。"

"小伙子这么年轻啊。"导演有些惊喜地看了秦楮杉一眼，指了指一旁的摄像机，"你来。"

这一下有点突然，秦楮杉不由得愣了愣，"我？"

导演点了点头，"平时视频拍得都挺熟练的，扛相机应该也没问题吧？"

秦楮杉以前在学校也拍过不少片子，但他自己很清楚，比起真刀真枪的拍摄，那些都不过是小打小闹。

这会儿忽然让他上阵给一个高奢品牌拍广告片，这简直是他从前想都不敢想的事情。

导演已经不由分说地把他带到了摄像机前，"别怕，先试试。"

秦楮杉看了这么多遍，早就把这个片段里的运镜过程记熟了，于是他和陶熠简单交流了两句，两个人各就各位，架好机器，给导演比了个可以开始的手势。

影视剧里那些唯美的画面，实际上的拍摄场景其实非常不唯美，尤其是摄影师朋友。

比如此刻，为了拍摄视角的需要，秦楮杉不得不以一个奇怪的姿势整个人仰躺在床上，把摄像机架在他胸前。

下一秒，导演一喊开始，陶熠就按照剧本规定，出现在了镜头前。

从镜头里看着陶熠那张他闭着眼睛都能描摹出来的俊脸，秦楮杉很快就敏感地发现，陶熠的眼神似乎和之前有所不同了。

比起刚刚那种刻意凹造型的青涩，这一次总算多了几分真情流露，带着一丝羞赧与纯情，又从眸色深处露出一种……隐隐的攻击性和征服欲。

陶熠伸手对着镜头，在空中涂完口红，随即做了个舔嘴唇的动作，嘴角勾起一抹浅淡却又撩人的笑意。

"咔！"

秦楮杉还没反应过来，就见陶熠像上了发条似的，一溜烟地从床上蹿了下去，脸已经以肉眼可见的速度红了起来。

秦楮杉以为他是担心这次还不成功，觉得不好意思，于是他抱着摄像机，从床上坐了起来，冲着陶熠比了个大拇指。

没想到一对上他的眼神，陶熠就慌乱地挪开了视线，看起来比刚刚更窘迫了。

秦楮杉心里觉得奇怪，这孩子在陌生人面前脸皮薄也就算了，怎么在自己人面前也这么容易害羞?

他没来得及再细想，那边的显示屏旁边已经围了一圈人，一个几十秒的片段，被他们来来回回地审视了好多遍。

直到众人都对这支视频露出赞许的神情，导演也终于点了点头，“你还真的挺认摄影师。”

陶熠脸上依然带着一点淡淡的红晕，谦逊地道：“谢谢导演，麻烦大家了。”

这一条视频总算是过了，大家也没多耽误，化妆师上前给陶熠补妆，准备拍摄下一个镜头。

下一条就是从第三视角进行拍摄了，需要和女模特合作完成。模特是一位中欧混血儿，嘴唇饱满而性感，是口红广告的标准人选。

出于对年轻爱豆形象的维护，其实在这支广告里，陶熠和女模特并没有什么大尺度的肢体接触。

也就是陶熠坐在一把椅子上，眼睛上蒙着一块黑绸，女模特性感妖娆地从椅子后方走过来，在他的嘴唇中间放上一支口红，然后轻轻取掉黑绸，再来个含情脉脉、意味深长的对视，仅此而已。

然而这对于陶熠来说，简直就是大型“逼良为娼”现场。

在连着重拍了无数次以后，导演又忍不住亲自出来现身说法了：“小陶啊，你看她的时候,眼神能不能别跟看一颗大白菜似的?你要把她想象成你的女朋友……对了，谈过恋爱没有？”

陶熠有些羞窘地摇了摇头。

导演一脸哭笑不得，“那暗恋总有过吧？”

陶熠脸色一红，不说话了。

导演拍了下手，“对，就把她当成你的暗恋对象。”

陶熠深吸了一口气，无比郑重地点了点头。

副导演也走过来了，玩笑着打了个圆场："孩子连二十岁都不到，初恋都还在呢，这不是为难人家吗。"

说着，她拍了拍导演的肩膀，"我看他俩妆也有点花了，要不大家先休息一会儿，让小陶调整一下状态？"

导演想了想，广告拍了也有一段时间了，效果依然不是很理想。再这么死磕下去，两个人的状态只会越来越打折扣，于是只好点了点头。

化妆师给陶熠补完妆后，又给女模特补妆，对方的唇部妆容尤其重要，因此花的时间要长一些，于是秦楮杉带着陶熠去了旁边的休息室。

一关上休息室的门，秦楮杉就一个转身，把陶熠抵在了墙上，抬眸看向他，语气轻蔑地挑了挑眉："到底行不行啊，小弟弟？"

陶熠愣了半秒，下意识地一个反身，瞬间就颠倒了两个人的位置，轻轻松松地就把秦楮杉压在了门板上。

秦楮杉也不反抗，只是抬眸看向陶熠眼睛里一闪而过的火花，蓦地一秒破功，笑出了声。

看到他的表情，陶熠立马意识到了他在做什么，猛地往后退了几步，把两人之间的距离拉开，才恼羞成怒道："你干吗？"

秦楮杉却依旧是一脸吊儿郎当的表情，冲他挑了挑眉，"就你刚刚那一瞬间的表情，懂了？"

陶熠立马反应过来，秦楮杉是在教他入戏。

秦楮杉以前在学校里拍片子的时候，模特也常常有情绪不对的时候，这时候就要靠掌镜人运用各种方法去挖掘对方的情绪，找到最符合拍摄需要的那种状态。

陶熠正要回答他，休息室的门就被人敲了敲，秦楮杉赶紧从门板上站起来，门就被人打开了。

副导演看着他们俩，一脸不解地问："你们俩在屋里干吗呢？还压着门？"

秦楮杉赶紧说："我帮他找找状态，现在可以开始了。"

几个人重新回到片场，大家各就各位，拍摄重新开始了。

秦楮杉站在摄像头外，有些紧张地看向椅子上的陶熠。

所幸，这一次，陶熠果然整个人的状态都好了不少。

在女模特掀开他眼睛上的黑绸的那一瞬间，他眼神中迸发出一丝火热的情绪，却又恰到好处地转瞬即逝。

十九岁的小爱豆，面孔俊俏，身材美好，眼神火辣，又纯又烈……

这谁能顶得住啊?

没等 Lilis 的这支广告上线，秦楮杉就已经预感到产品的销售量该有多好了。

结果果然如他所料，广告随着促销活动一起发布后，Lilis 出了附赠陶熠广告片硬照的限量款口红礼盒，刚在网络平台上线就被抢售一空，创造了上千万的销售额。

品牌方对陶熠的带货能力非常满意，很快就加大了这支广告片在各大城市的线下投放。

于是没多久，他们坐在保姆车上赶下一场活动时，就在人民广场正中央的巨型投屏上看到了那支广告。

秦楮杉不由得一乐，拿胳膊肘捅了捅身旁的陶熠："你说来来往往的路人看到你这支广告，什么想法？"

陶熠顺着他的视线，看到对面的大屏上，自己坐在椅子中间，穿着一身红色西服，眼睛上蒙着一块黑布，女模特的手轻轻地攀上了自己的脖子。

画面简直……不忍直视。

半晌，他才反问："那你什么想法？"

秦楮杉想了想，叹了口气："儿子还这么小，就得为了卖口红出卖色相，是我这个当爹的不争气。"

陶熠表情古怪地看向他，刚想开口说些什么，手机就忽然响了，是经纪人陈妙打来的。

"品牌方对于新品的首次销售成果非常满意，邀请我们去参加下周在巴黎举办的 Lilis party。"

陶熠挂了电话，就见一旁的秦楮杉用一种极其激动的眼神看向他，把他看得浑身都有些不自在，"你干吗？"

秦楮杉目光炯炯，"巴黎？"

陶熠点了点头。

下一秒，秦楮杉就猛地扑上来，给了他一个热情洋溢的拥抱，"哇，儿子也太争气了吧！"

陶熠整个人的身体一僵，一秒钟后，他才小心翼翼地伸出手，轻轻地搂了搂眼前整个扑进自己怀里的人。

Chapter 16　巴黎

申城机场的国际出发口，一大群粉丝正举着灯牌和手幅送机。保安维持着现场的秩序，陶熠一路收着信件，秦楮杉跟在他身后接，几分钟的时间就收了一大袋。

等他们一行人进了关口，又走了很远，身后应援的呼声才逐渐停息。

一路走到候机厅，秦楮杉忽然轻轻地叹了一声。

陶熠问："怎么了？"

秦楮杉摇了摇头，淡淡地笑道："也没什么，就是忽然觉得命运可真是神奇。我第一次在机场接到你的时候，哪能想得到半年后，我会走在你身边，和你坐同一班飞机呢。"

陶熠忽然转过头，深深地看了他一眼，半晌才说："你想不到的事情还多着呢。"

秦楮杉以为他又憋着什么比公费游巴黎更奢华的活动，于是期待地问："比如？"

陶熠却露出了一个浅淡却神秘的笑意："到时候你就知道了。"

工作室成立之初，人手还不太够，因此一大半人员依然留在国内，负责日常工作的接洽以及渠道传播的监控。

于是这次真正跟着陶熠去巴黎跑活动现场的，也就陈妙、高小菁，加上秦楮杉，一行共四个人。

活动经费由品牌方全额报销，他们坐的都是商务舱，陶熠和陈妙坐在前面，秦楮杉和高小菁坐在他们后面的一排。

刚起飞没多久，秦楮杉就忽然从座位上站起来，绕到了前面，“妙姐，咱俩换下位置吧。”

三个人同时抬头看向他，高小菁问：“闪哥，你不会是嫌我烦吧？”

陈妙打趣道：“怎么，你就非要时时刻刻和老板黏在一起？”

秦楮杉只好压低声音道：“后排有几个小姑娘，看上去鬼鬼祟祟的，我怀疑是‘私生饭’。”

他这么一说，几个人都下意识地朝后面瞥了一眼，正好对上了那几个女生直直地盯向这边的视线，下一秒，双方都飞快地移开了目光。

高小菁无可奈何地叹了口气，“去巴黎都跟，现在的‘私生饭’都这么有钱了吗？”

秦楮杉对私生这个行当太熟悉了，在他们近乎变态的窥私欲面前，这点机票钱根本不值一提。

明星在飞机里被疯狂私生饭窥视的新闻向来屡见不鲜，有些极端的女孩子，甚至会趁着男偶像去洗手间的时候，守在门口堵人。

尤其是这种去往国外的航班，长达十几个小时的飞行，对于他们来说，简直就是天赐的良机。

偏偏这些跟机的私生饭很聪明，一般不会直接地和明星产生一些激烈的肢体冲突，只是躲在角落里暗中窥视。

所以，如果明星团队的工作人员直接上前阻止，人家会有理有据地说，自己就是买票乘机的普通乘客，让你一点办法都没有。

更何况“私生饭”本来就是情绪极端的群体，万一把他们逼急了，转头去网上爆料，说你疑神疑鬼，无端污蔑舱内的普通乘客，分分钟就能倒打一耙。

一想到往后十几个小时的航程里，陶熠的身后随时被几双眼睛盯得死死的，秦楮杉就不禁后背发凉，他这才想到了和陈妙换位置。自己毕竟是个男人，私生万一真的敢跟过来，他多少能保护陶熠。

在陶熠身旁坐定后，秦楮杉又交代道：“你一会儿如果要去洗手间什么的，记得叫一下我。”

陶熠不由得笑了：“干吗，大老爷们的上洗手间还手拉手？”

秦楮杉无奈道：“你不知道，她们最喜欢趁着人走动的时候下手。”

陶熠却颇不以为意，“我一个大男人，她们几个小女孩，又能把我怎么样？”

秦楮杉忍不住瞪了他一眼，“忘了上回电梯里什么情况了？”

尽管电梯那件事已经过去很久了，但两人都是记忆犹新。

秦楮杉一提这个，陶熠立马就没话了，最终只好乖乖答应道：“好吧。”

然而尽管一心想着要保护陶熠，秦楮杉还是没过多久就睡着了。

等他再迷迷糊糊地睁开眼时，就听见头顶传来陶熠压着嗓子的低音：“少睡会儿，等到了还要倒时差呢。”

秦楮杉愣了好几秒，这才意识到自己的头正枕在陶熠的肩膀上，他瞬间一个激灵，赶紧坐起身来，“你干吗不叫醒我！”

他一坐起来，陶熠这才微微活动了一下肩膀，整个人的动作都有些滞缓，看来秦楮杉已经睡了有一会儿，把他的肩枕得都发麻了。

然而他嘴上依然是一副平淡的语气：“你也没睡多久。”

秦楮杉不由得皱紧了眉，“就刚刚那个样子，被后面那群私生饭拍到了怎么办？”

陶熠耸了耸肩，“拍到就拍到呗，两个大男人怕什么。”

秦楮杉气道：“那问题就更严重了！”

“这不是男人女人的问题，”秦楮杉长叹了一声，“你在公开场合，不能和任何人发生任何逾矩的接触，基本的偶像自觉都没了？”

陶熠却难得地没接他的话，脸上的失落不是一点半点。

秦楮杉这才意识到，自己刚刚一时气急，语气过于凶悍了。

本来说好要保护陶熠的，结果自己不仅瞬间就睡着了，还把人家的肩膀当枕头，枕得人家肩都麻了不说，自己一醒来就把他凶了一顿。

实在是有违一个粉丝日常宠崽的良好作风。

想到这，秦楮杉清了清嗓子，又放缓了声线，好声好气道：“咱们私底下怎么样就算了，但是现在在外面，就得时刻记着这些，我不也是为了你好吗。”

陶熠没再反驳他，只是机械性地点了点头，“知道了。”

秦楮杉这才满意地重新闭上眼睛睡觉，没注意到陶熠眼神里久久不曾平息的落寞。

幸好飞机上的这几个“私生饭”还算是不惹事的，这一路上除了偷窥，或者也有可能悄悄地偷拍了陶熠以外，没有给他们造成什么大的困扰。

一下飞机，一行四人就坐上了品牌方派来接机的专车，一路来到了安排好的酒店。

品牌方给开了两件套房，按照性别分，自然是陶熠和秦楮杉住一间，陈妙和高小菁住一间。

走进金碧辉煌、极致奢华的总统套房，秦楮杉觉得自己简直像是刘姥姥进了大观园。

金光灿灿的墙面，复古典雅的家具，精致烦琐的吊顶灯，随处可见的装饰品……每一丁点装饰和细节，都流露出一种馥郁芬芳、扑面而来的罗曼蒂克气息。

秦楮杉撩开香槟色的层层纱帘，露出一整面的巨大落地窗，从这里极目远眺，便是巴黎街头最辉煌璀璨的夜景。

别说是住了，他在电视剧里都没见过这么豪华的房间。

饶是陶熠向来喜怒不形于色，在这样的环境里感到些许愣怔，产生出一种强烈的不真实感。

秦楮杉二大爷似的坐在沙发上，冲陶熠挑了挑眉，由衷地感慨道："儿子，好好干，我的后半生就指着你了。"

他这原本就是一句触景生情的玩笑话，只是不知道又戳中了陶熠哪根敏感的神经，他脸色蓦地一红，半晌，才极其郑重地点了点头。

秦楮杉就是和他戏谑一下，没想到他还当了真，他看着陶熠这副认真的模样，简直像个在心中暗暗发誓长大要考清华的小朋友，不由得笑出了声。

他一时间心情大好，于是转身去料理间洗了一盘饱满殷红的法国大樱桃，美滋滋地走回客厅，顺手就往陶熠嘴里塞了一颗："劳动人民最光荣。"

陶熠像是被他这突然的动作吓了一跳，抬眸看了他一眼，这才小心翼翼地咬住了他手里的樱桃。

今晚到达巴黎的时候本来就已经很晚了，简单地收拾过后，就到了半夜的光景。

考虑到第二天一大早就要起床赶活动，两人稍微歇了一会儿，就各自洗漱睡觉了。

秦楮杉一时间有点倒不过来时差，躺在夫人房里两米宽的大床上，脑子里一阵胡思乱想，不知怎么的，就想起了高中的历史课上，那些常年伴随总统身边，对外需要时不时地公务社交，对内还得打理家庭的第一夫人们。

外界的镜头总是更多地习惯于聚焦到成功的男人身上，那做这些成功男人背后的女人，又是一种什么样的感觉呢？

秦楮杉混混沌沌地想，总有一天，陶熠也会长大，也要谈恋爱，拥有属于他的那个女人……

不过孩子今年才十九岁，距离结婚生子少说还有十年，那么久远的事情，他这心操得也实在是有点早。

这么想着，他就在软得整个人都能陷进去的大床里陷入了昏睡。

Lilis Party 在十二点钟正式开场，在此之前，他们要完成给陶熠做造型、拍照、拍短视频、接受采访等一系列任务，因此第二天天还没亮，一行人就紧锣密鼓地开工了。

为了符合口红代言人需要的轻熟男友风，造型师没有再给陶熠做奶气的水冰月造型，而是做了一个偏分烫发，再加上他本身气质就沉稳内敛，看上去成熟了不少。

做好发型，化好妆，换上品牌方提供的高级定制西服，戴好耳钉胸针之类的装饰品，两个小时就过去了。

好在总统套房本身就足够气派，不用再另寻拍摄场地，秦楮杉给陶熠设计了几个造型，简单地拍了一些照片后，一行人终于坐上了去往现场的车。

Lilis 是世界驰名的奢侈品牌，排场自然也是奢华得无与伦比，Lilis Party 在一家租金不菲的知名艺术馆内举行，星光熠熠，绝对可以称得上是一场媒体盛宴。

富丽堂皇的会场内，Lilis 品牌邀请到的各大时尚媒体，品牌内部的知名设计师和高层管理人员，还有来自各个国家的品牌合作明星齐聚一堂。

现场觥筹交错，欢声笑语不断，咔嚓咔嚓的快门声此起彼伏。

国内的媒体也来了不少，陶熠和主办方走过场式地攀谈了一阵，又和诸多国际知名的巨星合影留念。

他 187cm 的身高，一双大长腿，皮肤很白，眉眼又精致，这会儿即便是站在一众欧美的俊男靓女中间，颜值和气场也不输分毫。

接下来就开始接受陈妙安排好的采访。陶熠虽然不是那种能说会道、擅长抛梗玩梗的明星，但却是一个非常合格的代言人。他在接受采访之前做了细致的功课，对产品进行了充分的了解，因此采访进行得很顺利。

再加上陶熠为人谦逊有礼貌，脾气又非常好，给现场各大媒体的记者们都留下了很好的印象。

陈妙又借着自己和各家媒体的关系，嘱咐他们回去好好剪辑写稿，多为自家的艺人说说好话。

等到主办方安排好的几个环节，以及后来的媒体采访统统结束以后，整个 Lilis Party 已经过去了好几个小时。

陶熠这才总算有了一点空闲时间，秦楮杉又赶紧拉着他到自己刚刚早就看好的地方，拍今日工作室独家营业的照片。

经过这段时间工作上的磨合，他们俩早就已经培养出了满分的默契，陶熠十分配合地按照他的要求摆了几个简单的造型，很快就在会场里各种适合拍照的角落里都打了卡。

秦楮杉这才放下相机，对陶熠竖了个大拇指。

陶熠笑了笑，说："辛苦了。"

秦楮杉伸手拍了拍陶熠的肩膀，"你才是最辛苦的。"

会场上依旧热闹无比，星光熠熠，各路大牌明星光彩照人，其间夹杂着各种各样的异国语言。

两个人坐在灯光照不到的角落里稍事休息，秦楮杉翻看着相机里的照片，画面里的陶熠穿着修身的西服，清俊冷酷的脸上又带着一丝稚气。

陶熠的照片不用修都是盛世美颜。秦楮杉不由得抬起头，看向一旁陶熠的那张俊美而挺拔的侧脸。

陶熠像是察觉到了他的目光，也转过头来看他，"怎么了？"

秦楮杉笑了笑，"我以前做梦都不敢想，有一天能在这样的场合为你拍照。"

陶熠垂下眸子看向他，远处的灯光刚刚好落在他的眼睛里，反射出璀璨的光芒。

半晌，陶熠看着秦楮杉的眼睛，认真道："从今往后，还会有更多更大的梦，等着我们去追。"

Lilis Party 结束后，品牌方请全体工作人员来到当地的餐厅吃法餐。

秦楮杉从一上桌就打开笔记本疯狂修图，陶熠忍不住催他："先吃饭，回去再修。"

秦楮杉却摇了摇头，"各大媒体早就发了你今天的照片了，工作室这么久还不出图，像什么样子。"

等他发完微博，刚刚好是国内的午夜零点，“网瘾少女”们基本上都还在网上冲浪，工作室的精修图一出，就被疯狂转发，分分钟就破了万。

秦楮杉又挑了几张更好看的，还有和品牌高层、其他各路明星的合影，留给陶熠明天亲自发，以表示他对品牌方邀请的感谢。

等他做完这些，收起笔记本，陶熠才叫来服务员，请他们上菜。

秦楮杉这才后知后觉地发现，刚刚自己忙着修图，陶熠居然也一直没吃，不由得惊诧道：“你等我干吗？”

陶熠理所当然地说：“我一个人吃有什么意思？”

桌子对面正优雅地吃着法餐的陈妙和高小菁的动作一顿，同时恶狠狠地瞪了陶熠一眼，对于他日常无视其他工作人员的恶劣行径深感愤愤不平。

等他们这桌上了菜，其他桌都快吃完了，不过他们俩也对生冷的西餐不是很感冒，匆匆吃了两口，四个人就一起出了餐厅。

陶熠的行程一直排得很紧，明天中午就要马不停蹄地坐上回国的飞机，他们也只能趁着傍晚的最后一点时间，在周边四处逛逛。

对于女人来说，好不容易来趟国外，头等大事自然就是买买买，陶熠和秦楮杉也只好十分无奈地跟在她们后面瞎转悠。

走了一会儿，陶熠忽然轻轻地拉了一把秦楮杉，秦楮杉抬头看他，又顺着他蠢蠢欲动的眼神看过去，只见不远处是一家牌匾十分醒目的冰淇淋店。

秦楮杉不由得一笑，“怎么老跟个小孩似的。”

嘴上这么说着，他还是趁着陈妙不注意，和陶熠偷偷溜到了那家冰淇淋窗口前。排了一小会儿队，等轮到他们时，秦楮杉不会说法语，只能用英语说：“Peach.”

说着，他一边比了个“2”的手势，一边生怕老板听不懂似的，指了指招牌上那个粉红色的水蜜桃。

老板听懂了，很快把两支水蜜桃味的冰淇淋递给他们，嘴上还重复了一遍单词。

等两个人拿着冰淇淋走出店门，陶熠才说：“笨，桃子的法语和英语一样。”

秦楮杉抬眸看他憋着一脸笑，不由得气急败坏地拍了他一巴掌，“那刚才你怎么不告诉我？”

陶熠眸中笑意更深，“想看看申大的学霸知不知道这个呗。”

秦楮杉无语道：“拜托，我又不是法语专业的。”

陶熠促狭地看了他一眼，“哦，对，你是日语专业的。”

秦楮杉脑子一转，立马反应过来他说的是自己曾经送给他的那只屁桃君身上的日文便签，他更加哭笑不得，“你这么记仇啊？”

秦楮衫想着现在跟陶熠也混熟了，于是也不打算再隐瞒，坦白道：“其实吧，那个屁桃君本来是我学妹送我的。”

陶熠蓦地看向他：“学妹？”

陶熠像是又想起了什么，眉间瞬间蹙紧道：“你学妹给你写那种话？”

秦楮杉无奈地挑了挑眉：“我当时什么也不懂啊，后来又稀里糊涂地送给你了，就……”

陶熠的眸色蓦地一沉：“什么叫稀里糊涂地送给我了？”

秦楮杉抬眸看了他一眼，说：“之前不是跟你说过了吗，反正说误会也是个误会，说巧合也算个巧合……”

陶熠嘴角的笑容渐渐消失，眸子也垂了下来，脸色一时间有些不大好看。

秦楮杉没想到这事过了这么久还会引起他这么大的反应，有些慌忙地解释道：“虽然送你的东西是个乌龙，但是我粉你的这颗心可一直都是真的。再说你想想这一切怎么就这么巧呢，这不就是上天注定的缘分嘛。”

这番话似乎让陶熠皱紧的眉头稍稍舒展开了一些，但仅仅过了一秒，他就又问：“所以你学妹到底干吗送你那个？”

秦楮杉见他没再纠结这场乌龙，这才放下了心，没好气道：“你说干吗？”

陶熠问：“你身边那么多追你的学姐学妹，你怎么也不说找个女朋友？”

秦楮杉想了想，陶熠这种莫名其妙的语气，肯定是来源于自己身为爱豆，不能谈恋爱的怨念，于是安慰般地说：“我单身二十年，天生命里没桃花。放心吧，哥哥不会让你一个人单身的。”

陶熠的神色一时间让人捉摸不透。

半晌，他才小声道：“谁要和你一起单身。”

秦楮杉敏锐地从这句话里感觉到了一丝不同寻常的气息，他狐疑地问道：“怎么回事，臭小子是不是想谈恋爱了？”

陶熠看了他一眼，目光忽然变得躲躲闪闪的，迅速避开了他的视线。

又过了几秒钟，他才叹了口气，落寞道：“我怎么敢。”

秦楮杉看了他一眼，语重心长道：“你这个年纪，有这种想法是正常的，但是别忘了你身为偶像，所以千万记住要把它扼杀在摇篮中。”

秦楮杉语气老成得好像他不是只比陶熠大一岁，而是大了十岁一样。

陶熠神色复杂地答应了一声，默默地舔了一口手上的冰淇淋，没有再说话。

一直走在前面的两位女士，脚下蹬着“恨天高”，倒是依旧步履生风，这一会儿的工夫，就已经把他俩甩得彻底没了影子。

不过这样也好，免去了陪女士逛街的折磨，两个人还能自己溜达溜达。

陶熠和秦楮杉一样穿着便装，走在人不多的异国街头，也不用担心被认出来。顶多就是两个高挑英俊的东方少年走在一起，偶尔引起行人和店家的微微侧目罢了。

巴黎黄昏的街头，华灯初上，路上的行人都走得悠闲，全然不同于人来人往、步履匆匆的申城。街道两旁复古的欧式建筑，传递着一种古老而恬静的法兰西式浪漫情调，身处其中的人都不由得慢下了步子。

秦楮杉走在这样的街道上，内心深处那一点快要被生活磨平的、古老的艺术家灵魂，都忍不住蠢蠢欲动起来。

他举起相机，稍稍站远了一些，将镜头对准陶熠，按动了快门。

面容清俊的东方少年站在巴黎的街头，好看的眸子里闪过一丝没有设防的讶异，手上还举着一支浅粉色的冰淇淋，配上黄昏幽暗的色调，简直好看得像一幅画。

对于一个摄影师而言，没有什么比拍出一张令自己满意的作品更幸福的事情了。秦楮杉看着屏幕上的这张照片，蓦然间觉得，画面上的这个人简直就是这世间最天然的瑰宝。

他不由得抬起头，刚想夸一句陶熠，就见对方那双盛满星星的眸子，此刻正紧紧地盯着他，像是在出神地想些什么。

两个人的目光相接，陶熠就飞快地挪开了视线，指了指近处的建筑群，“这里这么多好看的楼，你多拍拍啊，老拍我干吗？”

秦楮杉却摇了摇头，“比起这些死物，鲜活生命里的每一毫秒都更值得被记录。”

闻言，陶熠愣了愣，半晌，又露出一个浅淡而真诚的笑意，“那我以后一定要更加努力。”

秦楮杉眨眨眼问他：“努力什么？”

陶熠说：“努力带你去世界各地，把每一个角落里的我都留在你的镜头里。”

秦楮杉看向他，湛然一笑，“你是我拍过最好的模特。”

两个人依旧悠哉游哉地走着，拍完了街拍，又拍 Vlog。眼看着天色渐渐有些黑了，陶熠忽然指了指街边的一家店，“那是什么？”

秦楮杉看了一眼，只见那家店的门就是一只巨大的野兽头部，店门口挂着各种各样的面具，大部分应该都是经典文学作品中的形象。

他还没来得及说话，陶熠就拉着他往那边走，到了门口，一位留着络腮胡的大叔给了他们两副面具，秦楮杉付了钱，接过一看，正巧是《巴黎圣母院》里的两个主角。

秦楮杉伸手就把艾丝美拉达的面具套到了陶熠的头上，没想到陶熠一把拿了下来，不由分说地戴在他脸上。

秦楮杉笑道：“你干吗？明明你比我美。”

陶熠已经戴上了卡西莫多那副青面獠牙的面具，“我只要心灵美就够了。”

秦楮杉觉得他幼稚得要命，索性随他去了，两个人一起进了店里，这才发现里面别有一番天地，原来是一家不小的面具酒吧。

陶熠望着一排洋酒，眸子里闪烁着跃跃欲试的光芒，秦楮杉却毫不留情地及时制止了他：“小朋友，别太过分了。”

说着，秦楮杉就要了两杯汽水，陶熠见状，只好不情不愿地坐在吧台旁的高脚椅上，认真地听舞台上的歌手唱一首缓慢的抒情歌。

渐渐地，秦楮杉发觉了一丝不对劲——有个同样戴着面具、身材魁梧的男人向他们这边走来，坐在陶熠身旁的高脚椅上，透过面具饶有兴味地打量着陶熠。

秦楮杉的心里立马咯噔一声，心想，狼来了。

他于是迅速地伸手揽住陶熠的肩，试图把他往自己怀里带，然而陶熠似乎还没有反应过来，像块石头似的，纹丝不动。

时间紧迫，秦楮杉索性豁出去了，他伸出双手，一把勾住陶熠的脖子，顺势靠在了他肩头。

他感觉到陶熠明显地整个人一僵。

他的视线穿过陶熠，发现对面男人那只跃跃欲试的咸猪手总算收了回去。几秒钟后，对方知趣地从高脚椅上下来，离开了吧台。

秦楮杉刚准备收手，就感觉到陶熠伸出手来，小心翼翼地揽住了他的肩。

秦楮杉不由得笑出了声，“小朋友，你反应迟钝啊？人都走了，演给谁看呢？”

陶熠似乎愣了愣，转过头来看了他一眼，然后迅速地收起了自己无处安放的手。

秦楮杉却没注意到这些，他迅速地站起身来，拉着陶熠就往外走，“居然带你来这种地方，是我的失职，回去妙姐问起来，就说我们就在街上逛了逛，别忘了。”

陶熠依然愣愣地跟在他身后，魂不守舍地出了店门，“哦……”

秦楮杉看着他的样子，实在忍俊不禁，伸出手，一把摘下了他脸上的面具，“角色扮演还玩上瘾了？傻孩子。”

陶熠怔怔地盯着他手上的面具，依旧是一脸如梦似幻的表情，一双闪亮的眸子这会儿都失了焦。

秦楮杉不由得乐出了声，揶揄他道：“干吗呀，被浪漫爱情故事感染得忍不住春心萌动了？”

他顺着陶熠的视线，看了一眼自己手上的面具，青面獠牙的卡西莫多带着一种莫名其妙的喜感和滑稽。

秦楮杉冲陶熠挑了挑眉，“爱情故事浪漫是浪漫，但是不能轻易代入到现实里。如果按照现实的眼光来看，卡西莫多不好好敲他的钟，非要飞蛾扑火地去拯救本来就不该属于他的吉卜赛舞女，所以最后两人的结局只能是双双消亡。”

陶熠的眸色越发幽深，翻滚着一种复杂的情绪，“所以浪漫的爱情注定都是悲剧。”

“你懂这个道理就好，”秦楮杉拍了拍他的肩，“情情爱爱的事，看看就过去了，回归现实，还是得好好做你的‘小爱豆’，嗯？”

陶熠没说话，伸出手把两个人的面具都拿了过来，默默地捏在手心里。

卡西莫多的义务是做一个兢兢业业的敲钟人，他自始至终都是孤独的，不配拥有爱的权利。

更何况艾丝美拉达并不爱他。

“逛了一会儿街，转眼就没影了，长能耐了你们？没带保镖，两个小屁孩就敢在外面乱跑，万一出了什么事怎么办？”

陈妙像班主任似的叉着腰，训着面前两个不听话的坏学生。

秦楮杉乖乖地低着头接受批评，就听他身边的陶熠开口道：“妙姐，你别生气，都是我不好，非要拉着他东跑西跑。”

陈妙瞪了他一眼，“你不用急着为他开脱。”

说着，她又对秦楮杉说：“平时不是也挺懂事的吗？今天怎么回事？陶熠犯浑，你就由着他是吗？”

秦楮杉叹了口气，诚恳道：“妙姐，陈总，我知道错了。”

陈妙哼了一声，“扣你这个月奖金。”

见陶熠在一旁又打算开口，她飞快地堵了回去：“你，戒糖期再加一个月。”

陈妙眼睁睁地看着陶熠露出一脸“生无可恋”的表情，这才转身离开，回了自己的房间。

秦楮杉上前把门关紧，就听陶熠幽幽道：“连累你了，对不起。”

秦楮杉不由得一笑，“你怎么还真跟个幼儿园小朋友似的。”说罢，他又正色道，“不过今天确实太危险，以后可不能再这样胡闹了。”

陶熠不甘心道：“这不是好不容易才有这样的机会吗，回了国哪还能随便出门闲逛。”

秦楮杉抬眸看了他一眼，说：“小朋友，这就是做大明星的代价。”

陶熠露出一脸怅然若失的表情，似乎想要说点什么，但最终还是没有开口。

他默默地拿起放在茶几上的两只面具，盯着看了很久，也不知道在想些什么。

秦楮杉问：“两个破面具，稀罕成这样？”

陶熠很认真地点了点头。

秦楮杉看着他这副样子，不由得觉得好笑，“喜欢就带回去吧，留个纪念。”

秦楮杉今天跑了一整天，洗完澡上床，累得头一沾枕头就睡着了。

第二天的航班是中午起飞。

这次从巴黎回国，他们一行人没有回申城，而是直接去了首都，参加端午节晚会的彩排和直播。

作为网综选秀出道的艺人，能够收到这样的晚会邀约，从某种层面上来说相当于得到了主流媒体的肯定。

官宣那天，粉丝们都炸了锅，尽管免不了一部分队友的粉丝暗暗地嘲讽，但陶熠的粉丝依然为此深感骄傲。

正式直播的当天上午，秦楮杉坐在休息室里，刷了一会儿微博。

自从进了陶熠工作室以后，每天都忙得脚不沾地，他已经很久没有来得及关心网络上的那些是是非非了。

如今几个月过去，再看饭圈的大战，都觉得恍如隔世。

事实上，追星的最大意义，归根结底就是在支持偶像的同时，努力过好自己的生活。除此之外，过度关注这些网络世界的纷纷扰扰，除了让自己变得满身戾气、不断自我感动外，不会对自己的偶像或是所谓的“对家”产生任何实质上的影响。

秦楮杉正刷着微博，就见陶熠结束了最后一轮彩排，走进了休息室。

他赶紧放下手机，把桌上装着冰糖炖雪梨汤的保温杯递给他，“润润嗓子。”

陶熠客气地伸手接过，“谢谢。”

自从从巴黎回来以后，秦楮杉就明显地感觉到陶熠对自己的态度发生了变化，好像在跟他生闷气似的。

秦楮杉左思右想，也不知道自己到底做错了什么，他也实在无法理解陶熠这个幼稚无比的小孩心里那些莫名其妙的想法。

他瞥了陶熠一眼，大大咧咧地说：“这可是我昨晚上亲自给你熬的，一句谢谢就把我给打发了？”

陶熠抬眸看他，“你亲自熬的？”

秦楮杉冲他得意地挑了挑眉：“喝出来里面的满腔父爱了没？”

陶熠看着他，一双漂亮的眸子忽明忽暗。半晌，他移开了视线，“谢谢你。”

秦楮杉还没反应过来，就听他说：“两句了。”

秦楮杉无奈地看了陶熠一眼，知道这孩子还是没解气，可怎么也想不通他到底在想什么。但晚会录制马上就要开始了，现在也不是说这个的时候，他也只好作罢。

随着台前传来阵阵喜庆的开场音乐声，负责催场的工作人员过来敲门，应该是要带他们去后台做准备。

打开门的一刹那，秦楮杉不由得一愣。

还真是不是冤家不聚头。

他看了一眼面前的孟霏霏脖子上挂着的“舞台组”工作牌，露出一个尴尬又不失礼貌的微笑，“你到这来实习了啊？”

孟霏霏点了点头，同样感到不可思议，“你怎么也……”

说着，她抬头看了一眼大门上贴着的“陶熠休息室”，又联想到了当初在学校里的那段经历，她似乎瞬间明白了什么，脸上闪过了一丝难以描述的古怪神情。

陶熠注意到了他们这边的动静，站起身来，看见孟霏霏，同样是一愣，脸上的表情也变得不大对劲。

孟霏霏看了看陶熠，又看了看秦楮杉，努力调整好表情，微笑道：“距离小陶老师的节目还有半个小时，麻烦您做好准备。”

说着，她就飞快地退出了房间，还十分自觉地顺手带上了门。

门一关上，陶熠就看向秦楮杉，“你那个同学？”

秦楮杉想起来以前和孟霏霏他们一桌吃烧烤的时候，在烧烤店偶遇过陶熠，还被陶熠误会她是他女朋友。

又想起来后来孟霏霏在宿舍楼下告白失败以后，全校都疯传他有个男友的事。

绯闻女友和绯闻男友的会面，还把他夹在中间，简直是史诗级的尴尬现场。

他一时间不知道该从何说起，只好点了点头，“嗯。”

陶熠说：“申大的网红校花，果然名不虚传。”

秦楮杉没想到他会突然冒出来这么一句，抬眸看他，“你认识她？”

陶熠说：“我看过你那场摄影颁奖礼的直播。”

秦楮杉一脸惊愕，“连那么个颁奖礼你都看过？还能让你记这么久？你不会是……”

陶熠猛地转头看他，眸中闪过了一丝转瞬即逝的慌乱，“不会是什么？”

秦楮杉一脸警觉，“不会是看上她了吧？”

见他没否认，秦楮杉心道坏了，这小孩最近思春这么严重，身边儿又没接触过什么别的女生，不会是看了孟霏霏这么一个大美女，就蠢蠢欲动了吧？

秦楮杉惊恐道：“你也没必要这么饥不择食吧？”

陶熠气道：“你才饥不择食呢！”

然而现在也不是斗嘴的时候，晚会已经开始有一会儿了，两人也只好暂时放弃了这个话题，很快地来到了候场区。

陶熠今天要唱的是一首抒情慢歌，他穿着一身浅灰色的小西服，发型依旧是中规中矩的水冰月造型，因为是主流媒体的晚会，这会儿连耳钉都不戴了，整个人显得乖巧无比。

今天的中分刘海做得有点翘，他额前的两撮头发都比不出一个爱心的形状了，于是秦楮杉抬起手，轻轻地帮他往下压了一点，然后就感觉到陶熠整个人都僵了。

一定是因为孩子第一次上这么重要的舞台，紧张了，秦楮杉于是抬眸看他，“加油。”

陶熠看向他的眼睛，眸子里翻涌着复杂的情绪，最终还是点了点头。

好在无论紧张与否，小桃的业务能力永远都是不用让人担心的，他在这样正式的舞台上，发挥依旧很稳定。

节目表演完，又接受了几分钟的群访之后，他们就奔赴机场，坐上了飞往申城的航班，准备接下来几天的行程。

两个小时后，飞机落了地。

申城机场接机的粉丝依旧是人山人海，陶熠很耐心地一路收完所有信件，这才上了回酒店的车。

秦楮杉跟在他后面钻进了车里，两人在后台刚斗完嘴，这会儿心里又各怀鬼胎，别别扭扭的，明明都有话想说，却又都不知道该怎么开口，车内的气氛一时间有些尴尬。

没想到不一会儿，秦楮杉的手机就忽然响了起来。

他拿起来一看，只见是个陌生的号码，也没有写所在地，简直像个诈骗电话，但他还是下意识地按了接听键。

就听电话那头响起了熟悉的声音：“乖儿子，在哪呢？”

秦楮杉瞬间有如见了瘟神，语气立刻冷了下来：“滚。”

听到他的语气，身旁的陶熠不由得皱紧了眉，面色担忧地扭头看向他。

电话那头的秦富贵也不恼，笑了笑，“爸爸最近手头有点儿紧，听说你在外面谋了个好差事，资助资助呗。”

秦楮杉一听到这句话就想挂断，但又怕他去骚扰妈妈和妹妹，只好忍着恶心道：“你别做梦了，我没钱。”

秦富贵哼了一声，“有钱去巴黎，没钱给你老子？”

秦楮杉不由得心下一惊，“你怎么知道？”

秦富贵又阴森森地笑了起来，“不仅如此，我还知道你现在的老板是个大明星。你要是不给我钱，我就告诉那帮要债的，让他们去找他。这些人都是黑道上混的亡命之徒，下手没轻没重的……”

秦楮杉愤怒地打断了他：“你敢！”

秦富贵说："我就要三万，你也不是拿不出手吧，自己掂量着看。"

秦楮杉咬牙切齿道："老浑蛋。"

半晌，他还是深吸了一口气，"卡号发我。"

秦楮杉挂了电话，不由得深深地垂下了头，把手指插进了头发里。

他有意地跟家里人隐瞒自己在陶熠工作室任职的情况，甚至连对妈妈和妹妹，都只说是在娱乐公司工作，为的就是不让秦富贵知道这一点。

没想到对方依然是阴魂不散，简直防不胜防。

他明明早就跟秦富贵断了一切联系，他想不通对方的消息怎么会这么灵通。

可秦楮杉转念一想，那毕竟是他的亲爹，要是真的想找他，就是掘地三尺也能把他给揪出来。

尽管陶熠身边并不缺保镖，但秦富贵说得没错，那些亡命之徒，早就赌红了眼，为了钱什么都能干得出来。

无论如何，现在让秦富贵知道了这一点，对方之后一定会一直拿这个要挟他，揪着他不放。

一想到这，秦楮杉不由得绝望地叹了口气。

每当他历经千般磨难，以为自己终于就要挣脱原生家庭的束缚，踏入一个全新世界的时候，那些二十年来甩不掉的羁绊，就会如同藤蔓一般疯狂地缠绕上来，将他的双脚死死地束缚在原地，让他无法再向前移动半步。

秦楮杉心里正堵得要命，下一秒，忽然感觉到有一只手轻轻拍了拍自己的肩膀。

他这才想起来，陶熠就坐在他身边，刚刚车里那么安静，就算听不清电话里的声音，对方大概也能猜个八九不离十。

车子刚好在这时候停在了陶熠家的地下车库，秦楮杉抬眸看向陶熠，对方却没有看他，只是对前排的司机师傅说："我们俩都在这下，今天就不用送他回学校了。"

没等秦楮杉反应过来，陶熠就拉着他下了车，"今天端午，一个人太孤单了。"

没等秦楮杉说话，陶熠就忽然伸出手，轻轻地揽了揽他的肩，低声道："有我在，不要怕。"

秦楮杉忽然感觉到，自己心脏外面包裹着的那层坚硬的外壳，就在那一瞬间融化了大半，化成了一汪水，从肺腑间一路上涌，填满了他的眼眶。

他微微仰起头，睁大了眼睛，努力地不让它掉出来。

第二次来到陶熠的公寓，室内的一切陈设依然和当初他来的时候一样。

陶熠给他倒了一杯水，打开电视，里面在重播刚刚的端午节晚会。

本该是一个幸福美满的节日夜晚，然而秦楮杉的心情却被刚刚的那通电话搅得稀烂。

微波炉里传来“叮”的一声响，陶熠端出来了一盘粽子，又拿了两罐啤酒，默默地摆在茶几上。

秦楮杉不由得失笑道：“粽子配啤酒，你倒挺能想。”

陶熠说：“大过节的，家里只有这些了，将就一下吧。”

秦楮杉又说：“我已经好几年没过端午节了。”

没想到陶熠抬眸看向他，说：“我也是。”

秦楮杉有些惊讶，“你在公司做练习生的时候，为什么不回家？”

陶熠说：“我妈生我的时候难产去世了。我爸，我后妈，我弟弟，他们三个人是一家。”

秦楮杉从来没听他讲过自己家里的事，听陶熠这么一说，他才发觉，之前在《吾辈之名》的节目里，很多和家人互动的环节，陶熠都没有出现过，网上也没有传出过任何关于他家庭的爆料，仿佛他是从石头里蹦出来似的。

今天听他说完，秦楮杉才意识到，这孩子十三四岁就去公司做练习生了，难道这么多年都是自己一个人过来的？

怪不得才十几岁的年龄，就练就了这副完全不同于同龄人的沉稳性子。

秦楮杉的心头不由得一阵酸涩。

良久，他叹了口气，安慰道：“孑然一身也挺好，不像我，被一个嗜赌成性的老浑蛋缠着，阴魂不散。”

陶熠看向他，一时不知道该说些什么。

半晌，他才认真地说：“无论发生什么事，都不要忘了有我在。所以以后有任何难处，都一定要跟我说。”

“大过节的，不说这些了。”秦楮杉拿起啤酒罐跟他碰了碰，“同是天涯沦落人，相逢何必曾相识。”

陶熠说：“以后就不一样了，我不会让你再做天涯沦落人。”

秦楮杉看了他一眼，露出一个大大咧咧的笑意。

半晌，他又认真道："陶熠，虽然这样说挺肉麻的，但是这一路走来，你对我来说就像亲弟弟一样，未来的路无论是什么样，哥都一定会陪着你的。"

陶熠眼里的眸光一动，"我也会的。"

片刻后，他犹豫了一会儿，又小声说："可我不想做你弟弟。"

秦楮杉抬眸看他，只见他那双星星般的眸子亮闪闪的，干净得以至于有些天真，像个涉世未深的孩子。

秦楮杉不由得笑了笑，"不想做我弟弟，难道你还真想做我儿子啊？"

Chapter 17　最佳新人

“接下来走上红毯的是在《吾辈之名》节目中出道成团、短短几个月内火爆全国的男子组合——Ours 吾辈少年团！”

随着七名身着西装的英俊少年依次站定在背景板前，媒体区响起了一片极其密集的快门声，网络直播间的画面也瞬间被满屏的弹幕刷得密密麻麻。

作为当下全网流量最高的偶像团体，Ours 吾辈少年团一出场，线上和线下的氛围就同时到达了今晚的最高潮。

陶熠作为队长，站在队伍的最中间，代表整个团回答了主持人的几个问题后，七个人就依次进入了后台。

一年一度的歌谣大赏，是一个权威且重要的颁奖礼，能在这个颁奖礼上拿到奖，无论对于爱豆还是歌手来说，都是分量不轻的荣誉。

陶熠和秦楮杉刚刚跟现场的音响师最后确认了一遍表演要求，回休息室没多久，就有工作人员来对流程。

休息室的门一打开，他们两个人都惊了。

这都从首都回申城了，怎么又碰上了孟霏霏？

秦楮杉有些尴尬地看了她一眼，“真巧。”

孟霏霏点了点头，“我也是昨天临时被借调过来的。”

这之后她倒也没再多说什么，拿着流程单公事公办地和陶熠对了一遍一会颁奖和演出的流程。

孟霏霏向来是个知趣的人，自从上次误会了秦楮杉的性取向以后，她就再也没有像从前那样死缠烂打过，几乎是从此消失在了秦楮杉的身边。

由此看来，这回她确实也不是有意的。只能说，有些孽缘，实在是妙不可言。

倒是陶熠看上去怪怪的，表面上看起来依旧是温和有礼，但秦楮杉却能感觉到一丝说不出来的不对劲，总之就是与平时和其他工作人员相处时略微有些不同，不免让他觉得很是耐人寻味。

孟霏霏一走，秦楮杉就扭头看向陶熠，没想到与此同时，陶熠也正好看向了他。

视线一接触，空气沉寂了一秒，就听陶熠犹犹豫豫地开口："你同学，她……"

话说了一半，他又放弃了。

他这欲说还休的样子，让秦楮杉心里更觉得奇怪，"怎么了，真看上人家了？"

陶熠瞬间无奈地皱紧了眉，"算了，你当我没说。"

端午节那天把这一茬给忘了，秦楮杉想来想去，总觉得今天颁奖礼结束以后，必须得找个时间好好跟他聊聊，提醒他要保持偶像自觉的问题。

红毯结束后，到场的所有嘉宾各就各位。

作为音乐界地位很高的年度大赏，今晚的舞台一如既往地星光熠熠，歌坛的实力派天王天后与人气火爆的唱跳偶像齐聚一堂，光是主持人在台上例行大点名，就足足进行了半个小时。

颁奖嘉宾上台后，揭晓了今晚的第一个奖项年度组合。

大屏幕里不出意料地出现了"Ours 吾辈少年团"。

台下瞬间响起了今夜第一次疯狂的尖叫声，此时不仅是七种颜色的灯牌对打，更是一场最原始的口头应援对决，每一个粉丝都疯狂地尖叫着自己爱豆的名字。

大屏幕上的视频播放着《吾辈之名》出道之夜的场景，然后又切到了组合发行的第一张专辑里主打歌 MV 的镜头。

秦楮杉一时间有些恍然，虽然说这个限定组合为期只有一年，也许没有多少所谓的"团魂"，但他作为最初的那一批见证者，看着这些少年们一步步地走到今天的位置，明白他们各自都经历了多少艰辛，他打心眼里为他们每一个人感到开心。

舞台上，陶熠捧着奖杯，主持人的话筒依次递给了每一个人，发表获奖感言。

下了台以后，几个人坐了没一会儿，就差不多走空了，只剩下陶熠一个人还坐在原位，因为他一会儿还要参与一个单人奖项——年度新人奖的角逐。

今年的国内组合里，Ours 吾辈少年团无论实力还是人气，都可以说是全方位地碾压其他组合，因此摘得年度组合的奖项，几乎是毋庸置疑的事情。

但年度新人奖对于陶熠来说，却并没有太大的把握，因为这个奖项并不是限定于偶像圈，竞争者更有同期其他音乐类选秀节目或公司推出的专业歌手。

而陶熠是爱豆出身，虽然本身唱作能力很强，但若是放在真正的专业歌手圈来竞争，并不是一件容易的事。

因此对于这个奖项，无论是陶熠本人还是粉丝，都没有抱太大的希望，认为提名即肯定。

年度歌曲奖颁过后，就到了排在倒数第二的年度新人奖。

大屏幕上出现了四位新人的实时镜头，果然，除了陶熠以外，其他三位都是专业出身的新锐歌手。

但台下的粉丝们依然撑足了排面，一片粉红色的海洋从颁奖礼开始一直亮到现在，坚持了这么久，小妹妹们的应援声依旧无比给力。

秦楮杉在媒体区扛着相机，原本坦然的内心在环境的影响下，也不由得跟着提到了嗓子眼。

台上的颁奖嘉宾缓缓地打开了手中的信封。

女嘉宾看了一眼名字，冲身旁的男嘉宾嫣然一笑，“他真的超级帅哦。”

秦楮杉举着镜头的手不由得一紧。

台下的尖叫声一时间如雷贯耳。

大屏幕里开始应声播放一段视频。

“惊为天人的英俊面孔，燃爆全场的舞台实力，在选秀节目中C位出道，收获无数追捧，成为年度现象级新人王。但偶像的身份远远不足以限制他的实力，他扣人心弦的歌声，独具风格的创作，预示着他将在音乐人的道路上走得更远，让我们拭目以待。”

“让我们恭喜年度新人——陶熠！”

台下的陶熠微微一怔，但只是一秒钟后，他就对着镜头露出一个浅淡的笑容，然后优雅地系好西装的纽扣，起身向台下九十度鞠躬。

台下的粉丝们更是根本没有做好会获奖的心理准备，此时只剩激动地欢呼雀跃，观众席那一片粉红色海洋瞬间仿佛涨了潮，尖叫声几乎要将场馆的屋顶掀翻。

陶熠已经款款走上了台，接过奖杯，对着话筒说：“首先感谢歌谣大赏对我的肯定，刚刚的那一段颁奖词让我深感受之有愧，在音乐这条路上我一直都是一个不断摸索与学习的后辈，但我会努力把这份压力变成动力，用心创作出更多的好作品，为支持我的人们交上一份满意的答卷。”

秦楮杉站在台下，看着舞台中央，陶熠就站在那个最光辉耀眼的位置，手捧着奖杯，不再是那副爱脸红、偶尔闹小脾气的样子，而是西装革履，侃侃而谈，俨然一副大人的模样。

“最佳新人奖”绝对不是一个普通的名头，它是来自真正的流行音乐界的肯定，秦楮杉明白，这个奖项的颁发，就意味着陶熠今后的身份不再仅仅是一个偶像，更是他走上实力歌手道路的开始。

秦楮杉在台下飞快地按动着快门，陶熠第一次拿奖的重要时刻，他连一毫秒都不想错过。

台上的陶熠顿了顿，又开口道：“这一路走来，身边有太多给予我帮助和支持的人，感谢我的粉丝，没有你们就没有我的今天。”

台下的一阵尖叫过后，陶熠又看向台下，“感谢我的公司夏至音乐传媒，感谢关熙老师。”

秦楮杉一刻不停地拍着照，没想到下一秒，他就看到陶熠的视线直直地看向了他的镜头。

陶熠露出一个淡淡的微笑，就像每一次在台上看他时一样，“感谢一直以来在我身边默默陪伴着我的人，这份支持是我不断前行的动力。”

秦楮杉愣了愣，他的双手都托着相机，不能给陶熠做出回应。更何况隔着这么远的距离，陶熠不一定能看得清。

但他知道，陶熠心里一定都明白。

陶熠走下台，率先拥抱了嘉宾席的关熙，然后又和身边的其他明星依次拥抱，接受他们的祝贺。

终于到了最后一个，也是历届歌谣大赏最重要的奖项——年度歌手。

大屏幕上出现了四张面孔，关熙在右下角。

几年前，他的脸同样出现在大屏幕上的这个位置，但那时候，左下角就是那个传说中与他相爱相杀的人。

那一次拿到年度歌手后，余夏得到了业内的肯定，正式封神，成为国内实力与人气兼具的顶级明星，一时间风光无限。

而那一场颁奖礼上，余夏和关熙坐在两个极遥远的位置，从开场到结束，没有任何交流。

于是两人反目成仇、针锋相对的故事再次甚嚣尘上，关熙则因落败，被趾高气扬的余夏粉丝，连同偶像圈的其他粉丝，足足嘲讽了几个月，直到余夏出事。

原来所谓功成名就，其实也不过一朝云泥。

“恭喜年度歌手——关熙！”

秦楮杉默默地举起相机，像两年前一样。

关熙伸手接过奖杯，他一向吝于言辞，连获奖感言都说得极简短，但这并不妨碍台下的粉丝为他卖力地尖叫。

关熙走下舞台，颁奖礼也正式到了尾声。

秦楮杉翻看着相机里刚刚拍的照片，关熙依旧面容清冷，不苟言笑。

但不知道是舞台上的灯光效果，还是他的错觉，他总觉得关熙的眼眶里，似乎闪烁着点点水光。

歌谣大赏结束后，夏至传媒的一行人却没有急着散伙，因为老板关熙提出要请大家吃饭。

陶熠工作室成立也有好几个月了，但公司里的同事工作都忙，各赶各的行程，平时也没机会碰面，趁着这次人还算齐，难得地小聚一次。

今晚歌谣大赏，最大的两个奖项分别被关熙和陶熠收入囊中，两家工作室的同僚们都兴高采烈，再加上双方基本上都是熟人，因此这顿庆功酒是无论如何也要喝的。

尽管秦楮杉的内心非常不希望陶熠沾酒，但这么热闹的场面，关熙都难得地和大家推杯换盏，陶熠不喝也是不可能的。

秦楮杉原本有心替陶熠挡一点，但是碰巧今天司机师傅有事不在，一会儿他还得开车把陶熠送回去，于是他只好见缝插针地提醒陶熠少喝点。

然而他发现劝说根本无效，陶熠不光来者不拒，还一个劲儿地猛灌自己。关键看他的样子也不像是因为拿奖了开心，不知道为什么，秦楮杉莫名其妙地看出了一点借酒消愁的意思。

坐在他旁边的关熙也像是被他传染了一样，前面说了几句，后来就不怎么说话了，没一会儿就独自喝了起来，看上去也是闷闷不乐的。

酒过三巡，大家都各自围成圈聊起来了。秦楮杉和这两个莫名其妙的人挨着，不能陪他们喝，也实在没有什么话题可聊，气氛一时间有些尴尬。

关熙忽然问秦楮杉："你在他工作室做什么活？"

秦楮杉答道："摄影师，有时候也兼助理。"

关熙似笑非笑地看了陶熠一眼，"工作室这么穷吗？员工还身兼数职。"

陶熠也开玩笑道："一个人领好几份工钱的。"

过了一会儿，关熙又看向秦楮杉，"那一次在医院，你不是想问我是怎么认识你的吗？"

秦楮杉想起当时陪着陶熠在医院里的场景，还有关熙对他说过的那些几乎让他一夜成长的话，一时间不由得心情有些复杂。

就听关熙又说："我认识你，不是在机场，是在最后一次演唱会上。"

秦楮杉猛地抬眸看向他。

他当然知道关熙指的不是他自己的演唱会，而是和余夏一起的。

关熙难得地露出了一个平静的笑容，"你当时就在台下，安安静静地拍照，旁边围了一群女孩子，都举着他的灯牌。"

这个"他"，指的当然就是余夏。

要知道余夏一直都是关熙避而不谈的人，秦楮杉没想到他会忽然在这种时候提起这个，他不由得仔细观察了一番，严重怀疑关熙是不是喝得有点飘了。

没想到坐在中间的陶熠忽然转头看向他，眼神里带着某种近乎质询的意思："他？"

秦楮杉莫名其妙地感到一阵心虚，讪讪地笑了笑，"都是年轻时候的事了。"

就见陶熠的眸子沉了沉，喃喃地重复了一遍："年轻的时候。"

关熙忽然嗤笑了一声，然后端起酒杯，碰了一下陶熠的杯子，"谁还没个年轻的时候。"

秦楮杉傻眼地看着眼前这两个一饮而尽的人，一时间觉得自己跟他们俩似乎根本就不在一个频道上。

他又观察了一会儿，终于确认，这两个人都喝得有点大了。

别的桌好歹还边喝边谈笑风生，旁边的这两个人却似乎各有各的苦，简直像是一对难兄难弟。

又喝了几杯后，陶熠忽然低声地开了口："关老师，如果是明知道不可能的人，还应不应该去争取？"

听到他这个莫名其妙的问题，秦楮杉的脑海里一瞬间警铃大作。

陶熠最近表现这么反常，到底是看上谁了？

没等他琢磨透，就见关熙不置可否地摇了摇头，答非所问道：“珍惜眼前人。”

秦楮杉这会儿算是确认了，不仅自己和他们俩不在一个频道，这两个人彼此之间也根本不在一个频道。

不过两人好像也根本没有再探究下去的意思，仿佛只是找个地方发泄一下罢了。总之，这两句没头没尾的对话结束后，两人又默契地干了一杯，谁也没有再多说话，埋头就喝。

秦楮杉一脸糟心地看着陶熠，心里盘算着今天晚上自己一个人能不能把他弄回家里去。

好在陶熠生来是个安静的性子，喝多了以后也不撒酒疯，也不会满嘴跑火车，走路也不飘，只是乖乖巧巧地坐在座位上。

大约因为今天心情不大好，酒精又恰好放大了这些情绪，总之陶熠一路上都没开口说过一句话，安静得简直像个自闭症患者。

不过这倒省了秦楮杉的事，开着车一路就到了他家。

把车停在地下车库后，秦楮杉觉得出于人道，他今天一晚上都应该看着点陶熠，但他想了想，还是礼貌地征求了一下对方的意见：“你一个人能行吗？”

陶熠大概是因为喝多了，反应有点慢，半晌才缓缓地抬起眼眸看他，委屈地问：“你是不是不要我了？”

秦楮杉看着他一脸无辜的表情，一时间哭笑不得，原来陶熠喝大了的反应是秒变三岁小朋友。

他于是摸了摸小朋友的头，哄孩子般地说：“怎么会，我陪你上去。”

于是陶熠心满意足地从副驾驶座上下来，等秦楮杉锁了车，就扑上来搂住了他的胳膊，然后又顺势把头靠在了他的肩膀上。

秦楮杉被这么一个比自己还高的庞然大物吊着，不由得身心都受到了些许惊吓，他无奈地开口道：“哎，你这样我怎么走路？”

没想到陶熠不仅没起来，还把他搂得更紧了，答非所问道：“你不能不要我。”

果然跟喝多的人就没有道理可讲。

秦楮杉蓦地想起了自己上次喝大的时候，不知道有没有在陶熠面前撒酒疯。

罢了，还真是天道有轮回，苍天饶过谁。

秦楮杉只好认命地拖着这个身高将近一米九的黏人精，艰难地往楼上走，就听陶熠在他耳边小声地哼着一个奇怪的调子。

于是秦楮杉侧耳细听，大概听清了陶熠唱的词：“我深深地爱着你，你却爱着一个傻子，那个傻子不爱你，你比傻子还要傻……”

秦楮杉一时间啼笑皆非，简直想把他从自己身上扔下去。

陶熠不会无缘无故地唱这么一首歌，联想到他这段时间以来一反常态的表现，还有今晚突然问关熙的那个没头没尾的问题，秦楮杉觉得自己几乎可以确定，陶熠心里有喜欢的人了，而且八成还是求而不得的那种。

可是他这段时间跟陶熠几乎形影不离，陶熠又不可能在他眼皮子底下谈恋爱，所以究竟是谁呢？

刹那间，秦楮杉的脑海里闪过陶熠连续两次见到孟霏霏时的反常态度。

不至于吧？陶熠喜欢的难道真的是她？

陶熠自己说过，一早就在摄影颁奖礼上见过她，甚至还知道她是申大的网红校花，那就说明陶熠对她的了解并不像秦楮杉以为的那么简单。

莫非两个人之间，还有点他不知道的故事？

秦楮杉的脑海里刹那间上演了一出流量明星单恋大学校花，校花的芳心却另有所属的虐心爱情故事。

虽然听起来就非常不可思议，但是秦楮杉不知怎么的，还是不由自主地把这个天马行空的脑洞完善了下去。

陶熠既然知道孟霏霏是校花，就不可能不知道孟霏霏和秦楮杉之间的那点坊间传闻。

所以陶熠口中的那个“傻子”不就是他吗？

怪不得陶熠最近对他的态度这么奇怪，原来是个见色忘友的人。

想到这，秦楮杉就气不打一处来，他一把将肩上陶熠的头扶正，然后把他挪到了沙发上。

他刚要撒开手，陶熠就立马再次搂了上来，于是秦楮杉又伸手想把他扒拉下去，结果陶熠就跟黏在了他身上一样，怎么推都推不动。

秦楮杉懒得和喝多的人讲道理，只好像哄小孩般好言好语地说：“乖，我去给你放洗澡水。”

陶熠这才放开他，秦楮杉起身往厕所走，没想到陶熠形影不离地跟在他身后。

他索性也不拦着了，在浴缸里放满了热水以后，转身冲陶熠道：“还会洗吧？”

陶熠看着他，一脸理所当然地摇了摇头。

秦楮杉翻了个白眼，“不会洗就别洗了。”

说着，他就转身出去，顺手带上了卫生间的门。

没想到一分钟后，他就听到浴室里传来了一声闷响。

秦楮杉不禁吓了一跳，看样子陶熠也没有到烂醉如泥的地步吧？明明刚才还行动自如啊？

他赶紧冲回浴室，就见陶熠四仰八叉地躺在浴缸里，身上的衣服都没脱，浑身都已经湿透了。

第二天中午，陶熠终于睁眼醒来，只见秦楮杉在一旁叉着腰瞪了他一眼：“你差点把我气死了。”

说着，他像是想起了什么似的，恶狠狠道：“陶熠，你适可而止吧，别满脑子的小妹妹，成天你爱我我爱她的。”

听完他这句话，陶熠愣了愣，不知所措地辩白道：“我没有。”

秦楮杉哼了一声：“就你那点小心思还想瞒得过我，幻想是可以的，但是想要落到实处是不行的。总而言之，现在不是谈恋爱的时候。”

陶熠垂下了眸子：“哦。”

秦楮杉的手机忽然响了。

秦楮杉一看，是陈妙打来的，赶紧接了起来：“妙姐，什么事？”

陈妙直截了当地问：“陶熠呢？电话怎么一直关机？”

秦楮杉看了他一眼，说：“就在我旁边呢。”

陈妙说：“那你们俩现在赶紧来公司。”

她说这话的语气十分急迫，让秦楮杉产生了一种不好的预感，“出什么事了？”

不会是昨天晚上他送陶熠回家，被路上蹲点的狗仔偷拍到了吧？

昨天陶熠黏着他要死要活的样子，要是真的被曝光了，简直分分钟就是一出可怕的八卦绯闻。

陈妙说：“你上网看看就知道了。”

他们俩昨晚上回来折腾到半夜，今天睡到中午才起，谁都没来得及看手机。听她这么一说，两个人赶紧打开了手机。

所幸现实和秦楮杉的担忧大相径庭，不过也没有好到哪里去。

无数个软件同时发来推送：

震惊！陶熠顺利签约夏至音乐传媒，原来靠的是“潜规则”？

曝关熙陶熠关系暧昧，或对已逝队友旧情难忘。

节目导师和撞脸选手，讨喜师生也太会玩了吧？

惺惺相惜还是同性相吸？“讨喜”组合那些亦真亦假的江湖传说。

……

看了几篇通稿，秦楮杉算是明白了，所有长篇大论的中心思想就是，关熙和陶熠的关系不简单，而且陶熠是靠出卖自己受到夏至传媒力捧的。

昨天两人在歌谣大赏上双双拿了大奖，今天就立马有造谣绯闻的通稿全网推送，这位幕后黑手还真是沉不住气。

会议室里，陈妙和夏至传媒双方的公关团队坐在一起，商量了很久，终于就如何处理这个问题达成了统一。

几篇通稿虽然把两人的关系吹得神乎其神、天花乱坠，但实际上通篇全靠瞎编，没有任何证据。

但重点在于，“吃瓜群众”几乎都知道关熙和余夏曾经的传闻，而陶熠刚出现在大众面前时，花桔娱乐给他营销的人设也是撞脸余夏，这些复杂的边角料交织在一起，难免会让部分群众信以为真。

这些通稿在妖魔化两人关系的同时，还不断地洗脑陶熠本身实力不行，是靠着关熙才能在节目中C位出道，继而又从花桔解约来到夏至，得到公司的力捧，才有了今天。

这一招，高明就高明在打着同性绯闻的旗号，两个当事人又都是当红流量，再加上把余夏那些乱七八糟的往事又拿出来翻了个遍，一瞬间就吸引了无数群众的眼球。

绯闻一传十、十传百，总之大家都是图个新鲜乐呵，至于事情的真假，早就没有人去追究了。

但身为经纪公司，如果不尽快把这样的传闻解释清楚，对两个艺人形象的影响都是不容小觑的。

会议一直持续到傍晚，最终，夏至音乐传媒发出了严正声明以及律师函，对造谣者进行了强烈的谴责。

紧接着，关熙和陶熠的工作室都转发了微博，两家粉丝在公司的澄清热搜下积极评论，这场无妄之灾，总算是有了结果。

随后陶熠又被陈妙告知，从今往后任何和关熙的公开互动，都要听从她的安排，既不能太过亲密，也不能过分避嫌。

一场突如其来的危机公关总算是妥善处理完毕，等到陶熠和秦楮杉上了车准备回家时，天色已经完全黑透了。

秦楮杉熟门熟路地把车停在陶熠家的地下车库，就听陶熠小声地问："你今晚可以不走吗？"

秦楮杉看了他一眼，只见他的表情闷闷不乐的。

想来也是，哪个明星遭遇这种造谣和污蔑，心里都没法好受，秦楮杉心一软，还是答应了他。

今天晚上的陶熠出奇的安静，再加上折腾了一整天，时间也不早了，两个人没说两句话，就各自回屋睡觉了。

刚出了这么大的事，秦楮杉自然是睡不着的，他躺在床上刷微博，关注了一下声明发出后的群众反应。

好在大部分群众本来也就是看个热闹而已，也并不是真的处心积虑地想要抹黑他们。

工作室的声明一发，公司就迅速地买了一条热搜，在粉丝的积极澄清下，绯闻本身的热度倒是下去了不少。

秦楮杉这才放心地关了手机，打算睡觉，没想到他的房门忽然被人推开了一个小小的缝。

秦楮杉问："怎么了？"

就见陶熠闪身进了房间，"我睡不着。"

秦楮杉知道陶熠今天心情郁闷，又无处可以发泄，也就只有和自己才能吐吐苦水。于是他自觉地往旁边挪了挪，给陶熠让出来一点位置，做好了彻夜长谈的准备。

陶熠爬上了床，在他身旁躺下，半晌，才闷闷地开口："今天的事，你怎么想？"

秦楮杉一副过来人的口吻说："人红是非多，别太放在心上。"

陶熠却说："我不是说这个，我是说，我和关老师。"

秦楮杉说："那个爆料一看就假得要命，信的人怕是脑子不太好使。"

陶熠低声问："你看到那些字眼的时候，难道心里就没有一点别的想法？"

秦楮杉忍俊不禁："我还不知道你是什么样的人？难道还能被几句话洗脑，怀疑你？"

陶熠的语气不知怎么的，又沉了几分："所以我随便和谁传绯闻，你都觉得无所谓是吗？"

秦楮杉说："当然有所谓了，看起来很真的那种就不行，比如和女明星，容易被人当真，有损你的形象，万一对方再顺势炒作，搞不好就会造成大规模脱粉。"

陶熠不说话了，秦楮杉以为他困了，于是也没再出声。

毕竟今天两个人都为这事提心吊胆了一整天，这会儿秦楮杉早就累得不行了。于是没过两分钟，他自己也被一阵困意席卷，上下眼皮黏黏糊糊地粘在了一起。

陶熠忽然深深地吸了一口气，幽幽地开了口："这么长时间了，难道你只把我当偶像看吗？能维持形象挣钱就可以了对吗？"

秦楮杉已经快睡着了，他迷迷糊糊地问："什么意思？"

下一秒，他就感觉到陶熠整个人猛地坐了起来。

他也跟着起身，看着陶熠说："我都是为了你好，突然发什么神经。快去睡吧。"

陶熠内心翻涌着好多不知名的情绪，他突然不想再当一个好孩子了，尤其不想在秦楮杉面前。为什么无论何时都要聊工作，为什么网上的风吹草动都让他们草木皆兵，而自己真正的想法从来没有人关心过。他以为遇见秦楮杉之后这种情况会有所改变。这么多年压在心底的能量冲上头，他不受控制般狠狠地推倒了床边的落地灯，灯罩破碎的声音无比清晰地传进了秦楮杉的耳朵里。

刹那间，秦楮杉脑子里"嗡"的一声，满脑子的睡意瞬间就消失了，一时间变得清醒无比。

秦楮杉看着陶熠落寞的背影，他努力镇定了自己的情绪，这样的陶熠让他发不出火，只觉得那双噙着眼泪的星星眼既好看又可怜。他起身伸手拍了拍陶熠的肩膀低声说："你先冷静冷静。"而后抓起大衣，离开了陶熠的家。

天空中淅淅沥沥地下着小雨，连脸颊上传来的阵阵冰凉的触感，都变得虚幻而不真实，让秦楮杉觉得这一切都仿佛是一场梦。

他丢了魂儿似的游荡在夜晚华灯初上的街头，脑海中一片空白，不知道自己要走到哪里去。

蓦地，他感觉到头顶被什么东西罩住了。

这还是在大街上，尽管天色已经晚了，但保不齐就会有什么人把陶熠认出来。

秦楮杉伸出手，推开了陶熠罩在他头上的外套，下意识地质问他：“你跟出来干什么？”

陶熠不由分说地一把拉住了他的手，“跟我回去。”

秦楮杉却一把将他甩开，“那是你的家。”

似乎没有预料到他会是这样的反应，陶熠愣了愣，就听秦楮杉的声音都难得地带上了一丝颤抖：“陶熠，我求求你，能不能别再犯浑了？你搞清楚自己的身份，你是个爱豆，是粉丝把你捧到了今天。你呢，成天又在想些什么？你怎么能这么随意地走到大街上？”

秦楮杉说得愈发激动，伸手推了他一把，“你做练习生的时候公司怎么教你的，什么叫偶像失格，需要我再给你科普一次吗？一路走到今天，你经历了多少不容易，难道这么快就忘干净了吗？”

他的话音未落，陶熠就整个人动作一顿，眸色瞬间暗了个彻底。

他原本悬在空中，想要拿外套替秦楮杉遮雨的双手，这会儿终于缓缓地垂了下来，任淅淅沥沥的雨水打湿了两人的头发。

陶熠再次抬眸看向他，眼中翻滚起一种秦楮杉不曾见过的隐忍与郁结，以至于显得痛苦至极，“我现在只觉得越成功越孤独。”

秦楮杉张了张嘴，却再也说不出一句话。

他看着陶熠，神思恍惚地眨了眨眼睛，忽然从内心深处生出一种罪大恶极的感觉，仿佛他一直以来最珍视的某样东西，却在此刻被他自己亲手打碎。

雨越下越大，落在地面上，发出噼噼啪啪的声音。

他们两个人站在雨中，一时间相顾无言。

两人的头发和衣服都湿透了，却始终没有一个人挪动半步。

陶熠的语气逐渐恢复了平静：“一路走到今天的那些不容易，都是你陪着我一起经历的。如果没有当初的你，就不会有今天的我。”

秦楮杉愣愣地站在原地，倾盆的雨水和眼前的这个人，都让他在一时间感觉到无比窒息。

秦楮杉不知道自己是怎么说服陶熠，让他别跟着自己，然后又一个人魂不守舍地走回学校的。

他的身份是一名粉丝，他太懂得偶像应该拥有怎样的自觉了。

陶熠身为一个享受万千追捧的偶像，是站在神坛上的人。

他永远不能从神坛上走下来，否则那便是亵渎，是欺侮，是对所有粉丝的辜负。

陶熠是个不懂事的小孩子，他可以天不怕地不怕，但是秦楮杉不能将错就错，他永远无法接受陶熠走下神坛。

他对陶熠的感情有太多种，那个人于他而言，是他不堪生活中的英雄梦想，是他卑微生命中的一丁点光芒。

是他哪怕飞蛾扑火，为之付出一切，都在所不惜的人。

但也正是因为如此，他永远不容他被亵渎。

后来的几天里，秦楮杉一直待在学校，再也没有去上过班。

他需要时间让自己冷静，也需要时间思考今后到底应该怎么办。

这期间他拔了电话卡。

没想到再次看到跟陶熠有关的消息，是在微博热搜上。

xx 娱乐播报：陶熠今日参加 Ours 团体活动，演出结束后突然晕倒，摔下数米高的舞台，紧急送往医院，疑似头部受伤。据知情人士透露，陶熠这段时间一直感冒发烧，但一直坚持带病演出，希望敬业的小桃这次一定不会有事呀！

看到这条消息，秦楮杉拿着手机的手都跟着一颤，他来不及想那么多了，迅速地拨了高小菁的电话。

打了好几个，对方一直占线，秦楮杉没有办法，又去拨陈妙的，一样没人接。

他强迫自己冷静下来，刚打算去公司，高小菁的电话就及时地拨了回来："闪哥？你的电话终于能打通了，老板，老板他……"

高小菁的话还没说完，就抽泣了起来。

秦楮杉的心突兀地跳了跳，"你先别哭，他怎么了？你们现在在哪？"

高小菁抽抽搭搭地说："在做脑 CT……我们就在医院，你快来吧……"

秦楮杉在去往医院的出租车上，拼命地想要使自己冷静下来，然而身体却完全不听他的使唤，心脏一路上都在疯狂地跳动着，脑子里也已经开始预演各种可能出现的可怕结果。

他忽然想起来，新闻报道说他是因为感冒发烧才晕倒的，是不是就是和自己一起淋雨的那天？

秦楮杉瞬间产生了无限的懊悔与自责。

如果真的像是电视剧里播的那样，人的头部受到创伤，轻则失忆，重则昏迷不醒。

如果陶熠真的发生了这种事情，他该怎么办？

秦楮杉不敢再往下想了，出租车很快到达了医院门口，他一下车就直奔高小菁告诉他的院楼，出示工作证后，护士将他带到了陶熠所在的病房。

陶熠的病房里居然一个人都没有，只有他一个人安安静静地躺着，秦楮杉看着病床上的那个人，心口不禁生出一阵密密麻麻的疼。

他轻手轻脚地进去，只见病床上的陶熠闭着眼睛，像是睡着了。

秦楮杉的整颗心都提到了嗓子眼，轻声唤他：“陶熠？”

没有反应。

他的心里不由得“咯噔”一声。

Chapter 18　丢盔弃甲

秦楮杉看着病床上毫无反应的陶熠，大概现在还处于昏厥的状态，看来情况并不乐观。

他在旁边的椅子上坐了下来，看着陶熠安静而乖巧的睡颜，手上还吊着好几瓶水。

一定是因为那天和自己淋了雨，他才突然生病的。

然而就在那天，自己还凶巴巴地跟他吵架，然后负气出走。

秦楮杉瞬间觉得自己真不是个东西。

他鬼使神差地小声道："我错了，我不应该吼你，不应该跟你置气。"

病床上的人还是没反应。

秦楮杉说："你快点醒来，你醒来了我就不怪你了。"

说完，他自己都觉得好笑，仿佛这样说过，自己就能问心无愧一样。

没想到床上的人忽然睁开了眼睛，"真的？"

秦楮杉愣了愣，瞬间明白了什么。

他气得伸手拍了陶熠一巴掌，"你玩老子呢！"

陶熠"嘶"了一声，委屈道："疼。"

秦楮杉看了他一眼，这才发现他的左胳膊上缠着一层厚厚的纱布，吓了一跳，"怎么回事？"

陶熠说："摔下来的时候刮的，没事。"

秦楮杉看着那一大块纱布的长度和厚度，想来也不可能没事，有点心疼地问："那脑子呢，摔坏没？"

陶熠说："本来就坏了，不用摔。"

秦楮杉知道他是指自己之前骂他疯了的事，没好气地哼了一声。

就见陶熠抬眸看他，小声道："你刚说的那些，我都记住了。"

一提到这个，秦楮杉更加气不打一处来，"你还好意思说？我差点被你吓死。"

他这才后知后觉地发现，自己刚刚实在是被吓得连常识都忘记了，陶熠要真的出了什么大的问题，肯定早就进 ICU 了，怎么可能就这样躺在一间普通病房里？

陶熠看了他一眼，又说："你那天忽然跑掉的时候，我也是这样的心情。"

秦楮杉整个人一怔，一时间竟不知道该说些什么。

就在这时，病房的门忽然被人推开。

高小菁拿着一沓报告单，风风火火地进来了，见到秦楮杉，她很是激动，"闪哥，你终于回来了！"

秦楮杉一脸苦笑，"你刚在电话里哭成那样，我能不来吗……"

高小菁不好意思道："当时检查结果还没出来，我这不也是吓蒙了嘛。"

秦楮杉问："所以呢，现在是个什么情况？"

高小菁说："轻微脑震荡，左胳膊上那个口子有点深，得在医院里住几天。"

陶熠插话道："哪有你说得那么夸张。"

秦楮杉看了一眼陶熠，又对高小菁说："你一个人忙不过来，这几天我和你轮流照顾他。"

高小菁像是遇到了救星一样，激动道："闪哥你真好！"

说着，她把一沓报告单装进了包里："那你先在这里守着他，我还得回趟公司，报备一下。"

高小菁走后，病房里又只剩下他们两个人了，气氛一时间有些尴尬。

最终还是陶熠先开了口，他低声对秦楮杉说："我那天晚上就是一时冲动……你别生气了。"

秦楮杉听完他这句轻飘飘的解释，瞬间又气不打一处来："一时冲动？你冲动的时候有没有想过后果？"

没等他说完，陶熠就委屈巴巴地抬眸看了他一眼，眼神里那种近乎哀求的讨饶神色，瞬间就让秦楮杉心软了。

秦楮杉叹了口气，"不管怎样，我会永远支持你的。"

陶熠却久违地露出了一个释然的微笑，"我知道。"

秦楮杉没来得及回他，病房门就又响了起来，两人一时间噤了声。

是护士过来给陶熠量体温，然后又换了几个吊瓶。

忙完这些，天色也不早了，陶熠这些天一直没日没夜地赶通告，本来就累得要命，这会儿又病了，秦楮杉无意再和他瞎掰扯，于是催他赶紧休息。

陶熠原本还有想和他继续说下去的意思，但禁不住他催促，最后还是乖乖地熄灯睡觉了。

秦楮杉坐在床边，心里不禁翻涌起种种复杂的情绪。

今天这一系列他误以为接近生离死别的时刻，却让他非常明确地看清了自己内心的感情。

无论如何，陶熠永远都是他最珍重的朋友。

秦楮杉沉默了良久，这才开口道："你还太小，很多事情都想得太简单了。"

陶熠深深地看着他："我不懂你为什么永远要把我当成一个小孩子。"

秦楮杉也抬眸看着他："那你自己看看你做出来的事情，不是小孩子是什么？因为一时兴起，就不分场合地……"

陶熠却毫不犹豫地打断了他："我不是一时兴起。"

秦楮杉的心头瞬间一阵钝痛。

半晌，他只好点了点头，顺着陶熠的话道："好，不管是不是一时兴起，偶像是贩卖梦想的职业，这个道理你不会不懂。"

陶熠的目光垂了下来，低声道："可是我从来没有对不起任何人的梦想。"

秦楮杉抬眸看着他，深邃的眼底一时间变得更加深不见底。

良久，秦楮杉深吸了一口气，沉声道："因为你的梦想不仅仅是你一个人的梦，更是成千上万个人的梦。"

说着，他看向陶熠，语气愈发坚定而冷然："如果你还要在这个错误的路上一意孤行地走下去，就无异于亲自把这个梦踩在了脚底下。"

陶熠猛地看向他的眼睛，秦楮杉清楚地看到，陶熠那双星星般的眸子里，闪烁了那么久的光芒，终于在这一刻，彻底地暗了下去。

那光芒熄灭的一瞬间，秦楮杉那颗疼到仿佛要被撕裂的心，忽然间失去了知觉。

因为他自己心里的光芒也紧接着变作了一片灰暗。

那一点光芒，最初是由陶熠点燃的，也是因为他，才一直亮到了今天。

可秦楮杉怎么也想不到，这光芒最终竟会被自己亲手熄灭。

大约是休息日的缘故，尽管这会儿已经是午夜时分，大学门口却依旧人来人往，热闹非凡。年轻的小情侣们成双成对，嬉笑打闹，肆无忌惮地挥霍着烂漫的青春年华。

秦椿杉看着熙熙攘攘的人群，不由得从心底生出一阵无边的落寞。

为什么这世间美好的事物，自始至终，他连一样都不配拥有呢？

他魂不守舍地走在校园里的林荫小道上，微微仰起头来，只见今夜天朗气清，入目是漫天璀璨的繁星。

回到宿舍楼的那一条短短的路，无端地变得极其漫长。

秦椿杉刚走到宿舍楼下，手机就凑巧响了起来。

他看了一眼，是妈妈打来的。

不知怎么的，他的心脏突兀地跳了跳，直觉告诉他，不会是什么好事。

他接起电话，那边就传来了妈妈的哭声："阿闪，你爸……朵儿，朵儿她……"

"我刚怎么见着秦富贵的名字了？他死了？"

"听说是在城里打牌，输得精光，心脏病犯了，两分钟就死透了。"

"死的时候连收尸的人都没有，还是把他儿子从申城喊回来，送来火化的。"

"活该，赌鬼能有什么好下场。"

"他儿子也是个心硬的，看着他爹死在那，连一滴眼泪都没掉。"

"那样的爹，巴不得早点死吧。"

"听说死之前还欠了一屁股高利贷，他老婆孩子可遭殃了。"

"老婆孩子还会认他？"

"不管认不认，那债可不得不背，城里放高利贷的人，你又不是不知道……"

秦椿杉面无表情地从简陋的火化中心出来，周围议论纷纷的人声很快戛然而止。

他走到前台，付了火葬费，刚准备转身离开，就被前台的小姐叫住了："哎，骨灰盒的钱还没给呢。"

秦椿杉说："不用装了，随便撒了就行。"

说着，他就在众人惊诧的眼神中，头也不回地走了。

一回到那间小破屋里，秦椿杉就问："他们来了吗？"

妈妈摇了摇头，愁容满面道："说好了今天晚上来的，也不知道朵儿现在怎么样了。"

她昨天去厂里上班，等回到家的时候，秦朵儿就不见了。只有门上贴了一张条子，说秦富贵死了，让他们还债，否则就要把秦朵儿卖了抵债。

秦楮杉走上前，轻轻搂了搂她，"有我在，不会有事的，放心。"

说完，他又背过身去，走到阳台上，整个人瞬间松垮了下来。

他的眸色黑得深不见底，英俊的眉眼间却没有丝毫紧张或是焦躁的神色，周身却流露出一种与年龄完全不符的，冷峻而决然的气息。

大约人只有到了真正身临绝境的时候，反倒会感到一种异常的平静。

外面的天色已经黑透了。不久前才连着下了一周的雨，最近的天气也一直没有好转，此刻窗外狂风大作，刮在破旧的窗棂上，发出一阵摧枯拉朽般的呼啦声，莫名地营造出一种山雨欲来风满楼般的氛围。

秦楮杉从口袋里摸出了一包烟，熟练地点燃，又抬头看了一眼表。

时间不早了，讨债的人也差不多该到了。

果然，一支烟的工夫，家里的门就忽然响了起来。

秦楮杉走到客厅，把妈妈护在身后，上前打开了门。

几个彪形大汉迅速地鱼贯而入，秦朵儿被胶条封着嘴，等关好了房门，打头的那个光头才一把扯掉了秦朵儿嘴上的胶条。

秦朵儿瞬间哇哇大哭起来，"哥！"

秦楮杉刚伸出手要抱她，就见她被光头往后一扯，她一个没站稳，就摔在了地上。

秦楮杉怒道："你干什么！"

光头不以为意地笑了笑，食指和无名指半蜷着，又伸出大拇指，冲秦楮杉搓了搓。

秦楮杉抑制住内心的怒火，沉声问："多少？"

光头说："连本带利，一共两百三十五万，瞧你们这么穷，零头我也不要了，两百万就行了。"

一旁的妈妈听到这个数字，瞬间连站都站不稳了，一屁股坐在了沙发上。

秦楮杉质问道："他就打个牌，能输二百万？你骗鬼呢？"

光头哼了一声，"说了是高利贷，利息早都给他写清楚了，他自己签的字画的押。”

白纸黑字，都是秦富贵欠的钱。如今他一命呜呼了，却把一屁股债留给了秦楮杉。

放高利贷的人可不会管债务人到底是谁，他们只认父债子偿，天经地义，这也是赌场上不成文的规矩。

像他们这个穷乡僻壤，与外界几乎处于隔绝的状态，本来就是监管的盲区。

前车之鉴不是没有，欠债的人若是胆敢不还钱，这些亡命之徒有的是手段，不把人搞到家破人亡，他们是不会罢休的。

城里的赌场上，这样的事发生过太多，秦楮杉根本不会对这些人抱有一丁点良心上的希望。

更何况他们如今被困在这个小渔村里，叫天天不应，叫地地不灵。

秦朵儿还在讨债的人手上，秦楮杉如今除了拿钱赎人，没有任何回转的办法。

他强压住内心源源不断的绝望，狠狠地咬了咬牙，“我家什么样，你也看到了，二百万，我们就是砸锅卖铁也还不起。”

光头指了指身后的秦朵儿，“所以我这不是早就想好了后招吗，机会我已经给过你了，既然你还不起，我也只能把小丫头卖了抵债。”

秦楮杉猛地抬眸看向他，沉声道：“二百万不是个小数目，你给我点时间。”

光头依然不容置喙：“人贩子明天来提货，这之前你的钱不到账，你就见不着你妹妹了。”

秦楮杉骂道：“明天？我连跑趟申城都来不及，你让我上哪儿给你找二百万？”

光头冷眼看着他，“我劝你看开点吧，就你这样，就是找玉皇大帝也弄不来二百万。一个小丫头，又继承不了你们家的香火，白吃一口饭，还不如卖给人贩子呢。”

说着，他转过身，一脸猥琐地掐了一把秦朵儿的脸蛋，“长得这么水灵，价格高点也有人要。”

秦楮杉看着他的动作，气得想拿刀把他的手剁了，“你别拿你的脏手碰她！”

光头看了他一眼，不仅没有停手，还变本加厉，伸手就要往秦朵儿薄薄的衣服里面探。

秦楮杉实在忍不了了，冲上去一把打掉了他伸出去的手，“说了别碰她！”

光头吃痛地缩了缩胳膊，下一秒，旁边几个人就朝秦楮杉围了过来。光头冲着他的面门就来了一拳，被秦楮杉眼疾手快地挡住了。

就在这时，身后的壮汉朝他的膝盖窝上踹了一脚，秦楮杉知道这个动作是想让他猛地跪在光头面前。

他只好奋力把住门框，硬生生地挨了那一脚，勉强站定，“你们最好别逼我，否则我报了警，大家都吃不了兜着走。”

光头哼了一声，“你倒是去报啊，报完回来就替你妈和你妹收尸。”

没等秦楮杉站稳，雨点般的拳头又落了下来，几个人扭打在一起，但秦楮杉终究寡不敌众。一旁的妈妈见状想要冲上来帮他，结果被壮汉一脚踹在了地上。

就在这时，秦朵儿趁着他们不注意，迅速地溜到门口，打开了房门，大喊道：“救命啊！打人啦！”

然而却没有得到任何人的回应。

一个壮汉抽身过去，将她一把拎进了门，刚要再次把门锁紧，门忽然被人死死地把住了。

秦楮杉那边已经和他们扭打作了一团，两个人分别从两边拽着他的胳膊，光头的拳头又冲着他脸上招呼过来，秦楮杉下意识地闭上了眼睛，做好了一切准备。

预料中的重击却没有落下来，下一秒，他猛地被人扯了一把。

秦楮杉不由得惊愕地瞪大了眼睛，看着眼前的人。

眼前这个人，让他有那么一瞬间，怀疑自己是不是在做梦。

没等他反应过来，就听到熟悉的声音：“多少钱？我还。”

秦楮杉推开了他，讶然道：“你疯了？跑到这里来干什么？”

陶熠看了他一眼，眉峰紧蹙道：“你说我来干什么？”

几个要债的人见有金主给钱，也都停了手。

光头将陶熠打量了一番，半晌，才缓缓地伸出了两根手指：“二百万。”

陶熠眼睛都没眨一下，“卡号。”

对方显然被他的气势吓住了，几个人对视了一眼，给了他一张纸条，上面写着一串数字。

陶熠掏出手机，飞快地按了一串按键，房间里一时间安静无比。

一分钟后，光头口袋里的手机震了震。他掏出来看了一眼，又诧异地抬眸看向陶熠。

周围的几个人凑过来看了一眼他的手机，瞬间眼睛都直了。

陶熠说："可以滚了？"

光头不服气地哼了一声，又看了一眼秦楮杉，"你小子有本事。"

说完，他带着几个要债的人，转身走了。

房门被"砰"的一声关上，除了秦朵儿时不时发出的抽泣声外，屋子里只剩下一阵诡异的安静。

秦楮杉深深地吸了一口气，他缓缓地抬起眸子，看向陶熠，以及他眸子里的复杂情绪。

自己分明有满肚子的话想要说，这会儿却又根本不知道该从何说起。

陶熠也直勾勾地盯着他，同样没有开口。

还是秦妈妈率先打破了这诡异的气氛，她颤颤巍巍地问："阿闪，这是……"

秦楮杉这才回过神来，看了一眼妈妈，说："我老板，陶熠。"

秦妈妈看向陶熠，露出了激动的神色，"你就是那个大明星吧？今天多亏有你，要不是你，我们娘儿个可就……"

说了两句，她就说不下去了，泪水如同泉水般地从眼眶里涌了出来，秦朵儿见到她哭，冲上来抱住她，也哭了起来。

秦楮杉看着她们的样子，心里犹如刀绞，不由自主地别开了脑袋。

陶熠愣了愣，随即走上前，柔声安慰道："别哭了，阿姨，现在都没事了。"

秦妈妈过了好一会儿才止住了哭泣，她哽咽道："你是朵儿的救命恩人，朵儿，谢谢哥哥。"

秦朵儿边哭边扑通一声跪了下来，陶熠吓了一跳，连忙把她扶起来，"不用这样。"

秦妈妈又说："二百万不是个小数目，但我们一家慢慢攒，一定给你还上。"

陶熠看了秦楮杉一眼，有些不知所措，"阿姨，不用……"

秦楮杉明显不想再谈论这个话题，于是对陶熠说："折腾了大半夜，先歇着吧，明天一早我送你回申城。"

家里统共就两间房，陶熠跟秦楮杉凑合着睡一间。

整个房间里都熄了灯，两个人并排躺在一起。房间的墙板很薄，隔音效果不好，于是谁也没有出声。

"你……"秦楮杉终于忍不住开口道，"你怎么会知道？"

他的耳侧传来了陶熠竭力压低的声音："你今天没来医院，我就觉得不对劲，让高小菁去你们学校，果然，没有一个人知道你在哪。"

说着，陶熠深深地吸了一口气，语气里却已经带上了隐隐的愠怒："要不是你的手机上装着公司的即时定位，我今天根本就找不到你，你……"

秦楮杉猛地转过头。他也顾不得那么多了，他的语气不由自主地变得凌厉："所以你就这样一个人跑过来了？这里这么荒僻，一路上多危险，你身上还有伤……万一出了什么事怎么办？"

"你还说我？"陶熠也难得地压不住火气，"那你有事怎么不告诉我？我刚刚但凡再晚来一点，你是不是就被他们打晕了？那谁来救你妹妹？"

说着，陶熠的神色愈发冷峻，用一种完全不同于以往的语气沉声道："多少次了，你永远都是这样，无论遇到什么都从来不会跟我说一声。你的肩膀是有多宽，可以扛得下所有事情？就算是朋友，我也不至于永远被蒙在鼓里吧？你有没有哪一次考虑过我的感受？"

秦楮杉被他这一连串的质问噎住了，他看着陶熠近在咫尺的脸，一时间一句话也说不出来。

陶熠同样紧紧地盯着他的眼睛，只见那双一向神采奕奕的眸子里，难得地流露出一种陶熠从未见过的失魂落魄，让他的心不由自主地跟着一抽。

分明是二十岁的年纪，却背负着一身重得几乎要将人压垮的担子，为此他不得不敛去少年人的心性，被迫变得坚硬而强大，用单薄的羽翼庇护着他身边的人，对抗来自世界的恶意。

这个人……难道就从来没有脆弱的时候吗？

这么想着，他就忽然看到眼前的人那双深不见底的眸子里，涌出了一颗晶莹的液体。

"对不起……"秦楮杉低低地开口，连声音都带上了一丝从未有过的颤抖，"可我的生活本身就是一团乱麻，我不能把你也扯进这些乱七八糟的事情……陶熠，你知不知道我有多怕，我已经一无所有了，我不能连你这个朋友也……"

他的话还没说完，陶熠就打断道："不会的。"

凌晨三点多，天还没有亮，秦妈妈就带着秦朵儿把陶熠和秦楮杉送到了码头。秦楮杉跟她们说好，先把陶熠送回申城，再回来处理家里的事。

这阵子正赶上南方的梅雨季节，近来一段时间的雨都没停过。今天似乎运气不佳，雨比往日下得还要大，海面上翻涌着巨大的风浪。一般遇上这种情况，除非有特别急的事，否则岛上的人都不会轻易出行。

秦楮杉想着要不明天再走，但是陶熠的 Ours 团综马上就要开录了，按照通告，今天下午统一进组，他又向来是个敬业的人，不愿意因为自己耽误整个节目组的进程。

秦楮杉拗不过他，又想了想，最近这段时间，近海的风浪一直就没小过，这么多趟，船也没有出过什么意外，这会儿应该也不至于出问题，于是两个人最终还是一大早就上了船。

今天船上的人果然很少，虽然岛上未必有几个人认识陶熠，但为了安全起见，他们一上船就坐在了空无一人的最后一排。

随着船缓缓地启程，两个人各怀心事地坐在座位上，谁也没有开口说一句话。

陶熠看着秦楮杉那一脸郁郁的神色，想要开口安慰他，但又实在不知道该说些什么，半晌，才干巴巴地说："你……别难过。"

秦楮杉抬眸看了他一眼，忽然露出了一个单薄的笑容："难过什么，他死了我连高兴都来不及呢。"

陶熠看着他那双沉郁的眼睛，"那你……"

秦楮杉蓦地垂下了眸子，错开了他的眼神。

良久，才听他幽幽道："我是不是特别窝囊？"

陶熠下意识地摇了摇头，伸出手来想安慰他，却又好像顾忌着什么，最终还是收回了手。

注意到他的动作，秦楮杉又自嘲般地笑了一声，"而且还特别矫情。"

"昨天晚上要不是你，我妹妹就被人贩子带走了，我……"

秦楮杉的声音一哽，而后低声地叹了口气，没有再说下去。

"你已经做得够好了。"陶熠小心翼翼地安慰他，"以后无论发生什么事，都不要忘了有我在，两个人加起来的力量，总是要大过一个人的。"

秦楮杉没有说话，英俊的眉眼间依然流露出一种复杂的神色。

良久，他像是忽然想起了什么，抬眸看向陶熠，"你昨天是怎么找过来的？"

陶熠说："就这么找过来的。"

秦楮杉不由得心有余悸，"你也真是胆子够大，这样荒郊野岭的地方，万一出了什么事，你……"

陶熠微微地皱了皱眉，“我是个男人，不是个小孩子。”

秦楮杉叹了口气，“可你就是个小孩子的脾气。”

陶熠的眸子垂了下来，半晌，他低声说：“对不起，以前是我太任性了。”

紧接着，他深吸了一口气，又说：“我再也不会给你这样的压力了，你不要走，好不好？”

秦楮杉一听到他惯常的小心翼翼又委曲求全的语气，瞬间又心软得一塌糊涂。

他叹了口气，哭笑不得道：“压力都已经造成了，是你说收回去就能收回去的？再说了，我到底为什么生气，你到现在还是没明白？”

陶熠的眸色又暗了暗，说：“你说得没有错，我没有基本的偶像自觉，所以不配做一个偶像。”

秦楮杉本来已经不想再和他车轱辘这个话题了，没想到他居然自己提了这一茬，心里不由得“咯噔”一声。

就听陶熠接着说：“我已经跟公司说了，推了所有的剧本和综艺邀约，等Ours的组合活动结束以后，除了发歌和演唱会以外，取消所有个人曝光，专心致志做音乐。”

秦楮杉猛地抬眸看向他，愕然道：“你疯了吗？”

陶熠在今年一炮而红，一出道就成为新晋流量，他如今在偶像圈里占据的一席之地，不知道让多少人都眼红得要命。

但现在的流量再大，毕竟都是暂时的，娱乐圈更新换代这么快，年轻的小爱豆更是层出不穷。一旦后续资源跟不上之前的热度，过气也是分分钟的事情。

陶熠才红了一年都不到，位置依然并不稳固，因此现阶段最该做的就是通过综艺、专辑、见面会等各种各样的活动来维持曝光、保持粉丝热度。

可是此时此刻，他居然用这样轻飘飘的一句话，就把自己的后路全部都堵死了。

秦楮杉不可思议地问：“走纯粹的歌手路线，你对自己就这么自信？”

尽管偶像转型是迟早的事，但以陶熠现在的年龄，偶像这个身份所能带来的红利，至少还能再吃个十年八年。

然而他却对眼下的热度没有丝毫留恋，甚至连偶像的位置都还没有坐稳，就已经迫不及待地想要转型走实力路线。

无论他有没有足够的实力支撑，但眼下阶段，放弃流量，于他而言，简直无异于对自己的封杀。

秦楮杉一时间甚至不知道该怎么说他。

陶熠却是一脸平静，好像这并不是什么惊人的决定："其实当初关老师问我要不要来夏至的时候，我就已经考虑好了。我不擅长营业，也没有什么讨喜的人设，音乐是我和外界交流的唯一工具。"

秦楮杉一直以为陶熠并不懂得这些，没想到其实他对自己的认知一直很清晰。

秦楮杉其实在和陶熠近距离接触的这一段时间，愈发觉得陶熠确实不像一个典型意义上的偶像。

陶熠展现在镜头前的样子，和私下里没有任何差别。身边的人当然可以说，这是因为他真实，但是对于远距离观望他的人而言，这样不擅长营业的性格，甚至连任何人设都没有，完全不符合一个偶像应有的基本配置。

身为一个偶像，营业也是工作的一部分，这也是为什么最初陶熠和傅奕茗争夺第一名的时候，尽管傅奕茗的舞台综合实力比不上陶熠，但人气仍然能压他一头了。

若不是傅奕茗后来被曝光了恶行，观众和粉丝永远不会知道他在镜头背后究竟是怎样的一个人，也许他的人气会比陶熠还要火爆，依然能靠着营业的手段，让成千上万的粉丝为他疯狂。

偶像是一个贩卖梦想的职业，但归根结底，他们的梦想本身就如同一个个薛定谔的盒子。

没有人能知道这个名为"梦想"的华丽外壳里包裹着的，究竟是真实还是泡影。

陶熠接着说："当初选择做练习生，也只是为了有一天能拥有一个唱歌的舞台，偶像从来都不是我最终的归宿。"

秦楮杉一时间不知道该说些什么，沉默了大半天，才艰难地道："可是你现在不靠人设也已经拥有了很大的粉丝流量，只需要维持现状就好了，偶像的身份对你的音乐道路来说只有加成，不会拖任何后腿。"

就听陶熠柔声道："你不用因为我的决定感觉到压力，因为我迟早会走出这一步。既然我真心热爱的是音乐，就应该做一个脚踏实地的音乐人，写出更多好的作品，才是最好的回馈。"

"音乐人？"秦楮杉忍不住地着急道，"你知道做一个音乐人有多难吗？你成为一个流量偶像，只用了短短几个月的时间，可是你有没有想过，成为一个知名音乐人要多久？有多少人写了一辈子的歌，到最后依然寂寂无闻？"

陶熠却固执道：“可是偶像又能做多久呢？偶像的身份如果没有实力维持，也注定是难以长久的。更何况音乐的好坏本来就不该用流量来衡量，如果是真正的好作品，就一定会遇见喜欢它的人。如果我写不出来任何好作品，寂寂无闻……就寂寂无闻吧。”

说着，他转过头看向秦楮杉，紧紧地盯着他的眼睛，目光认真而坚定：“只要这个世界上还有一个人肯听我的歌，我就可以永远唱下去。”

秦楮杉的目光猝不及防地落进了陶熠的眸子里，只见那双眸子久违地迸发出星星般璀璨的光芒，如同他第一次遇见陶熠时一样。

顿了顿，陶熠又看向秦楮杉，眼神里已经是前所未有的认真与笃定，“你知道我们第一次见面的时候，为什么我是一个人吗？因为我本来已经打算退赛去酒吧做驻唱了，没想到在机场遇见了你。也是因为你，我才决定再试一次，所以最后还是回了节目组。后来每一次经历那些无缘无故的不公，有很多次我都已经处于绝望的边缘，可每次都是因为想起来身后还有你在支持我，才让我有坚持下去的动力。”

说着，他从包里掏出来了一样东西，递给秦楮杉，秦楮杉低头一看，居然是当初第一次见面时，自己送给他的那个屁桃君。

Chapter 19 同舟共济

秦楮杉愣了愣，伸手接过了那只屁桃君，心里一时间五味杂陈。

他难得地不知所措道："可是你是什么人，我又是什么人……"

他还没说完，船只就小幅度地颠簸了一下，他毫无防备地跟着晃了晃，接下来的话就消失得无影无踪了。

陶熠眼疾手快地扶了他一把，"你怎么知道粉丝与'爱豆'就不能是推心置腹的朋友呢？对于我来说，这甚至是音乐创作的灵感来源。你难道就一直没有想到吗？《闪闪》这首歌，用的就是你的名字。"

秦楮杉一瞬间惊愕无比，"那首歌不是很早就写出来了吗，难道你……"

秦楮杉的脑海里不由自主地回荡起《闪闪》的旋律和歌词，他的心情一时间更加复杂。

他下意识地摇了摇头，"可是你不只有我这一个支持者，你的身后是成千上万的粉丝，我不应该是任何人的代表……"

然而没等他说完，船只就猝不及防地一阵颠簸，窗外翻涌的海浪拍打在甲板上，发出巨大的响声。

随着颠簸的幅度越来越剧烈，船舱顶部的灯光也开始闪了起来，座位上传出一片惊呼声。

秦楮杉正有些担心地转头看向陶熠，就听到船舱里的广播忽然开始了紧急播音："各位乘客，船行途中遭遇巨大风浪，请大家抽出座位底下的救生衣，随时做好逃生准……"

话音未落，"啪"的一声，船上的电闸就忽然跳了，广播声戛然而止，吊顶的灯瞬间全部熄灭，船舱内陷入了一片黑暗，乘客们爆发出一阵恐慌与骚动。

秦楮杉身为一个在滨海地区长大的孩子，并不是第一次遇到海上风浪，但是还从来没有见过这么激烈的。

一分钟前还一切如常，没想到短短一分钟内就把船上的电都冲断了，这样来势汹汹的架势，再联想到最近一直出现的天气预警，说不好会是一场多年难遇的巨型风浪。

秦楮杉看了一眼身旁的陶熠，不由得产生了一种前所未有的紧张。

万一船真的翻了，他自己也就算了，可是陶熠……

他努力地甩开脑子里乱七八糟的猜想，迅速地从两人的座位底下拿出救生衣，给陶熠穿好，自己也熟练地套上，然后问陶熠："会游泳吗？"

没等陶熠回答，船只就又剧烈地摇晃了一番，秦楮杉交代他："要是一会儿真翻了，一定要记得抓紧我。"

忽然间，整艘船又剧烈地摇晃了一下，幅度几乎已经接近九十度了，很多没有坐稳的乘客都被毫无防备地甩在了地上，一片黑暗的船舱里瞬间爆发出了一阵女人和小孩们的尖叫声。

连常年出海的海岛居民们都不禁慌乱了起来，意识到这一次是真的碰上了强风浪。

有人惊慌失措地哭叫起来，有人开始抱怨不该在今天出海，还有人努力地想要往舱门口走，试图寻求逃生的办法。

可是大家心里都清楚，在这样四处不着岸的海面上，根本没有救援的船只，一旦船真的翻了，整艘船上的人都会被带进海底的深处。

即便海岛的居民基本上没有不会游泳的，但这会儿四下里皆是一片汪洋，附近根本没有任何岛屿。就是将人的体力发挥到极限，也远远不足以支撑他们游到数十里之外的岸边。

随着船只摇晃得更加剧烈，船舱内的呼声和哭喊声都被笼罩上了一层接近死亡边缘的绝望与悲戚。

就在此时，秦楮杉听到陶熠在自己耳边低声道："抓紧我。"

在一片黑暗里，忽然听到他熟悉声音的那一瞬间，秦楮杉竟然莫名其妙地感觉到了一丝与周遭的环境完全不相匹配的踏实与心安。

他鬼使神差地伸出手，抓住陶熠的肩膀，有那么一刻，他甚至忽略了船只的剧烈颠簸，忽略了周围嘈杂的声音。

耳畔突兀地回响起关熙那天晚上说的那句话：“珍惜眼前人。”

就在那一瞬间，秦楮杉忽然间明白了关熙那双幽深的眸子里，时不时流露出让人看不透的情绪。

秦楮杉感觉到自己内心一直以来的那些纠结和执拗，以及在这个过程中不断筑起的密不透风的心墙，终于在那一刻轰然坍塌，溃不成军。

何其荒唐，原来人真的只有到了这样的生死之际，才能看清自己的内心。

紧接着，整艘船又剧烈地颠簸了一下，两个人都没有坐稳，一时间失去了平衡，秦楮杉毫无防备地往后一仰，紧接着陶熠整个人都压在了他身上。

然而后脑勺却没有传来预想中的剧烈疼痛，陶熠的手迅速地护住了他的头，随着他一起撞在墙上，发出一声闷响。

秦楮杉光是听着都觉得痛，他下意识地问陶熠：“疼吗？”

黑暗中，陶熠没有回答他，那只手依然护在他的脑后。

船只还在不断地颠簸着，就在秦楮杉荒唐地以为两人要以这样的姿势坠入水中时，预想中翻船的场景却并没有到来，船身又摇晃了几遭后，海面上的风浪似乎骤然间又消停了不少。

这一阵怖人的强风浪来得凶猛，去得竟也如此迅速。船行逐渐回归平稳，乘客们的哭声这才逐渐止息，大家都长舒了一口气，颇有种从鬼门关里走了一遭的感觉。

就听陶熠轻轻地说：“我刚才还想告诉你，你不是普通人，你是申大年级第一的学神，是二十岁的金奖摄影师。你是好儿子，也是好哥哥，是家里的顶梁柱。

“你是我背后最坚强的后盾，没有你，就没有现在的我。

“你总说我是你黑暗里的光，可是你不知道的是，在属于我的漫漫长夜里，你一样是我的星星。”

在黑暗中听到陶熠用难得深沉的语气，说完这样一大长串的话，秦楮杉不知怎么的，大脑竟然一片空白，一时间再也说不出一个字。

半晌，陶熠才又想起了什么，正色道：“你记得跟阿姨说，让她不要为钱担心……”

秦楮杉点了点头，“放心。”

陶熠看着他，知道他尽管是一脸玩笑的表情，其实还是因为他不想听自己说什么不用还了之类的话，于是也没再继续这个话题。

过了片刻，陶熠才小声道：“反正这份债你是欠下了，得给我打一辈子工才能还得清。”

秦楮杉看了他一眼，撇了撇嘴：“要不再签个卖身契？”

陶熠眨了眨眼睛，小心翼翼地问：“这么快就要卖身了？”

秦楮杉满脸无奈：“小屁孩成天脑子里都在想些什么？”

陶熠不满地说：“我就比你小一岁而已，你能不能别老把我当成小屁孩？”

秦楮杉无可奈何道：“好。”

虚惊一场的风浪过去后，从小岛回去的一路上就很顺畅了，秦楮杉把陶熠送去了团综录制的节目组后，又回了一趟家。

船行途中突遇强风浪的事情，已经传遍了整个小镇，好在最后没有出什么事，妈妈和妹妹都为他捏了一把汗。

虽然债务还清了，但那个破落又愚昧的小渔村，秦楮杉一刻都不想让她们多待。

但秦朵儿就要参加小升初考试了，临近期末，秦楮杉自己的学业也不清闲，最终和家里商量好，等放了暑假，就接她们来申城，看看能不能给妈妈在这边找个工作。

处理完这一切，秦楮杉才回了学校。

大三的第二学期接近尾声，他一个学期都没怎么好好上课，这会儿正忙着应付乱七八糟的期末考核，也没办法陪陶熠进组。

于是微信成了两人唯一的联系方式，再加上陶熠每天都是半夜才收工，两个人之间的时差就像隔着太平洋似的，每天只能有一搭没一搭地互相留一句言，少有能一下说好半天话的时候。

这天下午刚开完一场论文答辩会，秦楮杉回到寝室，还没来得及吃晚饭，手机就响了起来。

那头传来似乎很久不曾听到过的好听的声线：“在哪？”

秦楮杉说：“能在哪，学校呗。”

那头的陶熠像是终于得到了满意的答案：“我……也没什么事，就是想给你打个电话。”

“你怎么跟个小学生似的，”秦楮杉忍俊不禁，“好好工作。”

挂了电话，秦楮杉打开微博，刚刷了一会儿陶熠的最新动态，宿舍门就忽然响了。

心里嘀咕着李勒今天回来得倒挺早，秦楮杉头也没抬地开了门，就发觉外面站着的人影高度不对。

没等他反应过来，对方就迅速地闪进了房里，关上门，给了他一个大拥抱。

秦楮杉哭笑不得，伸手想推他。

只见陶熠头上戴着一顶男大学生常备的黑色鸭舌帽，遮住了那一头略微有些惹眼的亚麻灰色头发。又戴了一副黑框眼镜，把那双漂亮的眼睛里璀璨的光芒都敛去了不少，显得傻里傻气的。

乔装打扮成这样，怪不得敢这么明目张胆地晃到他们学校里来。

想到这，秦楮杉就气不打一处来，“疯了你，找到这来，都不怕被人发现？”

陶熠委屈道：“外面天都黑了，再说我看起来不像大学生吗？”

秦楮杉不由得心有余悸道，“得亏宿舍里就我一个，这要是还有别人在……”

说着，他拎起钥匙就要出门，陶熠跟了上来，“你现在去干吗？”

秦楮杉说：“去上课啊。”

陶熠愣了愣，“那我呢？”

“你？”秦楮杉看了他一眼，“送你回公司。”

陶熠皱了皱眉，“我不去。”

秦楮杉笑了一声，从抽屉里抽出了一只一次性口罩，递给了他，“捂严实了。”

陶熠乖乖地拆开戴上，秦楮杉抬眸将他打量了一番，鸭舌帽、黑框眼镜、口罩，高校男大学生标配。

除了皮肤白嫩了点之外，估计任谁都没法把他和舞台上那个俊美冷冽的少年联系在一起。

陶熠跟着他出了门，“去哪？”

秦楮杉对他神秘地一笑，“带你体验一把当代大学生的生活。”

外面的天已经黑透了，秦楮杉的那张校草的俊脸这会儿也没法再吸引行人的侧目。两个人走在校园里来来往往的学生们中间，确实不怎么突兀。

申大的校园大得要命，秦楮杉带着陶熠在学校里七拐八拐，不知道走了多久，才来到了一座教学楼里。

他们去的那间阶梯教室已经开始上课了，两个人从后门偷偷地溜了进去，坐在了最后一排。

陶熠自从高中毕业以后就没上过学了，这还是他第一次来到这么正规的大学课堂，心里还有点兴奋，像个好奇宝宝似的，探头探脑地四处张望着。

他刚想起来还没来得及问秦楮杉这节是什么课，教室前方投影上的 PPT 就蓦地切到了下一张，让陶熠瞬间愣了愣。

这不是……他的照片吗？

旁边的秦楮杉看到大屏幕，也跟着一怔，两人刚对视了一眼，就听到讲台上的教授说：“秦楮杉同学。”

两个人都吓了一跳，陶熠赶紧把头低下，秦楮杉从座位上站起来，有意识地挡住了他。

与此同时，前排的上百个人几乎同时转过头来，露出一脸惊喜又仰慕的神情，让陶熠不由得一阵惊叹。

周教授露出一个和善的笑容，“没想到这学期还能第二次见到你，挺不容易。”

大家哄堂大笑起来，秦楮杉也不好意思地笑了笑，接着又大方道：“我都认真看您的网课视频的。”

周教授点了点头，“平时追星忙嘛，可以理解。”

台下又是一阵哄笑，秦楮杉微微一怔，这才想起来，当初他凭借陶熠站哥的身份上了热搜，这件事几乎在全校都传开了。

“我记得之前你对《吾辈之名》这档节目一直持有批判的态度。”周教授转过身去，看了一眼大屏幕，“怎么样，现在是不是对你的爱豆‘真香’了？”

课堂上又响起一片笑声，同时还有人开始起哄。

秦楮杉看着屏幕上陶熠的大幅照片，又偷偷地瞄了一眼坐在自己身旁的人，觉得世界上简直没有比这更戏剧性的事情了。

他清了清嗓子，说：“我记得当时我说，我们目前还没有足够的能力做出一档成熟的偶像选秀节目，打造一支真正的男团，但现在我想这句话有失偏颇。或许《吾辈之名》节目确实还存在着很多不足，但是至少在这个节目上，我看到了很多具有代表性的年轻人，他们有梦想，肯拼搏，完全有资格成为本土新生代偶像的范例。”

接着，他看向屏幕上那个闪闪发光的少年，认真地说：“比如您举例的这位，他的舞台实力以及在音乐创作上的才华，都足以改变大众对于男团偶像固有的‘花瓶’印象，而相信凭借他的韧性与努力，可以让他在自己选择的道路上走得更远。”

不知道是陶熠的观众缘比较好，还是大家为了给校草捧场，总之他一说完，教室里就响起了雷鸣般的掌声。

周教授笑着点了点头，“用现在的网络流行语说，你这真是一本正经的高端‘彩虹屁’，不愧是做过粉丝的人。”

台下再次哈哈大笑起来，秦楮杉在椅子上坐定，这才低声问旁边的人：“这个我吹得怎么样？”

陶熠小心翼翼地扭头看了他一眼，“愧不敢当。”

秦楮杉不由自主地笑出了声，越想越觉得，陶熠今天来得还真是巧。

下了课以后，秦楮杉怕被学妹之类的熟人缠上，带着陶熠赶在最前面溜出了教学楼，又七拐八拐地来到了一个停车棚。

秦楮杉走到一辆摩托车前，掏出来一把钥匙，“上周问我室友借的车，没想到这么快就派上用场了。”

说着，他跨坐在车上，拍了拍身后的位置，冲陶熠挑了挑眉，“哥带你兜风去。”

看着他这副老炮般的模样，陶熠也不恼，只是走上前乖乖地坐在他身后。

秦楮杉轰了两下油门，摩托车随之发出两声霸气的巨响，让他瞬间觉得嘚瑟无比。

“坐稳了啊。”秦楮杉朝身后说了一声，摩托车就从行车道冲了出去。

这个时间点，学校的大路上已经没什么车辆了，秦楮杉开得飞快。

傍晚的凉风迎面吹来，秦楮杉笑道：“你不觉得这种飙车的感觉特别爽吗？”

又过了一会儿，秦楮杉开出了校园的大门，路上的车就多了起来，秦楮杉这才减慢了速度，问：“想吃什么？我请你。”

陶熠想了想，说：“就你们学校附近那个烧烤摊。”

秦楮杉不由得嗤笑了一声，“能不能有点追求？”

嘴上虽然这么说着，他还是很快开到了烧烤摊旁边，把车停在了一旁。

今晚的大排档依旧很热闹，两个人在店里面找了个比较低调的位置，坐了下来。

秦楮杉把菜单递给陶熠，“随便点，别客气。”

陶熠看着一连串的酒水页，问他：“能喝吗？”

秦楮杉看了他一眼，“你别喝大就行。”

这话一出口，两人都各自回想起了对方喝大时的经历，相视一笑。

啤酒一上桌，陶熠就开了一瓶，倒在两个玻璃杯里，“我还记得我们那次放假出来聚餐，在这碰到了你，还有你们校花，我那时候还以为她是你女朋友。”

秦楮杉无奈道：“后来回去以后，她也以为你是我男朋友。”

陶熠愣了愣，笑道：“不是吧，然后呢？”

秦楮杉说：“第二天全校都传遍了，说我在外面有男友。”

陶熠忍俊不禁。

秦楮杉四处张望了一阵，想着一会儿该带陶熠去哪儿溜达。

两人没在烧烤店坐太久，从店里出来以后，他们晃着晃着，就晃到了一家灯红酒绿的夜店附近。

秦楮杉转过头，对着陶熠挑了挑眉，发觉陶熠也正心照不宣地看着他。

于是两人连商量都没商量，就默契地并肩走了进去。

大学城附近最大的夜店，从每天晚上七八点开始，就热闹得座无虚席。

秦楮杉选了个低调的位置，对陶熠说：“小屁孩，当初在巴黎就成天想着泡吧，今天终于有机会了结你的愿望了。”

陶熠对着反光的大理石墙壁照了照，想要确认自己这个鸭舌帽加眼镜的造型够不够安全。

刚照了没两下，就不知道从哪冒出来了几个人，上来就搭住了秦楮杉的肩膀，“秦神，好久没见你了。”

秦楮杉下意识地看了一眼陶熠，见他第一时间低下了头，这才向身旁的熟人道：“前段时间一直没怎么回学校。”

几个人看了一眼秦柏杉身旁那个看起来乖乖的高个小男生，阴阳怪气道：“哟，这么快就换人了？”

秦楮杉只好胡诌道：“瞎说什么呢，这是我表弟。”

大家一脸上都挂着我什么都懂的表情，也没和他再掰扯，“行，那你俩好好玩。”

等秦楮杉重新回到座位上，陶熠才问他：“什么叫换人了？”

秦楮杉刚被朋友误会完，这会儿回来又被陶熠逗趣，一时间简直哭笑不得：“他们之前都以为我有个男友……”

突然，酒吧的背景音乐切到了下一首歌，熟悉的旋律一响起，两个人同时怔了怔。

《闪闪》。

没等他开口，刚刚的那一拨熟人就开始朝这边起哄："秦神，你偶像的歌，不来两句？"

舞台上的驻唱歌手和他们也相熟，自觉地抱着吉他让到了一边，朝秦楮杉招了招手。

秦楮杉禁不住他们起哄，生怕他们再往这边靠，万一陶熠被发现了怎么办，于是他看了陶熠一眼，转身走上了舞台。

陶熠从来没听秦楮杉唱过歌，所以这会儿看见他站在麦克风前，不由得有些神思恍惚。

又转念一想，毕竟是大学校草，如果连个基本的低音炮都没有，怎么好意思拥有万千迷妹。

这时，立体音响已经响起了熟悉的旋律。

聚光灯照亮舞台中央，让我为你轻声地唱，抚平深夜里不为人知的伤。

闪光灯映你眼角泪光，点亮万千灯火辉煌，赠予毫无保留的爱与疯狂。

秦楮杉手里握着话筒，脑海里却闪过陶熠站在出道舞台的最中央，第一次唱起这首歌时，表情温柔得几乎要化成水。

那时候的秦楮杉，做梦也没有想到，这个舞台上闪闪发光，却又渺远如同星辰的人，有一天会真的来到他的身边，走进他的生活，从此成为他生命中不可或缺的一部分。

你曾穿越大海汪洋，只为手握一束光芒。我亦历经长夜茫茫，因为你才学会发亮。

你在车水马龙里流浪，我在浮光掠影中远航。我们奔赴不同的方向，我们怀抱共同的信仰。

纵使逆流而上，依然坚定勇往。纵使人海茫茫，何惧天各一方。

他想起陶熠说，这首歌用的是他的名字。

现在，他好像才终于明白了歌词里的含义。

你在远方，你在心上，赠我星空，予我朝阳。

你是漫天，闪烁星光，在我胸膛，灼灼发烫。

闪闪，闪闪。

他们都是彼此生命中的星星，在那些仿佛看不到尽头的漫漫长夜里，在被无边的黑暗包裹时，倔强地熠熠闪光。

酒吧里难得地响起这么一首舒缓的曲调，台上那位英俊飞扬的少年，声线干净而澄澈，脸上是温柔而深情的笑意。

店里认识他和不认识他的人，都不由自主地缓缓为他打起了拍子。

一曲终了，秦楮杉朝台下的熟人们夸张地抛了个飞吻，然后就向远处角落里的陶熠走去。

等他走近了才发现，陶熠一直远远地举着手机，直到他朝这边走过来，才放了下去。

秦楮杉笑着去看他的屏幕，“这有什么好拍的？”

陶熠看向他，通透的眸子里映着五颜六色的灯光，显得闪闪亮亮：“我也想为我的‘爱豆’做一次站哥。”

Chapter 20　熠熠闪光

秦楮杉的动作微微一滞，不由自主地抬眸，看向陶熠眼中闪烁的光芒。

他拉着陶熠出了夜店的门，陶熠似乎还有些不解，秦楮杉只好解释道：“再晚点，被那帮熟人缠上了，怕你暴露。”

晚上十点多，大学城附近的街道上，处处都是成双成对的人影。

借着夜色的遮掩，两个人就这样漫无目的地走着。

再往前走，就是通向大学城内部的一条地下通道，因为附近后来在旁边新建了马路，这条通道现在已经废弃了，但通道两旁画着的各种精美的涂鸦依旧保存得完好无损，如今已然成为大学城内一道知名的人文艺术景观。

白天有很多人在这里拍照，但这个点，通道里已经没什么人了，只剩下昏黄的灯光寂寞地亮着。

陶熠刚想开口说些什么，就忽然被通道一侧墙壁上的一块涂鸦吸引了目光。

那是一个男生的漫画形象，看上去挺酷，黑衣黑帽，身材颀长，手里随意地拎着一台单反相机。

一旁的空位上，用可爱的漫画体写着两个字：“秦神”。

这倒不算什么，更有意思的是，旁边仅剩下的一小块空白处，明显是后来又添上去的，画了一只粉红色的屁桃君。

秦楮杉不由得失笑：“人是好久以前就有了，屁桃君我倒是第一次见。”

陶熠走了过去，从地上捡起一枚石子，在“秦神”两个字旁边别别扭扭地写上了一个“桃”字。

秦楮杉看着他那副全神贯注的幼稚模样，实在忍俊不禁，“小朋友，你今年几岁了？”

陶熠配合地道：“马上就两岁了。”

秦楮杉笑着抬眸看他，“乱涂鸦，小心被警察叔叔抓走。”

陶熠：“来抓我呀，警察叔叔？”

半晌，陶熠像是忽然想起了什么重要的问题：“我们一会儿回哪？”

秦楮杉莫名其妙地看了他一眼，“当然是各回各家了。”

陶熠的团综录完以后，紧接着就是 Ours 新专辑主打 MV 的录制，地点在国外，因此自从上次在学校见了一面以后，两人很久没有见面了。

一转眼就快到陶熠的二十岁生日了，陶熠推掉了工作室在生日这天办粉丝见面会的提议，只决定在当天发行个人首张专辑，并官宣接下来的全国巡演。

陶熠在生日的前一天晚上结束了工作，Ours 全员和 MV 制作团队一起为他庆生。

秦楮杉特地下午就赶到了他家里，准备给他个惊喜。

天刚黑下来，他还没来得及给陶熠打电话，对方的电话就拨过来了：“你在哪？”

秦楮杉为了准备惊喜，自然说：“在学校啊。”

“哦，”陶熠淡淡地应了一声，“我还在片场。”

秦楮杉问：“不是杀青了吗？”

陶熠说：“我个人的部分还要补录。”

秦楮杉：“那你今天不回来了？”

陶熠在那边终于忍不住笑出了声：“开门。”

秦楮杉瞬间明白了什么，他气冲冲地跑去客厅开门。

秦楮杉轻轻踹了他一脚：“套路我？”

陶熠：“还不是你先套路我的。”

一分钟后，陶熠才发觉一丝不对劲——整个屋子里都是黑黢黢的。他皱了皱眉，“怎么不开灯？”

秦楮杉冲他神秘地笑了笑，转眼就从厨房里推出来一个蛋糕。

整个蛋糕都是粉红色的，中间站着一只小小的屁桃君，手里握着一只粉红色的话筒，正在忘情地歌唱。

配上屁桃君那副丑不拉几的模样，看起来滑稽无比。

陶熠不禁笑出了声，没等他开口，秦楮杉又拿出一个礼盒，递给陶熠。

陶熠的眸子闪了闪，“还有礼物？”

秦楮杉说：“二十岁嘛，重要年份，快拆开看看。”

陶熠打开礼盒，发现是一支玫瑰金色的定制话筒，通体闪烁着璀璨的光泽，显得精致无比，上面还画着一只手指大小的烫金屁桃君。

陶熠一时间惊讶得说不出话来，就听秦楮杉说：“你用它唱一句。”

陶熠愣了愣，“唱什么？”

秦楮杉说：“随便什么都可以。”

陶熠：“Twinkle twinkle little star……”

四周像是收到了某种感应一般，忽然响起了一片立体环绕的音乐声，是《闪闪》的音乐。

与此同时，一整面墙的巨大投影亮了起来，画面里是秦楮杉第一次在机场偶遇陶熠时，拍下的一小段视频。

陶熠怔怔地看着那个画面。

接下来是主题曲发布，他站在一百名练习生中的中间，最大的聚光灯打在了他的身上。

然后是跨年夜里，他隔着一层铁栅栏，在漫天飘零的雪花中，双手偷偷在身后比了一颗桃心。

每一次公演，每一次顺位发布，还有每一段练习室里的视频片段……

再后来，他终于站在了那座金字塔的顶端，唱起了那首熟悉的歌。

音乐逐渐进入尾声，视频中央随之浮现起一行字。

“夜空中最亮的星，何其有幸，见证你一路熠熠闪光。”

“小桃，二十岁生日快乐。”

陶熠沉默了良久，再转过头来时，秦楮杉才发觉，他的那双明眸里，一闪一闪地泛起水光。

陶熠笑了笑，“我们两个人过生日，你怎么也弄得跟上综艺似的。”

秦楮杉说：“仪式感很重要。”

“二十岁这一年，我刚刚替你走过一遍，你的二十岁，一定不会像我这么惨……”

“你的二十岁有我，怎么就惨了？”

陶熠看着秦楮杉，片刻后，忽然像是想起了什么一样，说：“《唱作歌王》给工作室发邀请函了。”

秦楮杉愣了愣，重复道：“《唱作歌王》？”

知名的明星唱作人原创歌曲竞演节目，知名度非常高，连续几年的收视口碑双收。

秦楮杉不由得激动地说：“你也太厉害了吧！”

陶熠却认真地问：“如果我能在这档节目上证明自己，是不是就算是向实力派转型的第一步了？”

陶熠垂眸去看秦楮杉，发觉对方依旧一脸遐想地看着他。

陶熠不由得露出一个无奈的笑容，“想什么呢？”

秦楮杉抬眸看了他一眼：“等着做天王的粉丝呗。”

一辆车缓缓停在一家高档餐厅门口，一个英俊高挑的男孩从驾驶位上下来，拉开副驾驶门，做了一个“请”的手势。

涂着烈焰红唇的年轻美女从车上下来，露出一个优雅的笑容，“劳驾。”

两个人一道走进包房，陈昕这才说：“今天他开首演，你不给他帮忙，还跑出来请我吃饭。”

秦楮杉笑了笑：“还不是因为你好不容易才从美国回来一次吗，今晚这场结束，我就跟他去首都闯荡了，什么时候再见你都不一定。”

他们的粉丝站关站以后，一直以来坚决不学无术的陈昕忽然像变了个人似的，答应了父母的要求，去美国留学。转眼大半年过去，趁陈昕放假回国，两人这才久违地见了一次面。

陈昕说：“都说你是追星成功的典范，其实我觉得我追星也挺成功的。”

她啜了一口杯子里的茶，接着道：“如果不是因为他，还有你，我现在可能还在成天一边挥霍着爸妈的钱，一边在网上和别人互相问候祖宗。大多数人估计都不相信追星能改变一个人的人生，但是我还真的就是这么一个活生生的例子。”

秦楮杉看着眼前这个妆容精致、意气风发的年轻姑娘，和当初那个曾经一度陷入抑郁症的女孩，简直判若两人。

偶像对粉丝的影响是巨大的，对于任何一个偶像而言，他们所希望看到的，一定不是粉丝因为追星而丧失理智，荒废人生；更不是粉丝打着爱他的名义，动辄对他人恶言相向，喊打喊杀。

尽管“恶臭”似乎已经成了外界对于饭圈的普遍印象，但这绝对不应该是追星的常态。

常有人说，追星是一场盛大的单恋，但其实并不尽然。

真正的追星，是偶像与粉丝之间的双向给予，彼此都源源不断地从对方那里汲取力量，为奔波疲惫的自己充好电，然后努力开启下一段新的征程。

尽管相隔甚远，甚至是最熟悉的陌生人，却能够在各自的世界里闪闪发光。

秦楮杉说："所以说真正的追星成功，是在这个过程中，学会成为一个更好的人。"

陈昕笑了笑，没有立马开口，半晌，才忍不住感慨道："不过谁都没你厉害。"

两人吃过饭，秦楮杉开着车把陈昕送到了陶熠今晚办演唱会所在的体育馆。

隔着老远就看见了两侧的高楼上拉着十数米高的巨幅海报，面容俊美而清冷的少年站在聚光灯下，手里拿着一支话筒，烫金大字是本次全国巡演的主题：Twenty。

这次演唱会的规模很大，体育馆门口已经排得人山人海，应援站的易拉宝和花篮随处可见。

观众逐渐入场，填满了体育馆上万人的场地，放眼望去，从上到下，入目皆是一片粉红色的海洋，那样璀璨却又温柔的光晕，是从未有过的恢宏气势。

全场的灯光暗了下来，只留下舞台最中央的一束聚光灯。

随着柔和的旋律响起，只见一只巨大的屁桃君吊着威亚从天而降，与此同时，全场爆发出一阵激烈的尖叫声。

屁桃君落地后，自动分成了两半，从里面走出一个高挑而俊美的少年。

秦楮杉看着这个过于可爱的舞美设计，不由自主地"扑哧"笑出了声。

台上的人身穿一身浅粉色的西装，手里拿着一支玫瑰金色的话筒，唱出了第一句歌词。

粉红色的海洋随着音乐的节拍翻涌起波浪，他的名字在一瞬间响彻整片夜空。

秦楮杉在台下，一如既往地举着相机，神思却已经有些恍惚。

那个当初在机场里形单影只，却依然对他露出浅淡笑意的少年，如今终于站在了万人追捧的舞台中央，却依然是初见时那副温柔的模样。

何其有幸，他陪伴他一起经历了那么多。

何其有幸，他见证了他的梦想。

好听的声线通过立体声环绕着全场，声势浩大的应援就回荡在耳畔，满场都是为他尖叫呐喊的声音。

陶熠一首接着一首地唱着歌，秦楮杉的快门也跟着按动了成千上万次，一帧一帧的画面，从头到尾，都是舞台上的男孩。

到了一首气氛激烈的劲歌时，全场的氛围到达了最高潮，观众席开始了大合唱。

一曲终了，秦楮杉终于鼓起勇气，跟着人群大喊："陶熠！"

尽管周围是鼎沸的人声，他的这句呐喊被完全淹没在了尖叫的海洋中，连他自己都听得并不真切。

音乐逐渐消失，陶熠站在舞台中央，露出了一个温柔的笑意。

他举起了手中的话筒，"这次演唱会的主题是 Twenty。在座的大家，大约也都是刚刚经历过，或者即将经历这个年纪的人。二十岁于我而言，是一个彷徨的年纪，却也是一个坚定的年纪。这一年，我曾经坠落低谷，也曾经逆风翻盘，有过失去，但也有更多的遇见。"

"接下来的这首歌，送给所有在黑暗中前行的人，请你一定要相信，即使身处无边的黑暗之中，也要再坚持一下，总有一天，你就会遇见属于你的闪闪星光。"

聚光灯照亮舞台中央，让我为你轻声地唱，抚平深夜里不为人知的伤。

闪光灯映你眼角泪光，点亮万千灯火辉煌，赠予毫无保留的爱与疯狂。

……

间奏时，陶熠环顾整个场馆，最后将目光聚焦在某一个特殊的位置。

秦楮杉看到，陶熠对着他的镜头，露出一个眉眼弯弯的笑意，就像他们初次相遇时一样。

一束聚光灯蓦地打在陶熠的身上，他仿佛身处万丈银河之中，身披所有星辰织成的璀璨光芒。

像是受到了台上那位神祗般的少年的召唤一般，全场开始洒下各种各样的彩带和亮片。

秦楮杉按下快门的那一瞬间，忽然感觉到有什么东西落在了他的发间。

他伸出手，将头上的那枚亮片拿在手里，只见那是一枚小小的星星，在灯光的映照下，熠熠闪光。

遇见你的时候，所有星星都落到我头上。[①]

---

① 引用自电视剧《何以笙箫默》的插曲歌名《遇见你的时候所有星星都落到我头上》。

番外1 往事月明中

关熙记得很清楚，自己第一次遇见那个人的时候，是在公司楼下的便利店里。

彼时他十五岁，只身一人来到异国他乡做练习生，他还没有学会韩语，再加上自己本身性格也内敛，身边一天到晚也没什么人和他说话。

他正在货架前挑选低糖酸奶，身边就忽然多出来一只手，伸向的却是酸奶下面的雪糕。

他蓦地转头去看身旁的人，对方的年纪看起来跟他差不多大。尽管依旧是青春稚气的模样，但已然是眉目如画的一张脸，神色张扬而跳脱，却并不令人生厌。

见他看着自己，对方挑了挑眉，“见到同公司的师哥，怎么都不问好？”

关熙愣了愣，尽管公司的练习生很多，但对方绝对是在一众英俊少年里依然十分打眼，所以给他留下了一点印象，但鉴于对方时髦的打扮和平时说韩语时地道的发音，他一直没想到对方竟然也是中国人。

虽然对方跟他应该是一样的年纪，但毕竟比他来得要早得多，公司一向重视前辈和后辈之间的等级，想到这，关熙只好顺着他说：“师哥好，我是关熙。”

没想到对方“扑哧”笑出了声，“让你叫你还真叫啊？”

关熙又是一愣，没等他开口，对方又露出了一个阳光灿烂的笑容，“我叫余夏，刚才是跟你开玩笑的，以后叫我名字就行。你刚来公司，生活上有什么不适应的地方，记得跟我说。”

关熙点了点头，刚要开口，余夏就拿了一支雪糕递给他，“今天热死了，你也是出来吃冰的？”

关熙认真地摇头道，“运动量太大了，吃冰对身体不好，Jenny 老师不让的。”

余夏撇了撇嘴，“她今天又不在练习室，连空调坏了都不知道，我们吃点冰又怎么了？”

“可是……”没等关熙拒绝，余夏就自作主张地把雪糕塞到了他的手里，“拿着吧，师哥请你的。”

两个人站在公司门口的拐角处，打算偷偷地把雪糕吃完，结果刚吃了两口，就好巧不巧地撞见了 Jenny 老师。

面对老师质询的目光，余夏十分仗义地挡在了关熙前面，“是我碰到他，逼他陪我一起吃的。”

可惜这样牺牲自我的行为最终也没有任何效果，两个人同时被老师禁足和加练，于是往后一个月的时光，两个人每天在练习室里做伴，从清晨练到半夜。

余夏话很多，即使跳得再累，嘴巴也不停，关熙大多数时候就是安安静静地听着，在他问到自己的时候，就认真地回答。

练习室里的日子单调而枯燥，只有对方是唯一可以交流的对象，于是不出一个星期，两个人就对彼此的家庭背景和成长经历都了如指掌。

尽管那段日子每天都累得精疲力竭，但对于关熙而言，那是他初到异国他乡时，最快乐的一段时光。

练习生的日常是暗无天日的，在艰苦的训练生活和残酷的淘汰机制中，还要承受着来自本土练习生有意无意的奚落和打压。

五年来的练习生涯里，两人几乎形影不离，甚至有点相依为命的感觉。

在公司无数次的大小常规选拔中，关熙和余夏逐渐凭借优异的舞台实力脱颖而出，跟着公司的大部分本国练习生，被送去参加一档男团竞演选秀节目。

那一年，两个人都是二十岁。

在那档节目中，余夏凭借俊美的外表、突出的舞台实力，以及无与伦比的性格魅力如暴风般吸粉，人气以断层的姿态碾压同期所有选手，最终以一个外国人的身份，史无前例地在偶像组合中 C 位出道。

因为有他们两个人的存在，追那档节目的国内粉丝也不少，关熙也被投到了很高的位置，在节目播出以及组合成团以后，两个人自然而然地成为最吸睛的一对组合，一时间火爆东亚各国。

再后来，限定一年的组合到期，公司将他们俩和其他两个本土的新人练习生组成组合出道，摆明了是想让他们带新人。

而公司依旧对他们履行着霸王合同，坚持给他们少得可怜的分成。

但他们毫无办法，毕竟舞台是他们唯一的热爱与梦想，而能够提供给他们这些的，也只有公司。

组合出道后，在各国都有发展，更是凭借组合的热度，在国内一炮而红，一度成为世界级的人气偶像。

组合开始筹备巡演，然而当一切准备就绪，首演开场前夕，另外两名队友却突然宣布退出组合。

原来他们一早就不满于公司的霸王合同，瞒着两名中国队友筹划解约。

与此同时，网上开始出现铺天盖地的通稿，造谣两名队友离开的原因是在队内一直受到他们两人的打压，并造谣余夏C位出道另有黑幕。

组合已然岌岌可危，公司忙于和解约的队友打官司，一时间没有精力关心关熙和余夏，又害怕他们两人一气之下也选择出走，于是暂停了后续的一切活动，将他们封闭在只剩下两个人的公寓里，实际上已经相当于将他们软禁。

公司这样的抉择，让他们彻底心凉，但他们此前完全没有想过会遭遇这样的事，谁也不曾提前为回国做准备。

那是一段无比难挨的日子，没有通告，没有曝光，两个人只能日复一日窝在公寓里，等待着遥遥无期的后续通知。

这样的日子持续了一个多月，直到宿舍里的暖气坏了，关熙开始感冒发烧。

生理和心理的双重崩溃让他终于彻底垮了下来，那天夜里，余夏把一条凉毛巾敷在他的头上时，他问余夏：“你说，我们是不是要被雪藏了？”

余夏沉默了很久，说：“那么多年都过来了，这才多久，就沉不住气了？”

关熙浑身热得快要爆炸了，就连眸子里涌上来的泪水都如同岩浆一般滚烫。

如今的日子和过去是不同的，过去的生活虽然很苦，但好歹有盼头。可是现如今，因为突如其来的变故，让他忽然间不得不接受他们可能就此失去未来的事实，这样暗无天日的感觉，带给人的除了绝望，什么也没有。

余夏又问：“如果有机会，你愿不愿意和我一起走？”

关熙看着他的眼睛，只见里面是从未有过的认真与坚定。

像是受到了他的感染一般，关熙也郑重地点了点头，甚至没有问他目的地：“你去哪，我就跟着你去哪。”

余夏一把抱住了他：“再坚持一下，我一定会带你一起回去。”

从那以后，余夏开始频繁地把自己关在房里，没完没了地打电话，关熙猜到他是在为回国的事情奔波，他也知道余夏有很多细节都瞒着自己，但余夏不肯说，他便只好装作什么都不知道。

又过了一个月，某天深夜，余夏忽然叫醒了他，让他收拾东西，跟他走。

那天关熙整个人都是迷迷糊糊的，他跟着余夏上了一辆陌生人的车，又跟着余夏上了飞机，那样匆忙的奔逃，让他觉得仿佛一场私奔。

很快，两个人回国的消息传遍了整个网络，再后来，公司终于选择了妥协，要求他们在中国举办最后一次双人全国巡演，用他们捞最后一笔钱。

两个人自然也是愿意的，无关乎利益，只是他们知道，回国后紧接着就是各自独立发展，最后一场巡演，对两人来说，无异于一次好聚好散的体面告别。

两个人依旧住进了同一间公寓，然而自从回国以后，余夏就常常夜不归宿，脸色也越来越差，整个人都消瘦了一圈。

关熙知道他在忙着单飞后签约新经纪公司的事，也知道他已经在接洽剧本，准备往影视方向发展，于是也没有多问。

巡演前夕，两个人最后一次在练习室里排练那段当初让他们一夜成名的双人舞 *Twinning*。

结束以后，余夏忽然问他："你想和我分开吗？"

关熙诚实地摇了摇头，"如果可以的话，我想和你组合一辈子。"

余夏忍不住笑了，"你真的很傻。"

说着，他搂了搂关熙的肩膀，"以后没有我在身边陪你了，你一个人也要好好的。"

当时的关熙，并不能理解这句话里的深意，但他还是因为种种原因，彻夜难眠。

然而他们最终也没能真的做到好聚好散。

演唱会现场，那首 *Twinning* 只跳了一半，余夏就径直从舞台上倒了下去。

两人的粉丝自然吵得不可开交，余夏粉丝指责关熙一直都在拖累余夏。

关熙粉丝则说余夏一心想着单飞，忙于签新公司、去剧组试镜，不尊重舞台，连最后一场演唱会都不肯认真对待。

紧接着，网络上各式各样的小道消息铺天盖地地涌来，有说两人反目成仇的，有说两人貌合神离的，甚至还有说两人是假戏真做，如今面临分离，因爱生恨的。

然而谁也没有出面解释，因为巡演一结束，余夏就搬出了公寓，换掉了电话号码，仿佛真的要同关熙绝交一般，切断了两人之间的所有联系。

再后来，余夏有意避开和关熙的所有同台机会，采访里拒绝回答和关熙有关的问题，一次次地印证了两人已经交恶的事实。

关熙不知道余夏是不是信了网上那些莫名其妙的话，可他无论如何都无法接受，余夏竟然可以不顾那么多年的情分，就这样毫不留情地在他的身边彻底消失。

他像疯了一样蹲守在余夏的新住址附近，终于有一天，成功地跟踪他来到了一个让他感到无比陌生的地方。

关熙永远无法忘记那一幕。

那是某个夜总会的豪华包间里。

余夏也在其中。

他几乎赤身裸体躺在长沙发上，桌上混乱不堪。

自那之后，关熙开始日复一日地做着噩梦，噩梦里无数次地重现那个可怕的场景。

他终于依靠这个秘密威胁余夏，得到了和他见面的机会。

那天见到余夏时，他整个人又瘦了一圈，网上的粉丝还一直强调他是在减肥，然而关熙已经明白这究竟是怎么一回事了。

他愤怒地质问余夏："你到底怎么了？"

余夏却回答得轻描淡写："如你所见。"

他那时的表情，冷漠到让关熙不敢相信，那是他认识的余夏，那个曾经总是言笑晏晏的俊美少年。

那一次的见面不幸被狗仔拍到，第二天，关熙和余夏激烈争执的场景成为各大娱乐版面的头条，两人的闹掰的传闻终于铁证如山。

自那以后，关熙再也没有联系过余夏，两个人彻底成为陌生人。

他们俩走的是不同的路线，因而交集也并不多。关熙擅长唱作，做了歌手，余夏则各项全能，很快就凭借一部偶像剧火爆全国，成为当红流量小生。

他们最后一次避无可避的碰面，是在一场大型颁奖礼结束之后的晚宴上。

那天关熙被灌了不少，他想去卫生间清醒一下，没想到在那里碰到了余夏。

彼时，余夏正靠在隔间的门板上，脸上的表情痛苦到了极致，整张脸都疼得煞白，额头上渗出豆大的汗珠。

关熙吓了一跳，还没反应过来，就听余夏说：“针……给我针……”

关熙瞬间清醒过来，他顺着余夏的目光低下头去，看见不远处他们的脚下，有一支装着不明液体的注射器。

他一时间犹如看到了蛇蝎，下意识地想把那支注射器踩碎。

然而他听到了余夏的声音：“关熙……关熙……”

他俊美的五官因为极致的痛苦，整个扭曲成了一团。

关熙一动不动地盯着他，不知不觉间，眼泪已经不由自主地爬了满脸。

余夏却笑了，他伸出手，像以前一样，擦掉了他的眼泪，“忘了我以前跟你说过的？男儿有泪不轻弹。”

关熙惊讶地发现，那副曾经劲瘦而挺拔的臂膀，如今却脆弱得仿佛稍稍一用力就会被折断。

更可怕的是，他从余夏白衬衫底下露出的一段修长的脖颈往下看，是无数条若隐若现的伤口。

关熙觉得自己浑身的血液都向头顶涌来，他不由得咬牙切齿道：“这是不是他干的？我要捅死他。”

余夏猛地抓紧了他的手，“关熙，答应我，千万当作什么都不知道，不要再关心我，也不要再搅和我的事……”

关熙猛地意识到了什么：“那些说我们交恶的通稿，是不是都是你发的？”

余夏的神色一怔，没有说话。

关熙整个人都慌了神，他急迫地抱紧了他，“余夏，我带你走……”

余夏却露出一个苦涩无比的笑容，“走？你能带我走到哪去？”

关熙愣住了。

他忽然对自己产生一种前所未有的愤恨，他恨自己的渺小与懦弱，恨自己不能早点察觉这一切，恨自己如今即便知道了一切，也无能为力的感觉。

余夏却已经一把推开了他，“千万记住，今天晚上我们没见过面，你什么也不知道。”

自那之后，余夏再次从他的生活中彻底蒸发，关熙日复一日地处于噩梦、绝望与胆战惊心的无限循环中。

直到震惊全国的娱乐版头条发出的那一天。

当红流量小生余夏被捕。

紧接着，第二天的头条又换了内容。

当红流量小生余夏跳楼自杀。

余夏没有举办公开的葬礼，因为所有人都迫不及待地想跟他撇清关系。

但余夏的墓碑立好的那一天，关熙还是在深夜来到了空无一人的公墓。

守墓人笑他："小伙子，你倒胆子大，不怕撞鬼吗？"

关熙也笑了，他不怕撞鬼，他怕他再也见不到余夏。

可他终究也没有撞见他。

没过多久，关熙听说，那个和余夏在一起的老板也死了，官方死因是心脏病突发。

这之后才开始陆陆续续地流出了坊间传闻，说余夏为了回国，在国外时搭上了金主，后来在不知情的情况下，被金主下了药，染上了瘾。

关于余夏和关熙的故事，也紧接着流传了无数个版本。

有人说关熙故意包庇余夏，就是为了一步步看着他堕落。

有人说他们曾经是好兄弟，但终究敌不过人心。

但他们有一句话没有说错，余夏这个名字，成了关熙心口上一辈子的伤疤。

后来关熙的梦境里，无数次地重现多年前的场景。

那个阳光明媚的男孩子，在练习室里挥汗如雨，在舞台上俊美张扬。

关熙记得他劲瘦有力的臂膀，他飞扬恣肆的脸庞。

以及那个漫漫长夜里，他的那一句："你愿不愿意和我一起走。"

在无数次突然惊醒的午夜梦回时，关熙说，他愿意。

可他清楚地知道，余夏，再也不会回来了。

番外 2　皎皎白驹

“再次感谢来自传媒学院的优秀毕业生代表——秦楮杉同学带给我们的精彩致辞。”

在台下热烈的掌声中，台上英俊挺拔的少年再次在主席台前鞠了一躬，然后风度翩翩地走下了毕业典礼的露天大舞台。

他穿着一身学士服，虽然领口和帽檐上的丝绸装饰是粉红色的，穿在他这样一个大帅哥身上，竟也不显得突兀。

直播的摄像师傅跟着他一路下台，依旧锲而不舍地给了他特写镜头，于是他帅气的脸就出现在了舞台正中央的大屏上，被迫享受着台下的数万道目光。

传媒学院的学生本来就性格活泛，这会儿看到本院的校草出镜，他们所在的区域立马爆发出了一阵激烈的口哨和尖叫声。

秦楮杉看着他们的方向，露出了一个明媚的笑容，然后对着镜头，十分不低调地抛了个飞吻。

台下的尖叫声瞬间愈发激烈，一时间响彻云霄。

等秦楮杉回到自己的班里，台上的主持人也说完了最终的总结发言，校级毕业典礼的流程已经走到了尾声，接下来就是留给毕业生们合影的自由时间了。

就听到全场的音响设备播放起了一首轻柔而缓慢的曲调：“皎皎白驹，在彼空谷，生刍一束，其人如玉……”

是陶熠前不久才发布的新歌《白驹》。

这首歌是他在《唱作歌王》的总决赛上正式发布的，由《诗经・小雅》中的同名诗改编而来。

这首诗原是一首别友思贤之诗，据陶熠说，是由于毕业季将近，不少人面临着分别，才给了他灵感，写了这样一首献给青春岁月的歌。

这首歌曲调抒情而柔婉，歌词朗朗上口，实现了古风与现代两种风格的完美结合，在当晚的节目直播中一经发布，就迅速在全网掀起了一阵热潮，短短一周之内，播放量就以成倍的指数飙升，霸占各大音乐榜单的首位。

陶熠此前在《唱作歌王》这档节目中，几乎就是写一首红一首，创作出了不少脍炙人口的作品。最终凭借着在节目中的优异表现，以及总决赛歌曲《白驹》的一锤定音，一举拿到了总冠军。

二十岁的年纪，让圈内圈外的不少人都纷纷感慨，少年未来可期。

如今毕业典礼的现场播放起了这首歌，很快就有不少人被本就依依不舍的气氛感染得更加热泪盈眶。

但传媒学院这边就不一样了，立马有人开始起哄："秦神，你们家歌王的新歌诶，不会是给你写的吧？"

秦楮杉笑着骂道："那是我老板，少造谣。"

李勒一把揽住了秦楮杉的肩，"就是，不知道我们小桃现在如日中天啊？小心律师函。"

众人也不恼，接着嬉笑起来。

虽说当初那段爱豆和站哥的故事在校园里传得沸沸扬扬，但这种八卦实际上都是听个乐子，根本没人会当真，谁信了谁是傻子。

李勒小声地在秦楮杉耳边说："瞧瞧你们家小歌王，赶着你毕业，还为你专门写首毕业歌……"

秦楮杉无奈道："你怎么又上头了？他这首歌明明写给所有毕业的人，怎么就成写给我的了。"

李勒哼了一声，"行行行，你这人真是不解风情。"

两人还没拌几句嘴，就有人凑上来，对秦楮杉晃了晃手里的自拍杆，"大摄影师，合个影呗？苟富贵，勿相忘。"

毕竟没毕业就已经在知名歌手的工作室干了一年多，别说苟富贵了，其实早都富贵了。

秦楮杉跟好几个同学合了影，感觉脸都快笑僵了，刚歇了没一会儿，就忽然被一个怯生生的声音叫住了："秦学长！"

他转过头，只见是一个梳着双马尾的小学妹，年纪应该不大，手里抱着一大束洁白的栀子花，脸上的表情看起来有些紧张。

秦楮杉立马明白她要干吗了，但也只能对她露出一个温和的笑容。

学妹抬眸看着他，小心翼翼道："这个送给你，毕业快乐。"

秦楮杉一时间有些为难地笑了笑，"谢谢你，心意我收到了，不过花就算了。"

学妹瞬间涨红了脸，拼命地摇了摇头，"我，我不敢有那个意思！就是单纯地想祝你毕业快乐，我一直都很喜欢你的摄影作品，可是以后很难在学校看见你了……"

一众围观群众都忍俊不禁，心道这小迷妹也太可爱了。

虽然秦楮杉依然觉得收学妹的花不太好，但众目睽睽之下，他又实在不好意思让一个小学妹难堪，于是只好收下了花，"谢谢，希望你也努力加油。"

学妹激动地点了点头，然后像是完成了什么艰巨的任务一般，长舒了一口气，转身跑远了。

秦楮杉刚应付完小学妹，又来了几轮合影，一切差不多告一段落后，秦楮杉这才赶紧到一旁的家长区域去找妈妈和妹妹。

秦朵儿见到秦楮杉，激动得都要飞起来了，"哥，你真厉害！"

秦楮杉低下头对她一笑，"也不看看你哥是谁。"

秦妈妈笑了笑，"一晃眼就四年了，当初送你上高中的时候，谁知道最后能考上申大，还真能在大城市混出点模样……"

笑着笑着，她的眼角就流下了汩汩泪水。

秦楮杉掏出纸巾来，替她擦了擦脸，"泪窝子怎么总这么浅呢？还没到你儿子让你享福的时候呢。"

秦妈妈又破涕为笑，摸了摸秦朵儿的脑袋，"多向你哥学习，以后也考申大。"

秦朵儿已经上初中了，是趁着午休的空档赶来找他的，这会儿马上到下午上课的时间了，于是三个人没说几句话，秦妈妈就送她上学去了。

学校的露天广场上已经走了不少人，这会儿人群熙熙攘攘的，剩下的几乎都是一对对的小情侣和小闺蜜，穿着一模一样的学士服，拍着各种各样的甜蜜合影。

秦楮杉的心头不禁一阵动容，不由自主地想起陶熠。

可惜那是一颗耀眼的星星，不能轻易地降落在他所在的凡间。

秦楮杉的心头不由得生出了一种骄傲又失落的情绪。

就在这个时候，他的手机忽然响了起来。

对面传来了熟悉的声音："你身边都没人了，在那傻站着干吗呢？"

秦楮杉心里一动，随即反应迅速地开始四处张望，"你在哪？"

陶熠的声音都带上了一丝笑意："你们学校的铁栅栏外面。"

秦楮杉转过身，眯着眼睛找了很久，才在学校临街的栅栏外看到了陶熠的车。

两人少说隔了有数百米，陶熠是怎么能在全场的上万个人里看清他的？

但此刻的秦楮杉已经来不及想那么多了，他心里蓦地生出一种难以抑制的欢欣和期待，他迅速地从校门口出去，然后第一时间直奔陶熠的车里。

秦楮杉有些哭笑不得："你干吗？不怕被狗仔拍到啊？"

陶熠撇了撇嘴，"那你刚和学妹调情的时候，就不怕被拍到了？"

秦楮杉愣了愣，好笑道："小朋友，你偷窥我多久了？隔着这么大老远，居然还能看那么清楚？"

就看到陶熠忽然拿出了一样东西，秦楮杉低头一看，居然是他平时用的那只单反相机，上面还连着大白兔镜头。

秦楮杉瞬间笑出了声："你变态啊！"

陶熠把手里的相机递给他，秦楮杉看了一眼，只见里面的缩略图里，从台上到台下，清一色都是自己的照片。

看着相机里的上千张照片，秦楮杉的心头不禁微微一动。

就听陶熠说："为了拍我'爱豆'，我的摄影技术是不是又提升了好多？"

秦楮杉看着他那副认真的模样，难耐地露出一个温柔的笑意，又低声道："小朋友，'私生不是饭'。"

陶熠道："是你家人。"

秦楮杉被这个称呼逗得笑出了声："什么乱七八糟的。"

就见陶熠忽然从车后座拿出来了一大束君子兰，一脸认真地说："恭喜毕业。"